Romantruhe

Bernd Frenz ▪ Timoty Stahl
Jo Zybell

MADDRAX

Götter und Könige

Drei Romane

Romantruhe

Impressum:

Copyright der Originalausgabe:
Maddrax Band 40: ›Die Faust Gottes‹ – Jo Zybell
Maddrax Band 41: ›Tribute to the king‹ – Timothy Stahl
Maddrax Band 42: ›Die Unsterblichen‹ – Bernd Frenz

Titelbild: Koveck
Satz: Andrea Velten, Factor 7
Umschlaggestaltung: Beate Herforth

Röntgenstr. 79, 50169 Kerpen-Türnich
Fon: 02237-92496, Fax: 02237-924970
eMail: Info@Romantruhe.de
www.Romantruhe.de

ISBN: 978-3-937435-65-7

INHALT

JO ZYBELL

DIE FAUST GOTTES

London, 2092 n.Chr.
(80 Jahre nach »Christopher-Floyd«)

»Ich will alles vom Erdboden wegraffen, spricht der HERR! Ich will Mensch und Vieh, die Vögel des Himmels und die Fische im Meer wegraffen...!« Den Zeigefinger der Linken auf die Menge gerichtet, brüllte der Greis die Worte heraus. Die zur Faust geballte Rechte stieß im Rhythmus seiner Sätze durch die Luft, als wollte er jede einzelne Silbe in die Köpfe der Zuhörer hinein prügeln. »Ich will zu Fall bringen die Gottlosen! Ja, ich will die Menschen tilgen vom Erdboden, spricht der HERR!«

Über hundert zerlumpte Gestalten, nicht weniger struppig als der greise Prediger standen auf dem Feld um den moosbedeckten Panzer, der dem Zornigen als Kanzel diente. Und zornig war er, der Alte in der schmutzigen Lederkluft – Himmel, war er zornig!

Seine Stiefel stampften in die blattlosen Winden auf dem Geschützturm des verrotteten Panzers. Speichel löste sich aus seinem schlohweißen Bart, wenn er den Kopf hin und her warf, um jeden seiner Zuhörer, aber auch wirklich jeden mit seinen glühenden Blicken festzuhalten. Die Faust schwang er wie eine Keule und tänzelte dabei umher, sodass die Schöße seines ehemals schwarzen Ledermantels flatterten und das Silberkreuz über seiner Brust pendelte.

Die Hände der Frau an seiner Seite zuckten manchmal zu seinem großen Körper hin, als wollte sie ihn halten, als fürchtete sie, er könnte von seiner rostzerfressenen Kanzel stürzen.

Aber er stürzte nicht – o nein! Niemand hatte Reverend Pain je stürzen sehen, nicht von irgendwelchen Trümmern, die er sich als Kanzeln suchte, nicht in irgendwelche Krater, nicht in irgendwelche Abgründe der Sünde.

»Dies ist das Wort des HERRN durch den Propheten Zefanja!« Mit einem Stimmvolumen, das man seiner alten knochigen Gestalt nicht zugetraut hätte, schlug Pain seine Hörer in den Bann. »Und weiter spricht ER: Ihre Güter sollen zum Raub werden und ihre Häuser verwüstet! Sie werden Häuser bauen und nicht darin wohnen, sie werden Weinberge pflanzen und keinen Wein davon trinken...!«

Rötliche Düsternis lag über der Trümmerlichtung, über der ganzen Ruinenstadt, obwohl der Mittag gerade erst vorüber war. Frostkrusten breiteten sich am Rand des Feldes aus, und auf den Mauerkronen zerklüfteter Hausfassaden sah man da und dort Schneereste, obwohl es Frühsommer war.

Rechts und links des Treppenabgangs zu einer ehemaligen Underground-Station qualmten zwei Feuer. Halbwüchsige warfen Brennnesselblätter in den Kessel, der auf einem Metallgestell über den Flammen des rechten dampfte. Und über der Glut des linken drehten Frauen Spieße mit geschlachteten Tieren. Fett tropfte von den gehäuteten, ausgenommenen Körpern und verbrannte zischend im Feuer. Wie junge Schweine sahen die Braten aus. Es waren aber keine jungen Schweine, es waren Ratten!

»So spricht der HERR durch den Propheten Zefanja!« Der hochgewachsene Greis auf dem Panzer reckte den Zeigefinger gen Himmel. »Der große Tag des HERRN ist nahe, er ist nahe und eilt sehr...!

Ausgemergelte Gestalten waren es, die sich da vor dem Panzer versammelt hatten, meist Männer. Löchrig ihre Jacken und Mäntel – die meisten trugen mehrere Schichten übereinander, denn es war verflucht kalt. Eingefallen waren ihre fahlen Gesichter, fettig und verfilzt ihr langes Haar und ihre Bärte, tief in den Höhlen liegend ihre Augen. Die meisten von ihnen hatten ihre Kindheit in Kellern und U-Bahnschächten oder in der ehemaligen Kanalisation von London verbracht.

Die Eltern dieser abgerissenen Menschen wussten nur von Schnee und Eis, von Hunger und Krankheit und von Tagen, die man kaum von Nächten unterscheiden konnte. Doch einige der vor dem Panzer Versammelten hatten den Erzählungen ihrer Großeltern gelauscht, hatten sie unter Tränen von Frühlingstagen und Sommernächten schwärmen gehört, von Zügen, in denen man unter der Erde von Chelsea nach Greenwich fahren konnte, von der Hochzeit des Prinzen, von der Krönungsfeier Charles des Dritten, von den Prachtbauten in der City, von Uferpromenaden, von Pferderennen, von den Fußballpokalschlachten in der alten und der neuen Wembley-Arena.

Von Zeiten, die nie wiederkommen würden.

»... denn dieser Tag ist ein Tag des Grimms, ein Tag der Trübsal und der Angst, ein Tag der Finsternis und des Dunkels!«

Mitten unter den Zuhörern thronte auf einem Motorrad ein Mann mit rötlicher Lockenmatte und dunklem Bartflaum. Ein relativ junger Mann. Über seiner rissigen Lederjacke trug er eine Weste, schmutzig, ausgefranst und mit dem Bild einer roten, gehörnten Fratze auf dem Rücken. »THE LORDS« stand in spitzen schwarzen Lettern über der Fratze.

Spott spielte um die Mundwinkel des Mannes. Manchmal stieß er sogar ein verächtliches Lachen aus. Dann fuhren die Köpfe der Umstehenden herum und ihre Blicke richteten sich auf den Motorradmann.

Etwas abseits standen sieben Männer, die sich ganz in weißes Fell gehüllt hatten.

Fremde – erst vor wenigen Tagen hatte ihr Schiff in der Ruinenstadt angelegt. Die meisten von ihnen schienen gar nicht auf den Prediger zu achten. Sie hatten nur Augen für die Frau neben ihm. Eine junge Frau mit schönen Gesichtszügen, aber blasser, fast durchscheinender Haut. Sie trug eine Art schwarzer Robe, die ihr bis zu den Knöcheln reichte und selbst ihren Scheitel noch verhüllte.

»Du lachst, Ungläubiger?!« Der Zeigefinger des Reverends stach nach dem Motorradmann. »Fürchtest du nicht des HERRN Wort?! Fürchtest du nicht den Tag der Posaune und des Kriegsgeschreis...?!«

»Heymän!« Der Flaumbart auf dem Motorrad lachte heiser. »Ich und die hia –«, er breitete die Arme über der Menge aus, »– wia ham de Hölle hinne uns! Wia ham Oaguudoos Stean übalebt – wovoa sollnwa uns da noch füachtn?!« Einige der Zuhörer klatschten Beifall.

»Nicht Orguudoos Stern!« Pains Rechte deutete in den Himmel. »Der Schrecken, von dem diese Trümmer und das düstere Firmament Zeugnis ablegen, das Furchtbare, von dem eure Eltern und Großeltern euch berichteten und das ich selbst als Knabe miterleben musste – nicht der Fürst des Bösen hat das getan, sondern der HERR selbst hat Gericht über den Sündenpfuhl namens Erde gehalten...!«

»Is Quadsch, wasse sagst!« Der Motorradmann winkte ab.

»Und dass ihr überlebt habt, das ist allein GOTTES Werk. Geschah nicht SEIN Wort durch den Propheten: Ich will in dir übrig lassen ein armes und geringes Volk, und die werden auf des HERRN Namen trauen?!« Er schüttelte die Fäuste und stampfte auf dem Panzer auf. »Kehrt also um, schwört Orguudoo ab und vernichtet die Dämonen...!«

»Is Bigquadsch, wasse sagst!« Auch der Motorradmann gestikulierte nun wild. »Oaguudoo hadde *Kwistofluu* auffe Welt falle lasse!«

»Irrlehre! Ketzerei!« Pain tobte im Gestrüpp auf dem Geschützturm herum. Seit wenigen Jahren erst kursierte der Name *Orguudoo* unter den Überlebenden des Kometeneinschlags. Seit Fremde vom Festland sich über die Eisschollen auf die Inseln und nach London gewagt hatten.

»Blendwerk! Lästerung des HERRN und SEINES Wortes...!«

Die Männer in den weißen Pelzen verfolgten das Palaver ohne sichtbare Regung. Einige Gesichter unter den Pelzkapuzen wirkten seltsam verstümmelt.

Pain glitt auf dem überfrorenen Metall unter den Winden aus, und jetzt musste die Frau in Schwarz zugreifen. »Vorsicht, Reverend! Beruhigen Sie sich!«

Sie hieß Therese – Schwester Therese. Pain hatte sie zur Äbtissin eines Nonnenordens geweiht; die »Schwestern der barmherzigen Jungfrau« sollten einst die ganze Insel evangelisieren. Therese war ihr erstes Mitglied. Und bisher auch ihr einziges.

»Aba waa isses twotzdem!« Der Motorradmann stieg von seiner Maschine. In der Menge öffnete sich eine Gasse, durch die er bis zum Panzer schritt. Breitbeinig stellte er sich vor dem Wrack auf, stemmte die Fäuste in die Hüften und sah hinauf zu Pain und seiner Nonne. Die Lumpengestalten um ihn herum wichen zur Seite.

»Oaguudoos Stean hadde ganze Gesoggs gekillt, damidde Loads anne Macht komme!« Er klopfte er sich an die Brust. »Un ich binne Scheff vonne Loads, de Gwandload Pool Dschägga!«

»Wacht auf aus der Verblendung!«, schrie Reverend Pain gegen die Hochrufe aus der Menge an. »Rettet eure Seelen, Verirrte!« Er machte sich von Therese los, sprang vom Turm und kniete sich auf dem Bug des Panzers vor dem Geschützrohr ins Windengeflecht. Wie flehend streckte er die Arme in die Menge hinunter. »Sonst erfüllt sich an euch das schreckliche Wort des HERRN, der da spricht durch den Propheten Zefanja: Ich will die Menschen ängstigen, dass sie umhergehen sollen wie die Blinden, weil sie wider den HERRN gesündigt haben! Ihr Blut soll vergossen werden, als wäre es Staub, und ihre Eingeweide, als wären sie Kot!« Wieder deutete er auf den Motorradmann. »Hört nicht auf diesen Frevler! Er ist ein Diener des Teufels!«

»Is doch gut!«, riefen einige. Und einer sagte: »Is de Sohn vonne easte Load, de gwoße Dschonn Dschägga!«*

Und dann begann die Menge einen rhythmischen Gesang anzustimmen. Einige trommelten mit Stangen, Schwertern und Äxten gegen die Panzerkarosserie. Kaum ein Wort verstanden Therese und der Reverend. Nur wenn der gesamte Chor den Re-frain grölte, konnten sie einzelne Satzfetzen heraushören: *Sümpäthie foa de däwil,* oder so ähnlich. Pain zweifelte nicht daran, dass es ein Loblied auf den Herrn der Hölle war.

Die sieben Fremden tuschelten miteinander. Grimmige Zufriedenheit hatte ihre Mienen verzerrt. Bei zwei von ihnen, die ihre Kapuzen abgestreift hatten, sah man gewächsartige Stummel statt Ohren unter den Rändern der Lederhelme, und einem hing ein Fleischlappen auf die gespaltene Oberlippe herab. Eine Nase war in seinem Gesicht nicht zu erkennen.

»Schluss damit!« Reverend Pain brüllte sich die Kehle heiser. »Im Namen des HERRN – Schluss damit!«

Therese stieg zu ihm herunter. Groß ihre Augen, ängstlich ihr Blick – er flog zwischen der grölenden Menge und dem fäusteschwingenden Pain hin und her. »Lassen Sie uns gehen, Reverend!« Sie fasste seinen Arm. »Das Gesindel wird uns zerreißen!« Ein Hustenanfall schüttelte sie.

»Seht ihr denn nicht, wic die Höllenmächte diese Welt in Beschlag nehmen?!« Reverend Pain brüllte und drückte Schwester Thereses Hand weg. »Seht ihr nicht, wie der dunkle Fürst sie von innen heraus entstellt?!«

Der Chor ebbte ab. Als er merkte, dass er die Aufmerksamkeit der Menge zurück gewann, erhob sich der Reverend. »Wer Augen hat zu sehen, der sehe! Nicht nur die Leiber der Tiere verzerrt das Böse, auch auf menschlichen Gesichtern könnt ihr es bereits erkennen, das Antlitz der Hölle!« Er deutete auf die

---

* siehe Maddrax 17 und 18

sieben Männer in den weißen Pelzen. »Oder warum sehen diese Fremden dort aus wie Dämonen?! Ich will euch sagen, warum – weil die höllischen Mächte schon in ihnen wohnen! Und auch von euch werden sie Besitz ergreifen, wenn ihr nicht Buße tut und für den HERRN zu den Waffen greift...«

Wie ein Mann preschten die Fremden los. Sie drängten sich in die Menge, zogen Schwerter und Äxte unter ihren Mänteln hervor und brüllten Worte in einem fremden Idiom.

Nur einer beherrschte die Sprache der Ruinenlords von Landán leidlich. Er stürmte den anderen sechs voran und rief: »Krieger Lokiraas sind wir! Und du bist tot!«

Kurz bevor er den Panzer erreichte, stellte sich ihm der Motorradmann in den Weg. »Wea tod is un wea nich, sacht hia de Dschägga! Un das bin ich!«

»Alter Mann hat uns beleidigt!« Der Fremde mit der gespaltenen Oberlippe und dem Fleischlappen anstelle der Nase fuchtelte mit seinem Kurzschwert. »Nie mehr wird er Lokiraas Krieger beleidigen!« Er wollte sich an dem Grandlord vorbei drängen.

Der hielt ihn fest. »Heymän! Nix kapieat, was?! Isn gwoße Spaß, wenne Pain pwedigt. Tobt so schön. Lassn lebn, sonsd...«

»Was ›sonst‹...?!«

Die Menge verlor das Interesse an dem Reverend und Therese. Sie scharten sich um ihren Anführer und die Fremden.

Therese sprang vom Panzer. »Kommen Sie, Reverend! Schnell weg hier!« Sie streckte dem Greis die Hand entgegen. Er kletterte in die schwarzen Brennnesseln hinab. Seltsam steif bewegte er sich. Seine Gelenke krachten. Aber er schwankte nicht. »O HERR, erbarme dich dieser verirrten Lämmer...«, murmelte er. Therese zog ihn mit sich.

Immer wieder schaute er zurück, brummte klagende Gebete in seinen Bart, bekreuzigte sich und machte zwischendurch seinem Zorn auf den selbsternannten Ersten Lord John Jagger

Luft. Pain hatte ihn noch persönlich gekannt. Ein Stahlschädel – durch schiere Willenskraft und gnadenlose Brutalität hatte er der Ruinenstadt und dem atomaren Winter Lebensraum für seine wilde Horde abgetrotzt. Niemanden respektierte er außer sich selbst, an nichts glaubte er außer an sich selbst.

»Teufelsdiener!«, zischte Pain. Er sah sich um. Der Grandlord und seine Leute – größtenteils Nachfahren einer Motorradgang namens »Lords« – stritt mit den Fremden.

»De Pain is spaßig«, hörte er Jagger rufen. »Verzählt spannend Stowies, machtne gute Schau! Lassdn ja in Wuh, oda...!«

Und der entstellte Weißpelz schrie: »Hohlkopf isser! Weiß nix, kann nix! Todesstern hat alle Götter vernichtet! Nur Lokiraa und Wodan nich!«

Fäuste wurden geballt, Schwerter und Äxte prallten aufeinander. Frauen und Halbwüchsige huschten in den Treppenabgang. Therese packte den Reverend und zog ihn ins Gebüsch. »Verblendete!«, murmelte Pain. »Arme verlorene Seelen...«

Sie kletterten über einen Schutthügel, der an dieser Stelle zwischen eingestürzten und schwarzen Hausfassaden die ehemalige New Oxford Street versperrte. Schnee und Eis überzogen den Trümmerhaufen teilweise, und die spärlichen Strünke von Efeu und Winden trugen nur wenige Blätter – schwarz und vom Frost der letzten Nächte vernichtet. Müde und erschöpft war der Reverend. In solchen Momenten der Enttäuschung wurde es ihm schmerzhaft bewusst: Er war alt, uralt, und nur die Glut seines Glaubens und sein kompromissloser Wille zum Kampf gegen das Böse hielten ihn aufrecht. Und sein Stützkorsett.

Auf der anderen Seite des Schuttbergs rutschten sie auf die Straße hinunter. Pains Lippen bewegten sich im stummen Gebet. Über zugefrorene Pfützen, verrostete Ampelmasten und Antennen balancierten sie zu einer Ruine, in deren Fassade ein großen Loch klaffte. Reverend Pains Maschine wartete dort unter einem Haufen aus Plastikfetzen.

In dieser Gegend war es nicht ratsam, sein Motorrad ohne Tarnung irgendwo abzustellen. Das Lumpenpack, das sich großmäulig »Lords« nannte, war ein diebisches Volk. Ersatzteile und vor allem Benzin galten ihnen als wertvollste Zahlungsmittel. Und wer ein altes Treibstofflager in den Trümmern entdeckte, wurde ohne viel Federlesens als Rudelführer auf den Schild gehoben. Pain wusste, dass Jagger sich seit zwei Jahren mit einer Konkurrenz von drei anderen so genannten »Grandlords« herumschlagen musste.

Mit vereinten Kräften schoben sie das Motorrad aus der Ruine auf die Straße hinaus. Ein bizarres Gefährt – Pain hatte es aus den Einzelteilen von fast zwanzig Motorrädern zusammengebaut, die er während der jahrelangen Nacht in der Umgebung seines Quartiers aus den Trümmern geborgen hatte.

Anstelle des Hinterrades hatte er die Achse eines Kleinwagens eingebaut und zwei breite Felgen mit Plastiflex-Gürtelreifen einzeln eingehängt. Das Vorderrad war mit einer doppelten Stoßdämpfung versehen. So war die Maschine einigermaßen gelände- und ruinengängig.

Therese raffte ihr Kleid hoch, schwang sich auf den Sattel, legte den Zündschalter um und trat die Maschine an – sie versuchte es jedenfalls. Doch der Motor stieß jedesmal nur ein dumpfes Knurren aus und verstummte sofort wieder.

»Steigen Sie ab, Schwester Therese.« Die Nonne gehorchte. Pain bekreuzigte sich. »Sieh gnädig auf deine Diener und ihr Gefährt herab, o HERR!« Er zog ein Fläschchen aus trübem Glas aus seinem Ledermantel, schraubte es auf und begann die Maschine zu umkreisen. Während er betete und sich bekreuzigte, spritzte er drei Mal Weihwasser auf den Motorblock.

»Jetzt noch einmal, Schwester Therese.« Er schraubte das Fläschchen zu und versenkte es in seiner Manteltasche. Die Nonne – sie pflegte den halb blinden Reverend zu chauffieren – schwang sich erneut auf das Motorrad. Diesmal sprang es sofort an. Das Gebrüll des Motors hallte von Ruinenfassaden und Trümmerhalden wider.

»Wasn supa Twick!«, tönte es vom Schutthügel her. Der Reverend fuhr herum. Jagger und sechs wilde Burschen seines Anhangs schlitterten und sprangen den Steinhaufen herunter. Zwei trugen weiße Fellbündel unter den Armen. Der Grandlord baute sich vor Pain auf. Die Bewunderung in seiner Miene war echt. »Eakläa ma – wie hasse das annestellt? Wasis innem Fläschche drin?«

»Der Arm dessen, an den du nicht glauben willst, bewirkt solche Wunder, du armer Lump! Der starke Arm des HERRN!«

»Aam?« Jagger starrte in den Rotdunst des Himmels, blickte zu den Ruinenfassaden und dann wieder zu Pain. »Wassn füan Aam? Seh nix!« Er wirkte ehrlich verblüfft.

»Der Arm des HERRN ist unsichtbar, aber wer auf ihn vertraut, erlebt solche Wunder!« Der Reverend ließ Jagger stehen und machte Anstalten, hinter Therese auf die Maschine zu klettern.

»Waate, Pain, waate ma!« Jagger drehte sich zu seinen Männern um. In respektvollem Abstand bildeten sie hinter ihm einen Halbkreis. Auch wenn man dem greisen Prediger kein Wort glaubte, genoss er doch den Ruf eines mächtigen Magiers unter den Lords.

»Bigload Smith! Liddleload Mäc!« Jagger winkte die Männer mit den Fellbündeln zu sich. »Gebs'm.« Die beiden in Lederzeug und Sacktuch gehüllten Gestalten schoben sich an ihrem Anführer vorbei. Zwei Schritte vor Pain blieben sie stehen und präsentierten ihm die Felle. Der Reverend sah das Blut in den weißen Haarbüscheln.

»Is so kalt...!« Jagger machte eine weinerliche Miene. Wahrscheinlich wollte er den Mitleidigen mimen. »Wennde mia's Fläschche gibs, kwiegste Felle dafüa.«

Reverend Pain starrte das Blut auf den Pelzen an.

»Mörderpack! Ihr habt sie getötet!«

»Übles Gesocks!« Die Miene des Grandlords wurde hart. »Kame middem Schiff und Schlidden ausse Noade, um uns aususpionian. Ham alle weggemacht!« Er fuhr sich mit der Handkante über seinen bärtigen Kehlkopf. Dann deutete er mit einer Kopfbewegung auf die Felle in den Händen seiner beiden Männer. »Also, wasis?«

»Gott sei deiner Seele gnädig!« Reverend Pain stieg hinter Therese in den Sattel. Er blickte zum Himmel. »Gib meiner Seele Kraft, o HERR! Du hast mich aus deinem eigenen Land in diesen Sündenpfuhl geführt, nun gib mir die Kraft, mich DEINES Auftrags würdig zu erweisen!« Er bekreuzigte sich. Therese fuhr an.

»Waate, Pain, waate!« Jagger lief neben der anrollenden Maschine her. »Wenne willst, tötenwa auch 'n paa vonne Viecha, wasse füa Dämons hälst...!«

»Verblendeter! Es *sind* Dämonen!«

Therese gab Gas. Die Maschine machte einen Ruck nach vorn. Reverend Pain schlang die Arme um die Nonne, um sich festzuhalten. Siedend heiß fuhr es ihm durch alle Knochen, als er die Wölbungen ihrer jungen festen Brüste unter dem schwarzen Stoff fühlte. Sofort ließ er los und griff nach dem hinteren Sattelrand. »Führe mich nicht in Versuchung, o HERR, sondern erlöse mich von dem Bösen...«

Die Maschine holperte über Trümmer und durch kahles Gestrüpp. Rissige und zerfallene Hausfassaden glitten vorbei. Der schreiende Jagger blieb zurück...

Südwestliche Appalachen, ehemaliger US-Bundesstaat Tennessee, 2517 n.Chr. (505 n.CF.)

Sie sah die Konturen zweier Körper, die sich unter den Felldecken abzeichneten. Und Haarschöpfe am Kopfende des Lagers – einen kurzen blonden und einen lockigen dunkelhaarigen. Sie sah das alles wie durch eine schalldichte Glasscheibe hindurch. Kein Ton war zu hören – kein Rascheln, kein Seufzen, kein Stöhnen.

Dabei bewegten sich die Körper unter der Decke. Und wie sie sich bewegten! Sie drängten sich aneinander, rollten übereinander, umarmten sich, ließen sich los, um gleich wieder übereinander herzufallen, als wollten sie sich verschlingen. Und alles in vollkommener Stille. Fast schmerzte die Stille sie mehr als der Liebestanz der beiden Körper.

Die Trauer ließ ihr Herz anschwellen. Schwer und eng wurde es. Sie weinte, aber auch das nur stumm.

Dann rutschte einer der Körper auf den anderen und bäumte sich auf. Die Felldecke glitt von einem nackten Rücken. Ein Frauenrücken. Weiß war die Haut, viel weißer als ihre eigene. Die dunkle Haarmähne peitschte auf und ab, und die Arme des Körpers darunter griffen nach den Hüften der Frau...

Sie wollte schreien, doch kein Ton löste sich aus ihrer Kehle. Sie sprang auf und rannte los, wollte sich auf die beiden stürzen, aber es war, als würde sie bis zu den Hüften im Moor waten. Sie kam kaum voran.

Und plötzlich veränderte sich das Bild. Feuerschein flackerte jetzt an den Wänden neben dem Lager des kopulierenden Paares. *»Still!«*, rief eine Frauenstimme. Ihre eigene Stimme hinter der Glaswand auf dem Lager. Und plötzlich sah sie ihren eigenen nackten Körper auf dem eines Mannes mit langem, fast weißen Haar. Rulfan...

Aruula riss die Augen auf und fuhr hoch. Unter ihren

Händen spürte sie trockene Erde. Ein kalter Wind wehte ihr ins schweißnasse Gesicht. Ihr Herz klopfte. Sie hob den Kopf. Die Blätter über ihr raschelten in der Morgenbrise. Zwischen Lücken in der Laubkrone dräute ein tiefgrauer Himmel. Kein Stern war zu sehen.

Sie blickte sich um. Keine Glut mehr in der Feuerstelle. Daneben ein kleiner Haufen frisch aufgeworfener Erde. Die Stelle, an der sie gestern Abend die Überreste ihres zweiten Reittiers vergraben hatten. Ihnen war keine Wahl geblieben, als auch das zweite Tier der WCA-Agenten zu schlachten, nachdem das erste schon am zweiten Tag nach Verlassen der Todeszone in einen Gerulbau eingebrochen war und sich einen Vorderlauf gebrochen hatte.

Die Gegend, durch die sie seit anderthalb Wochen zogen, brachte zwar einige karge – und meinst giftige – Pflanzen hervor, doch ihre Jagd war erfolglos geblieben. Also hatten sie das Tier schließlich schweren Herzens getötet, alles verwertbare Fleisch in dünne Scheiben geschnitten und diese am Feuer getrocknet. Es würde sie eine weitere Woche am Leben erhalten.

Neben sich hörte Aruula *seine* Atemzüge, tief und ruhig. In Decken gerollt lag er da und schlief den Schlaf des Gerechten. Aruula stieß einen bitteren Seufzer aus. *Ihn* schienen keine bösen Träume heimzusuchen.

Sie schüttelte sich.

Weg mit der Trauer, weg mit dem aufsteigenden Ärger. Vergessen, verziehen, vorbei. Oder nein – nur vorbei. Und nur fast verziehen. Und vergessen?

Es war zu dunkel, um Maddrax' Gesichtszüge erkennen zu können. Sie beugte sich über ihn, ganz nah, bis sie den Hauch seines Atems auf ihren Lippen fühlen konnte. »Nie mehr«, flüsterte sie. »Nie mehr soll einer von uns einen anderen lieben, hörst du? Nie mehr...«

Natürlich hörte er nicht, er schlief ja viel zu tief. Er sollte auch nicht hören, jedenfalls jetzt nicht – oft genug hatten sie es sich beteuert, seit sie Waashton verlassen hatten. Ihr Geflüster galt nicht ihm, es galt ihrem aufgescheuchten Herzen, vielleicht noch dem Schicksal. Ja, wie eine Beschwörung klang es, wie ein Versprechen. »Wir werden uns treu bleiben, immer...«

Tief sog Aruula die kühle Luft ein. Die Außenseite ihres Fellmantels war klamm. Sie tastete nach der Feldflasche. Sie lag neben Maddrax' Kopf. Ihre Hand berührte ihn. Einen Atemzug lang verharrte sie. Dann strich sie ihm über das Haar. Behutsam und zart, um ihn nicht zu wecken.

Sie schraubte die Flasche auf und trank. Eiskalt rann das Wasser durch ihre Kehle. Quellwasser von den Gipfeln, die Maddrax »Appalachen« nannte.

Ein Schrei zerriss die Morgenstille, langgezogen und schrill. Nicht sehr nahe, aber nah genug um ihn deutlich zu hören. Aruula setzte die Flasche ab und lauschte. Der Todesschrei eines Tieres? Und da – noch einmal: Gleich mehrere Schreie kurz hintereinander. Nein, so schrie kein Tier!

Sie schraubte die Flasche zu, ging in auf die Knie und legte den Oberkörper auf die Schenkel. Diesmal lauschte nicht ihr Gehör, diesmal lauschte ihr Geist. Tastete sich in die Ferne, suchte die Berührung anderer fühlender Wesen, fremder Gedanken. Und tatsächlich – sie spürte etwas. Angst und Schmerz, verwaschen und schwach, ein Hauch nur, ein Rinnsal. Wer immer da unter Schmerzen geschrien hatte, er war noch weit entfernt. Oder starb gerade...

Und dann, deutlicher, etwas Sprödes, Kaltes. Hunger und Mordgier schlugen Aruula entgegen.

Sie wunderte sich, denn so klar hatte sie vor Wochen das Wesen fremder Geister noch nicht empfangen können. Seit sie die große Stadt verlassen hatten, schien ihre Fähigkeit zu *Lauschen* gewachsen zu sein. Seit Crows Männer ihr die Fähigkeit eine Zeit lang geraubt hatten.

Mordlust, Gier, Kälte und Hunger – so machtvoll strömte die scheußliche Lebenskraft des fremden Geistes in ihr Hirn, dass Aruula zurück zuckte. Sie richtete sich auf.

»Was spürst du?«

Sie fuhr herum. Hinter ihr stand Maddrax im Halbdunkel neben seinem Schlafplatz. »Ein Kampf«, flüsterte sie. »Jemand stirbt, jemand frisst – hast du die Schrei gehört?«

Er nickte. »Mehrere Schreie. Tiere?«

»Nein.« Sie schüttelte den Kopf. »Nein – Tiere fühlen sich anders an. Tiere schreien anders.« Aruula stand auf. Sie bückte sich nach ihrem Fellmantel und schlüpfte hinein. »Schauen wir nach.«

»Nachschauen?«

Aruula sah es nicht, aber sie hörte es seiner Stimme an, dass er die Stirn runzelte. »Der Schrei kam von Sonnenuntergang her. Aus der Richtung also, in die unser Weg führt. Willst du dich von irgendwelchen Feinden überraschen lassen?« Sie schnallte sich ihr Langschwert auf den Rücken. »Je früher wir erfahren, vor wem oder vor was wir uns in Acht nehmen müssen, desto besser.«

»Stimmt.« Drax ging neben seinen Decken in die Hocke und begann sie zusammenzurollen. »Schauen wir also nach.«

Sie kamen nur langsam voran. Es gab keinen Pfad, der hangabwärts führte. Jedenfalls fanden sie im Halbdunkeln keinen. Es blieb ihnen nichts anderes übrig als über umgestürzte Bäume zu steigen und sich durchs Unterholz zu arbeiten.

Aruula ging voran. Lautlos wie ein Raubtier bewegte sie sich. Kaum raschelte Laub an Zweigen, die sie zur Seite bog, und kein Ast brach unter ihren Sohlen.

Jägerin bis in die Haarspitzen, dachte Matt.

Viele Monate alte Bilder zogen ihm durch den Kopf: Aruula und er im Eisgebirge der Alpen. Aruula und er in den Flusswäldern zwischen dem ehemaligen München und der befestigten Siedlung von Leipzig. Aruula und er im Urwald Südenglands...

Damals war er sich noch vorgekommen wie ein Elefant, wenn er neben oder hinter ihr ging. Jetzt verstand auch er es, sich leise in der Wildnis zu bewegen. Wenn auch nicht lautlos wie seine Gefährtin.

Vielleicht bring ich's ja sogar noch bis zum Jäger. Er blieb dicht hinter ihr.

Der Hang wurde steiler, das Himmelsgrau in den Lücken der Baumkronen nahm eine rötliche Färbung an. Manchmal rutschte Matt ab und musste sich mit den Händen abstützen. Der Proviantsack auf seinem Rücken wog schwer. Irgendwann griff seine Hand an Fels. Die Bäume standen lichter und zwischen ihnen immer häufiger mannshohes Buschwerk.

Aruula blieb stehen. Mit beiden Händen griff sie hinter sich und nahm ihr Schwert aus der Rückenhalterung. Mit der Klinge bog sie den Ast eines Dornbusches zur Seite. Mit dem Kopf winkte sie Matt an sich vorbei. Sie hielt den Ast fest und lief selbst unter ihrem Schwert durch.

Matthew wartete vor einer niedrigen Gestrüpphecke. Dahinter sahen sie eine dünne Rauchsäule in den Morgenhimmel steigen. Der Wind bog sie in ihre Richtung. Sie pirschten an der Hecke vorbei, bis sie eine Lücke fanden, durch die hindurch sie weiter hangabwärts schleichen konnten. Plötzlich ging Matt in die Knie und streckte die Rechte nach hinten aus, um Aruula aufzuhalten. »Achtung...!«

Sie standen an der Kante einer Steilwand.

Tief unter ihnen füllte dichter Wald einen kleinen Talkessel aus. Ein alter Steinbruch, vermutete Matt. Sie blickten auf das dunkelgrüne Meer wogender Baumwipfel herab. Dunst schwebte darüber. Dunst auch über der Ebene, die sich jenseits des Talkessels ausbreitete und in die der alte Steinbruch und die Waldhänge rechts und links von ihm übergingen.

Endlich vernünftige Vegetation! Und wahrscheinlich auch genug Tiere, die sie jagen konnten. Vielleicht hatten sie ihr Reittier einen Tag zu früh geopfert...

»Das Great Valley«, murmelte Matt.

Aruula hob die Brauen – »Great Valley« sagte ihr nichts.

»Wir haben die Westseite des Gebirges erreicht.« Matt deutete auf die Ebene. »Große Städte lagen früher dort unten – Kingsport, Johnson City...« Er unterbrach sich. Was wusste Aruula schon von jenen Städten? Chattanooga, Knoxville – ulkig klingende Namen für sie, weiter nichts. Ihre Vergangenheit war nicht die seine.

In den Steilwänden des Talkessels wucherten verkrüppelte Birken und Buschwerk. Seine Ränder senkten sich erst steil, dann immer flacher, bis sie sich in der Ebene auflösten. Und links unten, fast am Fuß des Hanges, stand die Rauchsäule. Aus den Baumwipfeln heraus schraubte sie sich ein Stück in das Morgengrauen, bis der Wind sie zerfaserte und in den Waldhang hinein blies.

Irgendwo dort unten musste ein Feuer brennen. Ein Blickwechsel genügte. Wortlos und fast gleichzeitig setzten sie sich in Bewegung. Am Rand des Talkessels entlang näherten sie sich der Quelle des Rauches.

Beide spürten sie, dass die Zeit der Ruhe vorbei war. Fast zwei Wochen lang waren sie unbehelligt von den Sümpfen im Südosten über die Appalachen gezogen. Die einzige wirkliche Schwierigkeit außer dem fehlenden Jagdglück waren sie selbst gewesen. Ihre Beziehung, genauer gesagt. Nach der Flucht aus Washington und in der Todeszone waren sie selten allein gewesen und hatten auch wenig Zeit gehabt, sich auszusprechen.

Jetzt gab es lange Gespräche, Streit auch, und alle zwei Tage Versöhnung und Treueschwüre.

Die Trennung damals in Plymouth – schlimm war sie gewesen. Und die Zeit ohne Aruula traurig und leer. Matthew Drax hatte den Traum nie aufgegeben, sie wiederzusehen. Und trotzdem andere Frauen gehabt.

Das Gelände wurde abschüssig. Es roch nach Rauch. Aruula ging in die Hocke. Mit einer Geste winkte sie Matt an ihre Seite und deutete ins Dornengestrüpp.

Jemand hatte sich einen Weg durch das dornige Geäst gebahnt. Die Bresche war deutlich zu erkennen. Abgerissene Zweige und frisches Laub bedeckten den Waldboden.

Mit der Schwertklinge zog Aruula einen starken Ast herunter. Die Bruchstelle war glatt und frisch. Er war nicht abgebrochen, er war durchgeschlagen, mit einem Schwert, einer Axt, einem scharfkantigen Werkzeug. Sie arbeiteten sich durch die Dornen weiter hangabwärts. Geduckt liefen sie, und von Zeit zu Zeit verharrten sie und lauschten. Wieder war es Aruula, die eine Spur entdeckte. Diesmal im Waldboden. Ein Abdruck von der Größe einer Taucherflosse.

Matts Finger fuhren an seinen ausgefransten Rändern entlang. Die drei langen Ausstülpungen an der Spitze und die beiden dornenartigen Kerben an der Ferse erinnerten an die Spur einer Vogelkralle. Ein paar Meter weiter fanden sie den nächsten Abdruck. Und gleich darauf noch einen.

Matt zog und entsicherte den Driller, den er seit Washington bei sich trug. Gut dreißig Miniaturgeschosse enthielt das Magazin noch.

Von diesem Moment an bewegten sie sich nur noch in der Hocke und auf den Knien voran.

Ein kastenförmiges Gebilde erhob sich zwischen den Bäumen aus dem Unterholz. In den Lücken des Gestrüpps, das es überzog, sah Matt Metall glänzen. Und als sie sich bis auf zwanzig Schritte herangeschlichen hatten, wusste er, dass er das Wrack eines 3-MAT vor sich hatte, eines dreiachsigen gepanzerten Militärtransporters. Direkt davor stieg die Rauchsäule auf und verschwand in den Baumkronen.

»Ich habs geahnt«, raunte Matt. »Hymes und Crow lassen nicht locker. Der Trupp, der uns in die Sümpfe gefolgt ist, war nicht der einzige.* Man sucht nach wie vor nach uns.«

Doch sie hörten niemanden, sahen niemanden. Den Driller im Anschlag und das Schwert vor der Brust gezückt richteten sie sich auf. Schritt für Schritt näherten sie sich dem 3-MAT und der Rauchquelle. Blieben stehen, blickten sich um, gingen weiter.

Vor dem Wrack, dessen Plastiflex-Räder jemand in Stücke gehauen hatte, glomm die Glut eines Feuers. Matt sah Konservendosen, Feldflaschen, zwei Messer. Eine Leiche lag gleich neben der Feuerstelle. Die zweite halb im Dornengestrüpp, zehn Schritte hangabwärts. Die dritte hing rücklings aus dem Führerhaus des Transporters. Merkwürdig steif, Augen und Mund aufgerissen, die Arme über die Schultern nach unten hängend, die Uniform über dem Oberkörper zerrissen, die Brust bis zum Schambein geöffnet. Blut trielte über Hals, Schläfen, Haar und Arme des Toten ins Laub.

»O Gott...« Ein Brechreiz würgte Matt. »O Gott...« Er wandte sich ab.

Aruula ging von einer Leiche zur anderen. Ihr abscheulicher Zustand schien die Barbarin nicht übermäßig zu beeindrucken »WCA-Agenten«, bestätigte sie. »Einer hat schwarze Hautfarbe.« Sie schüttelte sich und seufzte. »Jemand hat sie regelrecht ausgeweidet.«

Matt gewann die Kontrolle über seinen Magen zurück. Er ging über den Feuerplatz zu seiner Gefährtin. Überall sah er

---

* siehe Maddrax 39 ›Flucht in die Todeszone‹

aufgewühltes Laub und die Abdrücke der Vogelklauen – oder was auch immer sich hier ausgetobt haben mochte. Aruula stand neben der Leiche, die aus dem Gestrüpp ragte. »Ich glaube, Herz und Leber fehlen.«

»Scheiße...« Ein Frösteln jagte über Matts Rücken. »Wer tut so was...?«

»Den einen haben sie direkt neben dem Feuer erwischt, wahrscheinlich beim Essenmachen.« Aruula deutete auf die Leiche, die aus dem Wrack hing. »Der da wollte sich in der Maschine verstecken und der hier sprang vor Panik in die Dornen.«

»Das passt zu den Fußabdrücken«, sagte Matt. »Der oder die Angreifer schlichen sich vom Hang aus an.«

»Es müssen mehrere gewesen sein«, sagte Aruula. »Mindestens drei.«

»Die Männer haben sich nicht einmal gewehrt.« Matt betrachtete das Gesicht des Toten. Das Grauen seiner letzten Sekunden hatte sich tief in seine Züge gegraben. Arme und Hände streckten sich unnatürlich verkrampft in Laub und Gestrüpp aus. Mit der Schwertklinge berührte Aruula den linken Arm. Er war hart und steif wie ein Holzprügel.

»Sieh dir das an!« Matt deutete zum Wrack. Etwas steckte im Laub zwei Schritte neben der schillernden Schicht aus geronnenem Blut, das aus dem Toten geflossen war. Etwas Silbernes, unnatürlich Geformtes.

Sie liefen zu der Stelle und bückten sich nach dem Ding. Es war ein Driller. Matt drehte ihn in seinen Händen.

Die Handfeuerwaffe war zerbeult und unbrauchbar. Irgendjemand musste sie mit unglaublicher Wucht gegen das Maschinenwrack geschleudert haben. Matt zog das Magazin heraus und steckte es in eine seiner Taschen. »Hast du einen Schuss gehört? Ich nicht.«

Sie standen auf und suchten das Wrack und den Platz um das

Feuer nach weiteren Hinweisen ab. Dabei fanden sie einen weiteren Driller. Aruula steckte sich die handliche Waffe in den Bund ihres Schurzes.

Sie besahen sich den Toten, der aus dem Maschinenwrack heraus hing. Auch seine Glieder waren hart, und den Teil seines langen Haars, über den kein Blut floss, bedeckte eine feine Frostschicht. Aruula berührte das Haar mit dem Schwert. Es war zu einer festen Schicht zusammen gebacken. »Wie gefroren.« Sie ging in die Hocke und berührte einen Arm des Toten. »Eiskalt.«

Noch einmal untersuchten sie die anderen beiden Leichen. Auch ihre Arme und Beine waren steif und so kalt, als hätten die Männer tagelang im Gefrierschrank gelegen, und die Haut an Hals und Gesicht fühlte sich an wie eine Frostdecke.

»Der Boden ist weich«, sagte Aruula. »Es hat nicht gefroren und sie sind nicht länger als eine Stunde tot.« Sie blickten sich an. Die Mörder dieser Männer mussten über fremdartige Waffen verfügen.

»Zwei Dinge sind klar«, sagte Matt. »Der Weltrat denkt nicht daran, uns in Ruhe zu lassen. Und ganz in unserer Nähe schleichen irgendwelche Teufel durchs Unterholz, die es auf menschliche Innereien abgesehen haben und mit Eiskanonen schießen.«

»Raus aus dem Wald!«, schloss Aruula. »Unten in der Ebene haben sie weniger Deckung!« Seite an Seite rannten sie hangabwärts los...

Eine halbe Stunde und länger liefen sie ins Buschland hinaus. Ziellos zuerst, dann langsamer und in großen Bögen um Baum und Buschgruppen. Zwar hatten die Spuren der Mordbestien wieder in den Wald hinein geführt, doch die Furcht erschuf ihre Konturen und Schatten hinter jeder möglichen Deckung.

Der Himmel hellte sich ein wenig auf. Dafür schwebten Dunstschwaden aus dem hohen Gras. Als würde die Erde ausatmen, oder als würde das Schattenreich die grausamen Gegner jeden Moment vor ihnen ausspucken wollen.

Matt und Aruula steuerten eine kleine Erhebung an, einen Felsbrocken oder Kraterwall – hinter dem hoffentlich nicht nur der Tod lauerte.

Es war eine mit hohem Gras bewachsene Geröllhalde. Der Himmel mochte wissen, wie sie hierher kam. Der Trümmerhaufen eines uralten Bauwerks vielleicht, oder eine Grabstätte. Über schroffe, im Gras verborgene Gesteinsbrocken kletterten sie auf die Haldenkuppel. Beide keuchten, verharrten von Zeit zu Zeit, um sich umzublicken und zogen einander hoch, wenn einer in eine Trümmerspalte abrutschte.

Auf dem höchsten Punkt der Kuppe – ihr Durchmesser betrug höchstens achthundert Fuß – duckten sie sich ins Gras und spähten zurück zum Waldhang. Kein Verfolger jagte durchs Buschland, kein verräterischer Schatten bewegte sich an den Rändern der Buschhaine.

»*Lausche.*« Matt zwang sich zu langen tiefen Atemzügen. »Vielleicht kannst du sie aufspüren, wenn sie in der Nähe sind...«

Aruula beugte sich zwischen ihre Knie und versuchte ihren aufgewühlten Geist zu sammeln. Sie schloss die Augen und konzentrierte sich.

Es war, als würde die Temperatur um sie herum schlagartig sinken. Sie fröstelte. Und dann bohrten sich Dutzende von Eiszapfen in ihr Hirn. Der Wille zu töten fiel über ihren Geist her, eine Gier zu verschlingen – unstillbar und fast so klar, als würde sie ihrem eigenen Geist entspringen. Aruula schrak hoch. »Sie müssen ganz nah sein...« Ihr Mund war trocken, die Zunge schwer.

Matt musterte sie aus schmalen Augen. Er sah ihren Schrecken.

»Steck dein Schwert weg, nimm den Driller.« Nach allen Seiten flogen ihre Blicke. »Warum sehe ich nichts, wenn sie so nah sind...?«, flüsterte Matt.

Im nächsten Moment sah er sie – drei hochgewachsene Gestalten galoppierten durchs hohe Gras! In einer Reihe, jede vielleicht achtzig Fuß von der anderen entfernt! Wie aus dem Nichts waren sie aufgetaucht!

»Da!« Aruula stieß ihn an. Ihr ausgestreckter Arm deutete in die entgegengesetzte Richtung. Auch von dort preschten drei Angreifer heran. Die sechs mussten sich im Wald geteilt und dann am Waldrand entlang einen Bogen um sie geschlagen haben.

»Runter vom Hügel!«, rief Aruula. »Ins Gras!« Sie sprang auf und stolperte die Geröllhalde hinunter, Matt hinterher. Er sah, dass die Angreifer sofort ihre Richtung änderten, um ihnen den Weg abzuschneiden.

Keine Chance... Die Einsicht lähmte ihn für Sekunden. *Kein Entkommen – wir erschießen sie oder sie fressen unsere Herzen...*

In diesem Moment hielt er sie noch für Tiere, aber schon im nächsten erkannte er die Waffen, die im Rhythmus des wilden Galopps neben ihren Köpfen aus dem Gras auftauchten – speerartige Klingen mit zwei Spitzen. Wie große Fleischgabeln sahen sie von weitem aus. Und dann konnte er auch ihre klauenartigen Hände sehen, ihre grünliche Schuppenhaut, ihre Reptiliengesichter, die runden Augen darin.

Vom letzten Steinwall der Trümmerhalde aus hechtete Matt sich ins Gras. »Weiter!« Er schob Aruula vor sich her. »Weg vom Hügel!« Sie robbten ein Stück ins Grasland hinein. Der Boden vibrierte. Das Gestampfe schneller Schritte galoppierte heran. Grunzen und Fauchen erfüllte die Luft. Matt drückte sich flach ins Gras. Nicht weit vor ihnen erklang Rascheln und Fauchen; das Gras teilte sich.

»Zurück!«, zischte Aruula. Auf allen Vieren krochen sie rückwärts dem Trümmerhügel entgegen, die Driller mit den Fäusten umklammert. Wie der Boden vibrierte! Und wie unerbittlich sich das gierige Fauchen näherte!

Für Sekundenbruchteile huschte ein grünschuppiger Kopf durch Matts Blickfeld – feuchte Nüstern, gebleckte Zähne, Augenhöhlen scheinbar ohne Augäpfel. Auch die Doppelklinge sah er – blankes Metall. Und dann schoss das Wesen an ihnen vorbei.

Sie pressten sich auf den Boden. Erinnerungen blitzten durch Matts Kopf: das Südland ganz zu Beginn seiner Odyssee, die Echsenreiter in Rom... *Sahen die nicht genauso aus, Grün und schuppig? Wie kommen die hierher...?*

Plötzlich war Stille. Matt blickte hinter sich. Aruula kauerte auf den Knien, den Oberkörper auf die Schenkel gepresst. *Lauschte* sie? Hinter ihr lag der flache Hang der Schutthalde. Dunst wogte von Wind bewegt über den Grashalmen.

Ruckartig fuhr Aruula hoch. Matt sah ihren zum Schrei geöffneten Mund.

Ein Schatten fiel über ihn. Vor ihm ragten schuppige Beine wie geflochtene Säulen auf, darüber ein Torso, grünschuppig und sehnig. Eine Echsenfratze schaute auf ihn herab. Die menschlichen Züge machten sie nur noch unheimlicher.

Der Reptilienmann hob seinen Klingenspeer. Doch nicht auf Matt fuhr er herunter – von einem Augenblick zum anderen zuckte die Bestie zur Seite, fauchte und stieß die Doppelklinge in Aruulas Richtung.

Matt sah seine Geliebte zur Seite hechten, hörte Metall gegen Metall schlagen, sah einen Driller durch die Luft wirbeln und im Gras verschwinden. Und riss sofort er seinen eigenen Driller hoch.

Das Wesen fuhr herum; sein Schnauzengesicht zuckte in Matts Richtung. Es riss den Rachen auf und entblößte seine

Reißzähne. Sein Grunzen wurde zum Fauchen; stinkender Atem blies Matt an, eiskalter Atem, eine Frostwolke – und Matts Arm und seine Finger wurden starr vor Kälte. Er konnte nicht zielen, konnte nicht abdrücken; wie taub waren Arm und Hand plötzlich und eiskalt. Die Echse hob die Fleischgabel, beugte sich nach hinten, holte aus...

Dumpfes Grollen ertönte plötzlich von Westen. Das Echsenwesen zuckte zusammen. In seinen Augenhöhlen wurden Augäpfel sichtbar, gelb und mit senkrechten Pupillenschlitzen. Es fauchte, und sein Atem bedeckte die Grashalme mit einer Frostschicht. Das Grollen erfüllte die Morgendämmerung. Es klang wie das ferne Röhren einer Maschine...

London, 2092 n.Chr. (80 n.CF.)

»Vater!« Die Stimme drang in seine Träume. Liebliche Stimme, düstere Träume. »Vater Pain!«

O wunderbare Stimme – rein und zart und süß, als würde ein Engel ihn rufen. Das Feuer, von dem er träumte, erlosch, die Dämonenfratzen, die ihn von allen Seiten bedrängten, lösten sich in Nichts auf. Plötzlich befand er sich in einem Blumengarten, und Therese eilte ihm mit einem Strauß weißer Rosen entgegen. Wie sie lachte, wie ihr schwarzes Gewand hinter ihr her flatterte und ihre weißen Knöchel freigab. Der Alte überließ sich dem Gefühl der Glückseligkeit. Im Traum breitete er die Arme aus, im Schlaf lachte er laut.

»Sir! Vater Pain! Aufwachen!«

Reverend Pain schlug die Augen auf. Zwei Handbreit über ihm war das Deckengemäuer, feucht und schroff. Unter ihm zwei breite Holzdielen mit ein paar Fellen überspannt. Und unter seinem harten Lager übereinander gestapelte Fässer und Kanister, einige voll, wenige halbvoll, viele leer.

Es klopfte an dem kleinen Holzverschlag vor dem Eingang zu seinem Gewölbe. Dahinter erklang Thereses Stimme. »Vater Pain?! Ist alles in Ordnung? Sie haben Besuch! Arme Seelen brauchen Ihre Hilfe! Wachen Sie doch bitte auf – es wird doch wohl alles in Ordnung sein mit Ihnen, Sir...?« Ihre Stimme klang ehrlich besorgt.

Gutes Kind...

»Sekunde noch, Schwester Therese, Sekunde.« Er streckte die müden Knochen. Seine Gelenke schmerzten, der Rücken tat ihm weh.

»Gehts Ihnen gut, Vater Pain?«

»Aber ja doch.« Wie erleichtert ihre Stimme klang. Sie hatte niemanden außer ihm. Und auf dem jungen Mädchen ruhten alle Hoffnungen des Alten.

Einen einzigen Reverend hatte er getroffen in all den Jahren – waren es sieben oder schon acht Jahre? –, seit man Tag und Nacht wieder unterscheiden konnte. Pain machte sich große Sorgen um die Sache der römischen Kirche und um das Reich Gottes auf Erden.

Therese aber, die Äbtissin der »Schwestern der barmherzigen Jungfrau«, betrachtete er als kleinen Lichtblick, als Senfkorn der Hoffnung, das zu einem großen Baum werden konnte, der seine Krone über diese ganze verfluchte Insel ausstrecken würde.

»Es geht mir gut, Schwester Therese, ja, ja... ich bin gleich so weit...!« Er schob sich von den Fellen und den Brettern darunter. Über eine Holzleiter stieg er von seinem hartem Lager auf den Fässern und Kanistern.

Reverend Pain schlief ruhiger auf seinen Treibstoffvorräten. In diesen düsteren Zeiten gab es kaum etwas Wertvolleres als Sprit. Ohne Sprit konnte Jagger kein Grandlord sein und der Reverend seine Mission nicht erfüllen.

»Ich bin gleich so weit, Schwester Therese.« Sprosse für

Sprosse tasteten sich seine nackten Füßen nach unten, seine Gelenke krachten, endlich der kalte Steinboden unter den Fußsohlen.

An einem der unteren Fässer hing ein Marienbild auf Pains Augenhöhe, an einem anderen ein Kruzifix aus schwärzlicher Bronze. Pain verneigte sich vor beiden und schlug zwei Kreuze.

»Die Leute mögen noch einen Moment warten, Schwester Therese.« Wie er es liebte, ihren Namen auszusprechen. Er löste den Strick an seiner Hüfte, mit der die Decke zusammengebunden war, in der er zu schlafen pflegte. Sie rutschte ihm von den Schultern. Klapperdürr, nur mit einem Lendenschutz bekleidet bückte sich seine ausgezehrte Gestalt über einen Stoffhaufen in einer Holzkiste. »Gehen Sie ruhig schon nach oben...«

Vor dem Verschlag hörte er ihre Schritte auf der Treppe. Sie hustete.

Er kramte ein loses Gestell aus Spangen, Lederriemen, Schnallen, Stangen und gebogenen Platten aus dem Stoffhaufen in der Kiste. Mit flinken Fingern befestigte er es an seinem Körper – an Fuß- und Kniegelenken die Schnallen und Riemen, an Unter- und Oberschenkeln, die mit Leder gepolsterten Stangen, die gewölbten Platten und Schnallen an Hüftgelenken und Wirbelsäule bis hinauf in den Nacken.

Reverend Pain lebte, weil er kämpfte. Am gleichen Tag, da er aufhörte, den Ausgeburten und Kriegsscharen der Hölle nachzujagen, würde er sterben. Ohne Stützkorsett aber konnte er nicht mehr kämpfen.

»Ich komme, Schwester Therese, ich komme...«

Er zog seine Kleider an, stieg in seine rissigen, abgeschabten Motorradstiefel, schnallte sich den Gurt mit den kleinen spitzen Holzkeilen um Brust, Rücken und Schulter, hing sich das Kruzifix vor die Brust, schlüpfte in seinen uralten Ledermantel und warf sich den Rucksack mit Hammer, Messer, Knoblauch, Weihwasser und dergleichen über die Schultern. Zum Schluss fuhr er sich mit den Fingern durch Bart und Haar.

Er zündete eine Öllampe an und blies die Kerzen auf den Leuchtern rechts und links seiner Gebetsecke aus. Der kleine Holzverschlag knarrte, als der Reverend ihn öffnete.

Über eine breite Stiege kletterte er nach oben. Durch die offene Bodenklappe fiel Tageslicht in den Treppenaufgang. Thereses Stimme rückte näher. Das Schluchzen und Jammern fremder Stimmen wurde lauter.

Seit etwa zwei Jahren lebte Reverend Pain in der Grabkammer unter den Trümmern einer Kirche im ehemaligen Westend. Nur der Chorraum der Kirche war teilweise erhalten. Darunter ruhten die Gebeine irgendeines Herzogs aus dem sechzehnten, eines Bischofs aus dem vierzehnten und eines Prinzen aus dem zwölften Jahrhundert. Und seit knapp zwei Jahren eben die Knochen eines einfachen Priesters aus dem einundzwanzigsten Jahrhundert, eines Mitglieds des Ordens der Reverends: Pains alte Knochen, wenn er sich auf seinen Benzinfässern und -kanistern zum Schlafen ausstreckte.

»Ich komme, Schwester Therese!«

Ihre Hand streckte sich ihm entgegen. Warm war sie, und fest griff sie zu. Sie zog ihn aus dem Schacht hinauf in den ehemaligen Chorraum der zerstörten Kathedrale.

Gemeinsam hatten sie vor zwei Jahren die Trümmer mit bloßen Händen weggeräumt und einen Weg in den leidlich erhaltenen Teil der Kirchenruine gebahnt, in den Chorraum.

Pains Traum war es, an dieser Stelle ein Gotteshaus zu errichten, in dem er dem Lumpenpack der Ruinenstadt das Wort des HERRN predigen und die Sakramente der Heiligen Römischen Kirche erteilen konnte. Allen, den verstockten Lords, den Wilden in den Erdlöchern und Wäldern und denen in den Bunkern.

Therese selbst wohnte im merkwürdigerweise ebenfalls erhaltenen Kirchturm. Und zwar ziemlich weit oben, auf der Ebene unterhalb des ehemaligen Glockenturms. Sie hasste es, unter der Erde zu leben. Das hatte sie neunzehn Jahre lang getan. Neunzehn Jahre zu lange.

Pain blinzelte in trübes Tageslicht. Durch eine glaslose Fensterrosette und das große Loch im Gewölbedach über dem Chorraum drang es in das Halbdunkel hinunter. Therese ließ seinen Arm los.

Ein Mann und eine Frau hockten in den Trümmern des Hochaltars. Sie weinten. Der Mann hielt den leblosen Körper eines Halbwüchsigen auf seinen Schenkeln fest.

Pain trat festen Schrittes vor sie hin. »Was ist passiert?«

Das Paar war in Lumpen und Plastikfolie gehüllt. Ihre Gesichter, Haare und Hände starrten vor Dreck. Die Leiche in den Armen des Mannes war nackt und nicht minder schmutzig. Nur mischten sich Blutspuren in die Dreckkruste. Pain sah sofort, dass der Junge tot war.

»Seht ihn Euch an, Reverend!« Der Mann jammerte und heulte. »Mein Sohn! Mein einziger Sohn! Seht ihn Euch an!« Er stand auf und hielt ihm den Toten hin. Die Mutter des Jungen raufte sich die Haare und schrie laut.

Das Paar und sein toter Sohn gehörten zu einer lose organisierten Horde von etwa vierhundert Menschen, die zwischen den Trümmern des Westends in Erdhöhlen hausten. Die meisten waren krank und hungrig. Und alle zu mutlos, um sich in die Wälder zu wagen, wo es seit kurzem wieder jagbares Wild gab. Und zu schwach, um ins Innere der Ruinenstadt vorzudringen, und sich mit den Lords auseinander zu setzten, die dort von übergroßen Ratten, wilden Hunden und Tauben einigermaßen satt wurden.

Der Mann legte seinen toten Sohn vor dem alten Pain in den Staub. Der Reverend ging vor der Leiche in die Hocke. Sie stank nach verwestem Fleisch und fauligem Blut. Den Vater schüttelte ein Weinkrampf, während er auf eine Wunde am Hals des Toten zeigte. Die Augen des Reverends aber wurden schmal und seine Gestalt straffte sich mit einem Mal.

»Sie haben ihn ausgesaugt...!« Der verzweifelte Lumpenmann schlug sich mit den Fäusten gegen Brust und Stirn.

Pain betrachtete die Wunden. Sie waren tief und saßen neben dem Kehlkopf über der Schlagader. Bisswunden, ohne Zweifel.

»Der Siebzehnte in fünf Tagen!«, schluchzte der Mann. »Frauen, Männer, Kinder – sie graben nach Wurzeln und suchen Aas am Waldrand oder spielen in den Trümmern und kehren nicht mehr zurück. Und irgendwann findet man sie ausgeblutet, doch nirgendwo ist Blut zu sehen...!«

»Nosferatu!« Pain sprang auf. »Verfluchte Höllenbrut!« Hart und kantig wurde seine Miene, seine Augen entschlossen und jung. Therese und das trauernde Paar sahen ihn erschrocken an. »Der HERR sei uns gnädig! – Ich werde die Vampire vernichten...!«

Südwestliche Appalachen, 2517 n.Chr. (505 n.CF.)

Der Schädel des Grünschuppigen zuckte zur Seite. Matt sah die kantigen Spangen seiner Schulterblätter, die Sehnenstränge rechts und links seiner Wirbelsäule, das Muskelgeflecht seines Gesäßes. Ein Grunzen, ein Fauchen, ein Sprung – und nichts als niedergetretenes Gras mehr an der Stelle, wo er eben noch gestanden hatte.

Ohrenbetäubend dröhnte das Motorengeräusch, dazwischen das Geschrei einer Männerstimme.

Aruula warf sich herum und kletterte zurück auf die Geröllhalde. Matt folgte ihr – ein Reflex, weiter nichts. Es war keine Kraft mehr in seinen Gliedern, kein klarer Gedanke in seinem

Kopf. Auf seinen Netzhäuten brannte noch das Bild des Unheimlichen, seine Trommelfelle schwangen noch von dessen Fauchen und in seinem steifen Arm stachen Tausende von Eisnadeln.

Motorengeknatter, Männergeschrei, Fauchen, Grunzen und das Donnern von Schüssen umgaben den Geröllhügel. Mit der Linken zog Matt den Driller aus der starren Rechten, damit er nicht den gefühllosen Fingern entglitt und in die Spalten zwischen den Gesteinsbrocken fiel.

Oben auf der Kuppe stand schon Aruula. Irgendetwas gabs von dort aus zu sehen; etwas das Aruula halb begeisterte, halb schockte – mit offenem Mund stand sie da und starrte ins Grasland.

Matt richtete sich an ihr auf. Sein Arm und seine Finger stachen. Die Panik, er könnte den Arm verlieren, Hand und Finger könnten für immer gelähmt sein, presste ihm das Herz zusammen. Doch das, was er im Grasland vor dem Schutthügel sah, zog seine Aufmerksamkeit augenblicklich von seiner Angst und seinem Schmerz ab.

Eine Maschine pflügte durchs hohe Gras, eine Art Motorrad. Wie ein Rudel Jagdwild galoppierten die Echsen vor dem brüllenden Motorgefährt her. Das Ding machte einen Höllenlärm. Ein bärtiger, schwarzhaariger Mann steuerte die Maschine. Er schrie unverständliche Sätze. Seine langen Locken flatterten im Fahrtwind, ein schwarzer Schlapphut hing ihm im Nacken. Auch seine Kleider waren schwarz.

Er lenkte das Gefährt links an den Echsenwesen vorbei.

»Er will ihnen den Weg zurück in den Wald abschneiden!«, rief Aruula. Tatsächlich änderten die Schuppigen ihren Kurs und galoppierten ein Stück nach Westen. Der Motorradfahrer riss die Lenkstange herum, die Maschine legte sich in eine scharfe Kurve.

Hin und her gerissen zwischen Unglauben und atemloser

Spannung beobachtete Matt, wie die Maschine die sechs Echsen erneut einholte. Die Bestien galoppierten jetzt zwischen dem Jäger und der Trümmerhalde, von der aus Matt und Aruula das unwirkliche Schauspiel beobachteten. Und prompt änderten sie wieder die Fluchtrichtung und versuchten ins offene Grasland zu entkommen.

»Er treibt sie direkt auf uns zu!« Matt rieb sich seinen Arm. Eiskalt und leblos fühlte er sich an. »Ich kann nicht schießen – meine Finger gehorchen mir nicht mehr... Wo ist dein Driller?!«

»Irgendwo dort unten im Gras.«

»Nimm meinen. Warte bis sie nahe genug heran sind, dann schieß!«

Aruula schüttelte ihre Mähne. »Ich könnte den fremden Jäger treffen!«

Matt fluchte. Aruula hatte Recht – noch etwa vierhundert Schritte entfernt strebten die Schuppenwesen ihrem kleinen Hügel entgegen, und nicht weit hinter ihnen steuerte der Motorradmann seine Maschine durchs Gras. Aus dieser Perspektive konnte Matt erkennen, dass sie einen Beiwagen besaß. Auch in ihm saß eine Gestalt – weiß und rot gekleidet und auffällig starr.

Näher und näher galoppierten die Echsen, Matt und Aruula wichen zurück. Und näher und näher ratterte das dreirädrige Gefährt an die Echsen heran. Sie sahen, wie die Rechte des verwegenen Fahrers die Lenkstange losließ und zu seiner Hüfte fuhr, sie sahen, wie er eine klobige, langläufige Faustfeuerwaffe anlegte.

»Deckung!«, brüllte Matt, aber Aruula lag schon längst bäuchlings im Gras. Er warf sich neben sie. Dann ein Knall – trocken, viel leiser als normaler Schusslärm und kaum vom Gebrüll des Motors zu unterscheiden. Fünf, sechs Mal hörten sie das Geräusch.

Matt und Aruula lugten aus dem Gras. Nichts hatte sich verändert – die Echsen setzten noch immer in hohen Sprüngen durchs Gras, der Motorradfahrer raste noch immer dicht hinter ihnen. Nur noch zweihundert Schritte trennten sie vom Grashügel.

Doch dann schlugen drei der Schuppenwesen um sich, als würden sie von einem Schwarm Hornissen angegriffen – oder als würde etwas in ihrem Rücken stecken, das sie abschütteln wollten. Die drei torkelten, ihre Bewegungen wurden unkoordinierter, sie fielen zurück, und schon fuhr der Schwarzgekleidete auf gleicher Höhe mit ihnen.

Er steuerte seine Maschine an einen der strauchelnden Echsenmänner heran. Ständig brüllte er irgendetwas, riss den Mund weit auf dabei und fuchtelte mit seiner Pistole – oder was auch immer das Schießgerät in seiner Rechten darstellen sollte – herum. Und plötzlich steckte er die Waffe weg, griff über seine Schulter hinter sich und zog einen kurzen Degen aus einer Rückenscheide.

Ein einziger Hieb gegen den schuppigen Hals, wuchtig und blitzschnell geführt, schlitzte dem Echsenwesen die Kehle auf. Es stürzte ins Gras.

Der Mann riss die Maschine herum, fegte an den beiden anderen nur noch torkelnd voran stolpernden Reptilienwesen vorbei und hieb auch ihnen die Klinge in den Hals.

»Halluja!«

Jetzt war er so nahe, dass Matt und Aruula sein Kampfgebrüll verstehen konnten.

»Halluja!« Er hielt auf die übrigen drei Echsen zu. »Im Namen des VATERS und des SOHNES und des HEILGEN GEISTES!« Wieder riss er die Faustfeuerwaffe aus dem Holster.

Die drei Schuppigen schienen begriffen zu haben, dass sie der Maschine nicht entkommen würden. Etwa achtzig Schritte vor dem Fuß des flachen Trümmerhügels stellten sie sich zum

Kampf. Die Doppelklingen mehr schützend als drohend vor den Oberkörpern, erwarteten sie den heran brausenden Mann in Schwarz.

Matt und Aruula sahen ihre Rücken. Zwei von ihnen wankten, als könnten sie sich nur noch mit Mühe auf den Beinen halten. Ein dunkles pfeilartiges Ding, nicht größer als ein Finger, steckte dem einen im Nacken und dem anderen unter dem linken Schulterblatt. Der dritte, offensichtlich unverletzte Echsenmann grunzte und fauchte in die Richtung seiner Gefährten, als wollte er sie antreiben.

Schon war der Motorradjäger heran.

»Im Namen der HEILGEN JUNGFRAU...!« Seine Klinge sauste durch die Luft, wieder stürzte ein Echsenmann ins Gras. Der Mann in Schwarz riss den Lenker herum und steuerte sein Fahrzeug in den Rücken der letzten beiden Bestien.

Die Kurve war scharf, Dreck und Grasbüschel spritzten auf. Die Gestalt im Beiwagen stürzte von einer Seite auf die andere und machte nicht einmal den Versuch, sich festzuhalten oder gar in den Kampf einzugreifen.

Der Mann stoppte die Maschine und sprang aus dem Sattel. »Im Namen GOTTES des Allmächtigen!« Er richtete die klobige Schusswaffe auf den unverletzten Echsenmann. »Zurück mit dir in die Hölle!« Das Schuppenwesen tauchte im Gras ab, und der kleine Bolzen, den die Waffe des Mannes abgeschossen hatte, zischte durch die Spitzen der Grashalme über ihn hinweg.

Dafür wankte der getroffene Echsenmann mit gezücktem Doppelklingen-Speer heran. Er riss den Rachen auf und fauchte. Matt und Aruula konnten den weißen Eishauch seines Atems sehen.

»Zurück zu deinem Meister, Ausgeburt der Hölle!«, dröhnte der Bass des Mannes in Schwarz. Er streckte dem Grünschuppigen eine Figur entgegen, die er an einem Band um den Hals trug. »Im Namen der HEILGEN JUNGFRAU...!« Der Eisatem schien ihm nichts anhaben zu können. »Im Namen der GOTTESMUTTER...!«

Der Grünschuppige wollte seinen Klingenspeer heben, doch sofort sank ihm sein Arm wieder kraftlos herunter. Nur den Eisatem konnte er dem Mann in Schwarz noch entgegensetzen.

Etwas abseits tauchte der sechste Echsenmann aus dem Gras auf. In großen Sprüngen galoppierte er Richtung Wald.

»... fahr zurück in die Hölle!« Der Motorradmann ließ sich überhaupt nicht von dem Eisatem beeindrucken. Mit der Linken streckte er dem Schuppigen die Figur entgegen, mit der Rechten hob er den Degen. Blitzartig stürzte er sich auf seinen wankenden Gegner und zog ihm die Klinge quer über den Hals. Das Echsenwesen stieß ein gurgelndes Röcheln aus, kippte nach hinten weg und verschwand im hohen Gras.

Der Mann in Schwarz blickte der letzten Echse hinterher. Die galoppierte hakenschlagend durchs Buschland und war kaum noch von Gestrüpp und Gras zu unterscheiden.

Der Motorradmann entschied sich wohl, ihn laufen zu lassen, denn statt sich wieder auf seine Maschine zu schwingen steckte er den Degen in die Rückenscheide und das Bolzenschuss-Gerät in das Gürtelholster. Ohne Eile tat er das. Danach bekreuzigte er sich, faltete die Hände und blickte zum Himmel. Seine Lippen bewegten sich.

Matt und Aruula konnten nicht verstehen, was er sagte, aber es war klar, dass er betete. Er sank auf die Knie, und man konnte nur noch seine schwarzen Locken und den Schlapphut in seinem Nacken sehen. Ein paar Schritte weiter knatterte seine Maschine im Leerlauf. Der Sozius im Beiwagen rührte sich nicht.

Aruula erhob sich als erste aus dem Gras. Sie legte sich die Schwertklinge über die Schulter und stieg die Halde hinunter.

Matt rappelte sich hoch. Der Schmerz von tausend Nadeln in seinem Arm wurde ihm wieder bewusst. Er stöhnte. Aruula, schon am Fuß der Geröllhalde, drehte sich um und winkte ihn zu sich. Er hielt sich den tauben Arm, lief zu seiner Gefährtin hinab und folgte ihr bis zur Maschine des frommen Cowboys – oder was auch immer der Mann in Schwarz sein mochte.

Groß und wuchtig sahen die beiden Räder an der Hinterachse aus, sogar etwas, das nach Stoßdämpfern aussah, entdeckte Matt. Ein Holzfass lag quer auf der breiten hinteren Sattelbank, mit Lederriemen am Rahmen des Motorrads befestigt.

Im Beiwagen saß niemand. Jedenfalls kein Mensch. Die Gestalt, die Matt von weitem gesehen hatte, war eine etwa fünf Fuß hohe Marienstatue – mit Heiligenschein, verklärten Augen, rosiger Haut und einem weißen Gewand über einem blutroten Kleid. Sie hielt einen nackten Säugling in den Armen.

»Ich glaubs nicht...«, flüsterte Matt. Wie um sich selbst zu vergewissern, dass er wach war und nicht etwa träumte, berührte er die Statue – sie bestand aus Gummi oder Plastik; jedenfalls war sie aufblasbar!

Aruulas Blick wanderte zwischen der Figur, die sie nicht einordnen konnte, und Matts fassungsloser Miene hin und her. »Kennst du die Frau, Maddrax? Wer ist das?«

»Das ist die Mutter unseres HERRN JESUS CHRISTUS!« Der Mann in Schwarz tauchte aus dem Gras auf. Ganz schwarz war seine Kleidung nicht – er trug ein weißes Hemd unter dem schwarzen Ledermantel. »Maria, die Heilge Jungfrau!« Seine dunklen Augen loderten. Das Amulett auf seiner Brust war lang wie eine große Männerhand und entsprach fast genau der Figur im Beiwagen – ebenfalls eine Marienstatue. Allerdings bestand sie aus einem festen Material, wahrscheinlich aus Holz.

»Maria, die Mutter GOTTES, die Heilge Jungfrau, die dem eisigen Atem der Dämonen widersteht, die mich, des HERRN demütigen Diener von Sieg zu Sieg führt und die jeden beschützt, der ihr vertraut. Die Gnade und Huld dem zuteil werden lässt, der sie ehrt, die dem Höllenfürsten und seinen Missgeburten und Handlangern den Heilgen Krieg erklärt hat und die mich in die erste Schlachtreihe gestellt hat und mir Kraft gibt, den höllischen Mächten einzuheizen, dass ihnen der Arsch auf Grundeis geht. Im Namen des dreieinigen GOTTES...«

»Wer bist du?«, unterbrach Aruula den Redeschwall des Mannes. Matt hätte die Frage nicht gestellt – er war ziemlich sicher, einen Wahnsinnigen vor sich zu haben.

»Ich bin Rev'rend Rage, demütiger Diener des HERRN.«

Rev'rend? In Matts Hirn machte es *Klick!* Von diesen Typen hatte ihm Rhian damals in Philadelphia erzählt.* So weit er sich erinnerte waren es religiöse Eiferer, die in ihrem Drang, Gutes zu tun, oft das Gegenteil erreichten.

Struppig sah der Mann namens Rage aus, verwegen und wild wie ein Revolvermann zur Zeit der texanisch-mexikanischen Kriege. Er sprach aber wie ein Mann der Kirche – salbungsvoll und als wäre er für das Wohl der ganzen Welt verantwortlich.

»Und ihr –«, er deutete mit gespreizten Fingern auf Matt und Aruula, »– ihr müsst Günstlinge des HERRN sein. Warum sonst hätte ER euch zu mir geschickt, auf dass ich euch vor den Dämonen rette?«

»Dämonen?« Matt hatte sich einigermaßen gefangen. Er rieb sich den eiskalten Arm. Der Schmerz wurde zunehmend unerträglich.

»Dämonen, jawohl!« Der struppige Reverend nickte grimmig. »Abgesandte der Hölle. Die ganze Erde ist voll von ihnen.« Er griff hinter sich und zog sich den Schlapphut über den Kopf.

---

* siehe Maddrax 27 ›Ruf des Blutes‹

»Aha...«

»Kommt, ich bringe euch weg von diesem Schlachtfeld.« Rage zog die Marienstatue aus dem Beiwagen. »Setz dich hier hinein, Weib.« Aruula stieg in den Beiwagen. Matt merkte, dass der fromme Streiter ihr kaum in die Augen sah. Auch den Blick auf ihren dick eingemummten Körper vermied er. Als fürchtete er sich vor ihrer Schönheit. »Du darfst die Heilge Jungfrau festhalten.« Er stellte ihr die Gummipuppe auf den Schoß.

»Und du –«, er deutete auf Matt, »– setzt dich hinter mich auf den Sattel. Mach schon.«

Matt schwang sich vor das Fass. Vor Schmerz stöhnte er auf und hielt sich den Arm.

Der Rev'rend trat zu ihm und untersuchte seinen Arm. »Kalt und steif«, sagte er. »Der Eishauch der Hölle hat dich berührt. Siehst du, dass es Dämonen sind? Ihr Höllenatem kann einen menschlichen Körper in Eisesstarre versetzen. Doch Gott war dir gnädig, mein Sohn, die Sache ist halb so wild. Mach den Arm frei.«

Aus einer der vielen Taschen und Fächern rechts und links des Sattels seiner Maschine kramte Rage ein Döschen hervor, während Matt das Oberteil des Pilotenkombis abstreifte. Der Mann in Schwarz schraubte das Döschen auf und trug gelbliche, scharf riechende Salbe auf Matts Arm auf.

Bald spürte Matt ein Brennen auf der Haut. »Was ist da drin?« Er knöpfte den Kombi wieder zu.

»Weihwasser«, sagte der Rev'rend ungerührt. Er massierte die Salbe ein. Danach stieg er in den Sattel und drehte den Benzinhahn auf. Der Motor brüllte, der Sattel vibrierte unter Matts Gesäß, und hinter ihm wackelte das Holzfass. Aruula drehte sich ihm zu. Auf ihrer Stirn türmten sich Sorgenfalten.

»Mit welcher Art Treibstoff läuft der Motor?!«, rief Matt.

»Mit Weihwasser!« Der fromme Revolvermann schrie, um den Motorenlärm zu übertönen.

Die Maschine fuhr an. Grashalme peitschten Matts Beine. Er hielt sich am Rev'rend fest. Sein fettiges Haar flatterte ihm ins Gesicht. Vor seinen Augen zog sich der Patronengurt des Mannes quer über dessen Rücken. Er war mit fingerlangen Bolzen gefüllt, gläsern und in Metall gefasst. Sie enthielten eine farblose und klare Flüssigkeit.

Die Maschine pflügte durchs Gras und ratterte nach Westen in die Ebene hinein. Rechts unter Matt kauerte Aruula im Beiwagen. Das Schwert hatte sie in den Fußraum geschoben. Mit der Linken umklammerte den Griffbügel des Wagens, ihre Rechte hielt die aufblasbare Marienstatue umschlungen. Es sah wirklich drollig aus. Doch Matt war irgendwie nicht zum Lachen zumute.

Nicht nur, weil sein Arm brannte, sondern weil ihm der Schock über den Echsenangriff noch in allen Knochen saß. Und weil das plötzliche Auftauchen dieses frommen Rockers ihn noch immer an seinen eigenen Sinnen zweifeln ließ.

»Mit was hast du auf sie geschossen?«, rief er dem Motorradmann ins Ohr. »Ich meine die Bolzen – was ist da drin?«

»Weihwasser!«, schrie Rev'rend Rage über die Schulter nach hinten...

London, 2092 n.Chr. (80 n.CF.)

Düster der Himmel über den Ruinen. Wieder einer dieser Tage, an denen es gar nicht hell werden wollte. Die Luft war feucht und kalt, glitzernder Frost überzog Geröll, abgestorbene Disteln, Autowracks und Brennnesseln. Auch auf den zerklüfteten Fensterbänken, Türschwellen und Kronen der Ruinenfassaden sah der Reverend den Raureif. Wahrscheinlich würde es bald wieder schneien.

Pains Maschine rollte durch die Trümmerlandschaft. Er hielt

sich am Sattel fest. Seine Lippen bewegten sich in einem stummen Gebet. Therese steuerte das Motorrad an Kolonnen verkohlter PKW vorbei. Hinter halb blinden Windschutzscheiben sah man die Konturen skelettierter Leichen.

Die abgerissenen Gestalten, die neben ihm und Therese her gingen, verstärkten noch den Eindruck der Tristesse und Trostlosigkeit. Nicht nur weil sie weinten, sondern weil sie vollkommen verdreckt und in Lumpen und Plastik gewickelt waren. Die Bewohner der Erdhöhlen unter den Ruinen und am Waldrand. Sie führten ihn zu den Orten, wo sie ihre Angehörigen gefunden hatten – tot und blutleer.

Dichter Wald löste die Ruinen ab. Überall glitzerte es über kahlen Büschen und schwärzlichem Farn. Therese fuhr die Maschine ein Stück ins Unterholz hinein. Dann stoppte sie und stellte den Motor ab. Reverend Pain stieg aus dem Sattel.

»Hier haben wir meine Schwester gefunden«, sagte ein junger Bursche. Drahtschlaufen und Stricke hielten die Plastikplane und die Lumpen an seinem dürren Körper fest. Trotz seiner Jugend war sein Haar grau.

Reverend Pain schritt um den Fundort der Leiche herum. Deutlich sah man ihren Abdruck im schwarzen Gestrüpp. Er ging in die Hocke. Gelenke und Korsettstangen krachten.

Therese trat neben ihn. Sie zündete eine Öllampe an und reichte sie ihm hinunter. Ein Hustenanfall schüttelte ihren schmalen Körper. Der Reverend leuchtete den gefrorenen Boden zwischen den Bäumen aus. Spuren führten vom Fundort der Leiche weg.

Gemeinsam folgten sie den Stiefeleindrücken; Pain an der Spitze, Therese und die Lumpengestalten hinter ihm. Sie gelangten schnell auf die andere Seite des kleinen Waldes. Vermutlich war er weiter nichts als ein ehemaliger Park.

Hinter den letzten Bäumen weitete sich ein großer Platz.

Verkohlte Karosserie stand dort neben verkohlter Karosserie.

»Ein Parkplatz«, sagte Therese. »Ein ehemaliger Parkplatz.«

Auf der anderen Seite begrenzte ein Reihe hoher Bäume mit schwärzlichem, frostbedeckten Laub den ehemaligen Parkplatz. Dahinter sah man das schwarze Gemäuer eines großen Gebäudekomplexes. Er schien relativ gut erhalten zu sein.

»Vor Orguudoos Stern hamse da Kranke gepflegt un geheilt«, flüsterte der junge Lumpenmann mit den grauen Haaren. Die anderen nannten ihn Whooler. »Mein Opa hats verzählt...«

»Es gibt keinen Orguudoo«, sagte Pain ruhig. »Folglich kann es auch seinen Stern nicht geben. Das, wovon du sprichst, ist das Gericht des HERRN, mein Sohn. Der Allmächtige und Barmherzige selbst hat es über diesen Sündenpfuhl verhängt, um euch allen die Umkehr anzubieten.«

Pain ließ niemals eine Gelegenheit aus, um mit den Irrtümern aufzuräumen, die unter diesen elenden Erdlochhausern kursierten. Und mit den abergläubischen Verzerrungen dessen, was er für die Wirklichkeit hielt.

»Es hieß früher ›St. Johns Gardens Westminster Hospital‹«, sagte Therese. Pain sah die Nonne an. Verblüffung spiegelte sich in seiner zerfurchten Miene. Immer wieder schaffte die junge Frau es, den greisen Reverend in Erstaunen zu versetzen. Sie wusste von Dingen, die sonst niemand kannte.

Dort wo Therese herkam, verfügte man über einen riesigen Wissensschatz. Dort konnte man rechnen und Maschinen bauen – kleine jedenfalls –, und dort schien man auch nicht die Fähigkeit zu klaren Formulierungen und systematischen Gedanken eingebüßt zu haben wie hier oben in dieser trostlosen Trümmerlandschaft unter diesem bejammernswerten, abgerissenen Volk.

Therese stammte aus einem Bunker.

»Wer auch immer die armen Menschen überfallen und ausgesaugt hatte – er haust in den Ruinen der alten Klinik.« Die Nonne deutete hinüber zu dem Gebäudekomplex hinter den Bäumen.

Ihre Kindheit und Jugend hatte sie unter der Erde verbracht. Aus dem lückenlosen Wissensfundus ihres Volkes erfuhr sie von der Kirche und der christlichen Lehre. Eine göttliche Vision war es schließlich, die den Ausschlag für den letzten Schritt gab: Gegen den Willen ihrer Eltern verließ sie den Bunker.

Und begegnete Reverend Pain.

Für den greisen Gottesmann keineswegs ein Zufall. Wer sollte ihm das Mädchen über den Weg geführt haben wenn nicht Gott der Herr? Betete er nicht seit Jahren um Nachwuchsstreiter für die Sache des Glaubens und der Heiligen Jungfrau?

Therese war für Pain fast noch mehr wert als der Treibstoffvorrat in seinem Schlafgewölbe. Jeden Tag legte er ihr die Hände auf und betete für sie. Therese war oft krank. Alle Arten von Entzündungen plagten sie.

Whooler und einige der Erdlochhauser wagten sich ein Stück auf den ehemaligen Klinikparkplatz hinaus. Zwischen den verkohlten und verrosteten Autowracks suchten sie nach Spuren. Fast bis zur Mitte zwischen Ruinenkomplex und Waldrand schlichen sie. Dann huschten sie lautlos zurück. Angst und Entsetzen beherrschte ihre Mienen, als sie bei Pain und Therese ankamen.

»Spuren führen inne Hospital«, flüsterte Whooler. »Minnestens vier Leut sin vonne böse Stelle üba de Paakplatz gelaufe...«

Pain starrte über die Autowracks zu den schwarzbelaubten Bäumen hinüber. Dunkle Fensterhöhlen waren im Gemäuer dahinter zu erkennen.

»Was machenwa jetz, Vata Pain?« Whooler und die anderen etwa neun oder zehn Erdlochhauser scharten sich eng um den Reverend und Therese. Die sah den greisen Gottesstreiter von der Seite an. Sie wusste, dass er innerlich betete, um sich den Rat des Himmels einzuholen.

»Lasst mich allein.« Die Stimme des Reverend klang leise

und belegt. Therese erschrak – war es Unsicherheit oder doch nur die übliche Erregung vor dem Kampf?

Pain wandte sich ab und stapfte in den Wald zurück. »Lasst mich ein Weilchen allein mit dem HERRN sprechen...«

Nordwestliches Ufergebiet des Lake Douglas,
2517 n.Chr. (505 n.CF.)

Eine Stunde lang ratterten sie durch den Dunst über den Grashalmen. Irgendwann stieß Aruula ihren Gefährten mit dem Ellbogen gegen das Knie und deutete nach vorn.

Matt hielt sich an den breiten Schultern des Mannes in Schwarz fest, während sein Blick ihrem ausgestreckten Arm folgte.

Ein kleiner dunkler Fleck war am Horizont erschienen. Ihr Ziel? Er sah ein bisschen wie eine Ansammlung von Gebäuden aus. Oder ein einzelnes, ziemlich hohes Gebäude? Mit ein bisschen Glück würden sie bald von dem unbequemen Gefährt steigen können. Matts Hintern schmerzte. Dafür kehrte allmählich Leben in seinen Arm zurück.

Das Gras wurde niedriger, je weiter westlich sie kamen. Links tauchten hin und wieder weite Schilfflächen und manchmal der Wasserspiegel eines Gewässers auf. Bald waren die Appalachen nur noch eine graue Wand im Dunst östlich hinter ihnen.

Der Mann, der sich Rev'rend Rage nannte, steuerte seine Maschine auf einen gespurten Weg. Erst nach ein paar Minuten glaubte Matt die Überreste eines alten Highway zu erkennen. Er hatte keine Ahnung, welche Interstates Tennessee in den Zeiten vor »Christopher-Floyd« durchzogen hatten. Er wusste nur, dass irgendwo westlich der Appalachen die Interstate 40 nach Memphis und von dort aus fast bis nach Los Angeles geführt hatte.

Das dreirädrige Fahrzeug fuhr mit etwa sechzig Meilen pro Stunde, schätzte Matt. Wenn sie nach insgesamt zwei Stunden die Ansiedlung dort am Horizont erreichen sollten, wären sie schon drei Tagesmärsche weiter nach Westen vorgedrungen. Hundertzwanzig Meilen näher an Riverside. Oder an dem, was von Matts alter Heimatstadt noch übrig war.

Aus dem dunklen Fleck mit dem hohen Auswuchs wurde ein stufenartiges Gebilde. Tatsächlich, eine Ansiedlung! Und sie rückte schnell näher. Bald konnten Matt und Aruula einzelne Gebäude unterscheiden.

Besonders eines war überhaupt nicht mehr zu übersehen – ein wuchtiger Steinturm, um den alle anderen Bauwerke sich gruppierten. Das Ganze sah ein wenig wie ein umgedrehter Trichter aus.

»Wie heißt der Ort?!«, rief Matt dem wilden Reverend ins Ohr.

»Godswill!«

Godswill? Gottes Wille? Matt stutzte. Dann hatte er es: Knoxville, natürlich! Er hatte zwar kein fotografisches Bild einer alten US-Karte im Kopf, aber die Lage von Knoxville war ihm einigermaßen präsent – fünfunddreißig Meilen westlich der Smokey Mountains, fünfzig Meilen südlich der Grenze zu Kentucky, und mehr als vierhundert Meilen östlich von Memphis, der ehemaligen Hauptstadt des ehemaligen Bundesstaates Tennessee.

»Gibts da jetzt 'ne Burg oder ein Schloss oder was ist das für ein Turm?!«

»Das ist die Basilika *St.Pain*!«

Der katholische Heiligenkalender war Matt nicht gerade vertraut, doch er hätte schwören können, nie von einem Heiligen namens »Pain« gehört zu haben. Wenn aber in dieser Gegend und über fünfhundert Jahre nach »Christopher-Floyd« schwarzgekleidete Männer mit Marienstatuen auf Motorrädern durch die Weltgeschichte rasten und Dämonen jagten, dann sollte man vorsichtshalber auch mit neuen Heiligen rechnen.

Sie überquerten eine Holzbrücke, und eine Zeitlang führte der Weg auf einer Art Viadukt dem Ort mit der Basilika entgegen. Wasserarme mit ausgedehnten Schilfufern zogen sich unter den Brückenpfeilern durch. Eine der zahlreichen Gewässer in der Umgebung von Knoxville. Daran hatte sich scheinbar nicht viel geändert.

Die Maschine ratterte eine Art Rampe hinunter, und folgte einer schnurgeraden Trasse, die direkt auf die Stadt zuführte.

Unsinn natürlich, Knoxville – oder vielmehr Godswill – noch als Stadt zu bezeichnen – ein Kaff war es, ein Kaff mit einer bombastischen Kirche. Jetzt, wo sie kaum noch eine halbe Meile von der Basilika trennte, konnte Matt auch die anderen Gebäude voneinander unterscheiden: windschiefe Holzhütten zumeist. Wie ein Wall aus Kartoffelkisten umringten sie die Basilika. Und zwei weitere Holzgebäude, die rechts und links an der Kirche angebaut und um vieles größer als die Hütten waren.

Wieder donnerte das Motorrad über eine Brücke. Die spannte sich über einen knapp zwanzig Fuß breiten Graben. Statt eines Zauns oder einer Mauer hatten die Leute von Godswill ihren Ort offensichtlich mit einem Schutzgraben gesichert. Matt sah Männer und Frauen in Gärten zwischen dem Graben und den ersten Hütten. Die Männer schwenkten Hüte, als sie das Motorrad sahen, die Frauen winkten mit weißen Tüchern.

Über einen schmalen Weg steuerte der Rev'rend die Maschine an den Hütten vorbei auf einen Platz vor der Basilika. Matt blickte sich um und sah, dass sie eine dichte Staubwolke hinter sich her zogen. Das Gefährt stoppte vor dem großen flachen Holzgebäude auf der linken Seite der Kirche, und Matt rutschte vom Rücksitz.

Die Staubwolke legte sich; Männer und Frauen strömten auf

dem Platz zusammen. Auch Aruula war inzwischen aus dem Beiwagen geklettert. Das Schwert über der Schulter stellte sie sich neben Matt.

»Was für seltsame Helme sie tragen.« Aruula sprach von den breitkrempigen Hüten. Nicht nur die Männer, auch die Frauen trugen sie. Vermutlich aus Schilf geflochten, erinnerten sie ein wenig an die Sombreros, mit denen man sich zu uralten Zeiten in Mexiko und weiter südlich vor der Sonne schützte. Matt sah nur wenige dunkle Hüte aus Leder, wie der Mann namens Rage einen trug.

Die Leute umringten Rev'rend Rage und bestürmten ihn mit Fragen. Bei einigen von ihnen fiel Matt die verwaschene Sprechweise auf, und manche wankten, als würden sie schlafwandeln.

»Ein harter Tag des Kampfes liegt hinter mir«, beschied Rev'rend Rage den Bürgern von Godswill. »Lasst mich ein wenig ausruhen. Heute Abend in der Kirche hört ihr mehr.« Die Leute gaben sich zufrieden. Ihre neugierigen Blicke aber hingen noch an Matthew Drax und Aruula. »Günstlinge des HERRN«, erklärte Rage. »Es hat dem Allmächtigen gefallen, die beiden durch meine Hand vor den höllischen Drakullen zu retten.«

Er zog seine aufblasbare Maria aus dem Beiwagen und wandte sich ab. Den freien Arm legte er um Aruula. »Kommt, meine Kinder, stärken wir uns ein wenig.« Er führte das Paar zum Eingang des großen Holzgebäudes.

Über der Vortreppe hing ein Holzschild. *Saint Therese's Last Rest* stand in schwarzen Buchstaben darauf. Ein ungewöhnlicher Name für eine Bar, fand Matt. »Drakullen?«, erkundigte er sich. »Nennt ihr so die Echsenwesen?«

»Weißt du denn nicht, dass die Heilige Schrift ihn den Großen Drachen nennt?« Matt fragte lieber nicht, von wem der Prediger in Schwarz sprach. »Die du fälschlich Echsenwesen nennst, sind Bastarde des Großen Drachen!« Die Linke am Türknauf, den rechten Zeigefinger neben Marias Heiligenschein mahnend erhoben blieb Rev'rend Rage stehen. »Er selbst, Luzifer, hat sie mit den Töchtern Draculas gezeugt. Deswegen heißen sie seit Urzeiten Drakullen.«

Matt nickte nur. An dem wilden Prediger vorbei schob er sich durch die offene Tür. Rev'rend Rage schien zu der Sorte Mensch zu gehören, der man besser nicht widersprach, wenn man noch einmal zu Wort kommen wollte. Und Matt hatte da noch ein paar Fragen.

Sie betraten einen schlauchartigen Raum, düster und muffig. Vier oder fünf Türen an der Innenwand führten tiefer ins Gebäude hinein, eine Treppe in einen Keller hinunter. Tische und Stühle aus dunklem Holz standen an der Fensterwand, und an der Schmalseite, die das Gebäude mit der Basilika verband, eine ellenlange Kommode. So lang, dass man sie getrost als Theke bezeichnen konnte.

Der Rev'rend, Aruula und Matt steuerten hochbeinige Stühle an, die vor dieser Theke standen. Matt fühlte sich ein wenig an einen Wildwestfilm erinnert. Nur fehlten die Pferde draußen vor der Treppe, und hier drinnen der Pianist und lärmende Cowboys.

In der Mitte des Raumes verband eine wuchtige Holzsäule Boden und Decke. In ihrer Mitte, etwa auf Brusthöhe war eine Vitrine eingearbeitet. Hinter dem Glas erkannte Matt eine Art Vase, bauchig und aus schwarzem Material. Das Gefäß war mit einem Deckel verschlossen und sicher drei Fuß hoch.

Im Vorübergehen berührte der Rev'rend das Glas vor der Vase und bekreuzigte sich mit der gleichen Hand. »Nehmt Platz, Kinder.« Er wies auf die hohen Stühle vor der Theke. Auf einen stellte er die Marienstatue.

Jemand räusperte sich, dann waren Schritte zu hören. Matt und Aruula blickten auf: Ein Mann löste sich aus dem Halbdunkeln. Er schien die ganze Zeit in einer Nische neben einem der Fenster gestanden und sie schon beim Hereinkommen beobachtet zu haben. Kein sehr erbaulicher Gedanke.

»Das ist Edward Thorne«, sagte Rev'rend Rage. Ein Hüne von Mann streckte ihnen seine rechte Pranke entgegen. Einen halben Kopf größer als Matt war er und nicht unerheblich breiter als der ehemalige Commander.

»Freut mich Ma'am, freut mich, Sir...« Er nickte und lächelte artig. Sein dichtes Blondhaar trug er zu einem langen Zopf geflochten im Nacken, sein riesiger Schnurrbart verlieh seinem breiten, fleischigen Gesicht den Charme eines verliebten Walrosses.

Matt und Aruula nannten ihre Namen, weiter nichts.

»Bruder Edward ist Novize des Ordens der Rev'rends und mein Stellvertreter«, erklärte Rage.

Der blonde Hüne strahlte. Seine wässrig blauen Augen hingen für Matts Geschmack etwas zu ausdauernd an Aruula. An der Brust seines zugeknöpften Ledermantels glänzte etwas, das wie ein Silberstern aussah. Anscheinend war der Mann nicht nur Novize und stellvertretender Priester, sondern auch eine Art Sheriff. Vielleicht auch nur Hilfssheriff.

»Bring uns doch etwas zu Trinken, Bruder Eddie.« Rage klopfte seinem viel größeren Novizen auf die Schulter. Sie setzten sich und *Bruder Eddie* verschwand hinter einer der Türen.

»Ist das ein Saloon?«, fragte Matt. »Oder ist das Ihr Büro?«

»Ich würde es meine Sakristei nennen.« Rage deutete auf ein bogenförmiges Portal inmitten des Flaschen- und Gläserregals hinter der Theke. »Durch diese beiden Türflügel gelangt man in den Chorraum von St. Pain. Natürlich bewirten wir hier auch Gäste, halten Bürgerversammlungen ab, und natürlich Gerichtsverhandlungen.«

»Der Richter sind Sie, nehme ich an.« Bei jedem Wort kam

sich Matt vor, als würde er über Glatteis balancieren. In Rages Augen loderte ein heißes Temperament, und Matt hielt ihn außerdem für ziemlich eitel. Und für wahnsinnig, wie gesagt.

»Wer sonst?« In größter Selbstverständlichkeit stellte der Mann in Schwarz diese Frage. »Im Gebäude auf der anderen Seite von *St. Pain* ist das Gefängnis von Godswill untergebracht.«

Matt sah die »Skyline« des Ortes vor sich, wie sie sich vom Viadukt aus dargeboten hatte: eine bombastische Kathedrale, zwei große Gebäude rechts und links und drum herum eine Menge winziger Hütten. Er schluckte eine zynische Bemerkung herunter.

Bruder Eddie brachte ein Tablett mit zwei Gläsern klarer Flüssigkeit und zwei Aluminiumbechern, in denen braune Brühe dampfte. Thornes engelhaftes Grinsen hätte Matt sicherlich amüsiert, wenn er nicht ständig Aruula dabei angeguckt hätte.

Ein Geruch, der entfernt an Kaffeeduft erinnerte, stieg Matt in die Nase. Sogar Zucker und etwas mit Milch Vergleichbares servierte der Novizen-Sheriff. Der Kaffee war für Matt und Aruula bestimmt, die Gläser für Rev'rend Rage und seinen Vize.

Die Männer stießen an, während Matt und Aruula noch ihren Kaffee umrührten. In einem Zug schütteten sie sich die Flüssigkeit in die Kehlen. »Weihwasser?« Auch Aruula stellte ihre Fragen äußerst behutsam. Trotzdem hielt Matt den Atem an.

»Weihwasser, meine Tochter, korrekt.« Der wilde Preacherman nickte grimmig. »Gäste in Godswill bekommen es erst, wenn sie an einer Messe teilgenommen haben.« Er wandte sich an Edward Thorne. »Bereite alles für eine Abendmesse vor, Bruder Eddie. Eine Stunde nach Sonnenuntergang will ich die Bürger in der Basilika sehen.«

»Auch die Gefangenen, Rev'rend?«

»Selbstverständlich, Bruder Eddie! Vor *allem* die Gefangenen!« Thorne deutete eine Verbeugung an und zog sich wieder in hinter jene Tür zurück.

»Unter uns befindet sich das Weihwasserlager, und hinter den Türen dort stellen wir es her.« Rev'rend Rage wies auf die Wand mit den vielen Türen.

»Aha.« Matt nickte und legte sich ein paar Fragen zurecht, mit denen er dem Rätsel des Weihwassers unauffällig auf den Grund gehen könnte.

»Und in dem Krug dort ist auch Weihwasser?«, kam ihm Aruula zuvor.

»Nein, meine Tochter.« Rev'rend Rage lächelte gütig. »Das ist eine Urne, und in der Urne befindet sich der Unterkiefer und ein Rippenknochen der Heilgen Therese.«

Der Name des Sakristei-Saloons wurde Matt ein wenig deutlicher. »Therese? Ich habe nie von einer Heiligen mit diesem Namen gehört.«

»Ich bitte dich, mein Sohn, woher kommt ihr denn?«

Es war das erste Mal, dass der Rev'rend sich für sie interessierte. Bis jetzt schien er sie einfach als gegebene Figuren im Heiligen Spiel zwischen ihm und Gott zu betrachten. Doch er wartete keine Antwort ab. »Die Heilge Therese ist die Gründerin des Ordens der ›Schwestern der barmherzigen Jungfrau‹. Die tapfere Mitstreiterin des Heilgen Rev'rend Pains – in den schweren Jahren nach *Kristofluu* versuchten sie die verstockten Bewohner der Ruinen von Britana zu evangelisieren...«

Lang und breit erzählte er von der »Heilgen Therese« und dem »Heilgen Pain«, von ihren Heldentaten, von ihrer Festigkeit im Glauben, von ihrem Märtyrertod, und so weiter. Matt hörte nur mit halbem Ohr zu. Ein einziges Stichwort hatte ihn elektrisiert: Britana.

Dieser verwegene Wirrkopf hatte also von den britischen Inseln gehört. Ganz und gar nicht selbstverständlich bei den Bewohnern des amerikanischen Kontinents dieser Zeit.

Als der wilde Mann zwischen zwei Sätzen Atem holen musste, hakte Matt nach.

»Britana?«

»Kennst du nicht, mein Sohn.« Rage winkte ab. »Britana kennt niemand hier. Ist ein kleines Kaff irgendwo an der Südwest-Küste, oder eine kleine Insel noch ein bisschen weiter nach Norden oder Osten oder was weiß ich wo...« Er wandte sich um.

»Noch ein Glas Weihwasser, Bruder Eddie!« Niemand antwortete, also stand er auf und holte sich sein Getränk selbst in dem Raum hinter der Tür.

»Ein seltsamer Mann«, flüsterte Aruula. Matt glaubte etwas wie Bewunderung oder zumindest Sympathie in ihrer Stimme schwingen zu hören.

»Ein Wahnsinniger«, sagte er leise. »Pass bloß auf, was du sagst...«

Der Rev'rend kehrte mit einer kleinen Amphore Weihwasser und einem halb gefüllten Glas zurück. »Ehrlich gesagt, ich kenn den Weg nach Britana auch nicht genau!«, rief er noch an der Tür. Schon im Gehen schlürfte er an seinem geweihten Wasser. »Sonst wäre ich schon längst mal hin gefahren.« Er ließ sich auf den Stuhl neben seiner Marienstatue fallen. »Eine Wallfahrt zum Sarkophag der Heilgen Therese und des Heilgen Pain – eine Wallfahrt in die alte Heimat, davon träume ich seit meiner Jugend...!«

Er leerte das Glas, stöhnte und wischte sich den Mund mit dem Handrücken ab.

»Heimat?« Matt horchte auf. Hatte der Mann sich versprochen? »Du kommst aus Britana?«

»O ja, mein Sohn. In den Ruinen Britanas hat mein Urahn das Licht dieser verlorenen Welt erblickt. Der erste unserer Dynastie, der dem Ruf des HERRN folgte und in den Orden der Rev'rends eintrat. Der Heilge Pain persönlich hat ihn getauft.« Aus der Amphore schenkte er sich sein Glas voll. »Auf einem Schlittenschiff namens *London* brachte er die Reliquien der Heilgen Therese und des Heilgen Pain den Missippi hinauf. Damals, als die halbe Welt noch unter einer Eisdecke lag...«

Rage kippte das Weihwasser in sich hinein. Sein hoher Stuhl wankte bedrohlich, weil er sich dabei weit zurücklehnte.

Aruula räusperte sich. »Apropos Eis... Wie kam es, dass der Eisatem der Echsen...«

»... der Drakullen, meine Tochter, der Drakullen«, korrigierte Rage geduldig.

»... dass der Eisatem der Drakullen dir nichts anhaben konnte?«

»Der Glaube, meine Tochter, allein der Glaube an die Heilge Jungfrau bewirkt dies!« Er griff nach der kleinen Holzfigur, die vor seiner Brust baumelte. »Sie beschützt mich, sodass mir kein Drakull, kein Dämon etwas anhaben kann. Nicht einmal der Leibhaftige selbst.«

»Der Glaube...?« Aruula bekam ihren schönen Mund nicht mehr zu vor Staunen.

»Jawohl, der Glaube!« Rev'rend Rage schlug mit der freien Faust auf den Tisch. »Und ihr beide müsst in Glaubenssachen noch eine Menge lernen, meine Kinder! Also kommt ihr heute Abend zur Messe, klar?«

Matthew Drax schluckte eine harsche Entgegnung herunter. Wenn er den Rev'rend nicht gegen sich aufbringen wollte, musste er dessen Befehlston hinnehmen. Außerdem konnte seine Predigt weitere Informationen enthalten.

Aruula schien auch nichts gegen den Besuch der Messe zu haben, denn sie sagte: »Aber erst will ich baden! Ich hatte in den letzten Wochen keine Gelegenheit dazu.«

»Das sollst du, meine Tochter.« Das gütige Lächeln passte nicht zu Rages verwegener Visage, fand Matt. »Das sollst du...«

Dunkelheit fiel über die Ruinen. Als würde die Nacht anbrechen. Dabei war es erst früher Nachmittag. Vereinzelte Schneeflocken schwebten in das schwarze Laub des kleinen Waldes und auf die Autowracks zwischen Waldrand und Klinikruine. Whooler und die Erdlochhauser verkrochen sich ins Gestrüpp und unter die Büsche. Therese raffte ihr Kleid hoch und stieg über Bruchholz und Sträucher. Sie arbeitete sich durchs Unterholz bis zu einer Reihe umgestürzter Baumstämme vor. Auf einem saß der Reverend.

Er bewegte die Lippen im Gebet, streckte die Arme gegen die Baumkronen aus, faltete die Hände, legte sie auf seine Brust. Hin und wieder konnte Therese ihn seufzen oder die Heilige Jungfrau und den HERRN anrufen hören.

Zehn, fünfzehn Schritte entfernt blieb sie stehen. Sie wartete, bis er sich ein paar Mal bekreuzigte und sie dann zu sich winkte. »Ich habe nachgedacht, Vater Pain.« Sie deutete eine Verbeugung an, um sich für die Störung zu entschuldigen. »Vielleicht sind es doch keine Dämonen...«

»Es sind Vampire, blutrünstige Nosferatu!«, unterbrach Pain sie. »Haben Sie nicht die Bisswunden am Hals der armen Menschen gesehen? Sie sind jung, Schwester Therese, Sie wissen noch nicht, mit welch schlimmen Früchten der Bosheit die Hölle schwanger geht! Sie haben noch nicht wie ich erleben müssen, welche Ausgeburten an Grausamkeit auf diese geplagte Erde zu werfen sie imstande ist! Es *sind* Dämonen, Schwester Therese! Glauben Sie mir, es *sind* Dämonen...!«

»Ganz gewiss haben Sie Recht, Vater Pain – nur entsinne ich mich, dass meine Mutter einmal über das *Westminster Hospital* gesprochen hat. Ich war damals neun oder zehn Jahre alt.«

»Und?« Der Reverend wurde neugierig.

»Sie nannte den Namen *Westminster Hospital,* das habe ich nie vergessen, weil er in meinen Ohren so fremdartig klang. Und dann tuschelte sie mit meiner Großmutter über Dinge, die ich nicht verstand und nicht verstehen sollte. Schreckliche Dinge, das konnte ich an den Gesichtern der beiden ablesen. Jahre später – ich war schon ein junges Mädchen – stieß ich in den Datenbanken unserer *Community* auf eine Chronik. Darin las ich von einem Mann, der wenige Jahre nach der Katastrophe vor dem Bunkereingang gefunden wurde. Er war aus dem Westminster Hospital geflohen. Kurz bevor er starb, berichtete er, dass Kranke in der Klinikruine hausten. Und dass diese Kranken die überlebenden Ärzte und Schwestern und deren Kinder wie Schlachtvieh hielten...«

»Siehst du? Dämonen!« Der Reverend reckte die Arme zu den Baumkronen. Der Himmel darüber war düster. »Erlöse uns, o HERR, von der Sklaverei des Bösen! Zieh uns voran in den Kampf wie einst in den Tagen Moses' und Joshuas!«

»Amen!«, schloss Therese und bekreuzigte sich, wie um sich selbst Mut zu machen.

Pain tat es ihr gleich und stand auf. »Gehen wir und machen dem Spuk ein Ende.«

Whooler und seine Gefährten lugten erschrocken aus dem Gestrüpp, als der Reverend den Waldrand ansteuerte.

»Betet für uns und seht die Wunder des HERRN!«, rief Pain laut. Therese erklärte den Lumpenmännern, dass der Reverend und sie nun in die Klinikruine gehen würden, um die Dämonen, die ihre Angehörigen getötet hatten, mit dem Wort Gottes zu bannen.

Whooler und den anderen fielen schier die Augen aus dem Kopf, so weit rissen sie sie auf. Das Entsetzen machte sie sprachlos. Am liebsten hätten sie die Flucht ergriffen, doch eine Mischung aus Neugier und Pflichtgefühl gegenüber dem mutigen Greis und der tapferen Jungfrau hielt sie im Wald fest. Sie kauerten sich im Gebüsch am Rande des ehemaligen Klinikparkplatzes aneinander und beobachteten, wie der Reverend und die Nonne durch die Wrackkolonnen auf den Ruinenkomplex zugingen.

Zwischen den Bäumen vor der rußgeschwärzten Hausfassade drehten sich Pain und Therese noch einmal um und winkten zurück. Der Reverend schlug drei Kreuze in der Luft und murmelte einen Segen. Dann schritten sie zum ehemaligen Haupteingang. Ohne Deckung zu suchen, ohne sich umzusehen – wie Sieger.

Vor dem Eingang holte der Reverend den Hammer, ein Fläschchen Weihwasser und ein großes Holzkreuz aus seinem Rucksack. Er reckte das Kreuz den verkohlten Klinikfassaden entgegen und rief mit lauter Stimme: »Im Namen des dreieinigen GOTTES und im Namen der heiligen Jungfrau!«

Therese neben ihm zündete ihre Öllampe an. Danach zog sie ebenfalls ein Kreuz und einen zugespitzten Keil aus ihren Gewändern.

»Im Namen des HERRN!« Noch lauter schrie der Reverend. »Ich beschlagnahme dieses Bauwerk für das Reich Gottes!« Sie traten ein. »Komm aus deinen Löchern, verfluchte Höllenbrut...!«

Knoxville, ehemaliger US-Bundesstaat Tennessee,
2517 n.Chr. (505 n.CF.)

Zusammen mit dem Fremden verließ der Rev'rend den Gastraum. Er hatte sich die Statue der Heiligen Jungfrau unter den Arm geklemmt, und Eddie Thorne sah durchs Fenster, wie er die Stufen zum Kirchplatz hinunter stieg.

Hinter Eddie schloss sich im Schankraum die mittlere der Türen, die ins Innere von *Saint Therese's Last Rest* führten.

Ein paar Frauen begleiteten die Fremde in die Waschräume.

»Aruula...« Der Novize des ehrwürdigen Rev'rend-Ordens und Sheriff von Godswill flüsterte ihren Namen. Jede Silbe ließ er auf der Zunge zergehen. »Aruula...« Ein Name von herber Schönheit. »Aruula...« Eine Frau von herber Schönheit. Der erste Blick in ihre Augen...

»HERR, sei mir gnädig...«

Er blickte zur Tür, hinter der die Frauen mit der Fremden verschwunden waren, er blickte zum Fenster und sah den Rev'rend mit dem Blonden namens Matthew Drax das Portal zum Hauptschiff der Basilika betreten, er blickte wieder zur Tür und hörte helles Frauenlachen und das Geplätscher von Wasser.

Führe mich nicht in Versuchung, sondern erlöse mich von dem Bösen...

Es war nicht so, dass Edward Thorne leicht entflammbar war. Manchmal verliebte er sich nur ein Mal in der Woche, manchmal zwei Mal. Aber selten öfter. Es sei denn, fremde Frauen fanden den Weg nach Godswill, dann konnte es schon passieren, natürlich...

Nein, nein – der Novize war ein standhafter Mann, ein gläubiger Mann, eisenhart und prinzipienfest – aber diese Fremde... *Heilige Jungfrau steh mir bei, diese Fremde...*

Vor dem Vitrinenglas der Reliquiensäule begutachtete er sein Spiegelbild, strich sich kleine Haarsträhnen in die Stirn hinunter, legte sich seinen Zopf in flottem Schwung über die Schultern, polierte seinen Silberstern.

Er zog ein Tuch aus der Manteltasche, wischte über Tische und Stühle, näherte sich rein zufällig der mittleren Tür. Irgendjemand lachte da laut, oder war das etwa ein Schrei? Na so was – da war doch hoffentlich nichts passiert...

Selbstverständlich musste Eddie nach dem Rechten schauen, schließlich war er verantwortlich für die Sicherheit der ganzen

Stadt, zumindest wenn der Rev'rend nicht da war, und war er etwa da?

Sicher war er da, in der Basilika nämlich, aber war er hier, hier in *Saint Therese's Last Rest,* wo eine arme Seele vielleicht lachte, vielleicht aber auch um Hilfe rief? Nein, war er nicht. Wer also musste mal wieder nach dem Rechten schauen? Er, Edward Thorne, Novize der ehrwürdigen Rev'rends, Sheriff von Godswill, Diener des Unterkiefers und der Rippe der Heilgen Therese, Stellvertreter von Rev'rend Rage, der Faust Gottes – wer sonst?

Eddie öffnete die Tür; leise natürlich, denn er wollte ja niemanden erschrecken. In seinem Herzen betete er, wie immer, wenn er seine Pflicht tat.

Wohl dem, der nicht wandelt im Rat der Gottlosen, noch tritt auf den Weg der Sünder...

Er huschte durch einen Raum, in dem vier riesige Zinkwannen mit Kartoffeln standen, zwei Wannen mit geschälten Kartoffeln, zwei Wannen mit ungeschälten. Auf Zehenspitzen näherte er sich der Tür zum nächsten Raum, leise, leise. Es könnte ja sein, dass gar nichts Besonders geschehen war, dann wollte er die Frauen nicht erschrecken durch seine bloße Gegenwart.

... noch sitzt, wo die Spötter sitzen, sondern hat Lust am Gesetz des HERRN...

Genau – das Gesetz. Es verlangte von ihm, die kleinste Unregelmäßigkeit zu überprüfen. Und war es etwa keine Unregelmäßigkeit, wenn ein Weib um Hilfe rief? War da etwa jemand bei den Frauen, ein Mann womöglich? Schritt für Schritt tastete sich Eddie durch den nächsten Raum, ebenfalls gekachelt, aber voller Glaskolben, Glasbehälter, Kochgeschirr und Fässer. Leise wie eine Taratze bewegte er sich.

... denn der HERR kennt den Weg der Gerechten, aber der Gottlosen Weg vergeht...

Falls da tatsächlich einer badende Frauen belästigen sollte – Sünde, Sünde, Sünde! –, aber das würde man ja gleich haben. Allerdings klang es jetzt doch nicht nach Unhold, denn die Frauenstimmen lachten, und Frauen lachten schließlich nicht, wenn sie belästigt wurden, oder etwa doch...?

Eddie bückte sich und spähte durchs Schlüsselloch. Er sah den Rand eines hölzernen Zubers und einen braunen Frauenrücken, er sah blauschwarze Locken und nackte Arme, so schlank und anmutig... Wenn sie sich doch nur umdrehen würde!

Verhüte, dass sie sich umdreht, HERR im Himmel, führe mich nicht in Versuchung...

Leider konnte Eddie nichts erkennen durch das kleine Schlüsselloch, nichts außer Frauenrücken, Frauenarme, Frauenhaar. Den Unhold also, der da eventuell die badende Frau belästigte, konnte er nirgends entdecken. Vielleicht gab es ihn gar nicht, aber konnte man es wissen?

Eddie schlich zur Tür, die in den Innenhof führte. Ein Mann der Pflicht war Eddie Thorne, wie gesagt, und was er anpackte, führte er zu Ende. Und bevor nicht der leiseste Zweifel ausgeräumt war...

GOTT, hätte sie sich doch umgedreht...

Er huschte in den Innenhof. Wie eine der Gesetzestafeln ragte die schwarze Wand der Basilika an der rechten Hofseite in den Dunsthimmel, wie der mahnende Zeigefinger Gottes der schwarze Rundturm – aber links war das Fenster lieblich und hell und nicht einmal schulterhoch, und dahinter badete die Frau und lachte. Und eventuell war ein Unhold festzunehmen...

Ich danke dir, dass du mir Kraft gibst, o HERR, meine Pflicht zu tun...

Eng an die Holzwand des Gebäudes gedrückt schob er sich an das Fenster heran. Eddie hörte Frauenstimmen plaudern und lachen, nichts Besonderes eigentlich...

... aber Unholde konnten ja so durchtrieben sein und sich verstecken, man glaubte es kaum. Eddie spähte durch die Scheibe. Der Atem stockte ihm, als er die Fremde mit dem blauschwarzen Haar und den grünen Augen sah. Diese Schultern! Diese Brüste! Diese herrlichen Arme! Und die Knie – wie lieblich sie aus dem Schaum lugten...!

Drei Frauen standen um den Zuber herum. Eine schrubbte der Barbarin den Rücken, die anderen beiden standen gottseidank unglücklicherweise so, dass Eddie ungehindert Aruulas Anblick genießen konnte.

Einen Unhold sah Eddie nirgends. Konnte er auch nicht, denn seine Augen saugten sich förmlich an der Badenden fest.

Etwas schwoll in seiner Hose, und wie von selbst schlüpfte seine Hand durch den Latz hinein – *böse, böse Hand* – und machte sich daran zu schaffen. Er hechelte, konnte seine Augen nicht von der Frau im Zuber losreißen.

Ein heißes Gefühl stieg in ihm auf. Gleich, ja, gleich...

»Was hast du dort zu schaffen, Bruder Eddie?!«

Wie der erste Donner eines Gewittersturms dröhnte die Stimme des Rev'rends über den Hof. Eddie fuhr herum, bekam dabei die Hand nicht schnell genug aus der Hose.

»Was sehe ich?! Hast dich zum Diener der Sünde gemacht?!« Rev'rend Rage stand im offenen Seitenportal zur Basilika. »Hast dich der schnöden Fleischeslust hingegeben?!«

Mit großen Schritten stürmte er auf Eddie los. Die Schöße seines Ledermantels wehten hinter ihm her. Er holte aus und schlug zu. Mit dem Handrücken ins Gesicht.

»Drei Tage Fasten und Beten!« Und noch einmal schlug er den hünenhaften Novizen. »Sämtliche Psalmen betest du durch, und nach jedem Psalm ein Vaterunser...!«

Schutt und Geröll bedeckten den breiten Gang. Nur in der Mitte war ein schmaler Pfad geblieben. Im Schein der Öllampe sah man die Spuren von Stiefelsohlen. Schritt für Schritt drangen sie in die Ruine ein. Der Reverend murmelte ein Psalmgebet.

»Der HERR ist mit mir, darum fürchte ich mich nicht. Was können mir Menschen und Dämonen tun? Der HERR ist mit mir, mir zu helfen...«

Therese fragte sich, ob es wirklich sein konnte, dass Dämonen Stiefel trugen. Erst drei Mal war sie mit dem Reverend in den Kampf gegen höllische Mächte gezogen. Doch diese Dämonen hatten keine Stiefel getragen; es waren pelzige oder schuppige Bestien gewesen.

»... ich werde herabsehen auf meine Feinde«, betete Reverend Pain. »Es ist gut, auf den HERRN zu vertrauen...«

Eine Spinne, groß wie eine Männerhand, huschte durch den Lampenschein. Therese stieß einen unterdrückten Schrei aus. Der Reverend holte aus und schlug mit dem Hammer nach der Riesenspinne. Dumpf hallte der Schlag aus dem finsteren Gebäude zurück. Der Spinnenkörper zerplatzte; weißer und roter Schleim trielte an der Wand entlang durch den Lichtkegel. Angewidert zog Therese die Lampe weg und drehte sich um.

»... sie umgeben mich von allen Seiten, aber im Namen des HERRN will ich sie abwehren...«

Pelztiere huschten über Kabelstränge, Plastikteile und Geröll – grauschwarze Ratten, größer als Katzen. Therese sah die wurmartigen Schwänze, sah den Hammer durch den Lichtschein der Lampe wirbeln, hörte ihn gegen einen der pelzigen Körper knallen. Etwas quiekte und kreischte und fauchte.

»... sie umgeben mich wie Bienen, sie entbrennen wie ein Feuer in Dornen, aber im Namen des HERRN will ich sie abwehren...!« Der Reverend atmete schwer. »Licht«, forderte er. Therese hielt die Lampe so, dass der Lichtkegel auf das fauchende, rattenartige Biest fiel. Es zuckte und wand sich zwischen Gesteinsbrocken und abgefallener Wandverkleidung.

»Zurück in die Hölle mit dir!« Pain streckte dem Wesen das Kreuz entgegen, tastete nach seinem Hammer und schlug zu. Der Schädel des Rattenwesens barst. Therese schloss die Augen.

»... der HERR ist meine Macht und mein Heil...« Der Reverend keuchte mehr als dass er betete.

Therese öffnete die Augen. Eine Schatten am Ende des Ganges! »Vater Pain! Seht...!«

Pains Gelenke krachten, als er sich aufrichtete. In der Rechten den Hammer, in der Linken das Kreuz spähte er in die Dunkelheit. Der Schatten bewegte sich. Mit dem Kreuz winkte Pain Therese neben sich. »Licht«, murmelte er.

Therese hob die Lampe.

Eine Schwarz vermummte, hagere Gestalt stand etwa zwanzig Schritte vor ihnen in Staub und Schutt.

»Nosferatu...!«, rief der Reverend. Furchtlos ging er auf die Gestalt zu. »Komm heran, auf dass ich deinem blutrünstigen Dasein ein Ende mache!«

Therese stand wie festgewachsen. Das Herz stolperte ihr im Brustkorb. Im Lichtschein sah sie das dunkelgraue Gesicht des Schwarz Vermummten – wie zusammengeknülltes Papier sah es aus, wie eine vertrocknete Rosine...

Und plötzlich drehte sich die Gestalt um und rannte in die Dunkelheit.

»Stehenbleiben!«, donnerte die Stimme des Reverends. Pain riss einen der kleinen Holzbolzen aus seinem Waffengurt und eilte dem Flüchtenden hinterher. »Im Namen des HERRN – bleib stehen, Verfluchter!«

Ohne sich nach seiner Begleiterin umzusehen, fuchtelte er mit dem Hammer. »Mir nach, Schwester Therese! Mir nach...!«

Therese wusste, dass er Licht brauchte, dass der greise Reverend auf ihre Unterstützung angewiesen war. »Heilige Jungfrau, hilf...!« Das Stoßgebet half ihr, ihre Kraftreserven zu mobilisieren und die Angstlähmung zu überwinden. Sie lief los.

Drei Schritte weit kam sie da packten sie starke Arme von hinten. Eine trockene, welke Hand legte sich auf ihren Mund und hielt ihren Entsetzensschrei fest. Die Lampe fiel ihr aus der Hand und zerbrach im Geröll zu ihren Füßen. Stockdunkel wurde es.

»Schwester Therese...!« Die Stimme des Reverends gellte durch die Finsternis.

Jemand hob Therese hoch und zerrte sie aus dem Gang...

Knoxville, 2517 n.Chr. (505 n.CF.)

In fünfzehn Minuten konnte man ein Mal um den Ort herum gehen. Matt Drax hatte es ausprobiert. Er musste sich bremsen, um nicht schon in zehn Minuten wieder an der Hauptbrücke über den Ringgraben zu sein.

Vier schmale Wege stiegen vom Graben aus zum Platz vor der Basilika an. Und nicht mehr als hundertzwanzig Hütten standen rund um die Kirche. Außerhalb des Grabens entdeckte Matt Trümmerhalden und sogar zugewachsene Stahlskelette hier und dort. Überreste des alten Knoxville.

Rev'rend Rage hatte ihm die Kathedrale von innen gezeigt. Nun ja, *gezeigt* war zu viel gesagt. Vielmehr hatte er ihn in die erste Bankreihe vor dem Altarraum gedrängt und ihn mit der Empfehlung zurück gelassen, sich in Andacht und Gebet auf die Abendmesse vorzubereiten. Der Gottesmann selbst hatte die Basilika rasch wieder verlassen.

Matt hatte ein paar Minuten gewartet und es dann vorgezogen, sich ein wenig in diesem eigenartigen Ort umzusehen.

Die Leute vor ihren Hütten und in ihren Gärten erwiesen sich als sehr gesprächig. Sie sangen Loblieder auf ihren Priester, priesen die guten Sitten in Godswill und sagten, sie seien ernsthafte Christen, die den Rev'rend in seinem Kampf gegen die Dämonen unterstützten.

Nette Leute, wirklich wahr, allerdings schwankten manche verdächtig, und einige redeten mit schweren Zungen. Matt fragte sich, ob man hier dem Dämon Alkohol zusprach.

Auf der Rückseite von *Saint Therese's Last Rest* sah er drei Biisonkarren, auf die ein paar Männer Fässer mit Weihwasser verluden. Später beobachtete er, dass die Wagen den Ringgraben auf einer der vier Brücken überquerte und Godswill Richtung Westen verließen. Man exportierte das Weihwasser also auch in andere Siedlungen.

Mitten im Ort entdeckte Matt eine Art Souvenir-Laden: ein überdachter Stand vor einem offenen Hüttenraum, wo Kruzifixe und Weihwasseramphoren feilgeboten wurden. Und Marienstatuen in allen denkbaren Variationen: groß, klein, bunt, naturbelassen, zum Herumtragen, als Schmuckanhänger und auch zum Aufblasen. Offenbar wurden sie hier in Godswill produziert.

Fassungslos stand Matt vor den Auslagen. Das war einer jener Augenblicke, in denen ihn der Gedanke beschlich, »Christopher-Floyd« könnte die Welt und die Menschen weit weniger verändert haben, als es auf den ersten Blick schien. Seine Landsleute waren immer schon Meister des schlechten Geschmacks gewesen...

Irgendwann wurde der Himmel noch eine Spur grauer. Der Tag neigte sich. Vom Rundturm der Basilika ertönte eine Glocke. Keine dröhnende Bassglocken, wie Matt es angesichts der mächtigen Basilika erwartet hätte, sondern ein einziges helles Glöckchen.

Aber sie verfehlte ihre Wirkung nicht: Aus sämtlichen Hütten strömten die Menschen auf den vier Wegen zur Basilika hinauf. Matt schloss sich ihnen an. In der Kirche hoffte er Aruula wiederzusehen. Noch während der Messe wollte er mit ihr den Aufbruch für den nächsten Morgen planen. Dieses Godswill war ihm mehr als eine Nuance zu wunderlich.

Etwa zweihundert Menschen versammelten sich in den Bankreihen des rechten Seitenschiffs; Männer, Frauen und Kinder. Selbst Säuglinge hörte man krähen. Das Gestühl im linken Seitenschiff blieb vollkommen leer. Als wäre es reserviert.

Die Menschen schwiegen nicht, wie sie es in Matts Erinnerung während der wenigen Gottesdienste getan hatten, die er selbst erlebt hatte – sie tuschelten, scherzten, lachten laut und blieben teilweise in irgendwelche Gespräche vertieft im Mittelgang stehen.

Irgendwann ertönte Musik. Keine Orgel, nein – etwas, das wie ein Akkordeon klang. Jemand stimmte ein Lied an, andere fielen ein.

Der Text war schwer zu verstehen – es ging um Krieg und Kampf, um Märtyrertod und -ehre. Und um Dämonen. Nichts davon überraschte Matt wirklich. Bald erkannte er die Melodie – ein altes Gospelstück: *Joshua fit the battle of Jericho...*

Einige Frauen tauchten im Mittelgang auf, unter ihnen Aruula. Sie entdeckte Matt und arbeitete sich zu ihm in die Mitte der sechsten oder siebten Bankreihe vor. Ihr Duft hüllte ihn ein, als sie sich neben ihn setzte.

Gott, wie gut sie riecht...

»Wir sollten zusehen, dass wir weiterkommen«, flüsterte sie ihm ins Ohr. Er runzelte überrascht die Stirn. »Sie sind komisch hier, einfach komisch.« Aruula blickte sich um, erwiderte ein Lächeln hier und da und lehnte sich wieder gegen Matt. »Glaub mir – die Leute sind völlig verrückt. Lass uns von hier verschwinden...«

Die Musik verstummte. Wer nicht sowieso stand, erhob sich

jetzt. Am Altar erschien Rev'rend Rage. Er trug eine violette Schärpe über seinem schwarzen Ledermantel. Der Hut hing ihm im Nacken. Wie ein Gewehr stemmte er den Schaft eines armlangen Kruzifix in die rechte Hüfte. Er blickte zum Eingang, und nach und nach wandten sich sämtliche Köpfe in diese Richtung. Auch Matts und Aruulas.

Es scharrte und knarrte und die beiden Flügel des Eingangsportals öffneten sich. Dann erklangen Schritte und Ketten rasselten. Ein paar Männer von Godswill führten den Zug an – sie trugen die hier obligatorischen geflochtenen Hüte und in Hüfttaschen, die aussahen wie Revolverholster, Luftdruckpistolen oder mechanische Schleudern.

Die Hauptmasse der verspäteten Messebesucher aber bestand aus abgerissenen Gestalten in Handschellen und Fußketten. Durchweg Männer – Schwarze, Weiße, Kahlköpfe, Langhaarige.

Matt sah Männer in Lederkluft und in Fellen, Männer in langen schwarzen Gewändern, deren Physiognomie ihn an Asiaten erinnerte – und sogar WCA-Agenten!

»So viele Gefangene?«, flüsterte Aruula.

Ein freundlicher Mensch in der Reihe vor ihnen strahlte sie an, ein Mann mit Brille und zylinderähnlichem Strohhut. »Bei Rev'rend Rage herrscht Zucht und Ordnung«, flüsterte er. »Wer über die Stränge schlägt, bekommt Arrest.«

Wie erwartet schoben sich die Reihen der Gefangenen in das Gestühl des linken Seitenschiffs. Matt überflog die vielen Köpfe – es waren mindestens siebzig Häftlinge.

»Siehst du Bruder Eddie irgendwo?«, flüsterte Aruula. Matt schüttelte den Kopf. »Ich auch nicht.«

Die Männer in Ketten brauchten lange, um sich zu setzen und relative Ruhe einkehren zu lassen, aber endlich hatten sie es geschafft. Die Messe begann. Eingangsspruch, Lied, Gebet, Halleluja, und so weiter.

Matt erinnerte sich, dass er irgendwann im Frühherbst 2011 in Berlin einen katholischen Gottesdienst besucht hatte. Zusammen mit Jenny und David McKenzie. Die römische Liturgie schien die fünfhundertfünf Jahre ziemlich unbeschadet überstanden zu haben.

Dann aber stieg Rev'rend Rage die Stufen zum Hochaltar empor, schlug ein zerfleddertes Buch auf und fing an zu predigen.

»Und der fünfte Engel blies seine Posaune, und ich sah einen Stern, gefallen vom Himmel auf die Erde...« Selten blickte er in das Buch; er schien den alten Text der Apokalypse auswendig zu kennen. »... und er tat den Brunnen des Abgrunds auf, und es stieg auf ein Rauch aus dem Brunnen wie der Rauch eines großen Ofens, und es wurde verfinstert die Sonne...«

Rage schwang die Faust über seinem Kopf, sein Haar peitschte ihm um die Schultern, seine tiefe Stimme erfüllte die Basilika, als würde er ein Mikrofon benutzen. Es war ein beeindruckendes Schauspiel, und Matt konnte den Respekt der Dorfbewohner nachvollziehen.

»... und aus dem Rauch kamen Heuschrecken auf die Erde, und ihnen wurde Macht gegeben, wie die Skorpione auf Erden Macht haben. Und es wurde ihnen gesagt, sie sollten nicht Schaden tun dem Gras auf Erden noch allem Grünen, noch irgendeinem Baum, sondern allein den Menschen, die nicht das Siegel GOTTES haben an ihrer Stirn!«

Rage knallte die Bibel auf den Altar, reckte den Arm aus und deutete in die Menge der Gefangenen. »Verstockte! Habt *ihr* das Siegel GOTTES im Herzen oder werden die Dämonen euch verschlingen...?!«

Er behauptete, Gott habe die Dämonen auf die Erde losgelassen, so wie ein Schäfer seine Hunde auf die Herde loslässt, um sie auf den rechten Weg zurück zu treiben. Einzig und allein zu diesem Zweck sei *Kristofluu* auf die Erde gestürzt.

Eine interessante Theorie. Matt hätte es nicht gewagt, ihm die Dinge aus *seiner* Sicht zu schildern. Man hätte ihn glatt als Ketzer verbrannt.

Dann schwang der Rev'rend ein zweites Buch über dem Kopf, ein zoologischen Lexikon, so weit Matthew es erkennen konnte. Jedes Tier, dessen Abbildung sich nicht in diesem Buch wiederfände, sei unweigerlich ein Dämon, donnerte Rage.

Das fügte sich für Matt ins Bild: Die streitbaren Priester vom Orden der Rev'rends halfen sich mit einem eigenwilligen Erklärungsmuster durch die Engpässe der Vernunft. Sie sahen »Christopher-Floyd« als ein Zorngericht Gottes, geschickt zur Läuterung des Menschengeschlechts. Die daraus resultierenden Mutationen und Degenerationen waren für sie weiter nichts als die Bemühungen Satans, Gottes Plan entgegen zu wirken und die Menschen zu verderben.

Die Schlüssigkeit dieser Gedankenwelt verblüffte Matt. Wer dieses Interpretationsschema einmal geschluckt hatte, würde es so schnell nicht wieder aufgeben.

Wunderbar, dachte er, *wie einfach die Welt ist... man muss nur glauben können...*

»Vielleicht hat er Recht«, flüsterte Aruula neben ihm. Matt stöhnte innerlich auf. Aber hier war nicht der Ort, ihr den Kopf wieder zurecht zu rücken.

Der Rev'rend erzählte lang und breit von seinem Kampf gegen die Echsenwesen – die Drakullen. »Einem Einzigen gelang die Flucht!«, schloss er seinen Bericht. »Und glaubt mir, er wird Verstärkung aus der Hölle holen! Darum seid wachsam und reinigt euch von der Sünde!«

Dann wandte er sich direkt an die Gefangenen. »So spricht GOTT der HERR: Siehe, ich will in dir ein Feuer anzünden, das soll grüne und dürre Bäume verzehren, dass man seine Flamme nicht wird löschen können, und alles Fleisch soll sehen, dass ich, der HERR, es angezündet habe und niemand es löschen kann! Also lasst ab von euren Sünden und entsagt den falschen Göttern wie Orguudoo und Wudan...!«

Der Rest der Predigt rauschte spurlos an Matt vorbei. Irgendwann spürte er, dass ihn jemand beobachtete. Er wandte den Kopf. Ein Mann im Gestühl des linken Seitenschiffs hatte sich nach ihm umgedreht, ein Gefangener. Matt sah eine breite, untersetzte Gestalt in der Uniform der WCA. Und er sah einen breiten Schädel mit schütterem kurzen Haar. Der Mann grinste ihn an. Fast gegen seinen Willen grinste Matt zurück...

Die geballten Fäuste in den Taschen seines Ledermantels, stand Eddie im Innenhof von *Saint Therese's Last Rest.* Er war so sauer, das sich kein klarer Gedanke in seinen Hirnwindungen formen wollte. Nur Wutbilder flackerten dort, der Wunsch nach Rache und Genugtuung.

Er starrte auf die schwarze Wand der Basilika. Dumpf hallte die Stimme des Rev'rends hinter dem Seitenportal.

Wie er sie hasste, diese Stimme!

»Nicht so wütend sein, Eddie«, murmelte er. »Das hat der HERR verboten. ›Des Mannes Zorn tut nicht, was Recht ist vor GOTT‹ – steht es so nicht geschrieben?«

Wohl zehn Mal sagte er sich diesen Bibelvers vor, aber seine Wut wurde nur noch größer.

»Es ist auch nicht Recht, seinen Novizen zu schlagen! Und vor allem nicht den Sheriff, der doch hier eigentlich das Sagen hat! Verdammter Rev'rend!«

Die geballten Fäuste tief in die Taschen versenkt tigerte er durch den Innenhof. In der Basilika dröhnte Rages Stimme.

»Nein, es ist ganz und gar nicht Recht. Schließlich wollte ich die Frauen doch nur vor einem Unhold retten! *Das* ist die wahre Sünde und nicht, dass ich Hand an mich gelegt habe...«

Er blieb stehen und lauschte der Stimme seines Rev'rends. Und ein blasphemischer Gedanke breitete sich in seinem Kopf aus: War Rage nicht schon viel zu lange Rev'rend hier in Godswill? Sollte nicht längst sein Adept seine Nachfolge angetreten haben? Und war er nicht einen halben Kopf kleiner und mindestens vierzig Pfund leichter als er, Edward Thorne?

Er sah zu dem Fenster des Baderaums hin. Das Licht dort war längst erloschen. »Loses Weib!«, zischte er. »Nackt baden und nichts vor das Schlüsselloch hängen! Nackt baden und um Hilfe rufen! Und keine Vorhänge zuziehen! Elende Schlampe...!«

Matt und Aruula schliefen in einem kleinen Raum unter dem Dach von *Saint Therese's Last Rest.* Für beide war klar, dass dies ihre erste und letzte Nacht innerhalb des Ringgrabens von Godswill sein würde.

Am nächsten Morgen servierten zwei Frauen das Frühstück im Schankraum von *Saint Therese's Last Rest.* Keine Spur von Bruder Eddie. Auch den Rev'rend trafen sie nirgends.

Aruula plauderte mit den beiden Frauen. Ihr Mitteilungsbedürfnis war in den zwei Wochen zuvor ein wenig zu kurz gekommen, und wer wusste schon, wann sie das nächste Mal auf Menschen treffen würden, mit denen man über Nichtigkeiten palavern konnte.

Matt verließ den Schankraum, ging quer über den Platz vor der Basilika und zum Anbau auf ihrer Ostseite. Bevor sie Godswill verließen, wollte er wenigstens das Gefängnis noch von innen sehen. An der Belegung gemessen war es nach der Kathedrale ja der zweitwichtigste Raum in diesem Kaff.

Er betrat eine Art offenes Foyer. An zu einem Halbkreis zusammengestellten Tischen hockten Männer von Godswill, tranken Weihwasser, würfelten und spielten Karten. Einer zitierte dabei aus Rages Predigt. Er schien sie tatsächlich auswendig zu können.

Gleich hinter dem Foyer begann der Zellentrakt. Eigentlich war der Anbau ein einziger großer Käfig. Unzählige Gitterwände unterteilten ihn in viele kleine und große Zellen. Ungehindert ging Matt an den Wächtern vorbei. Sie beachteten ihn kaum. Ihr Chef, Edward Thorne, war auch hier nirgends zu sehen.

Matt schritt an den Gitterwänden vorbei. Die Männer hinter den Stäben musterten ihn teils spöttisch, teils verächtlich. Sie wollten wissen, ob er ein neuer Wachhund sei, ob er Weihwasser zu verkaufen habe, ob er ein paar Minuten Zeit habe, sich ein Angebot anzuhören, und so weiter...

In einer Zelle entdeckte er den bulligen Kerl in der WCA-Uniform. Er hockte auf seiner Pritsche und grinste.

Matt trat an die Gitterwand und streckte seine Hand durch die Stäbe. »Drax. Commander Matthew Drax. – Wie lange bist du schon hier?«, stellte er gleich die für ihn wichtigste Frage.

Der andere stand auf und ergriff Matts Hand. »Lieutenant Ruben Halifax. Nenn mich einfach Ruby. Vor drei Monaten etwa habe ich das Zählen aufgegeben. Ich sitze sicher schon seit einem halben Jahr in diesem verdammten Kaff fest.«

Also konnte er nichts von ihm und Aruula wissen. Gut. Matt senkte seine Stimme zum Verschwörerton. »Dann kommst du auch ohne Serum über die Runden?«

Rubys Miene zeigte erst Verblüffung, dann Hoffnung. »Hey, du kennst dich aus! Kommst du vom Weltrat?«

»Sagen wir, ich war für einige Zeit Gast im Pentagon. Was ist nun mit dem Serum?«

Halifax zuckte mit den Schultern und grinste noch breiter. »Du hast ganz Recht. Eigentlich müsste ich tot sein. Eine Zeitlang gings mir auch ziemlich dreckig, aber dann bin ich dem Sensenmann doch noch von der Klinge gehüpft.«

Erstaunlich. Offenbar hatte sich das Immunsystem des Techno über die Jahre regeneriert. Und als es hart auf hart ging, war es quasi »von selbst« angesprungen, als die ständige Versorgung mit dem Serum ausblieb. Ob das auf alle Washingtoner Technos zutraf? Und ob der Weltrat davon wusste?

»Was hast du ausgefressen, Ruby?«, wechselte Matt das Thema.

»Du fällst gern mit der Tür ins Haus, was, Matt?« Halifax lachte bitter. »Nun, das Gleiche wie die meisten hier: Hab nicht aufgepasst und irgendwie verlauten lassen, dass ich diesen Rage für einen Spinner halte.« Er zuckte mit den Schultern. »War einen Tag zu lange hier. Sieh zu, dass es dir nicht ähnlich ergeht.«

Matt erfuhr, dass Halifax eine Expedition des Weltrats in den Westen geführt hatte. In Godswill hatten sie übernachtet und nach dem Frühstück mit Rev'rend Rage über Politik und Religion diskutiert. Es konnte keine sehr lange Diskussion gewesen sein. Noch am selben Vormittag war Halifax im Gefängnis gelandet.

»Und deine Männer?«

Mit ausgebreiteten Armen wies Ruby auf die vielen Zellen um ihn herum. »Die Überlebenden sitzen auch hier. Wir sehen uns nur, wenn der wilde Prediger bei seiner Dämonenpirsch eine Pause einlegt und mal wieder hier absteigt, um zu baden, nach dem Rechten zu sehen und stundenlange Predigten zu halten. Dann schleppen sie uns nämlich immer in die Kirche.«

Er sah sich um und winkte Matt mit einer Kopfbewegung näher heran.

»Kannst du uns hier raushauen?«, flüsterte er.

Matt sah keinen Grund, warum er nicht helfen sollte. »Ich wills versuchen.«

»Vielleicht wartest du damit, bis Rage weiter zieht, dann wird es einfacher«, flüsterte Ruby. »Und hüte dich vor Thorne.

Der Rev'rend ist einfach nur plemplem, aber Thorne ist dumm. Und falsch dazu. Mit einem Wort: Er ist unberechenbar...«

Wenig später gingen Matt und Aruula einen der vier Wege zum Ringgraben hinunter, um sich zu orientieren. Matt hatte mit Aruula über die gefangenen WCA-Agenten gesprochen. Auch sie war bereit zu helfen. Jetzt mussten sie nur noch warten, bis der Rev'rend seinen Feldzug gegen das Böse wieder aufnahm.

Matt hatte sich bei den Gefängnisaufsehern nach dem Westweg erkundigt. Die Wärter wussten von einer Stadt zu erzählen, deren Name wie »Memphis« klang, und von einem ehemaligen Highway, der von Godswill in diese Stadt führte.

Motorengebrüll hinter ihnen ließ sie zur Seite springen. Die Maschine des Rev'rends brauste an ihnen vorbei. Eine Staubwolke hüllte sie ein. Als der Staub sich auf Gärten und Weg legte, sahen sie, dass die Maschine vor der Grabenbrücke stand und Rage abgestiegen war.

Und sie sahen einen führerlosen Biisonkarren im Grasland, der sich dem Ringgraben näherte. Der Weihwasser-Transport? War Rage deswegen hier?

Sie gingen weiter auf die Brücke zu. Dort hatten sich bereits ein Dutzend Männer und Frauen um Rev'rend Rage versammelt. Niemand sprach ein Wort, alle blickten sie dem Biisonkarren entgegen, dessen Kutscher sich nicht blicken ließ. Die angespannte Stimmung war mit Händen zu greifen.

Neben Rages Maschine blieben Matt und Aruula stehen. Im Beiwagen steckte die aufblasbare Marienstatue und lächelte ihr engelhaftes Zuckerlächeln.

Der Biisonkarren erreichte die Brücke und rollte über den Graben. Jetzt erst sah man den leblosen Körper, der auf dem Boden des Kutschbocks lag. Geraune ging durch die Gruppe.

Der Rev'rend und zwei Männer liefen auf die Brücke. Während die Bürger ins Zaumzeug der Biisons griffen und den Karren auf die andere Seite des Grabens zogen, enterte Rage den Bock.

Ein Klingenspeer mit Doppelspitze steckte im geöffneten Körper des Kutschers. Er heftete den Toten regelrecht an das Holz des Karrens. Und dahinter, auf der Ladefläche des Gefährts...

Plötzlich herrschte Totenstille. Die Menschen erstarrten, auch Rev'rend Rage. Zu schrecklich war, was sie sahen.

Sieben Leichen lagen auf dem Karren. Die meisten nackt. Und allen hatte man den Brustkorb vom Hals bis zum Schambein aufgebrochen und Herz und Leber heraus gerissen...

»Alle waffenfähigen Männer in erhöhte Alarmbereitschaft.« Rages Stimme klang brüchig. »Niemand verlässt Godswill. Und schafft mir Bruder Eddie herbei...«

London, 2092 n.Chr. (80 n.CF.)

Er hörte auf, nach Schwester Therese zu rufen. Den Hammer in der Rechten, das große Holzkreuz in der Linken stand er im Dunkeln. Lauschte nach links, lauschte nach rechts, hielt den Atem an, um selbst kein Geräusch zu verursachen. Seine Lippen blieben verschlossen, nur in Gedanken betete er weiter.

Der HERR ist mein Hirte, mir wird nichts mangeln...

Das unterdrückte Stöhnen, das er anfangs gehört hatte, war verstummt. Die Schritte, das Zischen und Scharren und der Widerhall dumpfer Schläge gegen Holz oder Stein oder einen menschlichen Körper hatten sich längst in der Ferne verloren.

... ER erquicket meine Seele...

Nur undeutlich kam es Pain zu Bewusstsein, was und dass er überhaupt betete – der Schreck zerrte noch an jeder Faser seiner Muskulatur. Ganz still stand er, schnupperte nach Kälte und Schwefel, lauschte und spürte nach der Aura, die er aus so vielen Kämpfen kannte – nach der kühlen, spröden und manchmal Übelkeit erregenden Ausdünstung der Hölle.

... und ob ich schon wanderte im finsteren Tal, fürchte ich kein Unglück, denn DU bist bei mir...

Da war nichts. Keine fremden Atemzüge, keine ungewöhnliche Kälte – abgesehen von der, die Mauern und Boden abstrahlten – kein Schwefelgeruch, kein Stöhnen. Ohne Kreuz und Hammer sinken zu lassen, setzte sich Reverend Pain in Bewegung. Und zwar in die Richtung, in der er Therese zuletzt gesehen hatte.

Sei ihr gnädig, o HERR, steh Deiner Dienerin bei, reiße sie aus dem Rachen der Hölle...

Nach etwa fünfzehn Schritten trat er in die Scherben der Öllampe. Es knirschte und klirrte. Wieder verharrte er und lauschte.

Da – ein Scharren! Wie aus einem anderen Raum! Der greise Reverend schloss die Augen und konzentrierte sich auf das Geräusch.

Und da – ein Stöhnen! Leise und röchelnd, aber ganz nah! Er steckte den Hammer in den Brustgurt. Das Kreuz in der linken Faust vor seinem Herzen, die rechte Handfläche vor sich ausgestreckt wagte er den nächsten Schritt. Einen großen Schritt, um nicht ein zweites Mal in die Scherben zu treten oder gar im Öl auszurutschen.

Heilige Jungfrau, erhöre mein Gebet! Sie ist so jung, so tapfer und so voller Liebe zu dir. Sie ist der Vision gefolgt, die der HERR ihr schenkte. Sie verließ die sichere Zuflucht unter der Erde, allein um dir zu dienen...

Seine Handfläche stieß gegen raues Metall – eine Tür.

Da war es wieder, das Röcheln und Scharren, ganz deutlich – es kam aus dem Raum hinter der Tür. Reverend Pain legte das Ohr ans Türblatt. Es fühlte sich kalt an und roch nach Rost. Und dahinter schmatzte, röchelte und keuchte es.

»Verfluchte Nosferatu!« Pain packte die Türklinke und drückte sie herunter. Abgeschlossen.

Er brüllte jetzt. »Im Namen des dreieinigen und allmächtigen GOTTES! Öffne dich!«

Er riss den Hammer aus dem Gurt. Wie von Sinnen begann er auf die Tür einzuschlagen. »Verfluchte Höllenbrut! Verfluchte Nosferatu...« In der Dunkelheit konnte er die Tür nicht erkennen – manchmal traf sein Hammer das Türblatt, manchmal die Wand daneben. Geröll krachte zu Boden, Gesteinssplitter spritzten ihm ins Gesicht.

»Hebe dich von ihr, Satan!«

Er hämmerte, schrie, rüttelte an der Tür. Manchmal hielt er inne, lauschte schwer atmend, und wenn er dann das Schmatzen aus dem Raum jenseits der Tür hörte, dieses widerliche, gierige Schmatzen und Schlürfen, dann riss die Flamme des Zorns und der Strudel der Verzweiflung ihn erneut mit sich fort und er schrie, hämmerte und rüttelte erneut.

Plötzlich erklang das Scharren einer Tür, Schritte und ein Lichtschein. Pain fuhr herum. Die Eingangstür hatte sich geöffnet. Fackeln warfen Schatten menschlicher Gestalten an die Wände, Stimmen riefen. »Pain! Pain! Wo bisse...?«

Im Schein der Fackeln erkannte er in lange Lederklüfte gekleidete Gestalten – langhaarig, vollbärtig. Pool Jagger, der Mann, der sich »Grandlord« nennen ließ, schaukelte vorneweg. »Weg hia, Pain, is gefäaliche Oat...!«

Sieben in Leder und Sacktuch gehüllte Wilde zählte der Reverend. Schmutzige Schneeflocken hingen in ihren Bärten und Locken.

»Der Allmächtige selbst schickt euch!« Er trat von der Tür weg. »Schnell, brecht die Tür auf! Schwester Therese... ich weiß nicht, was sie ihr antun...«

Der Grandlord und seine struppigen Begleiter lauschten. Pain stand einen Schritt hinter ihnen – trotzdem konnte er das entsetzliche Schlürfen und Schmatzen hören. »Du weiß nich, wasse ia antun...?«

»Brecht die Tür auf!« Der Reverend warf alle Beherrschung über Bord. »Im Namen des HERRN, brecht die Tür auf!« Die Angst um seine einzige Nonne machte ihn schier wahnsinnig.

Jagger und seine Lords hieben mit Keulen, Eisenstangen und Äxten auf die Tür ein. Der Reverend hinter ihnen betete laut.

»... Stricke des Todes hatten mich umfangen, des Totenreichs Schrecken hatte mich getroffen...«

Wie von selbst bewegten sich seine Lippen; er hatte seine eigenen Worte nicht mehr unter Kontrolle, wusste nicht mal, welchen Psalm er gerade betete. Nur um Therese kreisten seine Gedanken, nur ihr liebes bleiches Gesicht sah er vor sich, nur ihre gütigen, unschuldigen Augen...

Endlich kam einer der Lords auf den Gedanken, eine Axtklinge als Hebel zu benutzen. In Höhe des Schlosses drückte er sie zwischen Türblatt und Rahmen.

»Bissene ganze Schlaue, Liddleload Mäc«, lobte Jagger seinen Gefährten.

Er packte den Axtstiel, stemmte einen Stiefel gegen die Wand und zog aus Leibeskräften.

»... ich kam in Jammer und Not, aber ich rief den Namen des HERRN, ach HERR, errette mich...«

Mäc rammte seine Eisenstange unten zwischen Türblatt und Rahmen und riss daran herum. Die Tür sprang auf, der Reverend bekreuzigte sich, Jagger und Mäc stolperte an ihm vorbei an die gegenüberliegende Wand, die anderen Lords stürmten den Raum. Gellende Kampfschreie stießen sie aus und schwangen Äxte, Keulen, Fackeln und Stangen.

»Lasst mich zuerst hinein!« Pain riss Hammer und Bolzen

hoch. »Es sind Dämonen! Was wisst denn ihr, wie man gegen Dämonen...!«

Schlagartig verstummte das Kampfgeschrei der Lords. Eine Eisnadel schien sich durch Reverend Pains Körper zu bohren, vom Scheitel bis hinunter in seine Zehennägel – er wusste, was die plötzliche Stille zu bedeuten hatte. Er wusste es, bevor er sah, was die Lords sahen...

Die Fackeln über die Köpfe erhoben standen sie um eine Art Tisch aus schwärzlichem Metall. Spinnennetze spannten sich zwischen seinen Beinen. Auf dem Tisch lag, inmitten von Staubflocken, Deckentrümmer und verrotteten Kabelsträngen, Thereses Körper.

Das schwarze Gewand war ihr weit über die Knie gerutscht. Pain konnte die einst weiße Haut ihrer Unterschenkel sehen. Jetzt war sie bläulich verfärbt, fast Grau. Zwischen zwei der struppigen Männergestalten enthüllte der Fackelschein ihre nackte Schulter, auch sie schmutzig Grau. Der Stoff des Gewandes darüber war mit einer Klinge aufgetrennt worden.

Reverend Pains Knie zitterten, während er sich dem Tisch näherte. Die Lords davor wichen auseinander und hielten die Fackeln über Therese. Blicklose Augen starrten dem Reverend entgegen. Aus tiefen Bisswunden am Hals rann Blut auf die nackte Schulter und sammelte sich in der Kuhle zwischen Schlüsselbein und Schultermuskel.

»Allmächtiger GOTT«, flüsterte Pain, Er bekreuzigte sich und schlug dann die Hände vors Gesicht. »Warum lässt du deinen Diener den Sieg der Hölle sehen...?«

Jagger schob sich an ihm vorbei. »Waane schöne Wooman.« Er betrachtete Thereses Leiche gleichmütig. »Is schade umse, ealich...«

»Verfluchte Höllenbrut!« Reverend Pain brüllte seinen Schmerz und seine Enttäuschung heraus. Tränen strömten ihm über das Gesicht. Er drückte Therese die Augen zu, kniete vor ihrem Tisch nieder und versuchte seine Gedanken zu einem Gebet zu sammeln.

Jagger wandte sich an seine Lords. »Bigload Dschimmi! Liddleload Mäc! Holt unnse Männa wein!«

Reverend Pain sah sich erschrocken um. »Was habt ihr vor?«

»Weaden de ganze Haus duachkämme, biswa de Blutsäufa gefange ham.«

»Tut das nicht!« Pain sprang auf. »Es sind Nosferatu! Es sind Kreaturen der Hölle! Ihr könnt nichts gegen sie ausrichten!«

»Awas!« Jagger winkte ab. »Kennse de Loads nich. Hasse keine Ahnung, waswa alles auswichten könne, wennwa wolle...«

Knoxville, 2517 n.Chr. (505 n.CF.)

»Glaubt an den HERRN und ihr werdet gerettet!«

Die Familie, die den Laden mit den Marienstatuen betrieb, hatte sämtliche Regale leergeräumt und die Abbilder der Heiligen Jungfrau auf den Platz vor der Basilika geschleppt.

»Glaubt an die Muttergottes und die Drakullen können euch nichts anhaben!«

Jedem halbwegs waffenfähigen Mann in Godswill wurde eine Statue in die Hand gedrückt oder um den Hals gehängt. Sechsundachtzig Männer waren es insgesamt. Und Rev'rend Rage thronte auf seiner Maschine und rüstete sie mit Zuversicht und Glauben aus. Jedenfalls versuchte er es.

Aus *Saint Therese's Last Rest* wurden drei Fässer mit Weihwasser gerollt. Der Rev'rend überwachte die Abfüllung in kleine Glaskanülen. Man konnte sie mit den Bolzenpistolen verschießen, die Rage und sämtliche männlichen Einwohner von Godswill in den Gürtelholstern trugen. Davon gab es mehr als genug; Godswill hatte eine regelrechte Manufaktur für diese Waffe entwickelt. Zusätzlich trugen sie jetzt Degen, lange Messer und bajonettähnliche Stangen, genau wie ihr Rev'rend.

Auch Matt und Aruula bot der Rev'rend Bolzenschussgeräte und Marienstatuen an. Beide lehnten ab. »Ich bleib bei dem, was mir vertraut ist!« Matt schlug auf den Driller in seinem Gürtel. Und Aruula packte ihr Schwert.

»Wie ihr wollt, meine Kinder. Hauptsache ihr vertraut auf den HERRN und glaubt an den Sieg.«

Als alle ausgerüstet waren, stellte sich der Rev'rend auf den Sattel seiner Maschine und hielt eine Ansprache. Von Blut, Sieg und dem Märtyrerkranz war die Rede. *Es gibt nichts Neues unter der Sonne*, dachte Matt.

Nach dem Segen zogen die waffenfähigen Männer die vier Wege zum Ringwall hinunter. Ihre Frauen und Kinder folgten ihnen. Kein Späher hatte bisher den Aufmarsch der Echsenwesen gemeldet. Aber sie konnten nicht weit sein – die Leichen auf dem Biisonkarren waren noch warm gewesen.

»Kommt, meine Kinder.« Rev'rend Rage stieg von der Maschine, holte drei Gläser aus einer Satteltasche und hielt sie unter einen kleinen Hahn in dem Fass hinter dem Rücksitz. »Stärkt auch ihr euch, bevor es in den Kampf geht.«

Er lächelte seltsam verklärt, während er den Hahn aufdrehte und sein kostbares Weihwasser in die Gläser füllte. Er reichte Matt und Aruula je ein Glas. Das dritte nahm er selbst.

Er hob es und rief laut: »Auf den Sieg! Danket dem HERRN, denn er ist freundlich und seine Güte währet ewiglich! Amen!« Er kippte das Weihwasser hinunter, und Aruula und Matt taten es ihm gleich.

Es war, als hätte jemand einen Flammenwerfer in Matts Mund gehalten. Unfähig zu atmen stand er da, sein Kiefer war wie gelähmt, seine Augen tränten. Hitze bohrte sich durch seinen Brustkorb in seinen Magen hinab. Neben ihm sank Aruula auf die Knie und hustete sich die Lunge aus dem Leib.

»Was... was ist das...?», krächzte Matt. »Bei allen Heiligen... was ist das für ein Zeug...?«

Er schnappte nach Luft und beugte sich zu Aruula hinunter, schlug ihr mit der flachen Hand auf den Rücken. Sie würgte und hustete. Wasser und Schleim liefen ihr aus Nasenlöchern, Mund und Augen, und ihre Gesichtshaut war Hochrot.

»Weihwasser, mein Sohn«, sagte Rage unschuldig und verblüfft über die Wirkung, die das heilige Wasser bei seinen Gästen erzielte. »Wir setzten es mit Kartoffeln und ein wenig Zucker an.«

Neunzigprozentiges Weihwasser, dachte Matt, *Weihwasser, das Motoren zum Laufen und Mutanten zum Wanken bringt... Das ist verdammt noch mal medizinischer Alkohol!*

Den ganzen Tag harrten sie am Ringgraben aus, doch kein Echsenmann zeigte seinen grünschuppigen Kopf im Gras.

In der Nacht organisierte der Rev'rend Wachen. Im Morgengrauen waren Matt und Aruula eingeteilt. Nichts geschah.

Am frühen Vormittag erschien eine schwarzgekleidete Gestalt auf der Trasse des ehemaligen Highway. Schon von weitem konnte man das blonde Haar leuchten sehen. »Es ist dein Novize«, sagte Matt.

»Ich weiß«, knurrte der Rev'rend.

Bald erreichte Eddie Thorne die Brücke.

»Wo kommst du her?«, herrschte Rev'rend Rage ihn an.

»Vom See. Hast du nicht Beten und Fasten über mich verhängt?« Ein böser Blick traf Aruula, als der Hüne an ihr vorüber ging und zum Kirchplatz hinauf stapfte. Sie merkte es nicht, denn sie hatte ihren Kopf zwischen die Knie versenkt.

»Hast du Drakullen gesehen?«, rief Rage seinem Novizen nach.

»Nicht einen«, sagte der, ohne sich noch einmal umzudrehen.

Aruula richtete sich aus ihrer hockenden Stellung wieder auf. Alle Farbe war aus ihrem Gesicht gewichen. »Sie sind da...«, flüsterte sie.

Rev'rend Rage runzelte die Stirn. »Woher weißt du das, meine Tochter?!« Streng klang seine Stimme.

»Sie kann... *lauschen*«, erklärte Matt. »Sie spürt die Anwesenheit anderer.«

Ein harter, abweisender Zug verschloss die bärtige Miene des Gottesmannes.

»Sie sind ganz nah«, sagte Aruula.

Die Nachricht verbreitete sich schnell am Ufer des gesamten Ringgrabens – die Fremde mit dem Fellmantel, dem Schwert und dem Schwarzhaar könne die Gedanken der Dämonen spüren. Aller Augen spähten ins Grasland. Gespannte Ruhe legte sich über die Schlachtreihen von Godswill.

London, 2092 n.Chr. (80 n.CF.)

Grauer Schnee deckte die verkohlten Autowracks und den ehemaligen Parkplatz zu. Grauer Schnee lag auch schwer auf den fast kahlen Bäumen drüben vor der Fassade der Klinikruine. Reverend Pain konnte sich schon nicht mehr erinnern, wann er das letzte Mal *weißen* Schnee gesehen hatte. Es musste in einem anderen Leben gewesen sein.

Er stand am Waldrand, rechts und links von ihm Dutzende von Erdlochhausern. Manche von ihnen trauten sich schon bis in die Mitte des Parkplatzes. Jagger hatte ihnen weisgemacht, dass keine Dämonen in den alten Gemäuern hausten, sondern Menschen, die sich von Blut ernährten. Sinngemäß jedenfalls – natürlich hatte er sich anders ausgedrückt. Ein gefährlicher

Irrglaube, fand Pain. Aber wenigstens half er den einfachen Menschen, ihre Angst zu zügeln, und um Therese zu rächen war ihm jedes Mittel Recht.

Gemeinsam beobachteten sie den Eingang zum Ruinenkomplex. Mit einundzwanzig Lords war Jagger in die ehemalige Klinik eingedrungen. Der Reverend konnte sich nicht vorstellen, dass auch nur einer von ihnen lebend wieder herauskommen würde.

Pain spürte, dass die Erdlochhauser hin und her gerissen waren. Die Furchtlosigkeit der Lords hatte sie beeindruckt. Der Gedanke, Wesen aus Fleisch und Blut statt aus der Hölle könnten ihre Angehörigen getötet haben, leuchtete einigen von ihnen ein. Andere dagegen hielten es mit der Überzeugung des wortgewaltigen Greises.

Im Wald hinter Pain war lautes Weinen und Schreien zu hören. Sie hatten Thereses Leiche im Unterholz aufgebahrt. Ein paar Frauen der Erdlochhauser betrauerten die Nonne. Der Schmerz über den Verlust seiner Begleiterin machte den Reverend innerlich taub. Verzweiflung und heiliger Zorn zugleich wühlten in seinen Eingeweiden.

Manchmal beäugte er den Mann neben sich misstrauisch. Der nannte sich Biglord Sammy, ein kleines Männchen mit ähnlich weißen Haaren und weißem Bart wie Pain selbst. Angeblich hatte er seine Kindheit in der Ruine des *Westminster Hospitals* verbracht. Nach seinen Worten wurden dort drin die Nachkommen von Patienten und Personal von den Nachkommen blutkranker Menschen gefangen gehalten. Als Frischblut-Lieferanten.

Pain glaubte dem alten Biglord kein Wort.

Es war inzwischen so dunkel geworden, dass man Bäume und Ruinenfassaden kaum noch unterscheiden konnte. Auch die Schneeflocken sah Reverend Pain nicht mehr fallen. Er nahm nur wahr, wie die grauen Hauben auf den Wrackdächern allmählich größer wurden. Mehr und mehr Erdlochhauser versammelten sich am Waldrand. Es hatte sich in den Ruinen herumgesprochen, dass der Reverend auf die Spuren der Mörder gestoßen und Grandlord Jagger in ihren Unterschlupf eingedrungen war. Die meisten kauerten sich unter Plastikplanen zusammen, die sie mitgebracht hatten. Einige standen unter schirmartigen Unterständen.

Es dauerte Stunden, bis Jagger und seine Lords wieder aus der Klinikruine auftauchten. Der Schein ihrer Fackeln flackerte an der Fassade, schob sich zwischen den Stämmen der Bäume durch und über die graue Schneedecke an den Autowracks vorbei.

Schnell merkte Pain, dass zwei Gestalten unter den Lords waren, die sich anders bewegten als sie – widerwillig und schwerfällig. Gefangene. Gemurmel erhob sich.

»Zwei hamwa.« Jagger winkte den Lords, die er »Dschimmi« und »Mäc« nannte. Sie zerrten zwei schwarzgekleidete Gestalten vor den Reverend. »De anden hamsich unneam Dach vaschanzt. Sin minnestens fünfzig.«

Dschimmi und Mäc hielten die Gefangenen fest. Jagger beleuchtete sie mit einer Fackel. Der Reverend blickte in eingefallene knochige Gesichter von dunkelgrauer Färbung. Die Augen lagen tief in den Höhlen, die Lippen waren fahl und so dünn, dass man gelbliche Zähne dahinter erkennen konnte. Pain betrachtete die Hände der Gefangenen. Auch sie waren auffällig knochig und dunkel, die Haut trocken und dunkelgrau.

An ausgewickelte Mumien erinnerten die beiden den Referent, ja, an Mumien. Auch eine Dämonenart...

Jagger griff dem einen ins Gesicht. Der Mumienkopf zuckte zurück. Dschimmi hielt ihn fest und der Grandlord fasste in den Mund des Gefangenen. Er spreizte dessen Lippen auseinander, sodass man die spitzen Zähne sehen konnte. »Angefeilt! So könnse bessa inne Hals beißen...«

»Verfluchte Nosferatu!« Pain hob Kreuz und Hammer und stürzte sich auf den Linken der beiden Gefangenen. »Im Namen des VATERS und des SOHNES und des HEILGEN GEISTES! Zur Hölle mit euch...!«

Die römische Exorzismus-Liturgie auf den Lippen, setzte er dem vermeintlichen Dämon einen seiner Holzbolzen über dem Herzen auf die Brust, holte mit dem Hammer aus und schlug zu...

Ein Röcheln entrang sich dem fahlen Mund des Gepfählten. Von Littlelord Mäc gehalten ging er in die Knie, verdrehte die Augen und sackte zur Seite. Blut strömte seitlich des Bolzens aus seinem Körper.

»Nasieste, Pain?« Jagger deutete auf das rote Blut im grauen Schnee. »Dämons bluten nich, oda?«

Fassungslos blickte Pain auf den Sterbenden hinab. Der Schwarz vermummte Mann zuckte, röchelte und schnappte noch ein oder zwei Mal nach Luft. Nein, das war nicht das Ende eines Dämons, das war der Tod eines menschenähnlichen Wesens. Warum aber trank es dann Blut? Und warum sah es so absonderlich aus?

Der Reverend hob den Kopf und musterte den zweiten Gefangenen. Der starrte auf den Hammer und den nächsten Bolzen in Pains Händen. Er zitterte.

»Wer bist du?«, krächzte Pain.

»Nick Avok.« Der Schwarz Verhüllte flüsterte. »Ich leb da drin, seit ich denken kann.« Mit dem Kopf deutete er über die Schulter auf die Klinikfassade.

»Und seit du denken kannst, säufst du Menschenblut? Verfluchter!« Pain trat nah an ihn heran und hielt ihm das Kreuz unter die flache Nase.

»Was bleibt uns übrig?« Das Kreuz schien den Mumienmann namens Nick Avok nicht annähernd so zu beeindrucke wie Hammer und Bolzen. »Wir wollen leben... Und um leben zu können, brauchen wir Blut. Frisches Blut...«

»Eakläa das!«, forderte Jagger.

»Es gab eine Station für Blutkranke im Westminster Hospital. Etwa zwanzig meist junge Patienten wurden dort zur Zeit des Kometeneinschlags wegen Sichelzellenanämie behandelt, darunter viele Schwarze...« Avok flüsterte jetzt nicht mehr, aber er sprach sehr hastig. Natürlich – er redete um sein Leben.

»Was füane Sichelmie?« Jagger zog eine begriffsstutzige Miene. Auch der Reverend runzelte fragend die Stirn.

»Sichelzellenanämie... eine erbliche Amämieform...« Man merkte ihm an, wie es ihn erleichterte, reden zu können. »Sie kam vor allem unter der schwarzen Bevölkerung Großbritanniens vor... und natürlich in afrikanischen Ländern. Die roten Blutkörper können kaum Sauerstoff transportieren und nehmen die Form von Sicheln an...«

»Und ia seide Nachkomme vonne Kwanke?«

Avok nickte. »Unser Blut kann überhaupt keinen Sauerstoff mehr aufnehmen. Wir müssten sterben ohne das Blut anderer Wesen...«

Der Reverend schwieg die ganze Zeit. Er dachte an Therese, und er dachte an die vielen Dämonen, die er im Laufe seines langen Lebens schon vernichtet hatte.

So viele waren es gewesen. Aber das hier – das hier war anders, ganz anders...

»Deada –« Jagger deutete auf Biglord Sammy. »– sagt, ia wüadet annere Patiende un Äazte gefangehalte.« Drohend schob er sich an den Gefangenen heran. »Issed waa?«

»Was hätten wir denn tun sollen...?« Schützend hob Avok die Arme über den Kopf. »Wir brauchen doch das Blut! Wir hatten keine Wahl...!«

Ein Aufschrei ging durch die Menge. Die Erdlochhauser ballten die Fäuste. So zornig waren sie, dass einige ihrer Frauen es wagten, die Lords zur Seite zu drängen und sich auf den Mumienmann zu stürzen.

Sie schrien und prügelten auf Avok ein, bis er in den Schnee fiel.

Unfähig sich zu bewegen stand Reverend Pain da und beobachtete die tobende Menge. Sein Verstand konnte nicht fassen, was er eben gehört hatte. Doch sein Herz erfasste, dass er einen *Menschen* getötet hatte. Er war hin und her gerissen zwischen Mitleid und Zorn.

Der Zorn obsiegte.

»Halt!« Pain stieß die wütenden Erdlochhauser zur Seite. Er setzte dem Mumienmann den Stiefel auf die Brust und streckte ihm das Kreuz entgegen. »Bist du der Anführer der Blutsäufer?!« Avok schüttelte hastig den Kopf. »Wie heißt euer Dracula?«

»Wer?«

»Euer Anführer. Euer oberster Vampirgraf!«

»Hamilton. Lee Hamilton...«

»Geh rein und hol ihn!« Schwester Thereses liebliches Gesicht lächelte vor Pains innerem Auge. Er musste handeln, wenn es nicht für immer klagend auf ihn blicken sollte. Doch wenn es wirklich Menschen waren und keine Dämonen, durfte er sie nicht töten. Es blieb nur eine Lösung – für seine Rache. »Wenn euer Dracula mich besiegt, verspreche ich euch freien Abzug und Absolution. Doch wenn ich Dracula besiege, müsst ihr die britischen Inseln auf immer verlassen!«

Das Versprechen kam ihm leicht über die Lippen. Für Pain stand der Ausgang des Kampfes jetzt schon fest. Der Herr würde nicht zulassen, dass diese Unseligen hier weiter ihr Unwesen trieben...

Über vier Brücken stürmten die Männer von Godswill den Echsen entgegen. Sie schrien »Halluja!« und »Im Namen des HERRN!« und dergleichen.

Vom inneren Ufer des Grabenrings aus zielte Matt mit dem Driller auf die heran galoppierenden Echsenwesen. Sie waren schwer zu treffen.

Der Rev'rend steuerte seine Maschine in Höchstgeschwindigkeit rund um den Ringgraben. Alle drei Minuten raste er an Matts Stellung vorbei, schoss aus seiner Bolzenwaffe und feuerte die Männer von Godswill an. Hinter ihm saß Aruula im Sattel. Ihre Klinge sauste nach links und rechts auf die Grün geschuppten Angreifer herab.

Fünfzig oder sechzig Echsenwesen griffen den Ort an. Acht hatte Matt bisher mit dem Driller unschädlich machen können. Noch effektiver waren Aruula und Rage auf der Maschine.

Doch die Männer von Godswill starben wie die Fliegen. So zielsicher sie ihre Kanülenbolzen mit dem hochprozentigen Weihwasser auch in die Körper der Echsen schossen – keine einzige torkelte deswegen, keine einzige wurde kampfunfähig. Und sie konnten sich noch so sehr an ihren Marienbildern und -statuen festklammern – der Eisatem der Bestien streckte sie nieder.

Reihenweise sah Matt ihre starren Körper ins Gras sinken, sah die Echsen auf sie springen und ihre Klingenspeere in die wehrlosen Körper treiben.

Der Rev'rend brüllte wie ein waidwunder Stier, während er vorüber raste und auf die Echsen eindrosch. Mitten in ihren eisigen Atem hinein streckte er die Heilige Jungfrau, die um seinen Hals baumelte. Und ihm geschah... *nichts*! Der Eishauch hatte keine Wirkung auf ihn. Matt konnte es sich nicht erklären. Fast schien es, als würde ihn sein Glaube unverletzlich machen.

Aber... genau das war es! Von einem Augenblick auf den anderen begriff Matt. Die Bürger von Godswill *versuchten* nur zu glauben – und starben. Rage dagegen *lebte* seinen Glauben, war völlig durchdrungen davon.

Es war mentale Selbstsuggestion, nicht mehr und nicht weniger! Rage tat nichts anderes als hinduistische Yogis, wenn sie sich Nadeln durch den Leib trieben, oder islamische Derwische, wenn sie über Kohlenglut tanzten!

Es ist tatsächlich Glauben, dachte Matt. *Der Glauben an die Macht des eigenen Geistes...*

»Rückzug«, brüllte der Rev'rend. Seine Maschine donnerte über die Brücke. »Zerstört alle Brücken bis auf diese hier!«

Nicht mehr als zweiunddreißig Männern gelang der Rückzug hinter den Ringgraben. Erfrierungen lähmte die Hälfte von ihnen. Die andere Hälfte riss die Brücken ein. Und wehrte die Echsen ab, die ins Wasser sprangen und ans Ufer zu schwimmen versuchten.

Aruula sprang von der Maschine und lief zu Matt. »Wir können sie nicht lange aufhalten«, keuchte sie. »Sie werden den Ort überlaufen und alle töten!«

Die beiden zogen sich zurück. Matt hielt nach Rev'rend Rage Ausschau. Der hantierte an dem Fässchen auf seinem Motorrad herum.

»Wir brauchen Verstärkung«, keuchte Matt. »Und da sehe ich nur eine Möglichkeit.«

»Die Gefangenen.«

»Genau.« Wieder einmal bewunderte er Aruulas schnelle Auffassungsgabe. »Lauf zum Gefängnis und lass sie frei. Sie dürften unbewacht sein.«

»Wenn du inzwischen Rage überzeugst...«

»Ich rede mit ihm«, versprach Matt. »Wenn er nicht völlig verblödet ist, wird er die Notwendigkeit einsehen.«

Aruula nickte und wollte losrennen, doch Matt hielt sie noch zurück. »Warte!« Er blieb stehen und sah sie ernst an. »Ich weiß jetzt, warum der Eisatem der Echsen bei Rage nicht wirkt!« Und er erklärte ihr mit schnellen Worten, was er unter »Autosuggestion« verstand. »Kannst du mit deiner Fähigkeit die Menschen auf den Eisatem vorbereiten?«, fragte er dann.

»Ich... ich hab das noch nie versucht.« Er sah Aruula an, dass der Gedanke ihr nicht behagte. »Es wäre eine Art umgekehrtes *Lauschen*. Ich kann es versuchen.«

»Dann tu es. Es ist unsere einzige Hoffnung.« Matt hielt sie nicht länger auf.

»Verrat!«, schrie Rage in diesem Moment und stampfte auf Matthew zu, der schon fürchtete, der Rev'rend hätte ihr Gespräch irgendwie mitgehört. Aber das war es nicht. »Jemand hat das Weihwasser gegen gewöhnliches Wasser ausgetauscht!« Rage brach eine Bolzenkanüle entzwei und reichte sie Matt. »Probier!« Matt ließ sich die Flüssigkeit auf die Zunge tropfen.

Wasser! Weiter nichts als Wasser.

»Nur in den Bolzen an meinem Gurt ist noch heilges Wasser; an den hat sich der Verräter nicht heran getraut! Doch wenn dies unser ganzer Vorrat ist, sind wir verloren...«

Die ersten Echsen sprangen ans Ufer.

»Weiche zurück, Höllenbrut!« Rage verschoss seine letzten Bolzen und Matt nahm die Angreifer mit dem Driller unter Feuer. Doch immer mehr stiegen aus dem Wasser...

London, 2092 n.Chr. (80 n.CF.)

Es hatte aufgehört zu schneien. Wie ein Ring aus Feuer loderten überall Fackeln in der Dunkelheit rund um den Ruinenkomplex der ehemaligen Klinik. Mindestens hundertachtzig Erdlochhauser hatten sich eingefunden. Viele murrten wegen Reverend Pains Herausforderung.

Sie wollten ihre ermordeten Angehörigen rächen und weiter nichts.

Die Lords hatten Avok in die nächtliche Klinik begleitet. Alle warteten, dass sie mit dem Anführer der Blutsäufer zurück kamen. Pain stand hinter den Klagefrauen, die um den Reisighaufen mit Thereses Leiche hockten. Er selbst bewegte die Lippen im stummen Gebet. Hin und wieder versickerten Tränen in seinem Bart. Seine Hoffnung für die Zukunft der Kirche lag tot auf dem Reisig. Das Herz wollte ihm zerbrechen.

Versunken in seine Trauer verlor er jegliches Zeitgefühl. Waren ein oder zwei Stunden vergangen, als Whooler, der junge Erdlochhauser ihn rief? »Sie sin zurück, Rev'rend.«

Pain drehte sich nach ihm um. Im Schein seiner Fackel stand der Lumpenmann zwischen den Bäumen. In seiner ängstlichen Miene las es Pain: Die Lords hatten den Anführer der Blutsäufer aus der Klinik geholt. »Ich komme.« Hinter Whooler her stapfte er durch den Schnee. Seine Korsett schien aus Blei zu sein und sein Brustkorb mit Steinen gefüllt.

Vergib mir, o HERR... sei mir Sünder gnädig...

Er wusste, dass es nicht Recht war, was er tun wollte. Doch das Bild der zarten Schwester brannte in seinem Hirn – wie schön sie gewesen war, wie tapfer, wie stark!

»Des Menschen Zorn tut nicht, was Recht ist vor GOTT...« Er murmelte ein Wort des Apostels Jakobus vor sich hin. »Vergib mir, wenn ich trotzdem so handle, o HERR. Ich muss es tun...« Zum ersten Mal gestand er sich ein, dass er mehr für Therese empfunden hatte als nur brüderliche Liebe...

Whooler drehte sich nach ihm um. »Is was, Rev'rend?«

»Nein, mein Sohn, es ist nichts...«

Der Blutsäufer wartete auf dem ehemaligen Parkplatz. Jagger und seine einundzwanzig Lords umringten ihn. Weniger um ihn an der Flucht zu hindern, vielmehr beschützten sie ihn –

eine Gruppe von dreißig bis vierzig Erdlochhausern hatte sich zwischen den eingeschneiten Autowracks versammelt. Sie schwangen Fäuste und Knüppel und beschimpften den Schwarz Vermummten.

Bis auf fünf Schritte ging Pain an ihn heran. »Du bist der Anführer dieser grausamen Horde?« Der Mann war groß, seine Lippen wirkten wulstiger als die Avoks, das Grau seiner zerknitterten Haut noch schmutziger.

»Ich bin Lee Hamilton.« Seine Stimme knarrte wie rostige Türangeln.

»Du kennst die Bedingungen?«

»Ich töte dich und die Sache ist erledigt.« Seine kleinen Augen wanderten über die gebeugte, knochige Gestalt des Greises. Pain registrierte die Geringschätzung in seinen zerknautschten Zügen.

»Wenn ich *dich* töte, verlasst ihr widerstandslos die Insel.« Pain deutete auf den Grandlord. »Er und seine Leute werden euch an die Küste begleiten.«

Der Blutsäufer nickte ungerührt. Sein dunkles Mumiengesicht verzerrte sich zu etwas, das wohl ein Grinsen sein sollte.

»Fangen wir an.« Reverend Pain öffnete seinen Rucksack. Er nahm Hammer und Kruzifix heraus, konnte es aber nicht lassen, auch nach dem Weihwasser zu greifen.

Der Ring um ihn und den Blutsäufer weitete sich. Hamilton zog chromfarbene Waffen aus seinem Gewand. Einen großen chirurgischen Haken und eine lange Knochensäge, deren Sägeblatt abgeschliffen war. Wie einen Säbel schwang er sie über dem Schädel.

Reverend Pain schraubte das Fläschchen mit dem Weihwasser auf. Er segnete Hammer und Kreuz. »Vergib mir, o HERR«, murmelte er, »und sieh das Blutvergießen, das ich auf diese Weise vermeide...«

Jagger trat neben ihm. »Hözu, Pain – lassmichmache. Bisse

zu alt füa Pügelei.« Niemals hätte der Reverend dem struppigen Burschen das Mitgefühl zugetraut, das er jetzt in seiner Miene las. »De Kea macht Blutwuast aus dia!«

»Kehr um zum HERRN, Jagger«, murmelte Pain. »Damit du nicht zur Hölle fährst wie dieser dort.« Er schob den Grandlord zur Seite. »Bist du bereit, Hamilton?!«

Er ging ein paar Schritte zurück. Dann leerte er das Weihwasserfläschchen über sich aus und bekreuzigte sich. »Du trittst mit deinen gefeilten Zähnen und deinen chirurgischen Instrumenten an. Ich aber komme im Namen des HERRN!« Seine Fäuste schlossen sich um Hammer und Kruzifix.

Der Schnee knirschte unter den vielen Schritten der Lords und der Erdlochhauser. Sie wichen zurück und bildeten einen Kreis um den Kampfplatz.

Hamilton duckte sich ein wenig. Breitbeinig kam er auf den Reverend zu, in der Rechten die Knochensäge, in der Linken den Haken. »Seniles Knochengestell«, fauchte er. »Warum willst du unbedingt sterben...?!«

Pain streckte ihm das Kreuz entgegen. »Der HERR ist meine Macht und mein Heil!« Er stürmte auf den Blutsäufer los. Blitzschnell holte der aus. Die Knochensäge sauste durch die Luft.

Als wäre er gegen eine unsichtbare Wand geprallt, blieb Pain stehen. Ein Aufschrei ging durch die Menge. Der Reverend blickte an sich hinunter. Die Säge steckte in seiner Seite.

»Das hast du davon, starrsinniger Greis!« Hamilton schwang den klobigen Haken. »Und jetzt nimm noch das!«

Der Haken sauste auf den Reverend herab. Hamilton rechnete mit keiner Gegenwehr mehr und achtete daher auch nicht auf seine Deckung. Ein Fehler.

Pain zuckte zur Seite und entging dem Schlag. Gleichzeitig holte er mit dem Hammer aus. Er traf die rechte Schulter des Gegners.

Hamiltons Schrei gellte über die Ruinen und den Wald durch die Dunkelheit. Der Haken entglitt seinen tauben Fingern.

Bevor Pain nachsetzte, schob er das Kreuz unter seinen Gürtel, packte die Knochensäge – und riss sie sich aus dem Leib. Scheppernd landete sie auf dem Boden. Das Geräusch mischte sich mit dem ungläubigen Aufschrei Dutzender Zuschauer. Sie konnten nicht wissen, dass Pains Korsett die größte Wucht geschluckt hatte, als die Säge darin stecken blieb.

Hamilton nutzte die Zeit, um mit der Linken eine weitere Waffe aus seinem Mantel zu ziehen – ein Messer. Damit stach er nach den Reverend, doch der wich aus und schlug seinerseits zu.

Der Hammer bohrte sich in Hamiltons Hüfte. Der Blutsauger knickte ein, konnte gerade noch das Gleichgewicht halten und taumelte zur Seite. Ein zweiter Hieb traf seine Rippen und ließ sie krachen.

Die Menschen ringsum konnten kaum glauben, was sie sahen – und doch war es so. Mit einer Stärke, die er allein aus dem Glauben zog, gewann Pain die Oberhand. Es war ein Wunder! In diesen Sekunden schwor so mancher seinem bisherigen Leben ab.

Reverend Pain rückte weiter vor. Seine Schläge ließen den großen, dunkel gekleideten Mann taumeln. Dessen Abwehr wurde zusehends fahriger. Schließlich stand er nur noch da, die Hand mit dem Messer schlaff herab hängend.

Pain hielt ihm das Kruzifix vors Gesicht. »Nun mach deinen Frieden mit GOTT!«, rief er, holte aus und –

– stöhnte auf. Der Griff von Hamiltons Messer ragte plötzlich aus seiner Brust. Der Blutsauger hatte es mit letzter Kraft vorgestoßen.

Für eine Sekunde war Pain wie erstarrt. Dann vollendete er die eigene Bewegung.

Der Anführer der Blutsäufer kreischte auf. Die gespreizten

Finger vor das Gesicht geschlagen, torkelte er zurück. Aus seinem linken Auge ragte das Kruzifix. Dann brach er tot zusammen.

Der Reverend ging in die Knie. Sein Blut tropfte in den grauen Schnee. Er blickte in den schwarzen Himmel. Jagger und einige Andere eilten auf den Kampfplatz, während die große Menge der Erdlochhauser die Klinik stürmte. Dreizehn Blutsäufer erschlugen sie. Fünfundvierzig führten Jagger und seine Lords an die Themse und verfrachteten sie auf das Schiff der Leute aus dem Norden, die sie getötet hatten.

Sechs oder sieben Blutsäufer flohen in den nächtlichen Wald. Unter ihnen Nick Avok...

Knoxville, 2517 n.Chr. (505 n.CF.)

Aruula rannte über den Kirchplatz. Ein Flügel des Hauptportals der Basilika stand halb offen. Gesang drang aus dem Kirchenschiff. Zwei Frauen streckten die Köpfe heraus. Ängstliche Blicke verfolgten Aruula. »Es sieht nicht gut aus!«, rief sie. »Schließt euch ein! Verbarrikadiert euch!«

Sie lief um die Basilika herum und hetzte die Stufen zum Eingang des Gefängnisses hinauf. Mit dem Schwert stieß sie die Tür auf und sprang in den Vorraum.

Edward Thorne stand an den Tischen der Wächter. Aus einem Fass zog er Flüssigkeit in eine Spritze – Weihwasser.

»Sieh an, die schöne Aruula kommt zu mir...« Er strahlte sie an, während er ihren Namen säuselte.

Aruula Blick flog zwischen der Spritze und seinem bärtigen Gesicht hin und her. Ganz schlau wurde sie nicht aus ihm. Aber dafür war jetzt auch keine Zeit.

»Wir müssen die Gefangenen befreien«, sagte sie knapp. »Die ersten Echsen haben den Graben überwunden und sind in den

Ort eingedrungen. Wir brauchen Verstärkung oder Godswill wird fallen!«

Ein vielstimmiges Zischen und Tuscheln klang auf, als ihre Worte bis in die letzte Zelle weiter getragen wurden.

Übergangslos wurde Eddies Miene böse und hart. »Verfluchte Schlampe! Ich wusste es doch, dass du ein Werkzeug der Hölle bist! Erst unschuldige Männer mit deiner Nacktheit verführen und dann eine Revolte anstacheln wollen... Aber da bist du an den Falschen geraten!«

Aruula verstand kein Wort. War Thorne betrunken?

»Dich schickt die Hölle!«, fuhr der Novizen-Sheriff fort. »Und genau dahin schicke ich dich zurück!« Er zog die Spritze aus dem Fass und ging mit schweren Schritten auf Aruula zu, die noch immer auf der Schwelle der Eingangstür stand.

Einige Männer rüttelten an ihren Zellentüren. »Aufschließen! Los, aufschließen!«

»Nehmen Sie Vernunft an, Thorne!«, zischte Aruula. Sie hob ihr Schwert leicht an. »Anstatt uns hier zu schlagen, sollten wir schleunigst die Männer freilassen. Sonst sind wir verloren!«

»Ihr seid verloren!«, feixte Eddie. *»Ich* nicht.« Schritt für Schritt näherte er sich und hob die Spritze. »Damit wollte ich eigentlich Rage erledigen. Aber gut – nun ist sie eben für dich...« Er bleckte die Zähne. »Allerfeinstes Weihwasser aus Godswill. Direkt ins Blut...«

Blitzschnell streifte er den Mantel beiseite und zog ein Bolzenschussgerät aus seinem Holster.

Aruula warf sich zu Boden und rollte sich ab, als Thorne feuerte. Die Kanüle zischte über sie hinweg. Sie sprang auf, hechtete über die Tischreihe, drehte sich und warf einen der Tische als Deckung um. Die Männer in den Zellen feuerten sie an.

Eddie kam ihr hinterher, in der Rechten seine Bolzenpistole, in der Linken die Spritze. »Schlampe! Ich krieg dich! Und dann den Rev'rend! Und dann deinen Blonden! Und dann ganz Godswill!«

Aruula ließ ihn heran kommen und nutzte die Sekunden, um die Tischbeine zu packen, zwischen denen sie kauerte.

Als Thorne vor der schrägen Tischplatte stand, mobilisierte sie alle Kräfte, hob den Tisch mit einem Ruck an und stürmte brüllend los.

Eddie wurde von der Aktion völlig überrascht. Die Platte traf ihn frontal. Die Pistole wurde ihm aus der Hand geprellt, die Spritze blieb mit der Nadel im Holz stecken.

Aruula stürmte weiter, den Tisch fest im Griff, und rammte den Novizen-Sheriff quer durch den Raum, bis ein Zellengitter ihn stoppte.

Die Wucht des Aufpralls trieb Thorne die Luft aus den Lungen und ließ seinen Hinterkopf mit dem Stahl kollidieren. Er rutschte ächzend mit dem Rücken am Gitter herab und blieb zusammengekrümmt auf dem Boden sitzen.

Schwer atmend trat Aruula auf ihn zu. Auch sie rang nach dem Kraftakt nach Luft. »Hast du... endlich... genug...?«

Eddie Thorne hob den Kopf – und grinste. »Nicht ganz«, sagte er. Und rammte Aruula die Spritze, die er beim Herabrutschen aus der Platte gezogen hatte, in den Oberschenkel.

Mit einem Schrei fuhr Aruula zurück und riss sie heraus. Zu spät. Eine Schmerzwelle jagte durch ihren Körper, gefolgt von höllischer Hitze. Schon schwankte sie. Plötzlich sah sie Eddie doppelt. Er richtete sich auf. »Vorbei, du Miststück, ein für alle Mal vorbei...«

Aruula brach zusammen. Hilflos blinzelte sie dem blonden Hünen entgegen. An den Gitterstäben schob er sich nach oben. Seine beiden bärtigen Walrossgesichter feixten.

Und zwei Paar Hände legten sich um die Hälse unter den Walrossgesichtern...!

Eddie strampelte und rang nach Luft, als die Hände zudrückten. Er versuchte sie von seinem Hals zu lösen. »Aufhören! Nein! Töten ist Sünde!«

Doch noch fester griffen die Hände zu. Ruby Halifax, der WCA-Agent, hatte sie durch die Gitterstäbe gesteckt und Eddie am Hals gepackt. »Sünde? Ich bin ein Ungläubiger, Eddie, schon vergessen? Kerle wie dich finde ich ungefähr so nützlich wie Pickel auf dem Arsch. Und jetzt rück die Zellenschlüssel raus...!«

Die beiden Männer verschwammen vor Aruulas Augen. Alles um sie herum begann sich zu drehen. Nur mit allergrößter Mühe hielt sie sich bei Bewusstsein. In diesem Zustand konnte sie unmöglich Matts Bitte nachkommen, die Menschen geistig zu beeinflussen. Aber vielleicht war das auch gar nicht mehr nötig...

Die Gefangenen strömten in den Wachraum. Zwei hielten Eddie, bis die ersten Zelle leer war, und sperrten den glücklosen Adepten dort ein.

Aruula versuchte sich aufzurichten, doch ihr Körper versagte den Dienst. Ruby Halifax ging neben ihr in die Knie. »Das war großar–«

»Zuhören«, lallte Aruula müde, und er verstummte. »Thorne hat... das Weihwasser ausgetauscht... Nehmt nur... aus seinem Fass hier... und besiegt damit... die Echsen.«

Die Rede hatte sie alle Kraft gekostet. Aruula sank zur Seite. Halifax tastete nach ihrem Puls und stellte erleichtert fest, dass sie lediglich ohnmächtig geworden war.

Der WCA-Agent erhob sich und zog die Aufmerksamkeit seiner Leidensgenossen auf sich. »Alle mal herhören! Da draußen ist die Hölle los, und wir sind die Einzigen, die über Pains so genanntes Weihwasser verfügen! Holt alle verfügbaren Bolzenpistolen aus der Waffenkammer der Wachen und füllt die Ka-nülen an dem Fass dort auf dem Tisch! Und dann gehen wir raus und machen die verdammten Echsen fertig!« Kampfgejohle aus gut siebzig Kehlen antwortete ihm.

Matt riss das leere Magazin aus dem Driller, schleuderte es den Angreifern entgegen und kramte das Magazin aus der Tasche, das er bei den Toten am Waldhang gefunden hatte.

Die Lage hatte sich schneller zugespitzt als erwartet. Elf Echsen hatten ihn, Rage und zwei weitere Männer eingekesselt. Der Rev'rend hatte noch drei Weihwasser-Bolzen für seine Waffe. Wie es jenseits der Basilika auf der anderen Seite von Godswill aussah, wussten sie nicht.

Rev'rend Rage hielt die hölzerne Marienstatue vor seiner Brust fest, brüllte vor Zorn und machte seinem Namen alle Ehre. Merkwürdiges Zeug gab er von sich: »Ich bin das A und das O, spricht der HERR, der da ist, der da war und der da kommt!«

Er schoss, hieb mit seinem Degen um sich und hatte nur noch zwei Kanülen Weihwasser übrig.

Matt kniete halb im Wasser des Grabens. Unablässig drangen die Bestien auf ihn ein. Wo eine von ihnen getroffen niederstürzte, schienen zwei neue aufzuerstehen.

Plötzlich begann das Glöckchen vom Turm der Basilika zu läuten. Oben auf dem Kirchplatz konnte Matt ein gutes Dutzend Echsen erkennen, die sich in einer dichten Traube gegen das Kirchenportal warfen und mit ihren Klingenspeeren dagegen hieben.

Er wusste, dass sich die Frauen und Kinder in der Kirche verschanzt hatten. Aber es gab keine Chance, ihnen zur Hilfe zu kommen.

Doch plötzlich tauchten Männer auf, die mit Bolzenpistolen auf die Echsenwesen feuerten – und bei denen das »Weihwasser« Wirkung zeigte. Es waren die befreiten Gefangenen! Aruula hatte es also geschafft!

Die Echsen auf dem Kirchplatz wichen zurück. Immer mehr Menschen strömten herbei und warfen sich todesmutig dem Feind entgegen.

Und dann kamen sie auch zum Grabenring herunter, etwa zwanzig Männer mit Ruby Halifax an ihrer Spitze. Der WCA-Agent brüllte am lautesten von allen.

Die Echsen warfen sich herum und ergriffen Hals über Kopf die Flucht. Das Blatt wendete sich...

Die Flammen loderten fast sechzig Fuß hoch. Ein rötlicher Schein flackerte am Nachthimmel. Es stank erbärmlich. Sie hatten einen Scheiterhaufen außerhalb des Ringgrabens aufgeschichtet, die Leichen der Echsenwesen mit Weihwasser überschüttet und angezündet. Nur wenige Angreifer waren entkommen.

Zwischen den Hütten von Godswill sah man den Schein von Fackeln und Öllampen. Lautes Weinen und Wehklagen erfüllte die Nacht über dem Ort. Kein Haus, in dem man nicht mindestens einen Toten beklagte.

Vom Turm der *Saint Pain Basilika* bimmelte noch immer das Glöckchen. Irgendein Verrückter tobte sich dort an der Glockenschnur aus.

Rev'rend Rage konnte es nicht sein – der hockte gegen seine Maschine gelehnt im Gras, füllte sein Glas alle zehn Minuten mit Weihwasser aus dem Fass auf seinem Motorrad und hatte Mühe, vier oder fünf Worte zu einem vernünftigen Satz zusammen zu fügen. Dass sie ihre Rettung ausgerechnet den »Frevlern und Ungläubigen« verdankten, schien ihn mächtig zu wurmen.

Nun ja, dachte Matt, *purer Alkohol ist eine gute Wurmkur...*

Vom Kirchplatz her hörte man laute Männerstimmen, Hammerschläge, das Splittern von Stein und das Krachen von Holz. Einige der befreiten Häftlinge hatten sich daran gemacht, das Gefängnis abzureißen.

Matthew Drax saß im Gras, nicht weit von Rev'rend Rages Motorrad entfernt. Aruula lag halb in Matts Schoß und schnarchte. Wäre sie nicht von Thorne mit Weihwasser vollgepumpt worden, Matt hätte sich längst mit ihr auf den Weg gemacht.

»Ich glaub es nicht, ich glaub es nicht«, lallte der Gottesmann in einem fort. »Soll ich mich so getäuscht haben...? Die Guten sind böse und die Bösen gut... Verkehrte Welt!«

Ach ja – mindestens genauso wurmte ihn, dass es ausgerechnet sein Novize Edward Thorne gewesen war, der aus verletztem Stolz das Dorf an die Drakullen verraten und das Weihwasser vernichtet hatte. Sein Lohn wäre die Herrschaft über die überlebende Bevölkerung gewesen, nachdem er Rage, Drax und Aruula an die Echsen ausgeliefert hätte.

Der Rev'rend leerte sein Glas, füllte es erneut und begann die Litanei von vorn. »Ich glaub es nicht, ich glaub es nicht...«

»Wir nehmen ihn mit nach Washington und stellen ihn vor ein Gericht des Weltrats«, sagte Halifax, der neben Matt getreten war.

Matt winkte ab. »Lass den Mann in Frieden! Siehst du nicht, dass er mit sich und der Welt fertig ist?«

»Wir nehmen ihn mit«, beharrte Halifax.

Matt schnaubte verächtlich. »Tu, was du nicht lassen kannst. Auge um Auge, Zahn um Zahn was? Du bist Rage gar nicht mal so unähnlich.«

Halifax sagte nichts mehr. Er drehte sich abrupt um und ging. Matt konnte nur hoffen, dass seine Worte doch noch auf fruchtbaren Grund fielen.

Aruula hörte auf zu schnarchen.

Sie schlug die Augen auf und blinzelte in die Flammen.

»Guten Morgen«, begrüßte Matt sie. »Wie geht es dir?«

Aruula schaute ihn an. Irgendwie ging ihr Blick über kreuz. »M... Matt? Was... was ist geschehen? Hat mich Rage mit seinem Donnerrad überfahren?«

»Knapp daneben. Thorne hat dir den Kater deines Lebens verschafft. Aber keine Sorge: Du kommst durch. Und das Dorf hast du ganz nebenbei auch noch gerettet.«

»Oh.« Mehr sagte Aruula nicht. Aber sie bemühte sich schon wieder auf die Beine zu kommen. Matt half ihr dabei, zog sie hoch und legte den Arm unter ihre Achsel. Sie schwankte, aber sie fiel nicht.

»Kannst du gehen, wenn ich dich stütze?«, fragte er. »Ich will möglichst schnell weg von hier.«

Sie nickte tapfer.

»Ist... ist okee.«

Er warf sich das Bündel mit ihren Decken, Fellen und dem festgezurrten Schwert über die Schulter und führte Aruula zur Brücke.

»Wohin geht ihr?«, riefen Halifax und Rev'rend Rage wie aus einem Mund.

Nach Riverside, dachte Matt.

»Wohin wir wollen«, sagte er.

London, 2092 n.Chr. (80 n.CF.)

Thereses Leiche legten sie auf eine aus Bruchholz gefertigte Trage und befestigten diese hinter dem Motorrad. Den tödlich verletzten Reverend zurrten sie auf eigenen Wunsch auf dem Rücksitz seiner Maschine fest. Noch war Leben in ihm, aber es ging zu Ende.

Pool Jagger persönlich steuerte das dreirädrige Gefährt durch die nächtliche Trümmerlandschaft zurück zur Kirchenruine. Ein langer Zug Erdlochhauser folgte ihnen, angeführt von Whooler.

Nur langsam kamen sie durch Schnee und Frost voran, die Menschen zu Fuß fast noch besser als Jagger mit dem Motorrad. Das Schwarz des Himmel färbte sich dunkelgrau. Ein neuer Tag dämmerte herauf.

Als sie endlich den Trümmerhaufen vor dem Kirchturm erreichten, begann es wieder zu schneien.

Jagger stieg von der Maschine, ließ aber den Motor laufen. Er half Whooler und seinen Gefährten, die Tote und den Schwerverletzten loszubinden. Zum Abschied ging er vor dem Reverend in die Hocke.

»Is echt schad um dich, Pain. Waasn guda Mann.«

Das runzlige, knochige Gesicht Pains war jetzt spitz und eingefallen und nass von Schweiß. Noch immer ragte der Griff des Messers aus seiner Brust. Seine Seite war rot von Blut. Bei jedem Atemzug reckte er das Kinn in die Höhe und drückte den Kopf in den Nacken.

»Kehr um, mein Sohn!«, stöhnte er. »Weihe dich dem HERRN und kämpfe für sein Werk...«

»Weiß nich...« Der Grandlord griff in seine nassen fettigen Locken und schabte sich die Schädelschwarte. »... isn gefäaliche Dschob, wennich dich so seh.« Er drückte die kalte Schweißhand des Greises. »Gude Faaht noch.« Er stand auf. »Wäan uns wohl nich wiedasehn – deine Faaht geht inne Himmel un meine inne Höll.« Er grinste. »Aba jetz noch nich...«

Jagger schwang sich auf Pains Maschine. Der Motor brüllte auf, eine graue Schneewolke erhob sich und hüllte den Grandlord und das Motorrad ein. Dann fuhr er in die Trümmerlandschaft hinaus...

»Tragt Schwester Therese und mich hinunter in mein Schlafgewölbe«, stöhnte Pain. Whooler und die Erdlochhauser schafften die beiden durch die Ruinen in den Chorraum der zerstörten Kirche und von dort in das Grabgewölbe unter den Trümmern des Hochaltars.

Zu ihren Lebzeiten hatte Therese niemals sein Schlafgewölbe betreten. Jetzt trug man sie hinein. Benzingeruch hing über der breiten Stiege.

Unten setzten sie die Trage mit Thereses Leichnam neben der Tür und den Reverend auf dem Sarkophag des Bischofs ab, dessen Gebeine hier seit fast siebenhundert Jahren ruhten.

Pain sah sich um.

Die Holzdielen, die ihm als Matratze gedient hatten, hingen quer über ein paar leeren Benzinkanistern. Alle vollen Kanister und sämtliche Treibstofffässer fehlten.

Jetzt verstand er, warum Jagger und seine Lords in den Ruinen des Westends aufgetaucht waren.

»HERR vergib ihnen, denn sie wissen nicht, was sie tun...«

»Was sollenwa tun, Rev'rend?«, flüsterte Whooler. »Sollnwa das Messa auser Brust ziehn?«

»Später«, stöhnte der Reverend. »Wenn ich tot bin...« Jemand gab ihm zu trinken, Whooler wischte ihm den Schweiß aus dem Gesicht. »Bestattet mich hier in diesem Gewölbe...« Ein Hustenanfall schüttelte seinen Körper. Blut schoss aus seinem Mund. »Seite an Seite mit Therese, hört ihr...?« Whooler und seine Gefährten nickten.

Pain verlangte, dass man ihm Stoffe und Felle unter den Rücken schob, sodass sein Oberkörper ein wenig erhöht lag. Als er zufrieden war und die Erdlochhauser betreten um den Sarkophag herum standen und nicht wussten, was sie tun oder sagen sollten, hob Pain zu seiner letzten Predigt an.

»Der HERR selbst hat Gericht über den Sündenpfuhl namens Erde gehalten; ihr wisst es, ich hab es euch oft genug gesagt. Die Menschen verfielen dem Bösen, wurden selbst zu Dämonen. Mit seinem Strafgericht stürzte GOTT die Erde in die Verdammnis und ließ nur eine Handvoll Aufrechter am Leben, auf dass sie gegen die Dämonen antreten sollten. Dies sind die Reverends.« Er schloss die Augen. »Mein Kampf ist heute zu Ende. Und der eure beginnt.«

Whooler und die Erdlochhauser schauten sich überrascht an. Einige gingen vor dem Sarkophag in die Knie, bekreuzigten sich und falteten die Hände.

»Dass ihr all das überlebt habt, ist allein GOTTES Werk«, fuhr Pain fort. »Denn ihr seid Auserwählte. Geschah nicht SEIN Wort durch den Propheten Zefanja: Ich will in dir übrig lassen ein armes und geringes Volk, und die werden auf des HERRN Namen trauen? Kehrt also um zum HERRN. Glaubt an ihn und die Heilige Jungfrau, tretet in meine Fußstapfen und vernichtet die Dämonen...!«

Es war Pain, als senke sich der Heilige Geist über die Menschen, die ihn umstanden. Ergriffen von seinen Worten wollten sie alle zum Herrn umkehren – dreiundzwanzig Männer und sechs Frauen. Sie alle wollten die Mission des sterbenden Reverends und seiner Nonne weiter führen.

Whooler sammelte die letzten Weihwasserreserven in einer kleinen Plastikflasche, und Pain taufte die Erdlochhauser, einen nach dem anderen. Sie mussten seine Arme stützen, damit er das Kreuz über die Täuflinge schlagen und ihnen die Hand auflegen konnte.

Um jedes einzelne Wort der Taufliturgie musste Pain ringen. Er keuchte, röchelte, spuckte Blut. Aber er taufte sie alle, nahm den obligatorischen Exorzismus vor und weihte die Männer zu Reverends und die Frauen zu Nonnen der »Schwestern der barmherzigen Jungfrau«. Erst als auch der letzte zum Christ geworden war, sank er in die Felle zurück.

Seine Lippen bewegten sich; er hauchte nur noch. Whooler beugte sein Ohr an den Mund des Reverend.

»Geht hinaus in alle Welt, als Streiter der Barmherzigkeit«, flüsterte Pain, »und verteidigt die armen Leute, die GOTTES Strafgericht verschont hat, gegen die Ausgeburten der Hölle. Denn nur so wird die Erde wieder ein Ort der Freude und des Friedens, wenn die Zeit einst gekommen ist...«

Die bekehrten Erdlochhauser bekreuzigten sich und nickten stumm.

»... und noch eins«, röchelte der Reverend. »Die Blutsäufer haben gelogen... Natürlich sind auch sie Dämonen... Amen.«

Er starb in Whoolers Armen.

Sie öffneten den Sarkophag, holten die Knochen des Bischofs heraus und legten sie unter die leeren Benzinkanister. Therese und Reverend Pain aber betteten sie nebeneinander in den steinernen Sarg...

ENDE

TIMOTHY STAHL

TRIBUTE TO THE KING

Eine Zeit lang waren sie dem einstigen State Highway 50 gefolgt – oder eben dem, was ein Weltuntergang und über fünfhundert Jahre von der Straße übrig gelassen hatten: einen von Unkraut überwucherten Pfad aus zersprungenem Beton und Asphalt.

Und jetzt? – Unmöglich zu sagen. Nacht und vor allem Nebel fraßen den Weg nach wenigen Schritten vor und hinter ihnen. Der Highway 50 führte aus dem Nichts ins Nirgendwo. Und eben dort schienen sie jetzt angekommen zu sein.

Mit einem Mal war die rissige Piste verschwunden und Matthew Drax und Aruula standen auf einer winzigen Insel inmitten eines Ozeans aus Nebel, dessen Brandung wie mit rauchigen Zungen nach ihnen leckte.

Und irgendwo in diesem träge wogenden Meer erklangen Stimmen, Rufe... wie von Ertrinkenden.

Ein Schauer kroch Matt Drax über den Rücken und ließ ihn frösteln. Nicht nur weil die Szenerie etwas zutiefst Unheimliches hatte, sondern weil ihm ein solcher Vergleich überhaupt in den Sinn kam. Weil er nicht automatisch nach der nächstliegenden vernünftigen Erklärung suchte, sondern ohne bewusstes Zutun auf eine absurde verfiel.

Matt schauderte, weil diese Welt und Zeit an seinen Nerven zehrten. Und weil sie ihn veränderten – sein Wesen, sein Denken. Schleichend nur, kaum merklich und langsam, aber in manchen Momenten offenbarte sich ihm diese allmähliche Veränderung eben doch, und dann überraschte und beunruhigte sie ihn, als blicke er in einen Spiegel, in dem er nicht länger sein vertrautes Selbst sah, sondern einen Fremden.

Aber vielleicht war das nur natürlich. Denn eine Welt, die

sich so verändert hatte, musste zwangsläufig abfärben auf jemanden, der nicht in sie hineingewachsen, sondern -geschleudert worden war, über den Abgrund eines halben Jahrtausends hinweg.

Matt verscheuchte die müßigen Gedanken. Sie warfen nur Fragen auf, die sich nicht beantworten ließen – vielleicht weil es keine Antworten darauf gab. Und vielleicht bedurfte es ihrer nicht einmal. Er, Matt Drax – oder *Maddrax*, wie sie ihn in dieser Zeit nannten –, war nun einmal in der Zukunft gestrandet, auf einer Erde, die ein Kometeneinschlag im Jahr 2012 gravierend verändert hatte. Damit musste er sich abfinden und zurechtkommen – mit einer Welt, deren Flora und Fauna Sprünge vollführt hatte, wie sie die natürliche Evolution nie vorgesehen hatte.

Ein metallisches Schleifen riss ihn endlich ganz aus seiner düsteren Gedankenwelt.

Aruula, seit Anbeginn seiner Odyssee an Matts Seite, hatte ihr Schwert aus der Rückenhalterung gezogen. Die Waffe in den Fäusten stand sie leicht vornüber gebeugt da, jederzeit zu Angriff oder Abwehr bereit, und spähte in den Nebel ringsum. Mondlicht brach sich darin wie in Myriaden winzigster Spiegel und schuf milchige Helligkeit, die die Sicht eher noch erschwerte.

»Kannst du irgendwas erkennen?«, fragte Matt alarmiert.

Aruula war in einem Nomadenstamm aufgewachsen. Sie war eins mit der Natur; ihre Sinne und Instinkte waren weitaus empfänglicher als die eines Menschen, der von der Zivilisation des 20. und 21. Jahrhunderts geprägt worden war.

Sie schüttelte stumm den Kopf, schaute sich aber weiter aus geschmälten Augen um und lauschte angestrengt.

»Der Nebel täuscht«, sagte sie dann. »Ich kann nicht feststellen, wo diese Geräusche herkommen.«

Matt nickte nur. Der Nebel verzerrte die Stimmen zu unverständlichen Lauten, wie zu Worten einer Sprache, die auf dieser

Welt niemand sprach. Hie und da hatte Matt den Eindruck, es würden sich Gesichter im Nebel formen, Fratzen mit großen Mäulern, aus denen diese fremdartigen Worte drangen –

Wieder rief er sich stumm zur Ordnung, oder versuchte es wenigstens. Doch die sonderbare Stimmung dieses an sich unsichtbaren Ortes hatte eine Macht über ihn, die sich mit bloßer Gedankenkraft nicht brechen ließ.

Ohne darin innezuhalten, sich fortwährend nach allen Seiten umzusehen, zog Matt seinen Driller, eine Pistole mit futuristischem Design. Sie stammte aus dem Arsenal des Weltrats, zu dem er – sehr zu seiner Beruhigung – mittlerweile einigen Abstand gewonnen hatte.

Der Driller war mit kleinen Explosivgeschossen geladen. Etwa vierzig mussten sich noch im Magazin befinden.

Einen Moment lang zog Matt in Erwägung, blindlings zwei oder drei Schüsse in den Nebel abzufeuern. Vielleicht würden die Geschosse etwas in Brand setzen und buchstäblich Licht in diese undurchschaubare Situation bringen. Doch er verzichtete darauf; einerseits weil ihn die Erfahrung gelehrt hatte, tunlichst keine Munition zu verschwenden, und andererseits wollte er niemanden, der sich möglicherweise da draußen im Nebel aufhielt und ihnen nicht zwangsläufig feindlich gesinnt sein musste, gefährden oder provozieren...

Sich langsam im Kreis drehend, den Driller stets in Blickrichtung ging Matt weiter.

»Ich rieche etwas«, meldete sich Aruula nach einer kleinen Weile zu Wort. Sie folgte ihm, nicht minder aufmerksam und angespannt.

Matt sog schnüffelnd die Luft ein. »Holz«, meinte er, »feuchtes Holz...« Diese Welt voller Gefahren hatte auch seine Sinne geschärft, ein wenig zumindest.

»Eiche«, präzisierte Aruula.

»Und da ist noch etwas...«, murmelte Matt.

»Ja. Aber es ist etwas, das ich nicht kenne.«

Matt schnupperte wieder. »Ich bin mir nicht sicher. Das heißt, es kann eigentlich nicht sein, aber ich würde sagen, das riecht wie –«

Weiter kam er nicht, weder mit Worten noch in seiner Bewegung! Rückwärts gehend stieß er mit den Kniekehlen gegen etwas Hartes. Die Berührung erschreckte ihn. Eine ungeschickte Drehung ließ ihn stolpern und dann stürzen.

Mit dem Gesicht voran landete Matt in feuchter, lockerer Erde.

Als er den Kopf wieder hob und sich den Dreck aus den Augen gewischt hatte, fiel sein Blick auf ein... Kreuz.

Ein Grabkreuz!

Und es war nicht das Einzige im Umkreis.

Wind kam auf. Wie unter dem machtvollen Atem eines Titanen teilte sich der Nebel um sie her, kroch und wirbelte davon, schuf dem Mondlicht Bahn und gab den Blick frei auf erst zwei, drei Dutzend Gräber, dann auf hundert und schließlich auf Hunderte!

Sie befanden sich inmitten eines Friedhofs, eines niederen Waldes aus einfach gezimmerten Holzkreuzen, einer Landschaft aus flachen Erdhügeln.

Und in Matts ohnedies überreizter Vorstellung erlangten die merkwürdigen Stimmen, die jetzt lauter klangen als eben noch, mit einem Mal eine gänzlich andere Dimension:

Plötzlich schienen sie ihm schlicht und ergreifend und im wörtlichen Sinne *gespenstisch*!

Gräber also, so weit das Auge reichte.

Und als hätte das Schicksal beschlossen, dieser kurze Blick müsste genügen, wallte neuer Nebel heran, deckte ein Grab um das andere wieder zu.

Doch der makabere Anblick ging Matt nicht mehr aus dem Sinn.

Das war kein alter Friedhof, auf den sie da geraten waren, keiner, den es schon vor der Katastrophe gegeben hatte. Nein, diese Gräber waren im Laufe der seither vergangenen fünfhundertfünf Jahre angelegt worden. Dafür sprachen klar und deutlich die Jahreszahlen, die gewissenhaft in die Grabkreuze eingeschnitzt oder –gebrannt waren.

Nun gut. Ein Friedhof. Kein Ort, an dem er sich wohlfühlen konnte, aber eben doch nur ein zweckbestimmtes Fleckchen Erde, mehr nicht. Kein Grund zur Beunruhigung eigentlich, nicht einmal zum Erschrecken – denn warum sollten die Menschen aufgehört haben, ihre Toten zu begraben?

Die schaurigen Stimmen aus dem Nebel, die ihn an altmodische Geisterbahnen erinnerten, versuchte Matt tunlichst zu ignorieren.

Auch Aruula schien unangenehm berührt. Ob sie als Telepathin irgendwelche Schwingungen auffing oder ihr dieser Ort schlichtweg unheimlich war, wusste Matt nicht. Um überhaupt etwas zu sagen, fragte er sie: »Habt ihr eure Toten auch begraben, als du noch bei Sorbans Horde warst?«

»Nur die Bösen. Damit Orguudoo sie hinab ziehen konnte in die finsterste Tiefe, wo sie hingehörten. Alle anderen wurden verbrannt, um als Rauch hinauf zu Wudan zu gelangen.«

Matt nickte. Er hatte es sich längst abgewöhnt, den Götterglauben und alle sonstigen Gepflogenheiten der Menschen dieser Zeit zu kritisieren. Akzeptanz und Toleranz waren die Schlüssel, mit denen man hier weiter kam.

»Mein Volk hat seine Toten auf diese Weise bestattet«, sagte er und zeigte auf das Grab, vor dem sie standen. »Und es wundert mich ein wenig, dass sich dieser Brauch erhalten hat.«

Er kniete nieder. Das Kreuz zeigte die Zahl *2502*, die mit einem heißen Eisen oder Ähnlichem ins Holz gebrannt worden war. Dazu den Namen *Louise* und in kleineren Lettern die Inschrift: *Jeez! Das einzige Pferd in Menschengestalt, das wir kannten – gesoffen hat sie jedenfalls wie eins!*

Ein merkwürdiger Grabspruch, fand Matt, aber das führte ihn zurück zu seiner Überlegung von eben: Andere Länder und Zeiten – andere Sitten und Gebräuche...

Das Kreuz selbst erregte sein Interesse. Es bestand aus zwei leicht gebogenen Brettern, und als er es näher in Augenschein nahm, bemerkte er wieder jenen Geruch, der ihm vorhin schon aufgefallen war: Eichenholz und –

»– Whiskey!«, sagte er jetzt. »Kein Zweifel«, er schnupperte am feuchten Holz, »das riecht nach Whiskey!«

Der Schwung der beiden Latten legte den Schluss nahe, dass sie einmal Teil eines Whiskeyfasses gewesen waren.

Hinter Matts Stirn machte etwas *Klick!*

Sie befanden sich, wenn sie nicht vom Weg abgekommen waren, im Süden des einstigen US-Bundesstaats Tennessee, der unter anderem für eines bekannt gewesen war: Whiskey-Herstellung. *Jack Daniel's Tennessee Whiskey*, um genau zu sein, eine der weltweit führenden Marken.

Wie hatte das Nest doch gleich noch geheißen, in dem sich die Jack Daniel's Distillery befunden hatte?

»Lynchburg!« Matt schnippte mit den Fingern. »Würde mich nicht wundern, wenn wir ganz in der Nähe von Lynchburg sind!«

»Eine Lynchburg?«, sagte Aruula beunruhigt und fasste ihr Schwert wieder fester. Sie nahm den Ortsnamen mangels besseren Wissens wörtlich: Lynchburg – das musste ihrem Verständnis nach eine Burg sein, in der gelyncht wurde, aus welchem Grund auch immer!

Matt zerstreute ihre Bedenken.

Aruula sah sich um. »Scheint aber nichts mehr übrig zu sein von diesem Lynchburg, wie?«

Matt hob die Schultern. »Außer ein paar Branntweingeistern vielleicht«, meinte er, als ihm die unheimlichen Geräusche aus dem Nebel wieder bewusst wurden. »Aber auch für diese Stimmen muss es eine logische Erklärung geben. Lass uns einfach mal weitergehen«, schlug er vor, »vielleicht –«

Abermals kam er nicht weiter.

Aruula versetzte ihm plötzlich einen Stoß, der ihn zur Seite taumeln ließ!

Und bevor er noch protestieren oder Aruula fragen konnte, was in sie gefahren sei, sah er auch schon, was sie eine Sekunde vor ihm entdeckt haben musste:

Zu ihren Füßen bewegte sich *etwas* in der krumigen Erde des Grabhügels.

Und dieses Etwas kam hervor. Griff heraus. Tastete nach Matts Fuß! Etwas... Helles. Totenbleiches.

Ein ungelenker Wurm von der Größe eines menschlichen Fingers!

Oder... doch kein Wurm? Sondern etwas, das nur deshalb an einen menschlichen Finger erinnerte, weil es genau das *war*?

Ein weiteres Ding bohrte sich von unten durch die Erde, dann ein drittes und viertes. Tatsächlich wie vier wächserne Finger fuhren sie umher, tastend wie die Hand eines Blinden.

Ein silbernes Flirren. Ein dumpfer und feuchter Laut. Und dann nichts mehr.

Aruula befreite die Schwertklinge mit einem Ruck aus dem Boden. Die Schneide hatte die vier »Finger« durchtrennt. Reglos lagen sie auf dem Grabhügel.

Matt wollte sich vorbeugen, um sich das Phänomen genauer anzusehen, als er aus dem Augenwinkel eine neue Bewegung ausmachte.

Auch unter der Erde des nächstgelegenen Grabes rührte sich etwas! Etwas Weißes wie eine Fingerkuppe lugte hervor. Daneben eine weitere.

Und dasselbe geschah auch auf den anderen Grabhügeln ringsum!

»Weg hier!«

Matt nahm Aruulas Hand und lief los, tunlichst darauf achtend, zwischen den Gräbern entlang zu rennen. Kein ganz einfaches Unterfangen, denn die Grabstätten waren nicht einer symmetrischen Ordnung folgend angelegt, sondern völlig willkürlich.

Wo sie auch hinsahen, überall bewegte sich das aufgeschüttete Erdreich. Hier und da wankte eines der Holzkreuze.

Sicher, Matt war tolerant geworden, was die Auswüchse dieser Welt betraf; trotzdem gab es immer noch Dinge, die sein Fassungsvermögen überstiegen. Dass sie die Ruhe der Toten auf irgendeine Weise gestört hatten und diese sich jetzt anschickten, aus ihren Gräbern zu steigen, um die Störenfriede zu vertreiben, war ganz sicher einer dieser Fälle aus der Kategorie »Das glaub ich einfach nicht!«.

Aber – er brauchte sich doch nur umzuschauen! Überall waren sie, diese blind umher tastenden Leichenfinger! Dazu nach wie vor die Stimmen im Nebel, die dieses Horror-Szenario noch verstärkten.

Matt konnte sich nicht erinnern, schon einmal etwas erlebt zu haben, das die Absurdität dieser Nacht übertroffen hätte.

Und sie war noch nicht vorbei. Im Gegensatz zu ihrer Flucht über diesen unheimlichen Friedhof.

Aruula sah es zuerst. »Da!«, rief sie und wies mit dem Schwert schräg zur Seite. »Da drüben!«

Ein Licht im Dunkel und Nebel. Matt erschien es wie das sprichwörtliche Licht am Ende des Tunnels. Sie änderten die Laufrichtung, hielten darauf zu.

Etwas ragte trutzig in die Nacht auf.

Ein Gebäude, aus Bruchsteinen gemauert, in der Tat fast an eine Burg oder zumindest an den Teil einer solchen erinnernd.

Das Licht fiel aus Fenstern zu beinah ebener Erde. Und von

dort kamen auch die Stimmen, die jetzt, aus der Nähe weit weniger schaurig klangen. Matt und Aruula hörten Worte, die ihnen bekannt waren, Gelächter. Und Gesang.

Vor dem Gebäude erstreckte sich ein Hitchrack wie vor einem Westernsaloon. Der gravierende Unterschied bestand in den Tieren, die daran angeleint waren. Matt sah nur ein einziges Pferd, das auch aussah wie ein Pferd. Die anderen Kreaturen, zwar zweifelsohne ebenfalls als Reittiere genutzt, hätten der Fantasie eines SF-Autors entspringen können.

Fast noch beunruhigender fand Matt allerdings das Motorrad, das zwischen den Tieren abgestellt war und an dem neben anderen Werkzeugen eine Axt befestigt war. Das Fahrzeug erinnerte ihn an das alkoholgetriebene Motorrad von Rev'rend Rage, den sie vor zwei Wochen kennen gelernt hatten.* Die Vorstellung, dass ein weiterer dieser religiösen Fanatiker ihren Weg kreuzen könnte, behagte Matt gar nicht...

Über der Eingangstür des klobigen Gebäudes schaukelte ein Schild im leisen Wind, wie von den Geisterfingern sacht angestoßen. *Home of Mister Jack* stand in verblassten Lettern darauf.

Und aus dem Dunkel der Türöffnung drang eine Stimme: »Kommt ruhig rein – wir beißen nicht.«

... sagte die Spinne zur Fliege und fraß sie auf, fiel Matt eine alte Redensart ein.

Aber da sich Aruula bereits ein Beispiel an der Fliege nahm und eintrat, folgte er ihr und der Einladung notgedrungen.

Den Typen, der sie aufgefordert hatte einzutreten, bekamen sie nicht zu Gesicht. Im Dunkel des Eingangs war er nur ein Sche-

---

* siehe Maddrax 40 ›Die Faust Gottes‹

men gewesen, der, als sie näher gingen, wie ein Schatten in ungewissem Zwielicht verschwand.

Jesus Christ! dachte Matt. Er konnte nur inständig hoffen, dass diese Purzelbäume seiner Fantasie von dem allgegenwärtigen Whiskeynebel verursacht wurden.

Er hatte die Jack Daniel's Distillery in Lynchburg, Tennessee nie besichtigt, dennoch zweifelte er nicht daran, dass er sich genau dort befand. Und hier wurde den Gerüchen und Apparaturen nach zu schließen immer noch Whiskey gebrannt.

Und vor allem ausgeschenkt.

Vor ihnen erstreckte sich ein Schankraum, eine Kneipe sozusagen, deren rustikaler Stil vermutlich auch im frühen 21. Jahrhundert Gäste angelockt hätte.

Sie blickten auf Reihen langer Tische aus grob behauenen Holzbohlen, flankiert von Bänken, die zu einem gut Teil besetzt waren. Die Beleuchtung des Raumes rührte von rußenden Öllampen her, die ein rötliches und schattenreiches Licht verströmten, das vieles im Halbdunkel ließ, auch viele der Gesichter jener, die an den Tischen saßen. Trotzdem war sich Matt ziemlich sicher, dass es sich nicht nur um... nun, Menschen handelte, die hier eingekehrt waren.

Aruula und er gingen zwischen den Tischen hindurch weiter in die Schankstube hinein und suchten nach freien Plätzen. Man sah zu ihnen auf, wenn auch nicht sonderlich interessiert. Allenfalls auf Aruula, der wilden Schönheit, ließ der Eine oder Andere den Blick etwas länger verweilen.

Irgendwo weiter hinten zupfte jemand die Saiten einer Gitarre oder eines zumindest ähnlichen Instruments. Der Sänger wahrscheinlich, den sie von draußen gehört hatten.

»He, ihr da!«, rief jemand. Eine kolossale Gestalt winkte ihnen mit einer wahren Pranke von Hand zu. »Kommt her, hier ist Platz!«

Sie drängten sich zu dem Tisch hinüber, an dem der dunkle

Riese saß – und zumindest Matt musste sich zwingen, die sicher freundlich gemeinte Einladung auch anzunehmen.

Der Typ, der ihnen gewunken hatte, wäre früher glatt als Yeti oder Jersey Devil durchgegangen! Selbst im Sitzen war er von ungeheurer Statur. Was an seinem Leib Pelzkleidung und was natürliches Körperhaar war, ließ sich unmöglich feststellen. Ledernes Riemengeflecht zog sich kreuz und quer durch dieses Fellkonglomerat, und auf dem Kopf trug er einen abgesägten... Footballhelm?

»Setzt euch«, schnaubte der Hüne und rückte zur Seite, sodass Matt und Aruula sich neben ihn auf die Bank zwängen konnten.

»Master Jack!«, röhrte der freundliche Riese über ihre Köpfe hinweg. »Hier sin zwei Neue! Bring ihn' von dei'm Besten!«

»Langsam, guter Mann«, wollte Matt ihn zurückhalten. »Wir... nun, wir können nicht bezahlen. Wir haben kein Geld. Keine Bax*.« Er rieb Daumen und Zeigefinger aneinander, die damals international verständliche Geste für Bares.

»He«, empörte sich Yeti. »Deine Popel tuste hier aber nich herkrümeln, klar?« Er guckte auf Matts Finger, als wollte er sie ihm abbeißen. Was er zweifelsohne gekonnt hätte.

Matt gab sich noch nicht ganz geschlagen. »Bekommt man hier denn... na ja, ohne Gegenleistung zu Trinken?«

»Un zu Essen auch«, erklärte Yeti. »Da mach dir mal kein' Kopp nich, Kleiner. Das geht schon sein' Gang. Is ja genuch für alle da.«

Matt sah Aruula an. Sie zuckte die Achseln, und ihre Augen sagten: *Mach dir kein' Kopp nich, Kleiner – ich hab nämlich Hunger und Durst!*

Hunger verspürte Matt auch; das fiel ihm erst jetzt richtig

---

* Kreditkarten; offizielles Zahlungsmittel in Meeraka (je seltener die Karte, desto höher ihr Wert)

auf, da ihm der Geruch von irgendetwas Gebratenem in die Nase sticg. Sie hatten in den vergangenen Tagen zwar nicht gedarbt, aber zum Sattessen hatte es auch nicht gereicht. Der Driller taugte nicht recht als Jagdwaffe – die Explosivgeschosse ließen von einem Beutetier meist nur wenig verwertbares Fleisch übrig, mundgerechte Häppchen sozusagen...

Der Bratengeruch wurde stärker. Ein Mann trat an den Tisch und stellte eine Platte ab.

»Lasst es euch schmecken!«, sagte er, und Matt meinte die Stimme wiederzuerkennen, die sie am Eingang gehört hatten. Aber der Mann – Mister oder Master Jack? – war abermals so schnell verschwunden, als könne er sich unsichtbar machen.

»Langt zu, eh's kalt wird«, riet Yeti. »Kalt schmeckts wie Pup.« Und dann ging er auch schon mit gutem Beispiel voran und griff zu.

Auf der Platte lag etwas, das wie sehr dicke Nudeln aussah, die offenbar in einer Art Panade gewendet und in Fett gebraten worden waren. Und sie rochen köstlich.

Aruula nahm davon, kostete, nickte begeistert. Matt hielt sich auch nicht länger zurück und schloss sich dem Urteil seiner Freundin an.

»Nicht schlecht, Herr Specht!«

»Näh, Jersee heiß ich«, sagte der Große neben ihm.

»Angenehm«, erwiderte Matt, verdrängte den jetzt plötzlich sehr beunruhigenden Gedanken, dass er den Hünen vorhin noch mit dem *Jersey Devil* in Verbindung gebracht hatte, und stellte sich und Aruula vor.

»Freut mich.« Yeti leckte sorgfältig das Bratfett von seinen Fingern ab und streckte Matt dann die Hand zum Gruß hin.

Seinen Widerwillen bezähmend, schlug er ein.

»Schön hier, was?«, meinte Jersee, als wäre er Hausherr und Gastgeber in Personalunion.

Matt nickte. »Kann man sagen.«

»Wird gleich noch besser, pass ma' auf.« Jersee richtete sich ein wenig auf und brüllte dann in die Richtung, aus der das Gitarrengezupfe kam. »Hey, Truveer! Komm ma' ran hier und träller uns eins!« Und in die andere Richtung: »Master Jack! Wo bleim die Dings... äh, Drinks für meine Freunde hier?«

Schnell und lautlos wie ein dienstbarer Geist tauchte Mister Jack wieder auf und stellte Gläser und eine Karaffe mit brauner Flüssigkeit ab. Jersee schenkte ein und schob Matt und Aruula je ein Glas hin.

Matt schnupperte, nippte und strahlte. »Tatsächlich – Whiskey!«

»Ich nenns Wuissee, aber kannst's nennen wie du lustich bis',« sagte Jersee.

»Uisge beatha.«

Matt sah auf. Der Mann, der ihm gegenüber saß, hatte die beiden zungenbrecherischen Worte gesprochen. Der arme Kerl sah einem Ziegenbock bemitleidenswert ähnlich: Fliehende Stirn, flache Nase, Pferdegebiss; und zu allem Überfluss trug er auch noch einen borstigen Knebelbart am Kinn, vom gleichen schmutzigen Weiß wie sein faseriges Haupthaar und die Stoppeln, die sich nicht auf seine Wangen beschränkten, sondern fast sein ganzes Gesicht vereinnahmten.

Vermutlich Texaner, war das Erste gewesen, was Matt bei diesem Anblick eingefallen war. *Jahrhundertelange Sodomie und Inzucht fordern ihren Tribut*...

Das Grinsen, das sich jetzt auf sein Gesicht drängte, hielt der andere hoffentlich für ein freundliches Lächeln...

»Ui–... was?«, hakte Matthew nach. Er brachte das kehlige Wort nicht hervor.

Der Ziegengesichtige wiederholte es und übersetzte auch gleich: »Lebenswasser.« Er hob sein Glas und prostete Matt zu.

»Lebenswasser, ja«, sagte Matt nach einem weiteren Schluck. »Diesen Namen hab ich auch schon gehört.« Wenn er sich nicht irrte, entstammte der Begriff dem Gälischen. Auf einer Truppenübung hatte er vor Jahren (vor ungefähr *fünfhundertzehn* Jahren!) einmal Schotten kennen gelernt, die ihren Whisky so genannt hatten.

»Mister Jack«, fuhr der Ziegenkopf fort, »ernährt sich sozusagen davon – und ist angeblich über einhundertfünfzig Jahre alt!«

»Ach?«

Ziegenkopf nickte. »Sein Großvater, so heißt es, hat Kristofluu mit eigenen Augen gesehen!«

Na, sicher doch, dachte Matt leidlich amüsiert und verzichtete darauf, das Thema zu vertiefen. Uisge beatha, Lebenswasser oder Whiskey – ganz gleich, wie man es nannte, das Stöffchen tat ganz offenbar seine Wirkung... Er nahm einen weiteren Schluck, der zwar etwas holzig schmeckte, aber doch das Köstlichste war, das er seit langer, langer Zeit getrunken hatte.

Bevor sein Gegenüber weiter über die Langlebigkeit von Mister Jack und seiner Ahnen referieren konnte, kam der Mann, den Jersee »Truveer« gerufen hatte.

Matt kannte diesen Berufsstand. Die Truveer waren die Barden dieser Zeit, fahrende Sänger, die in ihren Moritaten von tatsächlichen Ereignissen erzählten, Nachrichten verbreiteten, mehr oder minder dramaturgisch aufbereitet und ausgeschmückt. Aber darin unterschieden sie sich ja im Grunde nicht von ihren »Vorfahren«, den Reportern des 20. und 21. Jahrhunderts.

Matt hatte bereits einen Vertreter dieser Gilde kennen gelernt: Jonpol Sombriffe, mit dem er in Philadelphia eine vermeintliche Konspiration der Nosfera gesprengt hatte. Eine Geschichte, aus der sie nur knapp mit heiler Haut herausgekommen waren und die insgesamt... na ja, *nicht gut* ausgegangen war.*

* siehe MADDRAX 27 ›Ruf des Blutes‹

Der Mann mit dem Saiteninstrument, eine Gitarre Marke kunstvoller Eigenbau, schlender‹‹te heran – und Matt stockte kurz der Atem!

Im allerersten Moment, als der Truveer aus dem Halbdunkel ins Dämmerlicht trat, meinte Matt eine Vision zu haben – nein, eine *Geisterscheinung*!

Denn der Troubadour sah aus wie... der King of Rock'n'Roll, wie Elvis Presley in den späten Sechzigern!

In schwarzes Leder gekleidet, Koteletten bis zum Kinn, ein paar Strähnen des rabenschwarzen Haares in die Stirn fallend, die Gitarre auf Hüfthöhe stand der Truveer da. Doch ein Blick in sein hageres, fast schon ausgemergeltes Gesicht hob alle Ähnlichkeit mit Elvis Aaron Presley auf – das nämlich erinnerte eher an Bob Dylan, fand Matt, Friede seiner Asche, die seit über fünf Jahrhunderten im Wind wehte...

Jersee kramte mit fleischigen Fingern irgendwo zwischen Lederriemen und Pelz und zog schließlich ein rechteckiges Plastikkärtchen hervor, das Matt als uralte American Express Card identifizierte. Ein so genannter Bakk.

»Da«, sagte Jersee und hielt dem Truveer die abgegriffene und verblichene Kreditkarte hin. »Die gehört dir, wenn du uns was vorsingst – am besten was über Shou Shmou!«

Der Barde winkte ab. »Steck das Ding weg, Freund. Meerakan Express sind doch nichts wert! Davon gibts so viele, dass du die Rood von hier nach Memvess damit pflastern könntest!«

Jersee stülpte beleidigt die Unterlippe vor und wollte schon zu einer Erwiderung ansetzen, doch der Sänger gebot ihm mit einer Geste Einhalt.

»Aber ich singe trotzdem«, sagte er, stieg auf den Tisch und sah mit verwegenem Lächeln und schmachtendem Blick auf Aruula herab, »weil die Laydie so schöne Augen hat, okee?«

Aruula erwiderte das Lächeln und Matt machte in Gedanken

eine Notiz für sich selbst: *Ab sofort mehr Komplimente für Aruula!*

Jersee grummelte etwas und verstaute das Plastikkärtchen wieder in den Falten seiner Körperbehaarung beziehungsweise Fellbekleidung, während der Truveer ein paar überraschend gut klingende Akkorde auf seinem Instrument schlug.

Der Typ bewegt *sich sogar wie Elvis!* dachte Matt angesichts des Beckenschwungs, den der Truveer hinlegte.

Und dann sang er. Über die missglückten Amouren eines bedauernswerten Trottels namens Shou Shmou.

Zur Melodie von »Jailhouse Rock«!

Dieser Shou Shmou war weiß Gott ein rechter Pechvogel. Oder ein Idiot. Wenn es ihn denn gab, was Matt bezweifelte. Er hielt den Namen für eine Abwandlung von »Joe Schmo«, was zu seiner Zeit der Ausdruck für »den typischen Durchschnittstrottel« gewesen war.

Und einmal mehr wunderte er sich darüber, welche Nichtigkeiten die Zeiten doch überdauert hatten...

Der Truveer sang noch drei weitere Lieder über diesen armen Tropf. Eines zu der klar erkennbaren Melodie von »King Creole«, in dem der Antiheld aus purer Tollpatschigkeit ein ganzes Dorf in Schutt und Asche legte. Das nächste war musikalisch eine sehr freie Interpretation von »Blue Suede Shoes«, und der Originaltitel des dritten Spottliedes lag Matt zwar auf der Zunge, aber er kam einfach nicht drauf.

Die Stimme des Barden hatte wenig mit Elvis' gemein, klang aber trotzdem gut. Die Stimmung in der Schänke war grandios. Manche Gäste stimmten – nicht schön, aber laut – in die Refrains ein, die meisten klatschten im Takt mit, ein paar tanzten auf und zwischen den Bänken.

Fast wähnte sich Matt in einem dieser alten Elvis-Filme, in denen der King mehr oder weniger willkürlich zu singen anfing und sämtliche Co-Stars und Statisten mitriss. Er war bester Laune. Und auch Aruula hatte offensichtlich ihren Spaß an diesem für sie wohl doch eher ungewohnten Amüsement.

Ein letzter zackiger Links-Rechts-Hüftschwung, noch ein Hieb in die Saiten, dann riss der Truveer die Arme hoch, verneigte sich, badete im Applaus.

»Okee, Frrreunde«, rief er mit extrem rollendem R, »ich muss erst mal meine Kehle neu anfeuchten. Vielleicht später wieder, ja?«

Er ließ sich an der gegenüber liegenden Tischseite nieder. Jetzt erst bemerkte Matt, dass der Ziegengesichtige während der Gesangseinlage des Barden verschwunden war.

»Das war große Klasse«, lobte er den Sänger.

»Danke, danke, vielen Dank«, erwiderte der Truveer, noch halb ans restliche Publikum gewandt, das sich jetzt allmählich beruhigte und wieder hinsetzte. Dann nahm er sich ein leeres Glas, füllte es mit Whiskey, leerte es zur Hälfte und rülpste herzhaft.

Aruula quittierte es mit einem Grinsen.

»Erinnert dich an zu Hause, was?«, meinte Matt in spöttischer Anspielung auf ihre barbarische Herkunft.

»*Fuck you*«, versetzte sie, und »Elvis«, der sich scheints angesprochen fühlte, hob die Faust mit abgespreiztem Mittelfinger und sagte: »Hey! Fackjutuu*!« Er zwinkerte ihr zu. »Ihr kommt aus Nuu'ork, wenn ich mich nicht irre?«

»Aus der Gegend zumindest«, schaltete sich Matt ein, ehe seine Gefährtin antworten konnte.

Der Truveer wandte sich jedoch weiterhin an Aruula. »Und wohin seid ihr unterwegs? Auch nach Memvess, nehme ich an?«

---

* ›Fackju‹ und ›Fackjutuu‹: Begrüßungsformel in New York City

»Memvess?« Damit musste wohl Memphis, Tennesse gemeint sein. »Gibts dort was Besonderes?«, fragte Matt.

Jersee beteiligte sich wieder an der Unterhaltung. »Ihr müsst aber von weit hergekomm'n sein, wenns nich wisst, was in Memvess los is!«

Matt zuckte die Schultern.

»Das große Jahrestreffen der Truveer, Mann!«

Und der Truveer präzisierte lächelnd: »Elvis' Himmelfahrt.«

»Elvis'...«, echote Matt lahm, »... Himmelfahrt?«

»Nun sag bloß, ihr habt noch nichts von unserem King Elvis gehört?« Der Truveer klang regelrecht empört.

»Doch, doch«, beeilte sich Matt zu sagen, »natürlich. Nur... *Himmelfahrt*?«

»Die Nacht, in der unser König wiederkehren und einfahren wird in Greaseland«, erklärte der Barde, »aus dem Himmel herab in seinem Cadillac, um leibhaftig über uns zu regieren... na, erinnert ihr euch jetzt?«

Matt nickte mit gespieltem Eifer. »Oh, klar, jetzt fällts mir wieder ein.« Er lächelte verzeihungsheischend, füllte sein Glas neu und trank.

»Und dort, in diesem Memvess», wandte sich Aruula interessiert an den Sänger, »triffst du dich also mit anderen wie dir?«

Der Truveer grinste knapp. »Nun, ›andere wie mir‹, das würde ich nicht so sagen – ich bin natürlich einmalig! Aber die anderen sind auch nicht schlecht.« Wieder blinzelte er Aruula zu. »Wenn ihr nichts anderes vorhabt, geht hin. Es lohnt sich. Unsere Gilde veranstaltet eine große Willkommensfeier für den King.« Er holte zwei Blechdeckel aus einer Tasche seiner Lederjacke und schob sie über den Tisch. »Hier – damit habt ihr in Memvess überall freien Zutritt, auch *bagsteydsch*. Vielleicht sehen wir uns dort ja wieder.« Seine letzte Bemerkung galt wiederum Aruula allein.

Matt warf ihm einen eisigen Blick zu, dann besah er sich einen der Deckel. Er zeigte Elvis im Seitenprofil und war einer Münze nachempfunden, die im Jahre 2002 anlässlich seines fünfundzwanzigsten Todestags, dem 16. August 1977 geprägt worden war.

Dieser Todestag... Aber ja, das war es! Auf einmal machte die ganze Sache Sinn, ein bisschen jedenfalls...

Matt führte keinen genauen Kalender, aber er behielt doch zumindest den Überblick, was das Verstreichen der Monate anging. Und jetzt war es August.

Es schien also, als sei auch das Datum von Elvis' Todestag über die Jahrhunderte hinweg in Erinnerung geblieben. Die Truveer hatten sich den King of Rock'n'Roll offenbar zu einer Art Schutzpatron erkoren und harrten seit Ewigkeiten darauf, dass er irgendwann wieder auferstehen werde.

Irgendwie, dachte Matt, wollte der Irrsinn heute kein Ende nehmen...

Mister oder Master Jack brachte auf Jersees Wink hin einen neuen Teller mit »gebackenen Nudeln«, deren Geschmack Matt vage an Krabbenfleisch erinnerte.

»Was sind das eigentlich für Dinger?«, fragte er kauend, und im Grunde bereute er die Frage schon in dem Moment, da er sie stellte.

Jersee erwiderte ungerührt: »Wenn ihr über den Totenacker gekomm'n seid, habt ihr die Tierchen bestimmt schon lebend gesehn – wir nenn' sie *Magods*.« Herzhaft biss er in eine besonders dicke Made. »Je frischer die Toten, desto fetter sindse, die Viecher!«

Matt spuckte aus, was er im Mund hatte, griff sich die Whiskeykaraffe, verzichtete auf ein Glas und kippte sich das Gesöff wie ein Verdurstender direkt aus dem Krug in die Kehle!

Aruula wälzte sich von einer Seite auf die andere. Sie kam nicht zur Ruhe bei dem Lärm, den ihr Gefährte veranstaltete. Maddrax schnarchte, als rode er im Traum sämtliche Wälder Meerakas!

Hätte Aruula geahnt, dass dieser Wuissee Maddrax in einen Schnarchsack »verwandeln« und ihr eine schlaflose Nacht bescheren würde, hätte sie darauf bestanden, dass sie einen großen Bogen um diese Kneipe machten. Aber für eine solche Vorahnung genügte auch ihr *Lauschen* nicht, das Maddrax »Telepathie« nannte.

Diesen Begriff hätte er in der Verfassung, in die ihn der überreichliche Genuss des Lebenswassers versetzt hatte, allerdings kaum noch hervor gebracht. Er hatte nur noch Unsinn gelallt, über jemanden namens »Shagg Danillss«, der ein Leidensgenosse wäre und der sein Schicksal teile, weil auch er aus einer »annern Ssseit unnn Welld« stamme...

Zum Glück hatten Maddrax' Zunge und Sinne vollends versagt, bevor er weiter ins Detail hatte gehen können. Andererseits hätte ihm vermutlich ohnedies niemand geglaubt, dass er vor Urzeiten miterlebt hatte, wie Kristofluu die Welt heimsuchte – und wie er dann auf unerklärliche Weise fünfhundert Jahre übersprungen hatte und in dieser Zeit gelandet war.

Aruula hatte ja selbst bisweilen Mühe, es zu glauben – oder besser gesagt: zu verstehen. Wenn sie ganz ehrlich war, begriff sie Maddrax' Schicksal bis heute nicht. Obwohl sie mit eigenen Augen gesehen hatte, wie er damals in einem »blauen Feuervogel« (einem Düsenjet, wie sie inzwischen wusste) gelandet war* – ganz zu schweigen von all den unfassbaren Dingen, die sie *danach* auf ihrer gemeinsamen Wanderung gesehen hatte!

Die Erinnerungen verursachten ihr Schwindel, verschwammen

---

* siehe MADDRAX 1 ›Der Gott aus dem Eis‹

vor ihrem geistigen Auge und verschmolzen zu Farbenmeeren, in deren stürmischer Dünung sich Aruula gefangen fühlte. Die ganze Welt schien in Wellenbewegung, wiegte und drehte sich.

Ihr wurde übel. Speiübel...

Danach verdammte sie sich zum wiederholten Male, dass nicht wenigstens sie die Finger von diesem Wuissee-Gebräu gelassen hatte! Was ihr leicht gefallen wäre, hätte es nicht so gut geschmeckt und federleicht gemacht, als verleihe es Flügel...

Und jetzt ließ zu allem Überfluss Maddrax' grauenhaftes Geschnarche sie trotz ihres Zustands kein Auge zutun.

Endlich richtete sich Aruula auf und sah sich in der Düsternis orientierend um. Sie erinnerte sich nur noch vage, wie sie hierher gekommen waren. Über... Stufen.

Ja, die Treppe! Sie befanden sich in einem der oberen Stockwerke des Gebäudes, in dessen Erdgeschoss die Schänke lag. Dort herrschte den Geräuschen nach zu urteilen immer noch Betrieb, auch wenn es nicht mehr so hoch her ging wie vorhin.

Irgendwo aus dem Dunkel um sie her vernahm Aruula die Atemzüge weiterer Schläfer, wenn auch keiner von ihnen so schnarchte wie ihr Gefährte.

Sie stand auf, ein Kraftakt in ihrer Verfassung. Unter Mühen gürtete sie die Schwerthalterung auf ihren Rücken. Die Waffe schien ihr Gewicht verdoppelt zu haben, trotzdem legte Aruula sie nicht ab. Ohne Schwert fühlte sie, der es aus Gewohnheit nichts ausmachte, ihre Brüste zur Schau zu stellen, sich nackt auf eine Weise, die ihr unangenehm war.

Unsicher, auf wackligen Beinen blieb sie schließlich stehen, bis der Boden aufhörte, sich unter ihren Füßen zu drehen.

Sie würde sich irgendwo einen anderen Schlafplatz suchen. In einem der tiefer gelegenen Geschosse oder draußen.

Schwerfällig und schwankend wie ein Seemann bei starkem

Wellengang stapfte sie auf die Treppe zu, stieg über die knarrenden Holzstufen hinab und –

– stand irgendwann im Freien, ohne sich recht erinnern zu können, wie sie hinaus gelangt war. Noch immer wallte und wogte Nebel, noch immer gerann das Mondlicht darin zu verwaschener Helligkeit.

Vor ihr befand sich das Gestell, an das die Reittiere einiger Gäste gebunden waren.

Aruula taumelte an den aufgereihten Tieren vorbei, zur Ecke des Gebäudes und herum und weiter bis zur nächsten.

Dort – war irgendetwas.

Nein, *jemand*.

Und dieser Jemand sagte etwas zu ihr, etwas wie: »Schau an – wen haben wir denn da?«, mit einer Stimme, die ihr bekannt vorkam.

Ein Ton zitterte durch den Nebel; nein, mehrere. Wie von einem Instrument. Und dann packte sie der Andere bei der Schulter, so fest, dass sie unwillkürlich aufschrie.

Sie reagierte im Reflex, sprang zurück und griff zum Schwert.

Doch die plötzliche hastige Bewegung forderte ihren Tribut. Plötzlich drehte sich die Welt vor Aruulas Augen, und Dunkelheit stieg in ihr hoch.

Filmriss...

Die Blase drückte Jersee, als hätte man ihm einen Pflasterstein in den Wanst genäht. Stöhnend und breitbeinig wankte er hinaus in den erwachenden Tag, um sich Erleichterung zu verschaffen; allerdings nicht ohne Master Jack vorher noch einen Wink zu geben, den Krug auf seinem Tisch neu zu füllen.

Jeez!, dachte er. *Vielleicht würds Zeit, dass ich mal wieder heim geh...*

Er wohnte einen knappen Stundenritt entfernt. Wann er zum letzten Mal zu Hause gewesen war, wusste er nicht mehr genau. Vier oder fünf Tage und Nächte musste es allemal her sein.

Anderseits, was sollte er daheim in seiner Hütte? Die paar Viecher, die er sich hielt, soffen aus dem Bach und fraßen das Unkraut, das um die Hütte wuchs. Und ein Weibchen wartete auch nicht auf ihn.

Im Grunde fühlte er sich bei Master Jack mehr zu Hause als in seinen eigenen vier Wänden. Ab und zu fand sich hier sogar mal ein Weibchen, das sich mit ihm einließ.

»Im Wuissee wohnt die Wahrheit«, zitierte er ein geflügeltes Wort und lachte grunzend wie eins seiner Schweine zu Haus.

Die kleine Schwarzhaarige mit dem Schwert war ein hübsches Dingelchen gewesen. Aber ihr Gefährte war ein zu netter Bursche – für so was hatte Jersee ein Auge –, als dass er ihm seine *Bish* abspenstig gemacht hätte.

Jersee ging noch ein paar Schritte, damit ihn auch bestimmt niemand sah. Wenn ihm jemand zuguckte, konnte er kein Wasser lassen.

Er bog um die Ecke, überlegte kurz und ging dann weiter bis zur Hinterseite des Hauses, unterwegs schon auspackend, was er brauchte, um sein kleines Geschäft zu verrichten.

Wozu er allerdings nicht kam.

Denn als er um die hintere Ecke bog, sah jemand zu ihm auf, mit stierem Blick aus starren Augen.

Tote Augen im Kopf einer Leiche, groß und rund und hervorquellend. Todesangst und -schmerz saßen wie festgefroren in den verzerrten Zügen, die Jersee erst nach einigem Hinsehen erkannte.

»D-das... d-der... der Truveer!«

Und noch ein bisschen länger dauerte es, bis er begriff, dass der Kopf des Truveers eine gute Fußlänge vom Rumpf entfernt lag!

An der Waffe, die dem Sänger den Kopf vom Hals getrennt hatte, klebte das getrocknete Blut wie Rost auf der Klinge.

Der Griff des Schwerts lag noch in der Hand der Mörderin. Auch sie schien im ersten Moment wie tot, schlief aber nur.

«Jeez!«, keuchte Jersee entsetzt und angewidert in einem – und zutiefst erschüttert, dass seine Menschenkenntnis ihn derart getrogen hatte: *Das* hätte er der Kleinen nicht zugetraut!

Klar, sie sah wild und verwegen aus mit ihrer schwarzen Mähne – aber dass sie einem Mann den Kopf abschlug und sich dann daneben legte und schlief... für so kaltblütig hätte Jersee diese Aruula nie und nimmer gehalten!

»Tscha«, machte er, »so kann man sich irren.« Auch dafür war Jersee bekannt: dass er sich rasch mit neuen Gegebenheiten abfand.

Jetzt musste der Gerechtigkeit Genüge getan werden. Master Jack duldete keine Morde unter seinem Dach und drumherum. Da war er ganz streng. Und Jersee wusste, was das im Endeffekt bedeutete.

»Gibt'n feines Fresschen für die Magods. Werden sie sich aber freuen, die schlüpfrigen kleinen Scheißerchen – so junges zartes Fleisch gibts nich alle Tage.«

Dann rief er lauthals nach dem Herrn des Hauses...

Matt wachte auf, als krieche sein Bewusstsein aus zähem Morast, seinen Körper wie toten Ballast im Schlepp. Er fühlte sich hundeelend und schwor, noch ehe er die Lider aufschlug, nie mehr im ganzen Leben auch nur einen Tropfen Alkohol anzurühren!

So einen Kopf und Kater hatte er zuletzt nach Irvin »Big Boy« Chesters letzter Geburtstagsparty gehabt, und das war... verdammt, wie lange war das her?

Das war in einem anderen Leben, du Suffkopf!, versetzte der boshafte Zwerg unter seiner Schädeldecke, bevor er sich wieder seinem Hirn zuwandte und mit einem Schmiedehammer darauf eindrosch.

Matt verzog das Gesicht zu einer schmerzhaften Grimasse. Dann öffnete er vorsichtig erst das eine, dann das andere Auge.

Er war auf Aruulas schadenfrohe Miene gefasst gewesen. Doch seine Gefährtin war nicht da. Und wohl zum ersten Mal war Matt froh, sie *nicht* zu sehen. Ein bisschen frische Luft, eine Dusche mit kaltem Wasser, dann würde er anderen Menschen gegenübertreten können, ohne sie zu Tode zu erschrecken.

Ein Himmelreich für Aspirin und Kaffee!, flehte er im Stillen und fragte sich, warum sich an diese elementaren Dinge heutzutage kein Aas mehr erinnerte; nein, stattdessen feierte man fröhlich Elvis' Todestag und sang Spottlieder über Joe Schmo...

Die Verlockung, sich wieder nach hinten sinken zu lassen, um noch ein Stündchen zu schlafen, gewann sekündlich an Macht, und Matt war schon drauf und dran, ihr nachzugeben, als er sich endlich fragte, was ihn denn eigentlich geweckt hatte.

Da erst drangen ihm die Stimmen ans Ohr, hörte er die eilenden Schritte, als hätte sich ein schallschluckender Schirm um ihn gehoben.

Leute, die er nie gesehen hatte – zumindest erinnerte er sich nicht an sie –, standen an den Fenstern der Etage, die im Grunde nur eine einzige leer stehende Fläche mit staubigem Boden war. Andere liefen zur Treppe und stürmten hinab wie eine in Aufruhr geratene Büffelherde.

»Was soll denn der Lärm, Menschenskinder?«, grummelte Matt und rappelte sich auf. Mit den Händen fuhr er sich durchs Haar und übers Gesicht, während er zu einem der Fenster wankte, mit bleischweren Füßen und weichen Knien, wie ihm schien.

»Was gibts denn Interessantes zu sehen?«, fragte er und zuckte vor seinem eigenen Atem zurück. Irgendwann in der Nacht musste ihm ein Skunk in den Mund gekrochen sein...

Die drei, vier Männer am Fenster wurden seiner gewahr, sahen ihn seltsam an und ließen ihn durch.

Von draußen vernahm Matt eine Stentorstimme wie die eines Predigers. »... kraft des Gesetzes, das ich – der Letzte derer von und zu Lynchburg – darselbst bin, seist du verurteilt zum Tode durch den Strang! Hänget sie auf am Halse, bis...«

Matt sah hinunter, und der Rest der Worte wehte einfach an ihm vorbei. Der Anblick schräg unter ihm hatte ihn wie ein Hammerschlag getroffen!

Er sah eine Ansammlung von Menschen, zwei Dutzend vielleicht, drei allenfalls, darunter Jersee und dieser ominöse Mister Jack. Letzterer war es auch, der da mit geradezu feierlicher Stimme sprach.

Die Leute gruppierten sich in weitem Kreis um einen abgestorbenen Baum, dessen Geäst wie eine hölzerne Spinnwebe in der Morgenluft hing. Unter einem kräftigen Ast stand ein Pferd; vermutlich jenes, das er gestern Abend noch vor dem Gebäude gesehen hatte, an den Hitchrack geleint.

Und auf dem Sattel des Pferdes wiederum stand...

»Aruula?«

Man hatte ihr die Hände vor dem Bauch gefesselt und – eine Hanfschlinge um den Hals gelegt!

Sie sollte gehängt werden!

Matt hatte das Gefühl, der Boden würde ihm unter seinen Füßen weggezogen.

Genau das gleiche Gefühl, das Aruula gleich haben würde – nur würde es für sie keine Einbildung, sondern tödliche Realität sein! Man würde das Pferd in Bewegung versetzen, Aruula würde stürzen, die Schlinge um ihren Hals würde sich zuziehen, der fachmännisch geknüpfte Knoten ihr Genick brechen –

»Aber... warum?«, keuchte Matt. »Was ist denn passiert, in drei Teufels Namen?«

Er hatte leise gesprochen. Drunten hatte ihn keiner gehört. Noch wusste niemand, dass er hier oben am Fenster stand, gute drei Meter über diesem Albtraum-Szenario.

Das war ein Punkt für ihn.

Ein Punkt, den er nutzen musste, zu Aruulas Gunsten!

Nur – *wie*?

Was hier überhaupt vor sich ging, war im Moment unwichtig. Diese Frage würde sich später klären lassen. Erst einmal musste er dafür sorgen, dass es ein solches Später überhaupt noch gab!

Aruula hob den Blick – zufällig, oder hatte sie seine stumme Verzweiflung »gehört«?

Auf jeden Fall sah sie ihn. Fand seinen Blick. Hielt ihn fest. Matt wusste, dass sie in diesem Moment in seinen Gedanken las.

Und er dachte intensiv daran, was er nun zu tun gedachte...

Manchmal, gestand sich Jersee ein, machte ihm Master Jack ein bisschen Angst.

Denn manchmal schien er sich regelrecht zu verwandeln – von dem gütigen, immer freundlich lächelnden Gastgeber in einen bösen Rachegeist mit flammenden Augen.– Mehr noch, in einen zürnenden Gott, dessen Wort Gesetz war und von einer Macht, der sich niemand widersetzen konnte.

Und wohl auch nicht wollte.

Denn wer es tat, würde vermutlich als Nächster aufgeknüpft oder im Pech- und Federkleid mit Schimpf und Schande davon gejagt werden. Und – beinah schlimmer noch – er dürfte sich nie mehr im Haus von Master Jack sehen lassen, nie mehr Wuissee trinken und Magods essen.

Nope, dachte Jersee, es war schon richtig, sich Master Jacks Gesetz zu beugen und hinter ihm zu stehen in allem, was er tat.

Deshalb ließ er auch die Finger von dem Schwert der schönen Mörderin. Die Waffe hätte ihm gut gefallen, und als derjenige, der die Tat entdeckt hatte, hätte ihm auch das Recht zugestanden, die Wertsachen von Opfers und Täter an sich zu nehmen. Aber Master Jack beharrte darauf, die Blutwaffe mit ihrer Besitzerin in der Erde zu vergraben, auf dass kein weiteres Unheil damit angerichtet wurde.

Und das war, befand Jersee, eine weise Entscheidung. Vielleicht sollte man alles, womit Schaden angerichtet werden konnte, einfach vergraben – was wäre das Leben schön und sorglos gewesen...!

Seine Furcht verging und seine Augen sahen Master Jack wieder als den zwar strengen, aber doch gerechten und meist gütigen Vater, der er allen war, die regelmäßig bei ihm einkehrten – und sich ordentlich aufführten!

Der alte Mann (uralt, wie manche sagten, nur er selbst nicht) hatte seinen Urteilsspruch verkündet, wandte jetzt den Kopf und sah Jersee an. Und Jersee nickte, trat aus der Menge und neben das Pferd, auf dessen Rücken die Delinquentin stand, so ruhig wie sie nur konnte, um nicht vor der Zeit zu stürzen.

Es war sein Pferd, auf dem das Mädchen stand, und er würde das Tier in Trab setzen, damit die Mörderin fiel und am Halse hing, bis sie tot war.

Jersee löste einen der Lederriemen aus dem Geflecht, das er trug, und damit holte er zum Schlag gegen das Tier aus.

Doch etwas anderes schlug um eine halbe Sekunde eher ein –

– ein Blitz?!

Alles Weitere jedenfalls ging blitzschnell!

Treffer!

»Jjja!«, zischte Matt und senkte den Driller.

Der erste Teil des Plans war gelungen. Der weitere Rest war, gelinde gesagt, unausgegoren. Improvisationstalent würde gefragt sein. Und sehr viel Glück...

Das Explosivgeschoss aus Matts Driller hatte den Ast, an den der Henkersstrick geknüpft war, getroffen und gesprengt. Brennende Holzsplitter schwirrten umher.

Aruula, die Schlinge nach wie vor um den Hals, ließ sich in den Sattel fallen. Mit den gefesselten Händen griff sie haltsuchend in die Mähne des Pferdes, das sich erschrocken in Bewegung setzte und das Weite suchte.

Ein, zwei Sekunden hatten die Zuschauer der anstehenden Hinrichtung wie gelähmt dagestanden. Jetzt gerieten sie in Aufruhr. Stimmen wurden laut. Ein paar meinten, die Götter selbst hätten eingegriffen.

Ehe Matt vom Fenster verschwinden konnte, wurden Arme hochgerissen, Finger ausgestreckt. Wie anklagend zeigten sie auf ihn.

Matt wirbelte herum. Einer der Männer, die Aruula von hier oben aus hatten hängen sehen wollen, stellte sich ihm entgegen. Matt schlug mit der Faust zu, die den Driller hielt. Er hörte und spürte die Schneidezähne des Mannes brechen.

Ein Zweiter versuchte sein Glück. Matt setzte ihm eine Kugel vor die Fußspitzen. Die morsche Bodendiele barst in einer kleinen Explosion.

Eine warnende Halbkreisbewegung mit dem Driller hielt die anderen Männer auf Distanz. Unangefochten erreichte Matt die Treppe und stürmte hinab.

Seine Kopfschmerzen, die Müdigkeit und Trägheit waren wie weggeblasen. Das Adrenalin, das durch seinen Körper jagte, hatte den Kater schlagartig verscheucht.

Vor der letzten Stufe wollte ihn ein weiterer Zechbruder aufhalten. Matt rammte ihn in vollem Lauf mit der Schulter beiseite und wandte sich zur Hintertür. So wie er es Aruula per Gedanken übermittelt hatte.

Seine Gefährtin wartete bereits draußen. Sie hatte inzwischen die Zügel des Pferdes zu fassen bekommen und versuchte das unruhige Tier halbwegs auf der Stelle zu halten.

Soeben bogen die Ersten des aufgebrachten Lynchmobs um die Ecke des Gebäudes.

Matt opferte zwei weitere Geschosse aus dem Driller. Zwei kleine Explosionen rissen den Boden vor den Heranstürmenden auf, brachten ihren Vorwärtsdrang für zwei, drei Sekunden ins Stocken. Genau die Zeit, die Matt brauchte, um vor Aruula auf den Rücken des Pferdes zu klettern und die Zügel zu übernehmen.

»Yeehaa!«

Das Tier setzte sich mit einem bockigen Satz in Bewegung und galoppierte los, dem rissigen Asphaltband einer Straße zu, die in zwanzig, dreißig Metern Entfernung an der alten Whiskeybrennerei vorbei führte.

Matt warf einen Blick über die Schulter zurück.

In den Fäusten eines der Männer sah er eine steinalte Doppelflinte. Einer der Läufe war verbogen und wies sonstwo hin – der andere jedoch genau in ihre Richtung!

Eine fußlange Feuerlanze stach mit ohrenbetäubendem Donner aus der Mündung.

Und der Schuss traf!

Aruula schrie auf, als dem Pferd die Beine weg knickten.

»Spring!«, brüllte Matt und stieß sich, so gut es ging, von dem stürzenden Pferd ab. Trotzdem hätte es ihn ums Haar unter sich begraben.

Blut pulste aus der Schusswunde des Tieres.

Aruula tauchte auf der anderen Seite des sich schnaubend und kläglich wiehernd am Boden wälzenden Pferdes auf. Mit den Zähnen zerrte sie an den Stricken um ihre Hände und schaffte es tatsächlich, den Knoten zu lösen. Wieder frei, zog sie ihr Schwert und kreiselte herum, um sich den Verfolgern zu stellen.

Matt setzte über das verletzte Pferd hinweg und packte Aruula, zog sie mit sich. »Bist du von allen guten Geistern verlassen?!«, schnaufte er. »Gegen eine solche Übermacht haben wir keine Chance!«

Aruula knurrte eine Verwünschung, folgte ihm aber.

Sie rannten weiter in Richtung der Straße.

Die Frage, was denn eigentlich geschehen war, brannte Matt förmlich auf der Zunge, doch er beherrschte sich. Für Fragen und Erklärungen war jetzt zum einen keine Zeit, zum anderen würden sie allen Atem zur Flucht brauchen.

Auch wenn die schon jetzt ziemlich aussichtslos schien – optimistisch ausgedrückt!

Ein Blick zurück zeigte Matt, dass einige der Häscher ihre Reittiere losbanden, um die Fliehenden zu jagen. Keines dieser Tiere schien besonders schnell, aber sie waren vermutlich allesamt zumindest schneller als ein Mensch zu Fuß – und vor allem ausdauernder!

Der Typ mit der Flinte fuhrwerkte an seiner Waffe herum und legte dann ein weiteres Mal an.

Wieder dröhnte ein Schuss. Die Kugel brummte wie eine zornige Hornisse nicht gerade dicht, aber auch nicht allzu weit über Matt und Aruula hinweg.

Die Schnapsidee, kurzerhand aufzugeben, um das Missverständnis, das zweifelsohne vorliegen musste, auszuräumen, verwarf Matt so schnell wie sie ihm gekommen war. Die Verfolger waren alles andere als in der Stimmung für ein klärendes Gespräch. Sie schrien allesamt nach Blut und Rache.

Früher oder später würden sie beides bekommen – diesbezüglich gab sich Matt keinen Illusionen hin.

Nur ein Wunder konnte sie jetzt noch retten. Ansonsten würde er in die Menge schießen müssen und damit erst recht ihr Todesurteil besiegeln...

Sie erreichten die Straße.

»Wohin?«, stieß Aruula hervor.

Matt sah nach links, nach rechts – und seine Augen wurden groß vor Staunen!

»Dorthin!«, rief er und zerrte Aruula in östlicher Richtung mit sich.

Jetzt sah auch sie, was Matt schon gesehen hatte. »Was ist denn das?«, keuchte sie.

»Ein Wunder!«, erwiderte Matt, noch immer fassungslos.

Denn dort kam – Elvis.

In einem pinkfarbenen Cadillac.

Matt hätte sich nicht als Fachmann für Oldtimer bezeichnet. Aber sein alter Herr war einer gewesen, und er hatte seinen Junior zu etlichen Ausstellungen betagter Automobile mitgenommen. Deshalb war sich Matt sicher, dass das Gefährt, welches auf sie zu kam, tatsächlich ein Cadillac war. Ein deVille Convertible Baujahr '57, was er anhand der Einfachscheinwerfer links und rechts des chromstarrenden Kühlergrills erkannte; ab 1958 hatte Cadillac alle Modelle mit Doppelscheinwerfern ausgestattet.

Noch hielt sich in Matt das Staunen über den Fahrer des Caddys, der wie ein Klon des leibhaftigen Elvis aussah mit seiner helmartigen Frisur und dem hellblauen, mit Pailletten bestickten Jumpsuit.

Doch nach zehn Metern machte das Gesicht die Ähnlichkeit

zunichte; ganz zu schweigen von den jiddischen Schläfenzöpfchen, die der Elvis-Imitator anstelle von Koteletten trug...

Matt stellte sich dem Cadillac in den Weg und streckte die Hand aus. »Anhalten!«, rief er – doch der Mann am Steuer guckte nur verdutzt durch die Scheibe, ohne vom Gas zu gehen.

Matt riskierte einen Blick zurück. Die Verfolger rückten näher. Und der Typ im offenen Caddy machte keine Anstalten, den Wagen abzubremsen!

Aruula nahm das Heft in die Hand – wortwörtlich sozusagen!

Matt spürte ihre Hand an seiner, dann hatte sie ihm auch schon den Driller aus der Faust gepflückt und richtete ihn über die Motorhaube des Cadillac auf den Fahrer. Ein kleiner Ruck nach oben und Aruula drückte ab!

Das Geschoss sirrte dicht über die Windschutzscheibe des Wagens hinweg und explodierte irgendwo dahinter auf der Fahrbahn. »Elvis« fuhr erschrocken herum; die Schläfenzöpfchen tanzten ihm ums Gesicht.

Aruula nahm ihn wieder ins Visier. »Stehen bleiben, oder ich mach dir ein Loch dorthin, wo du keines brauchen kannst!«

Der Caddy kam mit einem Ruck zum Stehen; seine Schnauze schien sich vor Matt und Aruula zu verneigen. Der Fahrer stieß mit einem dumpfen *Donk!* gegen die Windschutzscheibe.

Aruula gab den Driller zurück, sagte: »So macht man das!« und lief um den Wagen.

Der durchgehende Frontsitz bot Platz für drei Personen. Matt schwang sich direkt neben den verdatterten Wagenlenker aufs Leder, Aruula sprang in den Fond.

Die Verfolger aus Lynchburg rollten wie eine Woge auf das Auto zu. »Fahr los!«, fuhr Matt den Fahrer an. »Mach schon!«

Der senkte tatsächlich seinen Fuß aufs Gaspedal, wenn auch nur zaghaft. Ruckelnd setzte sich der Caddy in Bewegung, ohne jedoch nennenswerte Geschwindigkeit zu entwickeln.

»Drück drauf!«, verlangte Matt.

»Erschieß ihn und fahr selber!«, schlug Aruula von hinten vor, wenn auch nur, um dem Burschen Dampf zu machen.

»Hör nicht auf sie«, wandte sich Matt an den Driver, »sie meints nicht so. Aber gib Gummi, Mann!«

»Äh... wie... was...?«, stammelte »Elvis«.

»Fahr schneller!«, brüllte Matt. Er hatte das Gefühl, auf glühenden Kohlen zu sitzen. Die Distanz zu den grölenden Verfolgern betrug kaum noch zwanzig Meter und schmolz beständig dahin.

»Aber... der Motor... Ich kann doch nicht...«

»Ich werd dir gleich zeigen, was alles geht!« Matt schob das linke Bein zur Seite, begrub den Gasfuß des anderen nebst Pedal darunter und trat bis zum Bodenblech durch. Der Motor röhrte wie ein waidwundes Tier. Die Automatik schaltete bockend hoch. Der Caddy hüpfte in kleinen Sprüngen vorwärts.

Als Matthew Drax schon fürchtete, die altersschwache Maschine würde absaufen oder ganz den Geist aufgeben, nahm der Wagen doch noch Fahrt auf – im allerletzten Moment!

Schon griffen Hände nach dem Cadillac. Menschen warfen sich fluchend nach vorn. Ein Schuss krachte und ging fehl.

Hinter Matt schrie Aruula auf – nicht vor Schmerz allerdings! Sie war aufgesprungen, stand jetzt mit wild funkelndem Blick auf dem Rücksitz, das Schwert in beiden Händen, und schlug nach jedem, der dem Wagen zu nahe kam.

Dann, endlich, waren sie auf und davon!

Am Steuer brach »Elvis« in spontanen Gesang aus, nicht sonderlich schön, aber sehr inbrünstig: »*Gotta do some livin', got the wanderlust. Let me clear the highway, 'cause I'm gonna move some dust...!*«

Und Matt stimmte zu seiner eigenen Verwunderung wie von selbst mit ein: »*... oh, I got wheels, wheels on my heels! And I gotta keep rollin' – rollin' along!*«

»... und das ist alles, was ich weiß«, schloss Aruula und seufzte.

Ein Seufzen, in das Matt stumm mit einfiel. Er zweifelte nicht daran, dass Aruula alles erzählt hatte, woran sie sich erinnerte. Trotzdem brachte er das Wenige, was sie gesagt hatte, noch einmal auf den Punkt.

»Jemand, den du nicht erkennen konntest, hat dich hinter der Schänke gepackt. Dann hattest du einen Blackout. Und als du aufgewacht bist, lagst du neben der geköpften Leiche dieses Sängers von gestern Abend. Man hat dich gefesselt, dir den Schnellprozess gemacht und wollte dich hängen.«

»Genau so war es.«

»Und du weißt nicht, ob du den Kerl getötet hast?«

Aruula zuckte die Schultern. »Ich erinnere mich nicht daran. Aber das Blut an meinem Schwert...« Sie saß auf dem Rücksitz des Cadillac und polierte die Klinge mit Tuch und Schleifstein.

»Selbst wenn es von dem Toten stammte«, meinte Matt, »heißt das noch nicht, dass *du* die Waffe geführt hast.«

»Vielleicht wollte mir dieser Truveer ja zu Leibe rücken«, suchte Aruula weiter nach einer Erklärung. »Er hat immerhin gestern Abend schon versucht, mit mir anzubandeln. Ich könnte mich gewehrt haben und...«

Matt schüttelte den Kopf. »Aber du hättest ihn doch nicht geköpft, nur weil er dir an die Wäsche wollte... oder?« Er sah Aruula eindringlich an.

»Normalerweise nicht, aber... na ja, der Geist dieses Wuissees beherrschte mich. Könnte sein, dass ich nicht wusste, was ich tat...«

Matt brummte der Schädel. Nicht mehr nur wegen der gestrigen Sauferei, sondern weil er sich allem Bemühen zum Trotz keinen Reim machen konnte auf das, was da passiert war!

Mit Aruula war zwar nicht gut Kirschen essen, wenn man ihr

dumm kam, und sie wehrte sich im Falle eines Falles durchaus ihrer Haut, mit allen Mitteln. Aber sie war doch keine kaltblütige Mörderin!

Oder...?

Dieses *Oder...?* war es, das in Matthew Drax nagte wie ein böses Tierchen, an seiner Überzeugung, dass Aruula so etwas nicht tun würde. Immerhin, sie war unter Barbaren groß geworden, hatte ein Leben geführt, in dem das Recht des Stärkeren galt, wo es täglich um Fressen oder Gefressenwerden ging...

Konnte er denn wirklich ausschließen, dass sie zu... einer solchen Tat fähig war? (Er weigerte sich einfach, den Begriff »Mord« auch nur in Gedanken »auszusprechen«.)

Nun war es nicht so, dass ihr Weg frei von Opfern war; sie hatten schon Menschen eigenhändig ums Leben gebracht. In Notwehr allerdings. In keinem dieser Fälle hatte es Zweifel gegeben, dass es um die Verteidigung des eigenen Lebens oder das Unschuldiger gegangen war.

Hier lag der Fall anders. Hier waren die Umstände und Details unbekannt – weil Aruula sich nicht daran erinnern konnte. Doch die Indizien, wie es früher in der Juristensprache geheißen hatte, sprachen gegen sie.

Matt schwirrte der Kopf. Dutzende von Überlegungen drehten sich im Kreis, führten nirgendwo hin. Mühsam filterte er einen Gedanken aus dem Chaos heraus.

Er sah nach hinten, wo sich die Straße als immer schmaler werdendes Band nach Osten zog und schließlich als Pfeilspitze auf den Horizont traf.

Niemand zu sehen.

»Ich frage mich, ob sie uns noch immer verfolgen«, murmelte er.

Neben ihm schüttelte der Driver den Kopf, dass seine Schläfenzöpfchen, die *peiyots* tanzten und hüpften.

»Keine Bange«, sagte er, »Master Jack wird damit zufrieden sein, euch von seinem Land vertrieben zu haben.«

»Sicher?«

Der Typ im Elvis-Kostüm nickte. »Ich kenn ihn doch.« Er seufzte. »Aber ich kann mich wohl in Zukunft nicht mehr dorthin wagen, wenn mir mein Hals lieb ist – euretwegen.«

Matt lächelte verunglückt und klopfte dem Fahrer auf die Schulter. »Danke.«

»Wofür?«

»Für deine Hilfe.«

»Hilfe? Oi Gewalt, davon kann wohl keine Rede sein! Das war eher ein Fall von –«, er suchte einen Moment lang nach dem passenden Wort, »– Caddynapping!«

»War nicht bös gemeint«, versicherte Matt. »Wir konnten nicht anders.«

»Pff! Deine hipsche Bish hat auf mich geschossen – schon vergessen?« Über die Schulter warf er Aruula einen halb grimmigen, halb furchtsamen Blick zu.

»Ich erschieße meine Feinde nicht – ich schlage ihnen den Kopf ab«, gab Aruula in einem Tonfall zurück, der Matt nicht gefiel, und fügte ätzend hinzu: »Schon vergessen?«

Der Caddy-Fahrer lehnte sich zu Matthew hinüber und flüsterte verschwörerisch: »Mir kommts ja nicht ganz koscher vor, das Frailen.«

»Das täuscht«, beruhigte ihn Matt.

»Wie du meinst, Jingel, ganz wie du meinst.« Der Fahrer konzentrierte sich wieder auf die Straße. Wenn er sprach, schlug hie und da tatsächlich Jiddisch durch.

Sein Name: Schlomo. Klar.

Matt musste immer noch grinsen, allem Irrsinn, der hinter ihnen lag, zum Trotz. Wahrscheinlich hatte er den einzigen jiddischen Elvis-Imitator aller Zeiten kennen gelernt und fuhr mit ihm in einem pinkfarbenen Cadillac quer durch Amerika...

Nein, korrigierte er sich, der Irrsinn lag nicht hinter ihnen, sie steckten immer noch mittendrin!

»Du bist auch ein Truveer?«, fragte er nach einer Weile.

Schlomo schüttelte mit bedauernder Miene den Kopf. »Nein, leider nicht. Wollen würd ich schon, nur dürfen darf ich nicht.«

»Wie...?«

»Ich würd schon gern ein Truveer sein, aber man hat mir bislang den Gildenschlag verweigert. Weils mit meiner Stimme hapert.«

»Aber du fährst doch nach Memphis zu diesem... nun, Treffen der Truveers, oder?«

»Um Elvis' Himmelfahrt beizuwohnen, natierlich. – Dieses Autolein«, Schlomo tätschelte das lederbespannte Volant des Cadillac mit seinen reich beringten Fingern, »soll ihm nämlich wieder geheren, wenn er in Greaseland eingefahren ist. Damit er nicht zu Fuß gehen muss.«

»Wieder gehören...?«, hakte Matt nach. »Heißt das, dieser Wagen... *gehörte* Elvis?«

»So sagt man.« Schlomo nickte bekräftigend. »Ich hiete und pflege den Caddy nur für ihn, bis er heimkehrt, der King.«

Matthew Drax wandte den Kopf zur anderen Seite und grinste.

So weltfremd war diese scheinbare Spinnerei gar nicht, oder wenigstens nicht wirklich neu. Schließlich hatte es schon zu seiner Zeit Leute gegeben, die an Elvis' Tod zweifelten. Immer wieder hatten sich Fans gemeldet, die den King of Rock'n'Roll angeblich irgendwo gesehen hatten – als Hamburger-Brater in einem Fast-Foot-Restaurant, als Betreiber einer Autowaschanlage, im Urlaub auf Hawaii, und, und, und...

Ein paar waren auch davon überzeugt gewesen, Elvis sei von Außerirdischen entführt worden. Vielleicht gründete sich der Glaube der Truveers, der King würde wiederkehren, ja auf eben dieses Gerücht. Die Antwort allerdings würde Matt wohl nie erfahren...

»Und ihr?«, meldete sich Schlomo wieder. »Wollt ihr auch nach Memvess?«

Matt zögerte kurz, dann nickte er.

»Klar doch. Diese Show lass ich mir um nichts in der Welt entgehen!« Außerdem lag Memphis auf dem Weg nach Riverside.

»Yeah!«, rief Schlomo. »*So* sprechen wahre Fänz!«

Matt zuckte leichthin die Achseln. »Eine einmalige Chance, oder?«

»Du sagst es.« Schlomo nickte bekräftigend. *»It's now or never!«*

Sie erreichten Memvess, als sich dahinter im Westen die Sonne beinahe schon verabschiedet hatte. Sie goss rotgoldenes Licht über die Stadt, und die Schatten zwischen den Gebäuden schienen tief wie Abgründe in den Bauch der Erde.

Der Anblick der größeren Städte dieser Zeit verblüffte und faszinierte Matthew immer wieder, weil er jedes Mal neu war, weil sich jede Stadt anders entwickelt hatte im Laufe von fünfhundert Jahren – so sie die Kometenkatastrophe denn überstanden hatte.

Rom zum Beispiel, eine der ersten großen Städte, in die Matt nach seiner Landung in der Zukunft gekommen war, hatte sich sozusagen rückentwickelt; dort hatte man versucht, das alte Rom der Cäsarenzeit wieder aufzubauen. In Paris gab es eine Zwei-Klassen-Gesellschaft, die beherrscht wurde von der Angst voreinander und vor einem riesigen Vogel, der auf den Resten des Eiffelturms nistete.

München hatte sich überhaupt nicht verändert gehabt – was sich dann aber als Illusion herausstellte. In Leipzig hatten Barbaren gehaust, in Berlin ein Amazonenstamm. Und in Aachen hatte sich eine Insektenkultur entwickelt; entsprechend sah die Stadt auch aus.

London wurde regiert von den Technos, die aber – im Gegensatz zu ihren amerikanischen Pendants – über kein Serum verfügten und sich daher selten an die Oberfläche wagten. Dementsprechend gering war letztlich ihr Einfluss auf die Stadt.

Wieder ganz anders war New York. Die Stadt am Hudson River lag halb begraben unter vielen, vielen Metern Eis, aus dem nur noch die oberen Stockwerke der Wolkenkratzer hervor ragten. Washington dagegen stand ganz unter dem Einfluss des Weltrats, der die Stadt von der Außenwelt abschottete und ein neues Machtzentrum errichtete.

Und jetzt Memphis: Ein Flickenteppich der Zeit, ein »Quilt der Jahrhunderte«, wenn man so wollte.

Diese Begriffe kamen Matt als erste in den Sinn.

Er war zwar nie in Memphis gewesen, wusste aber natürlich, dass die Stadt von beachtlicher Größe gewesen war, mit mehr als einer halben Million Einwohnern und entsprechender Ausdehnung.

Das heutige Memvess war kleiner. Die Randbezirke und Ausläufer waren größtenteils abgerissen worden, vermutlich um das so gewonnene Baumaterial anderswo zu verwenden – im Stadtkern etwa.

Dort hatte man versucht, so gut es ging das alte Gesicht der Stadt zu wahren. Herausgekommen war dabei ein ganz eigenartiges Metropolis, eine Mixtur aus Steinaltem und Modernem, ineinander verwoben und verschachtelt.

Und auf seine Weise nicht ohne Reiz, wie Matt fand.

Geblieben war die Lage der Stadt am Ufer des Mississippi. Dort ragte auch noch das frühere Wahrzeichen der Stadt auf, die Pyramid Arena, ein gigantischer Event-Bau. In der zweiunddreißig Stockwerke hohen Pyramide – damals die dritthöchste der Welt – hatten über zwanzigtausend Zuschauer

Platz gehabt, wenn in der Arena Sportwettkämpfe oder Konzerte stattfanden.

Jenseits des Flusses allerdings war die Stadt tot. Matthew nahm an, dass sich die damaligen Einwohner oder später neu hinzugekommenen Siedler für eine Seite des Flusses entschieden hatten, um nicht neue Brücken bauen oder Schiffspendelverkehr betreiben zu müssen.

Die Fahrt durch die Straßen von Memvess – die meisten in überraschend gutem Zustand – war ein Abenteuer für sich.

Die Stadt quoll nicht über von Menschen, war aber dicht bevölkert, und wie Schlomo bestätigte, war ein Großteil nicht hier ansässig, sondern nur wegen der Feierlichkeiten zu Ehren des Kings hierher gepilgert.

»Und es scheinen von Jahr zu Jahr mehr zu werden.« Schlomo strahlte, als seien die Leute alle seinetwegen gekommen.

Nicht jedermann und -frau hatte sich als Elvis verkleidet, aber jeder schien zumindest irgendetwas zu tragen, das sich mit dem King assoziieren ließ, und wenn es nur die Frisur war oder eine Sonnenbrille, so groß, dass das halbe Gesicht dahinter verschwand.

Der pinkfarbene Cadillac fiel auf wie – nun, wie ein pinkfarbener Cadillac eben auffällt in einer Welt, in der Automobile die Ausnahme darstellen.

Überall brandete Jubel auf, wenn Schlomos Caddy vorbei rollte. Man kannte ihn und wusste, wozu er dienen sollte. Gelegentlich folgten ganze Pulks von »Fänz«, wie Schlomo sie nannte, dem Wagen, bis die nächste Attraktion sie ablenkte – spontane Konzerte am Straßenrand etwa, Kneipen oder Souvenirhändler.

Schließlich bogen sie in den Elvis Presley Boulevard ein; das grüne Straßenschild hing noch über der Kreuzung, liebevoll restauriert.

Das Anwesen mit der legendären Hausnummer 3764 war

schon von weitem zu erkennen. Auf der Straße davor tummelten sich Menschenmassen, die sich teilten wie weiland das Rote Meer vor Moses, als Schlomo den Cadillac im Schritttempo hindurch steuerte, winkend und hupend, bis er ihn vor dem doppelflügeligen Grundstückstor mit den schmiedeeisernen Noten und Notenzeilen darauf stoppte.

Jenseits des Tores, auf dem Areal von Graceland – oder Greaseland, wie man es heute nannte –, herrschte weitgehend Ruhe, im Vergleich zu dem Tumult hier draußen jedenfalls.

»Nur Truveers dürfen dieses Tor passieren – und Helfer wie ich«, erklärte Schlomo. Er blinzelte Matt Drax zu. »Und Freunde, die wir mitbringen.«

»Zu viel der Ehre«, befand Matt, nahm selbige aber doch gern in Anspruch.

Von drinnen wurde das Tor geöffnet. Die Flügel glitten lautlos auseinander, der Caddy rollte die geschwungene Zufahrt hinauf, dahinter schloss sich das Tor wieder.

Matt konnte nicht leugnen, dass ihn ein sonderbares Gefühl ergriff, etwas wie Ehrfurcht wohl.

Vielleicht, dachte er, ließ sich die Bedeutung von Elvis Presley, sein Platz in der Historie erst jetzt, in dieser Zukunft wirklich bestimmen – aufgrund der Tatsache, dass man ihm noch heute huldigte, obwohl er seit weit über fünfhundert Jahren tot und inzwischen so viel Ungeheures geschehen war.

Und auf einmal empfand Matt diese postapokalyptische Verehrung eines Rock'n'Roll-Sängers aus dem 20. Jahrhundert nicht mehr als lächerlich, betrachtete sie nicht mehr als Spinnerei, sondern –

Er wusste es nicht, fand kein Wort dafür.

Aber er spürte, als könnte er es mit Händen greifen, dass es etwas Tiefergehendes war, etwas, das in den Herzen all dieser Menschen wurzelte, ihnen Halt in der Welt und Zusammenhalt untereinander gab.

Und einen zeitlosen Moment lang beneidete Matthew Drax diese Menschen darum.

Weil sie etwas hatten, das *ihm* fehlte – auch wenn er sich meistens verbat, es zu vermissen.

Solchen Halt eben.

Und Glaube vielleicht.

Dann, vor ihnen, in einem separat abgegrenzten Bereich («Tabuzone«, erläuterte Schlomo ehrfürchtig im Flüsterton): Graceland Mansion.

Elvis' Zuhause.

Im letzten Licht des Tages lag es teils versteckt hinter Bäumen, einsam, verlassen, dunkel. Wie etwas Schlafendes.

Ein kühler Wind ließ Blätter rascheln und Matt frösteln. Jedenfalls redete er sich ein, dass es am Wind lag...

Schlomo lenkte den Cadillac an dem zweistöckigen Gebäude mit dem Säuleneingang vorbei, weiter hinein in das Anwesen, das vor langer Zeit einmal von parkartigem Charakter gewesen war, heute jedoch mit seinem Wildwuchs eher an einen Dschungel erinnerte.

Die Truveers, die den Caddy empfingen, beäugten Matt und Aruula misstrauisch. Einer, der nicht mehr zu den Jüngsten zählte und einen goldenen Satinanzug mit grauem Pelzbesatz trug, fragte unverhohlen: »Was habt ihr hier zu suchen?«

Schlomo lächelte verlegen. »Das... das sind Freunde von mir. Ich habe sie –«

»Du weißt doch, dass es Nichtgeladenen und Unwürdigen verboten ist, ihren Fuß auf Seinen Boden zu setzen, oder?«

»Schon, ja...«, Schlomo spielte nervös mit den Ringen an seinen Fingern, »... aber, na ja, sie berühren den Boden doch gar nicht! Sie sitzen doch im Auto!«

»In der *Kingskalesche*!«, verbesserte der Goldgekleidete streng.

Matt fiel etwas ein. Etwas, das ihnen der Truveer in Lynchburg gegeben hatte. Er zog die Gedenkplakette aus der Tasche und zeigte sie vor.

»Hier – ist das Berechtigung genug?«

»Oh«, machte der altehrwürdige Truveer erstaunt. »Das ändert die Lage natürlich –«, er deutete eine kleine Verbeugung an, »– seid willkommen in Greaseland. Freunde eines der unseren sind unser aller Freunde.«

»Zu freundlich, vielen Dank«, erwiderte Matt mit einem Anflug von Sarkasmus, stieg aus und half Aruula aus dem Wagen.

Weitere Truveers kamen herbei und fingen an, den Caddy zu polieren.

»Mit dieser Plakette«, erklärte Schlomo, »– und ich will um meines eigenen Seelenheils willen gar nicht wissen, wo ihr sie herhabt! – könnt ihr euch ein Zimmer in dem Hotel drüben auf der anderen Roodseite nehmen.«

»Tja«, machte Matt, schnippte den Blechdeckel hoch und fing ihn geschickt wieder auf, »dann würde ich vorschlagen, dass wir uns erst mal im Heartbreak Hotel häuslich niederlassen.«

Er sah Aruula fragend an. Doch die verzog die Lippen zu einem Lächeln, das über ihre trübe Stimmung nicht hinweg zu täuschen vermochte, und sagte: »Ich möchte lieber allein sein, nur für eine Weile.«

Matthew nahm sie behutsam bei den Schultern. »Alles in Ordnung mit dir?«

Sie nickte knapp, löste sich aus seinem Griff und wandte sich ab, um zurück in Richtung der Zufahrt und des Tores zu gehen.

»Ich treffe dich später im Hotel, einverstanden?«, rief er ihr nach. »Wenn du deine Plakette vorzeigst, lässt man dich sicher rein.«

Ihr »Ja« war kaum zu verstehen.

Matt machte sich Sorgen. Während der Fahrt nach Memphis hatte Aruula kaum etwas gesagt, war tiefer und tiefer in

Gedanken versunken. Kein Zweifel, sie geißelte sich mit Selbstvorwürfen – wegen etwas, das sie (vielleicht) nicht einmal getan hatte!

Und er wusste nicht, wie er ihr helfen sollte.

Gut zureden, natürlich, das wäre eine Möglichkeit gewesen; aber dazu brauchte es zwei: einen, der gut zuredete, und einen, der sich gut zureden *ließ*. Und Aruula war keine Frau, die sich allein auf tröstende Worte stützte.

Vielleicht, dachte Matt, *ist es wirklich das Beste, wenn ich sie erst einmal in Ruhe lasse. Wenn sie dann mit sich selbst im Reinen ist, kann ich immer noch –*

»Maddrax!«

Schlomo eilte herbei. Er hatte abseits gestanden und mit einigen Truveers gesprochen – oder sich einfach dazu gesellt und gelauscht, was ihm eigentlich ähnlicher sah, so wie Matt ihn mittlerweile einschätzte. Der Kleine – er ging Matt gerade mal bis zum Kinn – deutete aufgeregt an ihm vorbei. Matthew drehte sich um, in die Richtung, in der Graceland Mansion lag.

»Sieh doch nur!« Schlomos Stimme wurde fast weibisch schrill.

»Was denn?«, brummelte Matt. Er sah nichts, nur Dunkel. Die Sonne war inzwischen vollends untergegangen, Nacht lag über Graceland.

»Die Truveers sagen, er ist da!«

»Wer ist wo?«, fragte Matt, jetzt leicht entnervt.

»*Elvis is in the house*!«

Und jetzt, endlich, sah Matt, was Schlomo so in Aufregung versetzte.

Zwischen den Bäumen, die das villenartige Gebäude umstanden, schimmerte ein heller Fleck. Genauer gesagt: Hinter einem der Fenster des Hauses, das vorhin noch dunkel gewesen war und auf Matt gewirkt hatte wie ein altes Geisterhaus, brannte Licht.

Das Schlafende schien erwacht und aus einem glühenden Auge in diese Welt zu spähen...

Und just in diesem Moment – »sprach« es auch!

Es klang, als raunten die Schatten im Geäst der Bäume selbst. Wie Gespenster, die sich darin verbargen und fragten:

Are you lonesome tonight...?

Manchmal vermisste Aruula ihren Stamm. Ihr altes Leben. Sie bereute nicht, es aufgegeben zu haben, um mit Maddrax zu gehen. Es bestand ein Unterschied zwischen Vermissen und Bereuen...

Was ihr bisweilen fehlte, war einerseits die Einfachheit des Lebens in der nomadischen Horde und andererseits die schlichten Wege zu den Göttern und Geistern.

In der Stille und Verbundenheit mit der Natur war es ihr stets ein Leichtes gewesen, Kontakt mit ihnen aufzunehmen. Oft hatte sie zu ihnen gesprochen, und wenn sie auch nur selten wirklich geantwortet hatten, so war es doch immer eine Hilfe gewesen, einfach nur um ihre Aufmerksamkeit zu wissen. Dann hatte es nicht einmal eines tatsächlichen Ratschlags bedurft; die rechte Entscheidung hatte meist schon in den eigenen Worten gelegen. Man hatte sie nur in Ruhe aussprechen müssen, und sie waren von den Geistern und Göttern, von der Stille selbst reflektiert worden wie Rufe von einer Felswand, und dieses Echo war oft die Antwort gewesen, nach der Aruula gesucht hatte.

Aber als sie ihre alte Welt mit Maddrax verlassen hatte, schien sie auch die Geister und Götter verlassen zu haben, obwohl sie noch immer regelmäßig die spirituelle Bemalung auf ihrem Körper erneuerte. Es war, als hätten die Götter Eurees kein Interesse an dieser neuen Welt, wohl weil deren

Bewohner ihrerseits auch kein Interesse an ihnen hatten. Weil es zu viele andere Dinge gab, die das Leben dieser Menschen erfüllten.

Diese Stadt, Memvess, war das beste Beispiel dafür – lärmend und ruhelos, voller Menschen aus allen Himmelsrichtungen, vergnügungssüchtig zum einen und zum anderen nur interessiert daran, was anderswo in der Welt vorging, in der Hoffnung, einen besseren Ort zum Leben zu finden als den, von dem sie gerade kamen.

Die Gedanken und Worte der Menge umströmten Aruula wie ein Fluss, berührten und stimulierten ihren empfindlichen Übersinn, der seit der Blockade im Pentagon noch gewachsen schien*. Ihr Vorhaben, sich ein ruhiges Fleckchen zu suchen, um vielleicht doch mit den Geistern oder Göttern sprechen zu können, hatte sie aufgegeben. Die nötige Stille war hier nirgends zu finden.

Bitternis stieg in ihr auf. Selten hatte sie eine stille Unterredung so nötig gehabt wie jetzt, doch nie hatte sie sich ihren unsichtbaren Zuhörern ferner gefühlt.

Ihr Geist bedurfte so dringend der Klärung, der Reinigung von Zweifeln – mehr noch, der Befreiung. Der Tod dieses Sängers lastete auf Aruula wie ein Gewicht, das man ihr aufgeladen hatte.

Es war nicht so, dass der Tod ihr fremd gewesen wäre. O nein, er war ihr ein Vertrauter, war von Kindesbeinen an stets um sie gewesen, und sie hatte ihm schon früh zugearbeitet.

Doch nie grundlos. Nie leichtfertig. Und nie ohne zu wissen warum. Letzteres war es, was sie am schlimmsten quälte: die Unwissenheit. Das Gefühl, ihr sei ein – wenn auch nur kleines Stück – ihres Lebens geraubt worden.

Hätte sie sich nur tief genug in ihr Selbst versenken können,

---

* siehe MADDRAX 38 ›In den Fängen des Weltrats‹

würde sie die fehlende Erinnerung vielleicht gefunden haben. Jener besondere Sinn in ihr, der keiner Körperlichkeit bedurfte, mochte aufgefangen und bewahrt haben, was ihren Augen und Ohren entgangen war.

Aber an eine solche Erkundung ihres Innersten war nicht zu denken; nicht hier, inmitten dieser lauten Menschen, nicht einmal abseits der Menge. Ihr störender Einfluss strahlte überall hin, in jeden Winkel dieser Stadt, wie Licht und Hitze eines gewaltigen Feuers.

Wo sie sich auch hinwandte, nirgendwo fühlte sich Aruula allein. Beinahe war ihr, als würde sie verfolgt, aber das mochte lediglich dieses Gefühl des Elends sein, das ihr anhing wie ein Schatten.

Es blieb auch, als sich Aruula auf den Rückweg zu jener Herberge machte, die Matt *Heartbreak Hotel* genannt hatte. Ein Gebäude direkt gegenüber jenem Ort, den sie Greaseland nannten, von bunten Lichtern beleuchtet. Ein kleiner Palast.

Aruula kam bis zur Tür, die von zwei schwarz uniformierten Wächtern flankiert wurde.

»Wo willst du hin?«, fragte einer von ihnen und verstellte ihr den Weg.

Aruula suchte nach der Plakette, die ihr der Truveer in Lynchburg gegeben hatte. Sie war sicher, sie eingesteckt zu haben, suchte in jeder Tasche und Falte ihrer Fellkleidung. Vergebens.

»Ich muss sie verloren haben – verflucht!«, murmelte sie.

»Na?«, fragte der Wächter ungeduldig.

»Ich gehöre zu einem Mann namens Maddrax. Er muss vor einiger Zeit hierher gekommen sein, um ein Zimmer –«

Der Wächter ließ Aruula nicht ausreden, grinste nur wölfisch und ein bisschen mitleidig und bedeutete ihr mit einer Geste zu verschwinden.

»Was glaubst du, wie viele Bishes hier aufkreuzen, um sich in die Betten der Truveers zu stehlen, hm?«, fragte er.

»Aber ich –«, wollte Aruula aufbegehren.

Der zweite Wächter trat hinzu. »Gibts ein Problem?«, erkundigte er sich.

»Die Kleine versucht einen der dümmsten Tricks«, sagte der andere. »Hat angeblich ihre Passiermünze verloren...«

Der andere lachte knurrend. »Schwirr ab, Vögelchen, sonst stutzen wir dir die Flügel.«

»Und sperren dich in einen Käfig, der dir ganz bestimmt nicht gefällt. Und da bleibst du dann drin, bis hier die ganze Schau vorbei ist.«

Aruula kämpfte ihre Wut und den Impuls nieder, sich mit Gewalt Einlass zu verschaffen. Eine Chance hätte sie gegen die beiden Männer gehabt, obwohl die beiden sie um Haupteslänge überragten. Größe war nicht entscheidend in einem Kampf, meist nicht einmal Kraft.

Doch sie fügte sich.

Maddrax würde irgendwann heraus kommen und nach ihr suchen. Sie brauchte sich nur in Geduld zu üben.

Das wäre ihr unter normalen Umständen auch nicht schwer gefallen. In ihrer momentanen Verfassung jedoch, da die Stimme des Zweifels in ihr schrie und das Schuldgefühl pochte wie ein kaltes Herz, konnte sie das tatenlose Warten nicht ertragen.

So mischte sie sich schließlich wieder unter das Volk und kehrte in einer nahen Schänke ein. Zwar konnte sie weder zu Essen noch zu Trinken bestellen, weil sie keine Tausch- oder Zahlungsmittel hatte, aber die Gesellschaft bescherte ihr wenigstens Zerstreuung.

Bei den Göttern, ein sonderbares Völkchen war es, in dessen Mitte sie sich befand!

Aruula sah Kleider und Stoffe, die sie nie zuvor gesehen hatte, hörte Sprachen, die sie nie zuvor gehört hatte und atmete Gerüche, die sie schwindeln ließen, ohne selbst an diesen glimmenden Stängeln gezogen zu haben, die viele zwischen den

Fingern hielten und die sie an Kiffetten erinnerten. Irgendwann ertappte sie sich bei einem Lächeln. Sie fühlte sich – ganz eigenartig. So leicht. Beschwingt.

Und sie sagte bedenkenlos ja, als ein Mann, ähnlich gekleidet wie Schlomo, zu ihr kam, in seinem Gefolge ein zweiter, und sie fragte, ob er ihr »einen ausgeben« dürfte. Er drängte sich durch zu dem langen Schanktisch und orderte: »Drei Bier!«

Aruula trank einen Schluck von dem goldfarbenen Getränk. Es schmeckte würzig, ein bisschen bitter, aber es löschte den Durst ganz hervorragend. Wie durstig sie tatsächlich gewesen war, merkte Aruula erst, als sie den Krug geleert hatte.

»Na, das nenn ich einen Zug!«, lachte der spendable Fremde und besorgte Nachschub.

Beim dritten Humpen angelangt, stieg der Lärmpegel in der Schänke, als jemand anfing zu singen und behauptete, er sei »*nothing but a hound dog*«.

»Wieso«, wunderte sich Aruula, und die Zunge wollte ihr nicht recht gehorchen, »schimpft sich dieser Kerl einen Hund...? Das ist doch... dumm, oder?«

Ihre beiden Begleiter nickten grinsend.

»Zu dumm, wirklich«, meinte der eine.

»Lass uns woanders hingehen, wo's nicht so dumm ist – und etwas leiser. Dann können wir dir die Sache erklären. Einverstanden?«

»Klaa«, brachte Aruula mit etwas Mühe hervor. »Frische Luft kann auch nich schaden...«

Gestützt von den beiden Männer schob sie sich durchs Gedränge zur Tür und hinaus. Die ersehnte frische Luft traf sie wie ein Schlag ins Gesicht.

»Bei Wudan!«, stöhnte sie. »Was war das fürn Ssseug, das ihr mir ge-gege-...?«

»Vom Feinsten«, sagte einer der Männer. »Aber du scheinst nicht daran gewöhnt zu sein, wie?«

»Nnnein...«

»Komm, wir gehen ein paar Schritte. Dann fühlst du dich gleich wieder besser.«

Die beiden Männer nahmen Aruula in die Mitte. Von amüsierten Blicken verfolgt entfernten sie sich etwas von der Schänke und bogen dann um eine Ecke. Dahinter lag eine Gasse, die Aruula wie ein schwarzer Tunnel vorkam.

»Wo-wohin gehen wir...?«, fragte sie mühsam.

»Wir zeigen dir was Schönes«, erwiderte der links von ihr gehende Mann. Sein saurer Atem ließ sie die Nase rümpfen.

»Und du zeigst *uns* was Schönes«, sagte der andere.

»Ach ja? Wasssn?« Aruula erschrak vor ihrer eigenen Stimme. Sie klang nicht nur fremd, sondern auch so, als spräche ihr tatsächlich eine Fremde direkt ins Ohr.

Der Schreck verflog, und dann fand Aruula das Ganze auf einmal sehr lustig. So lustig, dass sie stehen bleiben musste vor Lachen. Sie stützte sich an einer Wand der Gasse ab, lachte, beugte sich vornüber, und etwas Saures und Heißes schoss plötzlich aus ihrem Magen hoch, wie ätzend durch die Kehle und in einem Schwall aus ihrem Mund.

»Ah, schiiet!«, fluchte einer der Männer. »Die Bish hat mir auf die Stiefel gekotzt!«

Das fand Aruula noch lustiger, und der Vorgang wiederholte sich. Zugleich verlor sich auch dieses Gefühl zu schweben ein klein wenig. Sie meinte sich von Händen berührt, die sie zurück auf den Boden zogen –

– nein, ganz so war es nicht! Die Berührung dieser Hände war zwar da, und sie versuchten auch, sie zu Boden zu drükken, aber zugleich fuhren sie unter ihre Fellkleidung, über ihre nackte Haut, ihre Brüste, dann in ihren Schoß hinab –

»Hey!«, knurrte Aruula. »Finger weg – sonst haste mal welche gehabt!«

Wie es ihr gelang, sich der grabschenden Hände zu entledigen, wusste sie nicht. Sie wusste nur, dass sie plötzlich zwischen den Männern stand, ihr Schwert in den Fäusten, und die Spitze pendelte zwischen den beiden hin und her.

Doch sie hatte Mühe, einigermaßen gerade zu stehen, und das machte ihre Haltung weit weniger beeindruckend, als Aruula es sich gewünscht hätte.

»Komm schon, Kleine, steck das Ding weg. Du tust dir am Ende noch selbst weh damit!«, meinte derjenige, der sie eben noch befingert hatte, und wagte sich einen halben Schritt näher.

Aruula machte einen Ausfallschritt, stieß die tief gehaltene Klinge vor und drückte dem Kerl die Schneide genau zwischen die Beine. Der Stoff seiner Hose riss mit einem hässlichen Ratschen und färbte sich im Schritt dunkel.

Blut...?

Nein. Der Kerl machte sich lediglich nass vor Angst.

Seine Lippen bebten und formten wimmernde Worte. Seine Augen traten so weit hervor, dass sie ihm jeden Moment aus den Höhlen schnappen mussten.

Aruula machte seiner Angst ein Ende. Eine Drehung, das Bein hochgerissen, und ihr Fuß traf den Kerl unters Kinn. Der Kopf flog ihm in den Nacken. Er stürzte nach hinten, schlug mit dem Schädel gegen die Mauer und sackte bewusstlos zu Boden.

Die Aktion hatte Aruulas Gleichgewichtssinn von neuem durcheinander gebracht. Sie taumelte, benutzte das Schwert als Stütze und fing sich wieder. Ihr Blick klärte sich.

Wo steckte der andere Kerl?

Da – ein Geräusch. Hinter ihr!

Aruula tat einen Satz nach vorne und wollte sich in der Bewegung nach dem hinterhältigen Angreifer umwenden. Das Schwert machte die Bewegung mit, stieß vor, um den anderen zunächst auf Distanz zu halten.

Die Klinge traf auf Widerstand.

Wieder wurde ihr schwindlig.

Und dann Schwarz vor Augen.

Ein pinkfarbenes UFO sank aus einer dichten Wolkendecke. Flog über einen Wald toter Bäume hinweg, an deren Ästen Gehängte schaukelten. Verhielt über einem prächtigen Herrenhaus. Aus dem Bauch der Metallscheibe senkte sich eine runde Plattform und schwebte ohne sichtbare Aufhängung zu Boden. Darauf stand Elvis, seinen Kopf unter dem Arm, einer unsichtbaren Menge zuwinkend...

Das war alles, woran Matthew Drax sich noch erinnerte, als er aufwachte, aber das konnte nicht alles gewesen sein, was er in dieser Nacht geträumt hatte. Auch wenn dieser Ausriss die Erlebnisse und Erkenntnisse des Vortages durchaus korrekt, aber eben auch sehr komprimiert wiedergab.

Im nächsten Augenblick war auch dieser Rest vergessen.

»Aruula?«, fragte Matt in die Leere des luxuriös eingerichteten Zimmers.

Keine Antwort.

Dann erst dämmerte ihm, dass er nicht zusammen mit seiner Freundin hierher gekommen war. Sie hatte allein sein und später nachkommen wollen.

Letzteres hatte sie offenbar nicht getan. Matt entsann sich nicht, dass Aruula später in der Nacht »heimgekommen« war.

Nur – wo war sie?!

Sorge schoss in Matt auf wie eine Springflut, und das Wohlgefühl, das ihm der Schlaf in einem *richtigen* Bett beschert hatte, verflog fast zur Gänze.

Während er sich einer Katzenwäsche unterzog – einen zutiefst bedauernden Blick auf die *richtige* Badewanne werfend, die er jetzt doch nicht ausprobieren konnte –, rekapitulierte er, was gestern Abend noch geschehen war vor seinem Einzug ins Hotel.

Er dachte an das Licht. Das Licht, das erst hinter einem, dann hinter mehreren Fenstern von Graceland Mansion gebrannt hatte.

Elvis is in the house, hatte Schlomo gesagt.

Dem Verständnis der Truveers nach bedeutete das, dass der Geist von Elvis aus den Gefilden des Todes herab- und in sein ehemaliges Heim »eingefahren« war.

Was nichts Außergewöhnliches sei, wie Matt im Gespräch mit anderen Barden erfahren hatte. Der Geist ziehe alle Jahre in das Haus ein, um sich an den Darbietungen zu seinen Ehren zu erfreuen.

Nur zu seiner Auferstehung, zur wirklichen und endgültigen Wiederkehr sei es bis jetzt noch nicht gekommen. Die würde, wenn überhaupt in diesem Jahr, im Rahmen des großen Konzerts stattfinden, das die Truveers in der Nacht zum Todestag abhielten.

Eine Art Beschwörungsfeier würde diese Show also werden. Matt Drax hatte sich sein Teil gedacht, doch kein Wort darüber verloren. Es stand ihm nicht zu, Tradition und Glauben anderer zu bewerten oder gar zu verspotten, mochten sie seinen Überzeugungen auch noch so sehr entgegenstehen.

Außerdem – das Licht in Graceland Mansion war kein Humbug gewesen. Er hatte es selbst gesehen, und man hatte ihm glaubhaft versichert, dass niemand, so lange man zurückdenken könne, je das Haus des Kings betreten hätte.

Und nicht zu vergessen – der Gesang, gespenstisch wie aus der Nacht selbst.

So hatte Matt, als er sich schließlich verabschiedet hatte und ins Hotel eingezogen war, doch ein etwas sonderbares Gefühl mitgenommen – und bekam jetzt noch, da er wieder daran dachte, eine Gänsehaut...

Draußen auf dem Flur nahm ihn wieder jene leicht absurde Unwirklichkeit in Empfang, die zumindest dieser Tage über Memvess lag: Truveers, allesamt in Elvis-Kostümierungen, begegneten ihm hier, auf der Treppe und drunten in der mit sehr viel Plüsch ausstaffierten und sehr bonbonfarbenen Lobby.

An der Rezeption erkundigte er sich nach Aruula, beschrieb sie. Doch man hatte sie nicht gesehen, hier jedenfalls nicht, verwies ihn aber an die Türsteher vor dem Eingang.

Die beiden Kerle links und rechts des Portals hätten auch als Totengräber oder Sargträger keine schlechte Figur gemacht, das war Matt schon am Vorabend aufgefallen.

Er wiederholte sein Verslein – und die beiden Türsteher in ihren schwarzen Fantasie-Uniformen wechselten betroffene Blicke.

»Auweia«, sagte der eine.

»Genau«, der andere.

»Und das heißt?«, fragte Matthew, seine Ungeduld nicht verhehlend.

»Die Bi-... ähm, die... na, wie sagt man noch gleich...?«

»Lady?«, half Matt dem uniformierten Kleiderschrank aus.

»Genau, stimmt – also, die Lady war gestern Nacht hier und wollte rein. Aber wir mussten sie abweisen.«

»Warum das denn?« Matt holte seine Plakette hervor und zeigte sie. »Sie hatte doch auch so eine Passiermarke, oder?«

»Eben nicht«, war die Antwort.

»Sie *sagte* zwar, sie hätte eine, konnte sie uns aber nicht zeigen.«

»Und da konnten wir dann leider nichts machen.«

»Tut uns Leid.«

»Und dann?«, fragte Matt.

»Ging sie weg.« Einer der siamesischen Kleiderschränke hob die Schultern; eine Bewegung, die ein sanftes Gemüt allein schon als tätlichen Angriff werten mochte.

»Wohin?«

»Keine Ahnung«, sagte der Linke.

Der Rechte hob den Finger, als wollte er sich in der Schule zu Wort melden.

»Ich hab ihr noch nachgeguckt, weil – na ja, sehenswert war sie ja, nicht?« Ein Grinsen überzog sein Gesicht, doch Matts giftiger Blick wischte es ihm von den Lippen. »Also, sie ist da rein gegangen.«

Er war ein paar Schritte vorgetreten und zeigte die Straße hinunter, wo über einer Tür eine Leuchtreklame hing: *BAR*.

In der zu dieser frühen Stunde nicht sonderlich geschäftigen Kneipe erinnerte man sich an Aruula. Mit zwei Kerlen sei sie schließlich abgezogen, voll bis obenhin, und man geizte Matt gegenüber auch nicht mit Mutmaßungen, was zwischen den dreien dann wohl gelaufen sein mochte.

Matthew Drax platzte der Kragen. Er langte über die Theke, packte den nächststehenden Barkeeper und zog ihn halb über den Tresen.

»Wo sind sie hingegangen?«, knurrte er dem völlig verdatterten Knaben direkt ins Gesicht.

»A-aber wo-woher soll ich denn das wissen? Ich b-bin doch nicht mitgegangen!«

Ein Kollege kam heran und machte eine beschwichtigende Bewegung. Matt ließ sein »Opfer« los; der Bursche brachte sofort Sicherheitsabstand zwischen sich und den Verrückten, dem seine Bish wohl Hörner aufgesetzt hatte und der jetzt jemanden brauchte, an dem er seine Wut auslassen konnte.

Der andere Keeper erklärte Matt: »Ich weiß auch nicht, wo sie hin sind. Aber in dem Zustand, in dem deine Freundin war, können sie nicht sehr weit gegangen sein. Schau dich mal in der näheren Umgebung um – und ich rate dir, das nächste Mal ein bisschen Anstand mitzubringen, wenn du wieder hier rein kommst.« Die Hand des Mannes tauchte unter dem Tresen hervor und drückte Matt die Mündung einer alten Vorderladepistole unters Auge. »Sonst bring ich ihn dir bei. Verstanden?«

Der Hahn wurde zurückgezogen und rastete knackend ein.

Matt nickte vorsichtig, machte keine dumme Bemerkung und zog sich rückwärts gehend aus der Schänke zurück.

Draußen dämmerte der neue Tag herauf. Im Osten zeigte sich ein rosafarbener Streifen am Himmel, der zusehends breiter wurde.

Die Straße lag zwar nicht wie ausgestorben da, aber die Zahl der Unternehmungslustigen hatte doch deutlich abgenommen. Und die Wenigen, die noch auf Achse waren, konnten Matt nicht weiterhelfen.

Er überlegte. Versuchte sich in die Situation zu versetzen, in die Aruula geraten war. Er konnte sie sich leider nur zu gut vorstellen...

Aruula, eine Frau, die ihren Mann zu stehen wusste, legte mitunter eine mädchenhafte Naivität an den Tag, die man ihr in Anbetracht ihrer Herkunft allerdings nicht zum Vorwurf machen konnte.

Sie musste an zwei Typen geraten sein, die ihren Schwachpunkt gewittert hatten. Sie hatten sie abgefüllt, um sich, wenn sie betrunken genug war, mit ihr zu vergnügen. Dazu hatten sie sich vermutlich irgendein ungestörtes Eckchen gesucht, nicht allzu weit von der Kneipe entfernt, in der sie Aruula aufgelesen hatten.

Matthew sah sich um und entdeckte ganz in der Nähe eine Gasse, die zwischen zwei Gebäuden nach hinten führte, so schmal, dass das erste Licht des Tages noch nicht hinein fiel.

Er steuerte sie an und schlüpfte zwischen die Häuser. Unter seinen Schritten knirschte und schmatzte Unrat, in den Schatten fiependes Huschen und das gläserne Glänzen kleiner Augen.

Und irgendwo vor ihm – ein Stöhnen.

Matt ging weiter, blieb vorsichtig, achtete sorgsam darauf, wo er seinen Fuß hinsetzte.

Das Stöhnen wiederholte sich, eine Stimme murmelte Worte. Beides war ihm vertraut. Aruula fluchte in der Sprache ihres Stammes.

Jenseits der Gasse kletterte die Sonne höher. Kupfernes Licht sickerte wie etwas Flüssiges herab und verdünnte das zähe Dunkel.

Dann sah Matt seine Freundin. Sie kniete am Boden und versuchte so angestrengt wie ungeschickt auf die Beine zu kommen, immer noch halblaut vor sich hin fluchend.

Neben ihr ragte etwas auf, einem Grabkreuz gleich. Aruulas Schwert, die stets sorgsam gepflegte Klinge fleckig wie von Rost.

Und noch etwas weiter – zwei Schemen. Zwei Männer in Elvis-Kostümen.

Reglos und nicht nur *wie* tot – nein, ohne jeden Zweifel *mause*tot.

Denn ihre Köpfe lagen *hier* – direkt zu Matts Füßen!

Und stiere, glanzlose Augen glotzten aus ihren in Entsetzen erstarrten Gesichtern zu ihm auf.

Ein Zitat aus einem Roman von Stephen King, den er irgendwann einmal gelesen hatte, fiel Matt ein: SSDT. *Same shit, different day...*

Der Unterschied zum vorigen Mal bestand nur darin, dass Aruula diesmal neben *zwei* Geköpften erwachte. Aber wieder konnte sie sich an nichts erinnern, jedenfalls nicht daran, den beiden die Köpfe abgeschlagen zu haben.

Kann sie nicht – oder will *sie nicht?*, wisperte ein böses Stimmchen zwischen Matts Gedanken, und er drehte dem gemeinen Flüsterer erschrocken den Hals um. Diese Möglichkeit wollte er unter gar keinen Umständen weiter verfolgen!

Obwohl – höchst seltsam war das Ganze natürlich schon... *Verdächtig* seltsam sozusagen.

Mehr um sich abzulenken als tatsächlich in der Hoffnung, einen Hinweis zu Aruulas Entlastung oder dergleichen zu finden, wandte sich Matt den Leichen zu. Ihn schauderte, und ein bitterer Geschmack stieg ihm vom Hals in den Mund.

»Okay«, sagte er rau und inspizierte die Toten sowie den Boden um sie her. »Ich sehe kaum Blut. Aber die zwei Jungs sind zweifellos ausgeblutet. Reichlich merkwürdig, würde ich sagen...«

»Findest du nicht, dass wir verschwinden sollten?«, meinte Aruula. Nervös sah sie zum Ende der Gasse hin. Die Sonne kletterte höher und höher; es wurde allmählich taghell, und es war nur eine Frage der Zeit, bis man sie hier hinten entdecken und entsprechende Schlüsse ziehen würde.

»Gleich«, sagte Matt. Auch er war unruhig, aber er wollte unter keinen Umständen irgendetwas übersehen, das Aruulas Unschuld beweisen konnte.

»Ausgeblutet«, murmelte er noch einmal. Das Wort setzte in ihm etwas in Bewegung. Eine Gedankenkette, eine Reihe von Bildern, und an deren Ende standen die –

»– Nosfera?« Er rieb sich nachdenklich die Stirn. »Hm. Könnte sein. Würde ja passen.«

Nosfera waren, gewissermaßen, die Vampire dieser Welt. Mutanten, die unter einem Mangel roter Blutkörperchen litten und deshalb Frischblut zu sich nehmen mussten, um zu überleben. Matthew war dieser Spezies schon häufiger begegnet, und die wenigsten dieser Zusammentreffen waren harmlos verlaufen.

Er spann den Faden weiter. Dachte zurück an sein Erlebnis in Philadelphia, wo es zu einer großen Zusammenkunft dieser

Blutsäufer gekommen war. Ein Nosfera hatte einen Blutersatz entwickelt und ihn an seine Artgenossen ausgeben wollen, um ihnen den Makel der überall Ausgestoßenen und Verachteten zu nehmen. Matt und der Truveer Jonpol Sombriffe hatten die Situation missverstanden und diese Aktion gründlich vereitelt.*

War es möglich, dass ein Nosfera, der das schlussendliche Massaker überlebt hatte, jetzt hinter ihm her war, um sich zu rächen? Und brachte er nun Aruula unter Mordverdacht, um ihn, Matt, damit zu treffen?

Der Gedanke schien ihm etwas weit hergeholt. Ausschließen wollte er ihn jedoch nicht. Und die Möglichkeit, dass ein Nosfera diese Männer geköpft hatte, um so eine Bisswunde am Hals zu vertuschen, wollte er ganz besonders im Auge behalten.

Wenn sich ein Nosfera in Memvess aufhielt, musste er sich doch aufstöbern lassen!

Matt gestand sich, dass er sich da auf dünnes Eis begab. Aber momentan war ihm jede Hoffnung, die den Verdacht von Aruula ablenkte, Recht.

»Das sind nicht die Männer von gestern Abend!«

»Was?« Matt fuhr herum.

Aruula hatte sich, mit sichtlichem Widerwillen, die Gesichter der Toten angesehen, dann ihre Körper. »Die beiden kenne ich nicht«, behauptete sie. »Außerdem – ich habe einem der beiden auf die Füße gekotzt. Sieh dir ihre Stiefel an – sie sind sauber!«

»Ja, bis auf ein paar Blutspuren...«

Matt beugte sich vor, sah sich die Stiefelspitzen der beiden genauer an. »Und Kratzer. Als wären sie über harten Boden geschleift worden. Hmm...«

---

* siehe MADDRAX 27 ›Ruf des Blutes‹

Nein, ein großes Bild, in dem ein Teilchen zum anderen passte, wollte sich noch nicht ergeben. Und außerdem:

»Bist du dir ganz sicher? Ich meine – das ergibt doch keinen Sinn.« Er hob hilflos die Hände. »Zwei Kerle belästigen dich, verschwinden dann aber, und zwei andere, die später umgebracht werden, übernehmen ihre Rollen? Das ist... *schräg*!«

Aruula ließ die Schultern sinken. »Ich... ich weiß es nicht. Aber wenn ich Schuld sein sollte an –«

»Lass uns gehen«, unterbrach Matt sie und nahm Aruula bei der Hand, bevor sie sich wieder in Selbstvorwürfen verlor.

Im Schatten der Mauer huschten sie zum vorderen Ende der Gasse, spähten auf die Straße hinaus. Niemand schenkte ihnen besondere Aufmerksamkeit. Die meisten Leute, die unterwegs waren zu dieser frühen Stunde, schienen ihren Kater der letzten Nacht spazieren zu führen, darauf hoffend, dass er sich in der frischen Luft davon machte.

Ungesehen mischten sich Matt und Aruula in den dünnen Passantenstrom und gingen in Richtung Hotel.

Sie waren erst ein paar Schritte weit gekommen, als etwas Großes, Massiges auf sie zu schoss und kreischend zum Stehen kam, ehe es sie überrollen konnte.

»He da!«, rief eine vertraute Stimme.

»Schlomo!«, keuchte Matt Drax. »Mann, bist du des Wahnsinns fette Beute? Mir wäre fast das Herz stehen geblieben!«

Der jiddische »Elvis« grinste verschmitzt. »Siehs als Revanche fürs Caddynapping von gestern!«

Jetzt erst bemerkte Matt die sonderbare Fracht, die Schlomo im Fond des Cadillac transportierte.

Einen Sarg!

»Na, wie stehts?«, fragte Schlomo geradezu makaber frohgemut und klopfte munter auf den Sargdeckel. »Lust auf eine Spazierfahrt mit dem King?«

Die »Himmelfahrts-Show«, wie die Truveers ihre »Beschwörungsfeier« nannten, sollte in der Pyramid Arena am Mississippi stattfinden. Schlomos Job dabei war es nicht nur, den Cadillac zur Verfügung zu stellen, sondern bei sämtlichen Vorbereitungen zur Hand zu gehen.

Unter anderem war es seine Aufgabe, den Sarg mit den Überresten des Kings von Graceland standesgemäß in die Veranstaltungshalle zu schaffen.

Die ganze Angelegenheit wurde zunehmend bizarrer. Obgleich Matt das nach jeder neuerlichen Konfrontation mit einem der truveerschen Bräuche nicht für möglich hielt. Aber nach oben hin schien es da keine Grenzen auf der Irrealitäts-Skala zu geben...

In der Pyramid Arena herrschte Geschäftigkeit wie in einem gigantischen Ameisenhaufen. Truveers und Helfer waren dabei, letzte Vorbereitungen zu treffen. Die Arena war geschmückt mit riesigen Transparenten, auf dem Elvis' Konterfei prangte. Scheinwerfer waren installiert, Kabel verlegt und, und, und...

Irgendwo wummerte dumpf ein Generator, der die ganze Anlage mit Energie versorgte.

Über eine Rampe hatte Schlomo den Caddy direkt auf die Bühne fahren können. Sie waren von lautem Jubel empfangen worden, und wieder hatte Schlomo gleichsam darin gebadet.

Matt hatte mit durchaus gemischten Gefühlen geholfen, den Sarg im Zentrum der Bühne aufzustellen, und hier stand er nun mit Aruula und beobachtete die Proben für die große Show, derweil Schlomo, der Bastler, sich irgendwo mit der Ausmerzung irgendwelcher technischer Probleme befasste.

Das Treiben faszinierte Matt. Es fiel ihm nicht schwer zu vergessen, dass er sich im Jahr 2517 befand und die Welt draußen eine völlig andere geworden war. Hier drinnen hatte er das Gefühl, einer Elvis-Revival-Show seiner Zeit beizuwohnen.

Und es gefiel ihm.

»Maddrax...?«, fragte eine zögerliche Stimme.

Er drehte sich um.

»Du *bist* es!«, rief der andere mit strahlendem Gesicht und umarmte ihn.

»Jonpol!«, lachte Matthew. »Jonpol Sombriffe! Das nenn ich eine Überraschung!«

Matt stellte Aruula den Truveer mit dem langen schwarzen Haar vor. Jonpol trug, wie seine Kollegen auch, einen jener geckenhaften Overalls, in denen Elvis in den Siebzigern aufgetreten war.

Sein Name war Aruula bekannt. Matt hatte ihr von Sombriffe erzählt. Sie selbst war zu dieser Zeit mit Rulfan unterwegs gewesen, nachdem sie in England von Matt getrennt worden war und Meeraka schließlich auf eigene Faust erreicht hatte.

»Ich habe leider nicht viel Zeit«, sagte Jonpol bedauernd. »Ich muss gleich zur Probe.« Er blinzelte Matthew verschwörerisch zu. »Ich habe übrigens doch eine Moritat aus unserem gemeinsamen Abenteuer gemacht, eine tragische. Wenn du sie hören willst, bleib hier und –«

Matt winkte hastig ab. »Oh, das tut mir Leid, aber wir müssen weiter.«

Während ihres Abenteuers in Philadelphia war Matt den Verführungskünsten eines Mädchens namens Rhian erlegen. Eine Sache, die bei seinem Wiedersehen mit Aruula zu einigem Verdruss geführt hatte. Er legte keinen Wert darauf, diese Geschichte von Jonpol wieder aufwärmen zu lassen.

Aruula grinste nur, protestierte aber nicht ob des überstürzten Aufbruchs.

Doch Matt hatte nicht nur deshalb zum Gehen gedrängt. Er wollte den Nosfera finden, der – möglicherweise – für die Ermordung der bisher drei Männer verantwortlich war.

Aruula hielt so aufmerksam Ausschau wie er. Sie gesellten

sich unterwegs zu Gruppen und Grüppchen, die sich um Straßenmusikanten, Verkaufsstände, Getränkeausschänke und Garküchen bildeten. Sie belauschten Gespräche, stellten möglichst unauffällig neugierige Fragen. Doch niemand wollte einen Nosfera gesehen haben.

Schließlich erreichten sie den Elvis Presley Boulevard, passierten die Bar, in der Aruula in der Nacht gewesen war – und sahen die Menschenmenge, die sich vor jener Gasse drängte, in der Matt seine Freundin und die zwei Toten gefunden hatte.

Offenbar waren die Leichen inzwischen auch »offiziell« entdeckt worden.

Sie gesellten sich zu den Gaffern und hörten ihnen zu. Und was ihnen dabei zu Ohren kam, bestätigte Matthew in seiner Überzeugung, dass Aruula die Morde nicht begangen hatte.

Der Täter hatte den Toten die Zunge herausgeschnitten – und offensichtlich mitgenommen!

Sinn machte das zwar immer noch nicht, aber Matt Drax hatte immerhin das Gefühl, den Anfang eines Fadens, der zum Mörder führte, in Händen zu halten. Was er damit anfangen, wie er ihm folgen sollte, wusste er allerdings noch nicht.

Sie suchten ihr Hotelzimmer auf und legten sich zur Ruhe. Nach etwas Schlaf, da war Matt zuversichtlich, würde er klarer sehen und über das weitere Vorgehen nachdenken können.

Und damit lag er richtig.

Spät am Abend legte er Aruula seinen Plan dar.

Dann setzten sie ihn um.

Die Luft in der Bar war zum Schneiden dick, die Enge drangvoll, der Lärmpegel betäubend, die Lichtverhältnisse bescheiden.

Bestens, dachte er. Besser hätte es nicht sein können – für ihn.

Er musste an sich halten, um nicht loszulachen.

Die vielen Menschen in der Schänke bewahrten ihn davor, gesehen zu werden. Er hingegen sah alles, was er sehen wollte, behielt genau im Blick, weswegen er hier war.

Die schöne Schwarzhaarige, die so hervorragend in sein Spiel gepasst hatte. Dieses Unschuldslamm, das nicht wusste, dass es unschuldig war.

Ein Geschenk der Götter war sie. Sie mussten sie ihm geschickt haben, zur rechten Zeit an den rechten Ort. Und das war ihm nur Bestätigung für die Rechtmäßigkeit dessen, was er tat – und womit er noch längst nicht am Ende war!

Nein, fertig würde er erst sein, wenn auch der Letzte verstummt war. Wenn er auch den Letzten buchstäblich zum Schweigen gebracht hatte, für alle Zeiten!

Er wartete geduldig.

Seine Chance würde kommen. Auch heute Nacht.

Sein Blick suchte den blonden Begleiter der Schönen, nur um sich zu vergewissern, dass der ihn seinerseits nicht entdeckte. Aber nein, er behielt nur seine Gefährtin im Blick.

Wieder musste er ein Lachen unterdrücken.

Der Blonde mochte Lunte gerochen haben. Trotzdem beging dieser Maddrax einen Fehler – er hielt ihn, den großen Unbekannten, für dumm.

Und das war er nicht!

Allein der Gedanke versetzte ihn in Wut. Bei den Göttern! Er war alles andere als ein Idiot, und das würde er –

Er beherrschte sich, beruhigte sich, wenn auch mühsam. Trug wieder Gleichmut zur Schau und verhielt sich unauffällig, war wieder einer von vielen.

Wartete auf den rechten Moment.

Und dann kam er, dieser Zufall zu seinen Gunsten...

Matt wurde unruhig. Drei, vier Stunden mindestens hielten sie sich jetzt schon in dieser Bar auf und nichts war passiert. Es schien fast, als würde sein Plan nicht aufgehen.

Nun gut, er musste sich eingestehen, dass die ganze Idee sowieso auf tönernen Füßen gestanden hatte...

Matt hatte darauf gebaut, dass sich wiederum jemand an Aruula heranmachen würde, wenn sie scheinbar allein in dieser Kneipe stand. Nur dass dieser Jemand und das ganze weitere Geschehen diesmal von Matt beobachtet werden würde, sodass er eingreifen konnte, wenn es gefährlich wurde.

Doch dieser Jemand kam nicht.

Weil es ihn nicht gab...?, fragte sich Matt.

Das wiederum hätte bedeutet, dass Aruula selbst, wie und warum auch immer –

Er kappte den Gedankenfaden und nahm einen Schluck von seinem Bier, seinem zweiten, das längst schal und abgestanden war. Aruula hatte ihres in all der Zeit kaum bis zur Hälfte geleert.

Eine halbe Stunde beschloss Matthew noch zu warten, dann würde er die Aktion »Wir stehen uns die Beine in den Bauch« abblasen.

Er wollte gerade die Hand heben, um ein frisches Bier zu ordern, als es passierte!

Aus der Unmenge von Elvis-Verehrern, die die Kneipe bevölkerten, schob sich ein junger Kerl in schwarzer Lederjacke, Pickel im Gesicht und vermutlich noch feucht hinter den abstehenden Ohren, stellte sich neben Aruula und sprach sie an.

Matt verstand nicht, was sie redeten, aber Aruulas Miene und was immer sie auch sagte, genügten jedenfalls, um das Jüngelchen zu verschrecken und zum Abzug zu bewegen. Es drängte sich mit missmutigem Gesicht zum Ausgang.

Matt folgte ihm.

Draußen ging er dem Kerlchen nach, bis sie das dichteste Gedränge hinter sich gelassen hatten und rechterhand ein dunkler Durchlass zwischen zwei Häuserfronten gähnte.

Hier krallte sich Matts Faust in den Kragen der Lederjacke, und er beförderte er den Jungen mit Schwung in die schmale Gasse, folgte ihm, packte ihn von neuem und drängte ihn gegen die Wand.

»Verdammt, was soll denn das?«, kreischte der Knabe, der mit Elvis ungefähr so viel Ähnlichkeit hatte wie Abn el Gurk Ben Amar Chat Ibn Lot Fuddel mit Präsident Schwarzenegger.

»Die Fragen stelle ich!«, fauchte Matt.

»A-aber ich weiß nichts... und ich ha-hab auch nichts... nur ein paar Bax. Kannst du alle haben, aber t-tu mir nichts, okee?« Der Junge war den Tränen nah.

Und Matts Zorn und Hoffnung sanken zugleich. Der Bursche konnte unmöglich ein Mörder sein...

Matt durchsuchte ihn nach Waffen, nach irgendetwas, mit dem sich einem Menschen der Kopf abtrennen ließe, wurde aber nicht fündig.

Er hätte dem Jungen gern etwas zur Entschädigung gegeben, hatte aber nichts bei sich, was entbehrlich gewesen wäre. Also musste er sich mit einer Entschuldigung begnügen.

»Sorry, hab dich verwechselt. Nichts für ungut. Und – *o shit!*«

Ein Gedanke schoss Matt wie ein glühender Pfeil durch den Kopf! Er ließ den Jungen stehen, rannte los, stürmte zurück in die Bar und vor bis zur Theke, wo Aruula –

– gestanden *hatte*.

Jetzt war sie verschwunden!

Doch es konnte nur ein paar Minuten her sein. Auf seine Nachfrage bei den Umstehenden erfuhr er, dass Aruula hinten rausgegangen sei.

Matt stürzte in Richtung der Toiletten. Links für *Ladys*,

rechts für *Gents*, dazwischen eine Tür, die in den Hinterhof führte und nur angelehnt war.

Seine Hoffnung, dass Aruula nur mal eben »für kleine Barbarinnen« gemusst hatte, erfüllte sich nicht.

Er fand sie hinter dem Gebäude.

Bewusstlos.

Im Beisein einer kopflosen Leiche, natürlich.

Und von drinnen näherte sich jemand der Hintertür...!

Hell and damnation!, dachte Matt. Das war knapp gewesen...

Er hatte die Hintertür der Bar blitzschnell mit einer herumstehenden Kiste verbarrikadiert, sich Aruula über die Schultern geladen und schleunigst das Weite gesucht. Über Hinterhöfe und durch dunkle Gassen hatte er sie bis zum Hotel getragen, dort vorgetäuscht, sie hätte zu viel getrunken, und sie aufs Zimmer geschafft.

Jetzt saß er schwer atmend neben ihr auf dem Bett und wartete, bis sein rasender Herzschlag sich etwas beruhigt hatte. Dann versuchte er Aruula zu wecken.

Er tätschelte ihre Wangen, sah, wie sich ihre Augen unter den geschlossenen Lidern bewegten. Doch aufwachen wollte sie nicht. Er probierte es mit kaltem Wasser, und auch dieser Versuch schlug fehl.

Das war keine normale Ohnmacht, die Aruula da umfangen hielt. Sie war regelrecht *weggetreten*, als stünde sie unter Drogen.

Matthew Drax verließ das Zimmer, schloss gewissenhaft ab und erkundigte sich unten in der Lobby nach Kaffee »... *oder etwas in der Art.*«

Man gab ihm »etwas in der Art«: Eine schwarze Brühe, beinahe zäh wie Teer, deren Geruch nur ganz entfernt an Kaffeeduft erinnerte.

Davon flößte er Aruula Löffel um Löffel ein, bis sie sich erbrach.

Danach war sie zumindest halbwegs bei Besinnung, wenn auch ihre Lider auf Halbmast blieben und ihre Zunge sich wie etwas Fremdes in ihrem Mund bewegte.

»Getrunken...«, erwiderte sie schwerfällig auf Matts Frage, was denn geschehen sei. »Hab nur... einen Schluck getrunken... und dann...« Kopfschütteln, so heftig, dass Matt das Gesicht seiner Freundin mit beiden Händen festhalten musste, weil sie sonst glatt vom Bett gekippt wäre.

»Und dann?«, fragte er gespannt. »Was war dann?«

»W-weiß nich... Mir wurde so... seltsam. Ich wollte raus, mir war übel... und...«

»Und?«

»Nichts mehr. Aus. Alles dunkel. Müüüde...«

Und damit sank Aruula aufs Bett zurück und fiel wieder in tiefen Schlaf.

Matt deckte sie zu.

Dann dachte er nach. Und er kam nur zu einem Schluss: Der wahre Killer musste sie beobachtet und seine Chance eiskalt genutzt haben. Wahrscheinlich hatte er Aruula irgendwas ins Bier getan, das wie K.o.-Tropfen wirkte.

Immerhin, eines hatten sie gewonnen: Die Erkenntnis, dass Aruula *nicht* die Mörderin war! Davon war Matt jetzt felsenfest überzeugt.

Doch diese Überzeugung allein genügte ihm nicht. Er wollte wissen, wer *wirklich* dahinter steckte. Wer Aruula so übel mitspielte und warum. Er wollte den Täter stellen, dafür sorgen, dass das grausame Töten aufhörte.

Nur – wie konnte er das bewerkstelligen?

Detektivische Erfahrung fehlte ihm. Aber er kannte zumindest eine kriminalistische Weisheit: »Den Täter zieht es immer wieder an den Tatort zurück...«

Matthew nickte in grimmiger Entschlossenheit. »Dann wollen wir mal sehen, ob an dem Spruch was dran ist!«

Er sperrte das Zimmer ab und ging.

Schon als Matt die Kneipe von weitem sah – der neue Tag war bereits im Heraufdämmern begriffen –, wähnte er sich, wieder einmal, im falschen Film. Ein Gefühl, das langsam zur Gewohnheit wurde...

Der Menschenauflauf im Umkreis um die Bar ließ darauf schließen, dass die Leiche inzwischen gefunden worden war. Damit hatte Matt gerechnet; seine Verbarrikadierung der Hintertür mit der morschen Kiste konnte nicht ewig gehalten haben, außerdem gab es andere Zugänge zu diesem Hinterhof.

Das war es nicht, was dieses Gefühl, durch ein Kuriositätenkabinett zu stolpern, von neuem herauf beschwor. Nein, es lag an dem... nun, *Ding*, das vor der Kneipe stand – wummernd, schnaufend wie ein Ungeheuer, Dampf speiend.

Jemand mit lebhafter Fantasie hätte es, auf den ersten Blick wenigstens, als Drachen klassifiziert. Matt hingegen erkannte es durchaus als Fahrzeug – wenn auch eines, wie er noch keines gesehen hatte. Und er hatte Mühe sich vorzustellen, dass diese Kreation tatsächlich *fuhr*.

Eine Mischung aus alter Dampflok und Panzer. Von letzterem hatte das Gefährt den Unterbau inklusive Antriebsketten, alles darüber sah wie Flickwerk aus den Anfängen und frühen Jahren der Eisenbahngeschichte aus.

Dem Fahrzeug galt das Interesse der Umstehenden allerdings weit weniger als dem neuerlichen Mord, Matt dagegen besah sich erst einmal diese »Panzerlok«.

Der Aufbau trug in ungelenken handschriftlichen Buchstaben die Aufschrift: COLONEL PARKER SHERMAN. Ob das nun der Name des Fahrzeugs oder der des Besitzers war, wusste Matt nicht zu sagen. Als er dann jedoch die dröhnende Kasernenhofstimme hörte, die die Menge auseinander scheuchte, tendierte er zu letzterer Annahme.

Auf das Kettenfahrzeug stapfte ein Mann zu, dem Matt attestiert hätte, eindeutig zu viel John-Wayne-Filme gesehen zu haben. Der Typ erinnerte optisch und in seinem Auftreten stark an den legendären *Duke.* An seiner Brust prangte ein ehemals goldenes, jetzt nur noch abgegriffenes und blindes Abzeichen. Über der linken Hand trug er einen metallenen Handschuh; vielleicht handelte es sich auch um eine Prothese. Ebenfalls links fehlte das Auge; ein Manko, das er jedoch *nicht* mit einer Klappe kaschierte.

»Colonel Sherman?«, rief jemand und drängte sich durch die Menge. Matt erkannte den älteren Truveer, den er in Graceland kennen gelernt hatte. Auch jetzt trug er den Anzug aus goldenem Satin mit grauem Pelzbesatz.

Der Einäugige blieb stehen, wandte sich um, schmälte sein verbliebenes Auge und sah dem nahenden Truveer entgegen.

»Ah, Magrebo!«, bellte er heiser. »Kann mir schon denken, was du willst – gedulde dich, Alterchen! Wollte sowieso eine kleine Rede ans Volk halten.«

Colonel Parker Sherman kletterte an der Flanke seines Fahrzeugs hoch, bis er ganz oben stand und die Menge überblickte.

»Okee, Fooks!«, dröhnte er dann los. Sein Organ bedurfte keiner technischen Verstärkung. »Hört gut zu – vor allem derjenige, der für die Sauerei hier verantwortlich ist!« Er ballte die linke Faust. Die Scharniere des Metallhandschuhs kreischten, als würde ein kleines Tier zwischen den eisernen Fingern zerquetscht. »In meiner schönen Stadt wurden drei Truveers umgebracht – zwei gestern, einer heute. Wie ich inzwischen erfahren habe, wurde in der Nacht davor in Lynchburg auch schon einer umgelegt. Allen vieren wurde der Kopf abgehauen und die Zunge rausgeschnitten, was ich nicht besonders witzig finde, pfui Deibel!« Er spuckte aus und machte seinen Ekel mit einem Hieb seiner Linken gegen das Metall der Lok noch deutlicher. Es klang wie ein Glockenschlag. »Okee, was ich sagen wollte – haltet alle die Augen offen, geht nirgends allein hin, und wem was Verdächtiges aufhält, der soll das sofort melden. Verstanden?«

Bejahendes Gemurmel ging wie eine Wellenbewegung durch die Menge.

»In Ordnung. Dem Killer geb ich jetzt noch 'ne Chance: Wenn er hier ist, soll er sich stellen – ich versprech ihm 'ne sichere Zelle und bewahre ihn davor, gelyncht zu werden!«

Trotz dieser »mildernden Umstände« bekannte sich niemand zu den Morden.

»Na schön, dann sag ich dir eins, du lausiger Bastard«, wandte sich Colonel Sherman an den Mörder. »Ich krieg dich – ich hab noch jeden Schweinehund in meiner Stadt gekriegt! Und dann reiß ich dir eigenhändig den Arsch bis zum Bauchnabel auf!«

Parker Sherman kletterte nach hinten in den Führerstand seines fahrenden Ungetüms. Matt stand günstig genug, um zu sehen, dass der Sheriff – oder was er auch sein mochte – nur einen Startknopf drückte, um unter dem Stahlkleid des Gefährts etwas zu brüllendem Leben erwachen zu lassen. Das Ding setzte sich in Bewegung und entwickelte eine überraschende Geschwindigkeit. Bald war es den Blicken entschwunden, nur hören konnte man es noch eine Weile.

»Der Kerl kann einem glatt Albträume bescheren, was?«

Matthew drehte sich um und sah Schlomo ins Gesicht. Darin zeichnete sich deutliches Unbehagen ab, und der Blick seiner dunklen Augen ging noch in jene Richtung, in die der ominöse Colonel entschwunden war.

»Mmhmm...«, machte Matt nur, nachdenklich, als stimme er dem jiddischen Elvis-Imitator zu. Tatsächlich aber dachte er an etwas anderes – daran, dass der Täter angeblich immer zurückkehrte an den Ort seiner Tat...

... und daran, dass er Schlomo noch in der Nähe eines jeden Tatorts begegnet war!

Ein Gedanke, der Matt nicht gefallen wollte, den er aber auch nicht abschütteln konnte. Weil er sich einfach nicht von der Hand weisen ließ...

Er versuchte sich nichts anmerken zu lassen von dem, was ihm im Kopf herumspukte.

»Was dagegen, wenn ich dich begleite?«, fragte er und gab sich den Anschein, er hätte nichts Besseres zu tun.

Doch Schlomo winkte ab. »Im Moment ganz ungünstig, mein Fraind, hab nämlich noch eine ganze Menge zu erledigen. Aber vielleicht sehn wir uns ja später bei den Generalproben für heute Nacht, hm?«

Damit wandte sich Schlomo auch schon ab, stiefelte zu seinem Caddy und brauste davon.

In Gedanken versunken überquerte Matt über die Straße –

– und entging nur knapp einem Unfall!

Er hörte das Motorrad erst, als er es aus dem Augenwinkel schon auf sich zurasen sah. Reflexhaft warf er sich mit einem Hechtsprung nach vorn, kam unsanft auf und verwandelte den Sturz in eine unbeholfene Rolle.

Hinter ihm jagte das Motorrad vorbei und weiter. Der Fahrer drehte sich nicht einmal nach ihm um, geschweige denn, dass er anhielt. Und Matt konnte nicht einmal richtig wütend auf ihn sein. *So kanns kommen, wenn man wie ein Traumtänzer über die Straße latscht. Man denkt über Tote nach und ist im nächsten Moment selbst einer...*

»Schlomo?«, fragte Aruula und zog die Stirn kraus. »Das glaubst du doch selbst nicht, oder?«

»Ich möchte es eigentlich nicht glauben«, erwiderte Matt. »Aber es spricht so vieles dafür...«

Auf dem Rückweg zum Hotel hatte er sich die ganze Sache wieder und wieder durch den Kopf gehen lassen, hin und her überlegt, und doch war ihm nichts eingefallen, das Schlomo von jedem Verdacht befreit hätte.

Im Hotel hatte er Aruula in der Badewanne vorgefunden, noch nicht putzmunter zwar, aber in deutlich besserer Verfassung als zuvor. Das Bad und die belebenden Öle im Wasser brachten sie zusehends wieder auf Vordermann.

Matt Drax saß auf dem Wannenrand und weihte Aruula in seine Überlegungen Schlomo betreffend ein.

»... und«, kam er allmählich zum Schluss, »er ist Jude. Vielleicht sieht er in der Enthauptung und im Ausbluten seiner Opfer eine verkappte Abart des Passahrituals.«

»Du bist ja verrückt«, meinte Aruula, und es klang ernst.

Matt zuckte die Achseln.

»Ich weiß, dass es verrückt klingt – ist ja auch nur ein Gedanke gewesen...«

»Außerdem«, sagte Aruula, »fehlt immer noch ein Motiv. Warum sollte Schlomo Truveers abschlachten?«

Matt nickte. »Darüber habe ich auch schon nachgedacht.«

»Mit welchem Ergebnis?«

»Schlomo scheint mir ein ausgeprägtes Geltungsbedürfnis zu haben. Er hat selbst gesagt, dass er gerne Truveer wäre, man ihn aber nicht lässt. Und wenn es wirklich an seiner Stimme liegt, dann besteht für ihn wohl kaum die Aussicht, dass sich daran etwas ändert.«

»Und...?«

»Rache an der Gesellschaft der Truveers. Verletzte Eitelkeit. Oder ein Minderwertigkeitskomplex. Es hat schon Morde aus nichtigeren Gründen gegeben. Und sei es auch nur, damit der eigene Name in aller Munde ist.«

»Wie irre müsste ein Mensch sein, um auf so eine Idee zu kommen?«

»Es laufen genug Verrückte frei herum«, erwiderte Matt.

»Und du denkst, Schlomo ist einer davon?«, fragte Aruula.

»Kannst du in seine Seele sehen?«, fragte Matthew zurück.

»Nicht von hier aus«, lächelte sie.

»Dann lass uns zu dieser Generalprobe gehen«, sagte Matt. »Dort können wir zum einen Schlomo im Auge behalten, außerdem dürften die meisten Truveers dort versammelt sein. Wenn er es auf ein weiteres Opfer abgesehen hat, sind wir wenigstens in der Nähe und können vielleicht eingreifen.«

Aruula setzte eine bedauernde Miene auf. »*So* kannst du aber unmöglich gehen.« Sie musterte ihn vom Scheitel bis zur Sohle.

»So...? Wie meinst du das?« Matt besah sich selbst und konnte nichts Nachteiliges an seinem Aufzug finden.

Aruula seufzte. »Bist du schwer von Begriff! – Du stinkst! Zieh dich aus und komm rein.«

»Baden? Schon zum zweiten Mal in diesem Jahr?!«, grinste Matt und verzog das Gesicht, bis Aruula ihn mit Schaum bespritzte.

»Na warte!« Er legte ab. Stieg in die Wanne. Und trieb ein paar Dinge mit Aruula, die eigentlich nichts mit Reinlichkeit zu tun hatten. Sehr zu ihrem Gefallen, wie man wahrscheinlich noch in den Zimmern darüber und darunter hören konnte – in jedem Falle aber im Zimmer nebenan.

Dort hatte nämlich zuvor schon jemand aufmerksam jedem Wort der beiden gelauscht. Nachdem er sein auffälliges Gefährt in einer Seitenstraße geparkt hatte und Matt gefolgt war.

Und jetzt machte sich dieser Jemand auf, das Gehörte zu seinen Gunsten zu nutzen...

In der Pyramid Arena tobte der Bär, obwohl es sich nur um die letzten Proben zur großen Show am späteren Abend handelte, zu der man auch die von überall her angereisten »Fänz« in die Halle lassen würde.

Matt und Aruula kamen jedoch zum ungünstigsten Zeitpunkt – ungünstig jedenfalls für Matt...

Jonpol Sombriffe befand sich gerade auf der Bühne, stand auf der Motorhaube des Cadillac und besang zur Melodie von »In the Ghetto« ein tragikomisches Ereignis, das sich in »Phillia im Lande Sylvaania« zugetragen hatte. Darin ging es um garstige Nosfera und einen wackeren Helden...

»*... his name's Maddrax*«, sang Jonpol, als er Matt auch schon nahe der Bühne entdeckte, seine Nummer unterbrach und ihn übers Mikrofon begrüßte und allen vorstellte.

Das teils frenetische, teils unmissverständlich anzügliche Jubeln und Johlen war Matt Drax verdammt peinlich.

»Da drüben ist Schlomo«, sagte Aruula und zeigte zum Bühnenrand.

Der kleine Möchtegern-Truveer applaudierte ebenfalls in ihre Richtung. Als sich die Menge versammelter Truveers und »Roadies« wieder beruhigt hatte, legte Jonpol zu allem Überfluss noch einmal von vorne los. Vor allem in Aruula fand er dabei eine aufmerksame Zuhörerin.

Matt musste allerdings feststellen, dass die tatsächlichen Geschehnisse zu Philadelphia kaum wiederzuerkennen waren. Und Rhian starb in dieser freien Interpretation in seinen Armen, noch ehe sie irgendetwas miteinander haben konnten...

Schlomo zeigte sich dennoch tief beeindruckt.

»Oi Gewalt!«, flüsterte er ehrfürchtig. »Ist das wirklich alles wahr?« Er musterte Matt wie ein Wesen von einem anderen Stern.

»Du wirst doch nicht an den Worten eines Truveers zweifeln, oder?«, gab Matthew zurück.

»Nein, bewahre!«, keuchte Schlomo fast erschrocken. »Niemals nicht!«

Jonpol stimmte derweil eine zweite Moritat an. Matt glaubte in der Melodie »Don't be cruel« zu erkennen.

Doch nach dem dritten oder vierten Takt war Schluss.

Stille und Dunkelheit senkten sich über die Halle.

Erstere währte nur kurz. Dann wurden in der Finsternis Stimmen laut, Fragen, besorgte Rufe.

Matt fiel auf, dass das Wummern des Generators nicht mehr zu hören und zu spüren war.

Irgendjemand rief, dass alle an ihren Plätzen bleiben sollten, damit niemand stürzte und sich verletzte.

Drei, vier Minuten vergingen, mindestens. Die Unruhe nahm zu. Mittlerweile hatten sich die Truveer-Morde natürlich herumgesprochen, und es wurden Mutmaßungen laut, dass der Killer vielleicht jetzt im Schutz der Dunkelheit irgendwo zuschlagen könnte...

Dann erwachte der Generator in den Tiefen der Arena widerstrebend zu neuem Leben, erst grummelnd, dann mit dem gewohnten dumpfen Wummern.

Einige Scheinwerfer flammten wieder auf. Andere verweigerten noch den Dienst. Helfer kletterten die Masten hoch, um sich darum zu kümmern, andere machten sich anderweitig an technischem Gerät zu schaffen.

»Mikrofonprobe! Eins, zwei – eins, zwei! Lawdy Miss Clawdy und Burning Love!«, schallte es aus den Lautsprechern.

»Schlomo...?«, wunderte sich Matt.

Und tatsächlich betrat der Kurze die Bühne, ein Mikrofon in der Hand – und mit einer Gitarre. Er schien die Gelegenheit nutzen zu wollen, um den anwesenden Truveers sein Können zu demonstrieren.

»Keine Bange, nur ein ganz kurzes Stück«, verkündete

Schlomo übers Mikrofon, als von den Zuschauerrängen her erstauntes Gemurmel zu hören war.

Matt tauschte einen Blick mit Jonpol, der nach wie vor auf der Motorhaube des Caddy stand. Der Truveer war nicht minder ratlos.

Schlomo kletterte zu ihm hinauf und bat ihn, das mitgebrachte Mikrofon zu halten. Dann rückte er sein Instrument zurecht – und begann zu spielen und singen.

Held der Moritat war der gute alte Shou Shmou, den Matt inzwischen schon aus anderen Liedern kannte. In dieser Geschichte ging es darum, dass der arme Trottel von einer Ziegenhirtin reingelegt wurde. Sie hatte ihn zum Tête-a-tête in den stockdunklen Stall bestellt, ihn dort aber nicht zu sich, sondern zu einer Ziege gelotst – was Shou Shmou allerdings erst im Licht des nächsten Morgens bemerkte...

Es war unglaublich – aber Schlomos schräge Nummer kam an bei den Truveers. Man amüsierte sich köstlich über das Lied und Schlomo, und der Kleine strahlte nach vollbrachtem Werk mit den Scheinwerfern um die Wette.

»Na, wie war ich?«, fragte er, als er sich schließlich zu Matt und Aruula gesellte.

»Toll«, bescheinigte ihm Matt ehrlichen Herzens.

»Der Größte«, lobte Aruula.

Und auf der Bühne schrie jemand: »Bluuut!«

Kein Zweifel – es war Blut.

Ein große Pfütze unter dem Heck des Cadillac.

Matthew hatte sich durch den Ring der alarmierten Truveers gedrängt, den Finger in die Lache getaucht und daran gerochen. Dabei hatte er auch die Tropfen bemerkt, die aus dem Kofferraumboden des Wagens sickerten und die Pfütze speisten.

Das Raunen um ihn her wurde zum kollektiven Aufschrei, als er den Kofferraumdeckel hoch klappte.

»Das...«, setzte jemand an.

»Das i-ist...«, stammelte ein anderer.

»... Magrebo«, sagte Jonpol Sombriffe neben Matt und Aruula.

Matt hatte den alten Truveer im goldglänzenden Anzug ebenfalls erkannt.

Die Leiche war in Plastik gewickelt – sowohl der Körper als auch der Schädel. Die Folie glänzte feucht und rötlich; ein Geruch wie von heißem Metall entwich dem Kofferraum.

»Also doch«, murmelte Matt.

Er wandte sich um. Sein Blick fand Schlomo.

Dem war alles Blut aus dem Gesicht gewichen. Seine Lippen bewegten sich, ohne dass ein Ton darüber kam. In seinen Augen war ein Flackern wie von einer unsteten Flamme.

Dann kreiselte er urplötzlich herum, stieß mit erstaunlicher Kraft zwei, drei Truveers beiseite, die ihm im Weg standen, und ergriff die Flucht. Oder wollte es zumindest tun.

Aruula schnitt ihm den Weg ab.

»Ich wünschte, es wäre jemand anders gewesen«, sagte sie, »das darfst du mir glauben.«

Dann schlug sie zu.

Ihr Uppercut hob Schlomo förmlich aus und raubte ihm die Besinnung, noch bevor er schlaff in Matts Armen landete.

Dumm! Wirklich *zu* dumm gelaufen!

Er knirschte so laut mit den Zähnen, dass sich der Truveer neben ihm umdrehte und ihn mit einem Blick des Befremdens maß. Rasch wandte er sich ab und tauchte im Getümmel unter, das in der Halle herrschte.

Alle Aufmerksamkeit konzentrierte sich nach wie vor auf die Bühne, obwohl dieser zu kurz geratene Elvis-Verschnitt schon abtransportiert und auf dem Weg ins Jail war.

Und so weit war das ja auch ganz in seinem Sinne!

Diesen Plan hatte er gefasst, als er diesen Maddrax und seine Bish vom Nebenzimmer aus im Hotel belauscht hatte. Dass die beiden Schlomo der Morde verdächtigten, war ihm ausgezeichnet zupass gekommen, und er hatte umgehend entsprechende Vorbereitungen getroffen, um den Verdacht zur Gewissheit zu machen: Er hatte den Generatorausfall in der Arena verursacht und im Schutze der Dunkelheit diesen Magrebo umgebracht und im Kofferraum des Cadillac versteckt.

Man sollte Leiche finden, Schlomo als Mörder festnehmen – und er, der wahre Killer, konnte einstweilen unbehelligt weiter morden!

Ein feiner Plan war das gewesen. Und fast hätte er geklappt. Aber dann –

– dann hatte dieser wichtigtuerische Wicht ja unbedingt *singen* müssen!

Er ballte die Fäuste, bis ihm die Knöchel wehtaten.

Mit seinem Liedchen hatte sich Schlomo den Tod verdient – den Tod durch *diese* Hände! Und er würde seiner Strafe nicht entgehen. Nein, sterben würde er wie all die anderen vor ihm –

– und nach ihm.

Ihre spöttischen Zungen würde er zu Leder gerben, und es würden am Ende so viele sein, dass er sich ein Gewand daraus schneidern konnte!

Mmmh, er konnte es jetzt schon auf der Haut spüren, den Liebkosungen *lebendiger* Zungen gleich!

Leise lachend in fiebriger Vorfreude verließ er die Arena, ging hinaus in die Nacht und machte sich auf zum nächsten Opfer seiner Rache.

Jonpol hatte Matts Befürchtung einigermaßen zerstreuen können, dieser Colonel Parker Sherman, der in Memvess als Sheriff fungierte, könnte seine Drohung tatsächlich wahr machen und dem Truveer-Killer »den Arsch bis zum Bauchnabel aufreißen«. Sherman sei im Grunde seines Herzens kein so raubeiniger Kerl wie er sich nach außen hin gab. Sein Auftreten habe allerdings dafür gesorgt, dass man sich in Memvess anständig benehme; bei den bisherigen »Himmelfahrten« sei es nie zu irgendwelchen größeren Zwischenfällen gekommen – bis heute...

Sein ungutes Gefühl wurde Matt trotzdem nicht los.

Natürlich, er war der Erste gewesen, der Schlomo der Morde verdächtigt hatte. Und jetzt, da er dingfest gemacht und ins hiesige Kittchen verfrachtet worden war, hätte er eigentlich erleichtert sein müssen.

Aber das war er nicht. Im Gegenteil, er war bedrückter als zuvor. Weil –

»– irgendwas stimmt nicht«, murmelte er, während er mit Aruula dasaß und die Bühne anstarrte, als warte er darauf, dass eine Buchstabenarmee aufmarschierte und sich zu der Antwort formierte, die er suchte.

Er brauchte seine Bedenken nicht in klarere Worte zu fassen. Aruula spürte sie – entweder weil sie dieselben hegte oder weil seine Gedanken zu ihr überflossen.

»Komm«, sagte sie und stand auf, »wir sehen uns da oben noch mal um.« Sie wies zur Bühne, ging voran und kletterte hinauf.

Vor dem Heck des Cadillac blieben sie beide stehen.

»Was wissen wir?«, fragte Matt, um den eigenen Denkprozess in Gang zu bringen. »Schlomo hat die Leiche im Kofferraum deponiert. Das muss er vor dem Generatorausfall getan haben, denn als es dunkel war, stand er bei uns, und ich glaube nicht, dass die Zeit gereicht hätte, hinter die Bühne zu kommen, die Leiche zu holen und in den Kofferraum zu legen.«

Aruula inspizierte den Boden in Nähe des Hecks.

»Er muss von hier gekommen sein«, sagte sie dann und bückte sich.

Matthew Drax ging neben ihr in die Knie und sah die Spur feiner Bluttröpfchen, die über den Holzboden auf die schweren Vorhänge zu führte, die die Bühne hinten abschlossen. Dahinter befanden sich Garderobenbereiche, Lagerräume und dergleichen.

Matt berührte eines der Tröpfchen – und stutzte.

»Was...?«, fragte Aruula alarmiert.

»Frisch«, sagte Matt. »Noch nicht mal angetrocknet. Das heißt –«

»– die Leiche kann noch nicht allzu lange im Wagen gelegen haben«, schloss Aruula. »Also wurde sie vielleicht doch erst während des Stromausfalls hineingelegt!«

»Oder die Spur entstand, als der Caddy auf die Bühne geschoben wurde«, stellte Matt die Theorie gleich wieder in Frage. »Wir wissen nicht, wie lange er schon hier steht.«

»Eine gute Stunde.« Sie hatten beide nicht gemerkt, dass Jonpol Sombriffe zu ihnen getreten war. Aber offensichtlich hatte er ihren kurzen Dialog mitangehört, denn er sagte: »Mir ist noch was eingefallen. Wie ihr wisst, stand ich auf dem Fahrzeug, als das Licht ausging, und ich blieb während der ganzen Zeit da oben stehen. Zwischendurch hatte ich das Gefühl, der Wagen würde kurz schwanken.«

»Als ob etwas hinein geladen würde?«

»Durchaus denkbar.«

Matt schlug mit der geballten Rechten in die offene Linke. »Ich will verdammt sein, wenn an der Sache nicht irgendwas oberfaul ist!«

»Dann lass uns doch noch einmal mit Schlomo reden«, schlug Aruula vor.

»Einverstanden.«

Jonpol erklärte ihnen den Weg zum Gefängnis.

Das Jail befand sich sinnigerweise im ehemaligen Headquarter des Memphis Police Departments, ein altehrwürdiger Bau mit verschnörkelter Fassade. Zum Eingang führte eine breite Treppe empor, beidseitig flankiert von steinernen Adlern, die jeden Besucher aus starren Augen zu fixieren schienen.

Vor dem Gebäude stand Colonel Parker Shermans Panzerlok, und neben dem monströsen Gefährt – ein Motorrad. Daran befestigt waren eine Axt und andere Werkzeuge.

Matthew fiel das Motorrad vor der Distillery in Lynchburg ein. Und der Beinahe-Unfall ein, als er heute um Haaresbreite überfahren worden wäre! Es war die gleiche Maschine!

Und obwohl er noch keinen rechten Sinn dahinter erkannte, hatte er es plötzlich sehr eilig. Er stürmte die Treppe hinauf und durch die Tür – und blieb dann stehen wie vor die berühmte Mauer gerannt.

Was früher einmal das Revier des MPD gewesen war, war heute ein fast leerer Raum, der wegen eben dieser Leere ungemein groß wirkte. In der Mitte stand ein einsamer Schreibtisch, und darüber gesunken lag eine breitschultrige Gestalt, wie schlafend.

Doch Colonel Sherman schlief nicht. Er lag in seinem eigenen Blut, das zu allen Seiten den Schreibtisch hinab rann und darunter schon einen kleinen See gebildet hatte.

Aruula lief trotzdem hin und zog den schweren Mann hoch. In seiner Brust klaffte eine hässliche kreuzförmige Schnittwunde, seine Kleidung war über und über von Blut getränkt.

Matt versuchte sich zu orientieren. »Die Zellen, verdammt, wo sind die Zellen?«

Da begann irgendwo jemand mit gespenstisch hohler Stimme zu singen:

»Come on and do the Jailhouse Rock with me,
Let's rock, everybody, let's rock,
Everybody in the whole cell block

Was dancin' to the Jailhouse Rock!«

Und dann schrie jemand, nein, kreischte mit überschnappender Stimme um sein Leben!

Schlomo!

Die Schreie wiesen Matt und Aruula den Weg zu den Zellen.

Die Gittertüren reihten sich entlang einer Flurwand. Öllampen an der gegenüberliegenden Wand spendeten flackerndes Licht.

Sie hetzten an den Zellentüren entlang.

Die Vierte stand offen.

Dahinter – kämpfte Schlomo um sein Leben. Und er drohte diesen Kampf zu verlieren!

Blut spritzte ihm aus etlichen Schnittwunden. Die Gestalt im Elvis-Kostüm vor ihm hieb mit einer sichelartigen Waffe unablässig auf ihn ein und sang dazu den »Jailhouse Rock«. Keifte und lachte. Schrie immer wieder etwas von »Strafe!« und »Ich will deine Zunge, Schandmaul!«.

Matt hatte den Driller längst in der Hand. Er sprang in die Zelle, legte die Waffe auf den Killer an –

Doch der, zufällig oder absichtlich, wirbelte in diesem Moment halb herum, sah Matt und schlug mit seiner mörderischen Sichel zu. Die Klinge schlug gegen die Waffe in Matts Faust, prellte sie ihm aus den Fingern.

Den nächsten Streich führte der Wahnsinnige gegen Matts Gesicht. Plötzlich fand er sich in der Defensive.

In dem verdammten Halbdunkel war kaum etwas zu sehen! Selbst den Mörder nahm er nur als kompakten Schatten wahr.

Aruula, ihr Schwert in der Hand, drängte sich zwischen den Killer und den blutenden Schlomo. Sie brachte dem Irren eine Wunde am Bein bei, musste dann aber ebenfalls zurückweichen, weil sich der andere ohne Rücksicht gegen sich selbst in ihre Richtung warf, die Sichel vorgereckt.

Aruula riss die linke Hand hoch, um ihr Gesicht zu schützen. Den Moment nutzte der Mörder, um ihr das Schwert aus der Hand zu treten. Der Wahnsinn schien ihm übermenschliche Kräfte zu verleihen.

Im nächsten Augenblick war er aus der Zelle und rannte davon!

Matt verlor zwei, drei weitere Sekunden, in denen er seinen Driller suchte und aufnahm. Dann setzte er dem Killer nach.

»Kümmere dich um Schlomo!«, rief er Aruula noch zu.

Als er den Raum erreichte, in dem der tote Colonel lag, röhrte draußen die Maschine des Motorrads auf. In der nächsten Sekunde entfernte sich das Geräusch bereits.

Matthew stürmte hinaus, enterte ohne zu zögern die Panzerlok des Colonels, suchte und fand den Startknopf und das Gefährt erwachte zum Leben.

»Okee«, keuchte der Killer, weit vornüber gebeugt, »das ist dumm, ganz, ganz dumm gelaufen!«

Aber es war noch nicht vorbei, noch lange nicht! Und vor allem war noch nichts verloren.

Das Motorrad jagte durch die abendlichen Straßen, verfolgt vom Schnaufen und Brüllen des Kettenfahrzeugs, das sich dieser Maddrax geschnappt haben musste.

Aber mit dem wendigen Motorrad musste es doch möglich sein, das schwerfällige Riesengefährt abzuhängen!

Das Ziel rückte näher.

Die Tabuzone.

Greaseland Mansion!

Dort wagte sich niemand hin. Dort war der Zutritt strengstens untersagt. Dort würde er in Sicherheit sein!

Doch da kannte der Killer seinen Jäger schlecht. Matt stammte nicht aus dieser Zeit und hatte mit den hiesigen Tabus und mit Aberglauben nichts am Hut.

Die Panzerlok des Colonels fuhr sich ganz ähnlich wie ein richtiger Army-Tank.

Matt Drax war zwar Pilot bei der US Air Force gewesen, was aber nicht hieß, dass er nie Gelegenheit gehabt hätte, einen Panzer sozusagen »Probe zu fahren«; auf den Militärstützpunkten hatte das nach dem Prinzip »Zeig du mir dein Gefährt, dann zeig ich dir meins« funktioniert. Was allerdings nicht bedeutete, dass Matt besonders geschickt im Handling eines Panzers war... Trotzdem schaffte er es, das Ding durch die Stadt zu bewegen, ohne *größere* Schäden anzurichten. Die kleineren waren in Anbetracht der guten Sache verzeihlich...

Von weitem sah er, wie der Killer von seiner Maschine sprang und über das Graceland-Tor kletterte.

Eine Minute später hatte Matt das Tor ebenfalls erreicht, machte sich allerdings nicht die Mühe, über den Zaun zu steigen.

Die Panzerlok preschte in voller Fahrt gegen das altehrwürdige Gitter und fetzte es aus den Angeln. Dann rumpelte das Gefährt querfeldein auf Graceland Mansion zu.

Im letzten Licht des Tages sah Matt die eingeschlagene Scheibe im Erdgeschoss.

Einen Moment lang spielte er ernsthaft mit dem Gedanken, die Panzerlok kurzerhand in die Fassade rammen zu lassen, verzichtete dann aber in einem Rest von Ehrfurcht doch darauf.

Er kletterte aber auch nicht durch das zerschlagene Fenster ins Innere des Hauses, sondern versuchte sein Glück wie jeder anständige Besucher an der Tür. Die war natürlich abgesperrt, aber ein Schuss mit dem Driller sprengte das Schloss aus dem

Holz und ein kräftiger Fußtritt erledigte den Rest. Matthew Drax enterte das Gebäude.

Und wurde vom Hausherrn höchstpersönlich empfangen – oder zumindest von dessen Stimme.

Aus dem Dunkeln erklärte Elvis – der *echte* Elvis: *If you're lookin' for trouble, you're in the right place...!*

Die Gänsehaut, die Matt über den Rücken rieselte, ließ sich nicht leugnen.

Die Situation war unheimlich im klassischen Sinne – ein altes Herrenhaus, der Geruch von Jahrhunderten, und wie aus dem Nichts die Stimme eines Menschen, der seit 1977 tot war.

Und irgendwo versteckte sich ein wahnsinniger Killer.

»Toll«, murmelte Matt, »ganz toll...«

Als hätte das Schicksal ein Einsehen mit ihm, ging plötzlich das Licht an. Zumindest ein paar der Lampen im Haus wurden hoch gedimmt.

Matt schaute sich um. Und staunte. Hier sah es tatsächlich so aus, als hätte der Hausherr sein Domizil nur mal eben für eine Spritztour verlassen. Zwar hing der Geruch des Alters in der Luft, wie in einem Museum etwa, aber alles war sauber und gepflegt, wohnlich eben.

Matt befand sich in der Diele, die weniger groß war als er es im Haus des Kings erwartet hätte. Vor ihm führte eine Treppe hinauf ins Obergeschoss. Linker Hand lag der Dining Room; um einen Tisch standen sechs Stühle mit goldenem Rahmen und tiefblauer Bespannung, letztere passend zu den bodenlangen Vorhängen vor den Fenstern. Über dem Tisch ein wuchtiger Kronleuchter, dessen Lichter angegangen waren.

Rechts lag der Living Room, beherrscht von einer langen, nicht sonderlich gemütlich aussehenden Couch. Dahinter schloss sich ein Raum an, der wohl als Musikzimmer genutzt worden war. Matthew sah einen schwarzen Flügel nebst Sitzbank sowie ein Fernsehgerät.

Und ein Grammophon; ein uraltes Gerät mit Kurbelantrieb und einem riesigen Trichter, aus dem noch immer der Song »Trouble« dröhnte! Nun war klar, woher der Gesang stammte, der die Legende von Elvis' Geist am Leben hielt.

Fast erschrocken stellte Matt fest, wie sehr er sich von seiner Umgebung faszinieren und gefangen nehmen ließ.

Kein Wunder, immerhin stellte dieses Haus – auch wenn es nicht unbedingt seinen eigenen Geschmack widerspiegelte – etwas dar, das jener Zeit entstammte, aus der er gekommen war. Unberührt vom Verstreichen der Jahrhunderte. Ein intaktes Relikt der Vergangenheit – wie er selbst...

... und gerade deshalb so bizarr. Unwirklich. Wie der Teil eines Traumes.

Irgendwo über ihm erklang ein Geräusch. Nur ganz kurz, ein leises Poltern, als sei jemand irgendwo gegen gestoßen.

Die Hand fest um den Driller geschlossen, näherte sich Matt der Treppe nach oben und stieg hinauf. Sie mündete auf einen schmalen Absatz, dessen Rückwand aus einem blauen Vorhang bestand.

Und dieser Vorhang bewegte sich plötzlich.

Im ersten Moment dachte Matt, er hätte vielleicht einen Luftzug verursacht. Dann aber hörte er das Sirren, ein leises Fauchen, als etwas durch die Luft schnitt. Und noch im selben Moment schnitt dieses Etwas durch den Vorhangstoff und raste glitzernd auf ihn zu.

Ein gewaltiges Pendel in Form einer Rundklinge!

Und es war zweifellos scharf genug, um ihn in zwei Hälften zu zerschneiden.

Denn genau dazu war es gedacht...

Matt ließ sich fallen, als hätte ihm jemand die Beine unter dem Körper weggetreten. Hart schlug er auf die Stufen, machte sich so flach wie nur irgend möglich.

Dennoch spürte er, wie das Pendel buchstäblich haarscharf über ihn hinweg strich. Dann schwang es zurück, und wieder spürte er den Lufthauch, hörte er das Gänsehaut erregende Fauchen, mit dem es durch die Luft schnitt.

Eine Falle, dachte Matt mit hart pochendem Herzen. *Von wem auch immer eingerichtet...*

... aber von wem ausgelöst?

Ein versteckter Mechanismus, den er selbst in Gang gesetzt hatte? Oder wurde er beobachtet?

Ganz vorsichtig schob sich Matthew zur Seite. Das Pendel schwang genau über die Mitte der Stufen. Wenn er sich seitlich die Treppe hoch bewegte, konnte ihm die Klinge nichts anhaben.

Behutsam kroch er die restlichen Stufen empor, die in einen Flur mündeten.

Erst als er oben angekommen war, vermisste er seinen Driller. Als er sich flach auf die Stufen geworfen hatte, war er ihm entglitten, die Treppe hinunter gerollt und lag nun vor der untersten Stufe.

Matt wollte sich schon auf den Rückweg machen, um die Waffe zu holen, da hörte er hinter einer der Türen des Flures ein Geräusch. Wieder polterte etwas.

Hielt sich dort der Killer versteckt?

Matt schlich vor und lauschte an jeder Tür, bis er hinter einer etwas zu hören meinte.

Er holte tief Luft, legte die Hand um den Knauf, drehte ihn lautlos. Dann warf er sich mit der Schulter gegen das Türblatt und in den Raum dahinter.

Der eigene Schwung ließ ihn weit in das geräumige – und sauber aufgeräumte – Badezimmer hinein taumeln. Unter seinen Füßen rutschte ein flauschiger Läufer weg. Matt stürzte.

Im Hochrappeln gewahrte er einen Schatten an der Tür. Dann wurde die Tür auch schon zugezogen.

Während er auf die Tür zusprang, zog Matts Unterbewusstsein Parallelen: *Badezimmer... Ist Elvis nicht in seinem Badezimmer gestorben? In diesem hier vielleicht...?*

Dann war er auch schon an der Tür, drehte den Knauf, riss sie auf –

– und prallte mit einem Aufschrei zurück, als die Schneide einer Axt geradewegs auf sein Gesicht zu raste!

Reflexartig schmetterte Matt Drax die Tür zu. Die Axt schlug krachend ins Holz. Matt schloss hastig ab und wich zurück.

Draußen riss der Killer das Beil aus dem Türblatt und drosch abermals zu. Und wieder. Und wieder.

Wie der selige Jack Nicholson in »Shining«, dachte Matt. *Fehlt nur noch, dass er brüllt: »Kleines Schwein, kleines Schwein, lass mich ein...!«*

Das Holz barst. Lange Splitter lösten sich. Ein erstes Loch gähnte im Türblatt, dahinter ein schmaler Ausschnitt einer wahnverzerrten Visage mit Elvis-Tolle und Sonnenbrille.

Wie besessen schlug der Irre auf die Tür ein. Es konnte nur noch Sekunden dauern, bis er sie zu Sägespänen verarbeitet hatte. Und dann –?

Matt sah sich gehetzt um. Womit sollte er sich zur Wehr setzen? Mit einer Nagelschere vielleicht...?

Es wäre zum Lachen gewesen – wenn es nicht ums nackte Überleben gegangen wäre!

Ein dröhnender Schlag, dann barst die Tür förmlich auseinander. Die Axt hoch erhoben, brüllend und geifernd stürmte der Killer herein.

Die schwarze Elvis-Perücke war ihm vom Kopf gerutscht.

Die Sonnenbrille hing nur noch mit einem Bügel an einem Ohr.

Matt sah in das ungeschminkte Gesicht des wahnsinnigen Mörders – und er erkannte es!

Er hatte es in Lynchburg gesehen, in der Distillery. Dort hatte ihm dieser Typ gegenüber gesessen –

– das Ziegengesicht!

Drei Schritte war der Killer noch entfernt.

Die Axt sauste schon nieder.

Matt griff zur Ablage unter dem Spiegelschrank. Seine Finger fanden eine Tablettendose und schlossen sich darum, so fest, dass der Deckel absprang. Klickernd verteilten sich die runden Pillen über den Fliesenboden.

Und das absurde Wunder geschah!

Die winzigen Kügelchen retteten Matthew Drax das Leben.

Der Wahnsinnige verlor den Halt. Ruderte mit den Armen. Suchte verzweifelt das Gleichgewicht zu halten.

Matts Hände schossen vor und bekamen den Axtstiel zu fassen. Gleichzeitig half er dem Sturz seines Gegners nach, indem er ihm vollends die Beine unterm Körper weg trat.

Mit einem hohlen *Bonk!* schlug dessen Kopf gegen den Rand der Badewanne, in der zumindest Kleinkinder problemlos ein Wettschwimmen hätten veranstalten können.

Matt sah, wie Ziegengesicht die Augen verdrehte, bis nur noch das Weiße zu sehen war. Dann senkten sich die Lider darüber und der Killer lag still.

Und auch dieser Anblick – wie der Mörder im Elvis-Dress im Badezimmer des Kings inmitten der Pillen lag – hatte etwas ganz und gar Bizarres... weil Elvis Aaron Presley seinerzeit an seiner Tablettensucht gestorben war.

Matthew atmete auf.

Zu früh!

Da war eine Bewegung, hinter ihm!

Matt kreiselte herum.

Einer der Wandspiegel hatte sich lautlos zur Seite geschoben. Dahinter gähnte Dunkelheit. Und aus dieser Dunkelheit sprang ihm etwas entgegen. Etwas Kreischendes, Buckliges, Hässliches.

Etwas, das einen Spieß in Händen hielt, damit auf ihn zielte und mit volltönender Stimme, die in krassem Widerspruch zu seiner Erscheinung stand, rief:

»*You're the devil in disguise...!*«

Dem Stoß wich Matt aus. Der Spieß zischte an ihm vorbei, gefolgt von dem derwischartigen Wesen, das wie ein Kastenteufel aus der geheimen Wandöffnung gesprungen war.

Matts zuschnappenden Armen entging der andere mit affenartiger Geschicklichkeit. Dafür aber bekam Matthew die Waffe zu fassen. Ein kräftiger Ruck entwand sie den mageren Händen. Er zerbrach den Spieß in zwei Teile und schleuderte sie zur Tür hinaus. Dann verstellte er dem Wesen aus der Wand den Weg.

Jetzt erst konnte Matt es genauer in Augenschein nehmen.

Wirres graues Haar hing verfilzt in ein hohlwangiges Gesicht, das ebenfalls grau wirkte, oder blass zumindest, als sei es seit sehr langer Zeit nicht mehr mit Sonnenlicht in Berührung gekommen. Und auch dieses Männlein trug, wie sollte es anders sein, einen pailettenbesetzten Jumpsuit und um der Erscheinung die Krone aufzusetzen ein mit silbernem Stoff gefüttertes Cape.

Die Augen in seinem uralten Gesicht funkelten trotzig zu

Matt hoch, aber das greisenhafte Männchen machte zumindest keine Anstalten mehr, ihn anzugreifen.

»Okay«, brummte Matt Drax. »Und wen stellst du dar?«

»Ich bin Slinker«, erwiderte der kleine Alte, und wieder fiel Matt die Widersprüchlichkeit zwischen Stimme und Gestalt auf. Er hatte auf einmal eine ziemlich exakte Vorstellung, wer für die Beleuchtung von Graceland Mansion und den nächtlichen Gesang verantwortlich war...

»Mich nennt man Maddrax«, stellte er sich vor. »Und was tust du hier?«

»Ich bin der Diener des Königs – und Hüter Seines Hauses, bis Er dereinst wiederkehrt!« Slinker streckte einen dürren Zeigefinger vor, als wolle er Matt damit aufspießen, was ihm in Anbetracht der Länge seiner Nägel vielleicht sogar gelungen wäre. »Und du hast gegen die Regel verstoßen – *niemand, keine Menschenseele darf des Königs Haus betreten!*«

»Weil ich den Mörder von fünf Truveers gejagt habe!«

»Truveers...?«, echote der kleine Greis. Das Wort schien etwas in ihm auszulösen. Sein Blick verklärte sich, kehrte sich nach innen und verlor sich zugleich in einer Ferne, die wohl nur Slinker selbst ermessen konnte. »So, so... ermordet. Hmm... das darf freilich nicht sein.«

»Damit ist jetzt auch Schluss«, erklärte Matt. Er wies auf Ziegengesicht. »Das ist der Mörder, und ich werde dafür sorgen, dass er niemandem mehr Schaden zufügt.«

»Gut, gut... Das ist gut, sehr gut sogar!«

Eine Frage drängte sich Matthew auf, wie von selbst, und er stellte sie. »Bist du ein Truveer, Slinker?«

»Hmhmm... Truveer. Lange nicht gehört, das Wort. Truveer... Ewigkeiten nicht mehr gehört.«

»Dann... bist du schon sehr lange in diesem Haus?«

»Sehr, sehr lange schon...«

»Und wozu?«

»Ich diene dem Geist des Königs. Hüte Sein Haus. Halte den Glauben wach!«

Matt konnte sich durchaus einen Reim auf die wenigen Worte Slinkers machen. Offenbar meinte er mit seinen Mätzchen dafür sorgen zu müssen, dass man draußen glaubte, Elvis' Geist lebe hier. Slinker mochte selbst ein Truveer gewesen sein, und vielleicht hatte er den Glauben an die Wiederkehr des Kings oder dessen »Botschaften« in jüngeren Jahren so sehr verinnerlicht, dass er sich zum persönlichen Diener berufen fühlte...

Von Slinker selbst würde er die wahren Gründe jedenfalls nicht erfahren.

Der Alte verlor sich in halblauten Selbstgesprächen, rezitierte zusammenhanglos Songtexte und schien nicht einmal zu merken, dass Matt sich den bewusstlosen Killer auf die Schulter lud und ging.

Unten nahm Matthew Drax seinen Driller auf, dann verließ er Graceland Mansion.

Draußen wurde er erwartet.

In respektvoller Distanz zum Haus hatten Dutzende Truveers Aufstellung genommen, unter ihnen auch Aruula und Schlomo, dessen Wunden mittlerweile verarztet waren.

Jonpol Sombriffe trat vor. Sein Blick wanderte von Matt zum Haus des Kings und wieder zurück. Dann fragte er mit rauer Stimme: »Maddrax, sag – hast du den Geist gesehen?«

Matt nickte. »Ja, das habe ich.«

Mehr sagte er nicht.

Und mehr verlangte auch niemand zu wissen.

Der Killer indes musste sich mehr Fragen gefallen lassen.

In einer Zelle des einstigen Police-Headquarters stellte Jonpol den renitenten und nunmehr vollends wahnsinnig gewordenen Mörder mittels *Masique* einigermaßen ruhig. Die betörende Flötenmelodie des Truveers wirkte wie eine Hypnose; was genau dahintersteckte, hatte er Matt schon bei ihrer ersten Begegnung nicht verraten, und das tat er auch jetzt nicht.

»Jeder von uns hat ein Geheimnis zu hüten«, beendete Jonpol das Thema mit bedeutungsvollem Lächeln. Und Matt erwiderte es. Dann nahmen sie sich den Ziegengesichtigen vor, der sie aus glasigen Augen anstarrte.

»Wie heißt du?«, fragte Matt.

Die Antwort darauf war im Grunde schon Erklärung genug.

»Shou... Shmou.«

Sein Vater, ein glühender, wenn auch etwas verblödeter Anhänger der Truveers, hatte seinen Sohn nach der Figur aus vielen ihrer Lieder benannt. Ein Späßchen, das er mit dem Leben bezahlt hatte, als die Hänseleien für seinen Sohn ein Maß erreicht hatten, das diesen ausrasten ließ.

Danach hatte sich Shou Shmou, der die Infantilität von seinem Vater geerbt hatte, in die Überzeugung hinein gesteigert, die Truveers würden ihn persönlich lächerlich machen und dreiste Lügen über ihn verbreiten, und er nahm sich vor, dem ein Ende zu machen.

So hatte er begonnen, Truveers, die Lieder über »Shou Shmou« zum Besten gaben, aufzuspüren und umzubringen. Nie war ihm jemand auf die Schliche gekommen, weil er seinen wahren Namen nirgendwo mehr genannt hatte. Und da es sich bei den ersten Morden um Einzelfälle gehandelt hatte, war auch nie ein Zusammenhang hergestellt worden.

Bis Shou Shmou beschlossen hatte, sich eines Sündenbocks für seine Taten zu bedienen: Aruula. Nachdem sie ihn bei seinem ersten Mord überrascht hatte, folgte er ihr nach Memvess, um ihr auch seine weiteren Opfer unterzuschieben. Und stellte sich dabei gar nicht mal ungeschickt an.

Matt wollte nicht wissen, was mit Shou Shmou geschehen würde. Die Gilde der Truveers würde über seine Bestrafung beraten – allerdings erst nach der großen »Himmelfahrts-Show«, die noch in derselben Nacht stattfand.

Sie wurde ein Riesenerfolg – obwohl Elvis auch in diesem Jahr nicht leibhaftig wiederauferstand.

Sein Geist aber, davon war Matt überzeugt, schwebte über den Tausenden, die ihn hier feierten. Und so lange sie das taten und daran festhielten, war der King of Rock'n'Roll wahrlich unsterblich.

Anderntags zogen Matt und Aruula mit zwei Rhiffalos weiter gen Westen. Und als er sich, ehe Memvess hinter dem Horizont verschwand, noch einmal umwandte, sah Matt eine ganz eigenartig geformte Wolke über der Stadt. Er hätte Stein und Bein geschworen, dass sie aussah wie der Kopf von Elvis.

Aber er sagte nichts.

Und drehte sich auch nicht mehr um.

ENDE

BERND FRENZ

DIE UNSTERBLICHEN

Die fünf Gleiter schnitten fast lautlos durch die Luft. Es waren offene Zweisitzer mit kurzen Heckflügeln, aus denen eckige Antriebsdüsen wuchsen. Jede Bodenwelle als Deckung nutzend, rasten sie so dicht über die Prärie hinweg, dass sich die Grashalme im Fahrtwind neigten. Ihr Angriff sollte völlig überraschend kommen.

»Blue Leader an alle«, drang es aus den Funkempfängern der Piloten. »Fort Woodsboro in drei Minuten. Gefechtsbereitschaft herstellen. Over.«

Summend fuhren die Geschütze aus der Frontverkleidung. Noch fünf Kilometer, dann würden die schlanken Gefährte aufsteigen und ihr todbringendes Feuer vom Himmel schleudern...

Mig öffnete seinen Lederbeutel und zählte zwei Feuersteine in die schwielige Hand des Wirtes, um für sich und seine *Companios* zu bezahlen. Nach einem fordernden Räuspern ließ er noch einen kleinen Splitter folgen, obwohl das an Wucher grenzte. Kein Einheimischer musste so viel für eine Runde vergorenen Weizensaft bezahlen. Anscheinend glaubte jeder im Fort, dass man einen Mechico ungestraft übers Ohr hauen durfte.

Verärgert stopfte er die Börse zurück in das Lederwams. Bevor er dem Wirt noch eine Unflätigkeit hinterher rufen konnte, schob ihm Santo einen der überschwappenden Becher zu.

»Wir können ruhig großzügig sein«, beruhigte ihn der Alte. »Wir haben genügend Beute gemacht.«

»Sicher«, antwortete Mig, »aber wir haben für die Feuersteine unser Leben riskiert.« Seine Wut verrauchte, als die kühle

Flüssigkeit seine Lippen benetzte. Beer brauen konnten die Deerjäger, das musste man ihnen lassen.

Betont unauffällig sah er sich in der Taverne um. Zu dieser Tageszeit bildeten die Bellitreiter fast die Hälfte der anwesenden Gäste. Außer Santo und ihm waren noch Rodriq und Cortes in den Norden aufgebrochen, um ihr Glück zu suchen. Die Meerakaner an den übrigen Tischen stammten alle aus der näheren Umgebung und wollten in Fort Woodsboro Tauschhandel treiben.

Es waren Trapper. Männer und Frauen mit harten, von Wind und Sonne gegerbten Gesichtern, die jeden Tag aufs Neue um ihr Leben kämpften. Ein jeder von ihnen hielt Bogen oder Flinte in Griffweite. Das galt hierzulande nicht als Unhöflichkeit, denn in den Weiten der *Greet Playns* konnte niemand wissen, welche Gefahr hinter dem nächsten Strauch lauerte.

Migs Blick blieb an einer Frau hängen, die in dieser Spelunke ebenso fremd wirkte wie er sich fühlte. Sie besaß mandelförmig zulaufende, stark geschminkte Augen und einen leicht gelblichen Teint, den es nur selten in Texx zu sehen gab.

Das braune, in einer wilden Mähne vom Kopf abstehende Haar ließ ihr schmales Gesicht noch zierlicher erscheinen. Sie mochte gerade den zwanzigsten Sommer erleben, doch der mädchenhafte Körper täuschte nicht darüber hinweg, dass sie mit den Härten des Lebens vertraut war. Mit dem martialischen Schulterpanzer, der ihren linken Oberarm bedeckte, und den klobigen, bis zu den Ellenbogen reichenden Handschuhen sah sie aus wie eine wilde Kriegerin.

Abgesehen von den mechanisch wirkenden Kleidungsstücken war sie halb nackt. Nur ein netzartiger Umhang bedeckte ihre Brüste. Wäre nicht das schmale Tuch um ihre Lenden gewesen, hätten die Trapper sie wohl noch durchdringender angestarrt.

Vielleicht verdankte sie den nötigen Respekt aber auch der

Harpune, die an ihrem Stuhl lehnte. Eine so aufreizende Frau, die in dieser harten Umgebung überlebte, konnte sich zweifellos ihrer Haut wehren. Die Barbarin warf Mig ein aufmunterndes Lächeln zu, als sie seine Neugierde bemerkte.

Verlegen wandte er sich ab, denn sie sollte nicht glauben, dass er sie einfach nur lüstern angaffte. Mig interessierte sich aus dem gleichen Grund für die Fremde, aus dem sie von den Einheimischen gemieden wurde: Weil sie anders war als alle Frauen, die er je zuvor gesehen hatte.

»Du musst sie schon ansprechen, wenn du etwas von ihr willst«, kicherte Santo leise. »Aber halt immer eine Hand auf den Feuersteinen, sonst bist du sie los. Die nimmt einen Mann schneller aus als ein Bellit mit den Flügeln schlagen kann.«

»Bluugluu-Hirn«, knurrte Mig verärgert. Er konnte es nicht ausstehen, wenn ihn sein Companio foppte. Nicht wenn es um Frauen ging.

Schweigend starrte er durch eine Schießscharte nach draußen.

Fort Woodsboro war eine typische Handelsstation der großen Prärie, die auf den Überresten einer *alten* Siedlung erbaut worden war. Die Häuser hatten längst ihre ursprüngliche Form verloren und waren durch Material aus abgerissenen Gebäuden ergänzt worden.

Vor der drei Meter hohen Palisade, die gegen Angriffe aus der Prärie schützte, hatte man sämtliche Ruinen niedergewalzt, um nahenden Feinden keine Deckung zu bieten. Einen Bellitreiter konnten die Barrikaden natürlich nicht aufhalten, deshalb sah man in den Siedlungen der *Greet Playns* immer häufiger hoch aufragende Bastionen mit schwenkbaren Feuerrohren. In Fort Woodsboro war es das Dach eines stählernen Wasserturms, das Tag und Nacht mit einem Ausguck besetzt wurde.

Mig konnte den Texxis ihre Vorsicht nicht einmal verübeln. Einige seiner Landsleute suchten den Reichtum nicht in klugem Handel, sondern in schnellen Raubzügen. Da die Bellits des Nordens nicht größer als eine Elle wurden, waren die Mechicos mit ihren fliegenden Reittieren im Vorteil. Inzwischen gab es aber auch Meerakaner, die sich mit den Riesenlibellen vertraut machten. Noch zwei, drei Sommer, dann würden die Vorteile der Mechicos langsam schwinden. Bis dahin musste Mig genügend Geschäfte abschließen, um sich ein gutes Leben in der Heimat aufbauen zu können.

Ein Reiter, der zögert, wird vom nächsten überflügelt. Eine alte Weisheit, die mehr als nur einen wahren Kern enthielt. Erneut sah Mig zu der mandeläugigen Barbarin hinüber. Sein Entschluss stand fest.

Hastig erhob er sich von seinem Stuhl, bevor ihn der Mut wieder verlassen konnte. Mit raschen Schritten überwand er die Distanz zu ihrem Tisch. Seine Companios begannen zu tuscheln. Zum Glück konnte niemand ihre schlüpfrigen Anspielungen verstehen.

»Hallo, wie heißt du?«, wollte er in der Sprache der Texxis wissen. Noch ehe Mig die Worte über seine Lippen gebracht hatte, bereute er sie schon wieder. Verdammt, so etwas fragte ein Wachposten, aber kein Mann, der eine Frau kennen lernen wollte!

Aber was sollte er sonst sagen? Mig kannte gut fünfzig Wege, wie man eine Fremde *nicht* ansprach, aber keinen einzigen Satz, der dieser Situation angemessen gewesen wäre. Zum Glück ließ sich die Barbarin nicht von seiner groben Rede einschüchtern.

»Naoki!«, antwortete sie. »Und du?«

Er schlug sich mit der rechten Faust fest auf die Brust. »Ich bin Mig, ein Mechico!«

Ihre Lippen kräuselten sich zu einem spöttischen Lächeln. »Ich habe mir schon gedacht, dass du aus Midaa* kommst.«

---

* Süden

Mig spürte, wie ihm das Blut ins Gesicht schoss. Natürlich, nur Bellitreiter trugen Hosen und Wams, die mit glitzernden Metallplättchen verziert waren. Die Texxis liebten eher schlichte Lederkleidung. Das war einer der Gründe, warum Naoki in dieser Umgebung so stark auffiel.

»Setz dich doch«, bot sie ihm an, bevor seine Verlegenheit noch größer werden konnte.

Erleichtert zog er einen Stuhl heran.

»Möchtest du etwas trinken?«, fragte Mig, denn der Boden ihres Bechers wurde nur noch von einer Pfütze bedeckt. Seit er in der Schänke saß, hatte sie nicht einmal daran genippt.

»Etwas zu essen wäre mir lieber«, antwortete sie.

Mig orderte eine Portion Deer-Ragout, die der beflissene Wirt sofort auftrug.

Naoki tauchte den Löffel bereits in den dampfenden Teller, bevor er richtig auf dem Tisch stand. Obwohl sie betont bedächtig löffelte, ließ sich nicht übersehen, dass sie völlig ausgehungert war. Mig zahlte mit weiteren Feuersteinen, während er sie aus den Augenwinkeln betrachtete. *Zu stolz, um nach Nahrung zu betteln*, dachte er zufrieden. *Santo hat sie falsch eingeschätzt*.

Naoki leerte ihren Teller zur Hälfte, bevor sie plötzlich inne hielt. Es erschien ihr wohl unhöflich, Mig einfach etwas vorzuessen. Ein freundliches Gespräch war das Mindeste, was sie ihrem Gastgeber bieten musste.

»Was macht ein junger Mechico so weit entfernt von zu Hause?«, fragte sie in fast fürsorglichem Ton. In ihrer Stimme war keine Spur von dem Misstrauen, mit dem die Texxis sonst allen Fremden begegneten.

»So jung bin ich nun auch wieder nicht«, protestierte Mig, sparte sich aber einen Hinweis auf seine siebzehn Sommer. Er wusste, dass das lächerlich klingen würde, obwohl er Naoki nur wenig älter einschätzte. Ehe die Kriegerin auf dem Thema herumreiten konnte, fuhr er fort: »Meine Companios und ich haben in der verbotenen Schlucht Feuersteine aus dem Fels geschlagen. Kein Texxis traut sich dort hin, denn es ist das Gebiet der *Eisernen*!«

Bei den letzten Worten beugte er sich vor und senkte seine Stimme zu einem verschwörerischen Flüstern. Aufmerksam beobachtete er ihre Reaktion. Hoffentlich hatte sie schon von den grausamen Despoten gehört, sonst konnte sie sein Wagnis nicht gebührend bewundern.

Naokis Gesichtszüge versteinerten. Sie legte den Löffel zur Seite, als hätte sie keinen Appetit mehr.

»Das war sehr leichtsinnig«, tadelte sie leise. »Warum müssen sich Jungs nur immer so in Gefahr bringen?«

»Ach was.« Mig winkte in einer überheblichen Geste ab. »Diese Unsterblichen werden völlig überschätzt. Ihre eisernen Gefährte steigen nicht höher als einen Steinwurf, und die Macht ihrer Blitze ist ebenfalls begrenzt. Die Bellits fliegen so hoch, das sie uns Mechicos nichts anhaben können.«

»Du bist den Unsterblichen schon einmal begegnet?«, fragte Naoki ungläubig.

Mig ließ seine Hände verlegen auf die Tischplatte sinken. »Nein«, gab er zu. »Aber Santo.«

»Wann war das?« Ihr Ton klang plötzlich so scharf wie eine beidseitig geschliffene Klinge.

»Letzten Sommer«, gab Mig unwillig zurück. Es gefiel ihm nicht, dass er plötzlich verhört wurde. Irgendwie hatte er sich das Gespräch netter vorgestellt.

Naoki ignorierte die tiefe Falte, die an seiner Nasenwurzel entstand. »Damals waren die Eisernen noch ungefährlich«, erklärte sie dem Bellitreiter. »Sie vertrieben zwar jeden aus dem Gebiet, das sie beanspruchten, aber sie töteten niemanden. Seit einigen Wochen ist jedoch alles anders. Sie...«

Ein durchdringendes Klingeln, das über die Straße dröhnte,

ließ sie mitten im Satz verstummen. Es stammte von der Alarmglocke, die auf dem Wasserturm geschlagen wurde. Gleichzeitig schrie der Ausguck etwas mit überschnappender Stimme herab. Zuerst waren die Worte nicht zu verstehen, aber dann wurde sein Ruf von Passanten aufgegriffen und weitergetragen. Bis er auch die Schänke erreichte: »ZU DEN WAFFEN! DIE UNSTERBLICHEN KOMMEN!«

Einen Moment lang schien die Zeit zu gefrieren, dann brach der Tumult los. Männer und Frauen griffen zu ihren Waffen. Sie stürzten an die Schießscharten oder eilten die Treppe hinauf, um vom Dach aus Widerstand zu leisten.

»Los, raus zu den Bellits!«, brüllte Santo seinen Companios zu. »Wenn wir schnell genug in den Wolken verschwinden, haben wir noch eine Chance.«

Die Mechicos stürzten zur Tür. Dies war nicht ihr Kampf.

Oder doch? Konnte es sein, dass sich die Eisernen für den Raub der Feuersteine rächen wollten? Mig blieb als Einziger zurück. Er wollte seine neue Freundin nicht alleine lassen. Entschlossen packte er sie am Arm. »Komm mit, mein Bellit trägt uns auch zu zweit.«

Er nahm seine Flinte und zog Naoki mit zur Tür, doch als er nach draußen trat, waren die Gleiter bereits heran. Fünf schlanke Schatten kreisten über den Häusern wie hungrige Bonta-Vögel, die ein verendetes Wild anvisierten. Grelle Blitze schlugen aus ihren Frontgeschützen.

Auf der anderen Straßenseite wurde ein Mann getroffen. Leuchtende Elmsfeuer tanzten über seinen Körper, während sich der Strahl in seinen Nacken bohrte. Erst wurde er durchscheinend, sodass sein Skelett unter dem Fleisch hervor schimmerte, dann ging er in Flammen auf. Schreiend wälzte er sich am Boden.

Auf dem Wasserturm eröffnete die schwenkbare Kanone ihr Abwehrfeuer, doch das Geschoss verfehlte sein Ziel.

Dem wendigen Gleiter hatte die altertümliche Flak nichts entgegen zu setzen. Zwei helle Lichtblitze schlugen in die überdachte Plattform und setzten sie in Brand. Einer der Posten war auf der Stelle tot. Der andere brach durch die Brüstung und stürzte als lebende Fackel auf die Straße.

Die Waffen der übrigen Gleiter hämmerten ebenfalls ohne Unterlass. Ein Schauer aus Stahlprojektilen und Lichtblitzen hagelte auf die Häuser hinab. Holzdächer entflammten wie trockener Zunder, während die Menschen aus den Gebäuden stürzten und zurück feuerten. Ihr Widerstand war unkoordiniert, doch die Wolke aus Pfeilen und primitiven Bleikugeln verdunkelte für Sekunden die Sonne. Das Gros der Geschosse prallte an der Unterseite der Gleiter ab, die von einer unsichtbaren Barriere geschützt wurde. Querschläger flogen davon. Die wenigen Treffer, die die Piloten direkt einstecken mussten, scheiterten an deren stählernen Rüstungen.

Mig hob seine Flinte an und spannte das Radschloss mit dem zugespitzten Feuerstein – aber er sparte sich den Schuss. Die Entfernung war zu groß, um einen der Unsterblichen zu verwunden.

»Wir müssen verschwinden, solange wir noch können«, flüsterte er seiner Begleiterin zu, damit die Meerakaner nicht hörten, dass er sie ihrem Schicksal überlassen wollte.

Naoki entzog sich seinem Griff. »Nein«, sagte sie entschlossen. »Geh allein! Wenn sie mich bei dir sehen, ist es um dich geschehen. Lauf und rette dein Leben.«

Ihre braunen Augen schimmerten voll bitterer Erfahrung. Plötzlich konnte Mig die Jahre erkennen, die sie ihm voraushatte. Obwohl er den Sinn ihrer Worte nicht richtig verstand, wusste sie offensichtlich, wovon sie sprach.

Ein Haus weiter links schlugen Brandgeschosse in ein vernageltes Schaufenster. Die Bretterwand barst in tausend Stücke.

Mig zuckte zusammen. Nicht nur, weil sich ein brennender

Holzsplitter in seinen Oberarm bohrte – es war auch die Todesangst, die ihn herumwirbeln ließ. Blanke Furcht pulsierte durch seine Adern. Sein Überlebensinstinkt gewann die Oberhand. Ohne sich noch einmal nach Naoki umzusehen rannte er los.

Neben ihm wühlte eine Salve die Straße auf. Heißer Sand prasselte in seinen Nacken, vermischt mit Brocken des in der Tiefe verborgenen Asphalts.

Mig bog in eine enge Seitengasse ab.

Ein Blick über die Schulter zeigte ihm, dass Naoki in der Schänke geblieben war. Er überlegte, ob er noch einmal umkehren sollte, doch für ihre Rettung war es längst zu spät. Links und rechts von ihm woben die Geschosse der kreisenden Gleiter ein tödliches Netz, das sich immer enger um die Gebäude zog. Energieblitze, Stahl- und Brandprojektile fauchten durch die Luft. Jeden Augenblick konnte er zerfetzt werden oder bei lebendigem Leib verbrennen.

Vergeblich hielt er nach dem Lauf ihrer Harpune Ausschau. Es waren nur Vorderlader, die aus den Schießscharten der Schänke in den Himmel ragten. Glaubte die Barbarin wirklich, dass sie sich vor den Unsterblichen verstecken konnte?

Mig schüttelte den Gedanken an sie ab. Er musste jetzt an sich selbst denken. Schließlich war Naoki nicht mehr als eine Fremde, mit der er nur ein paar Worte gewechselt hatte. Keuchend rannte er auf das Gatter mit den Bellits zu.

»Nun komm schon!«, brüllte ihn Santo an. Trotz des tobenden Infernos wartete der Alte auf seinen jungen Companio. Er stammte aus demselben Dorf wie Mig, und er hatte seinem Vater versprochen, den Jüngsten in einem Stück zurück zu bringen.

Rodriq und Cortes sausten längst über die Dächer davon. Die schlanken Flügel ihrer Bellits vibrierten schneller, als das menschliche Auge folgen konnte. Die Tiere wussten, dass es um ihr Leben ging. Geschickt wichen sie einem zerfasernden Lichtstrahl aus und gewannen rasch an Höhe. Einem gezielten Feuer der Unsterblichen wären sie wohl nicht entkommen, doch die Gleiter konzentrierten sich auf die Zerstörung des Forts.

Mig sprang in den Sattel des roten Bellits, den Santo für ihn bereithielt. *Feuerschwinge* spreizte die Doppelflügel und stieg senkrecht in die Höhe. Santo und sein *Silberkopf* blieben dicht neben ihnen.

Sekundenlang standen die Bellits förmlich in der Luft. Ihre Reiter zügelten sie, um eine Lücke in der Gleiterformation abzuwarten. Als die Gelegenheit günstig war, schlugen sie auf die Hinterteile der Tiere ein. Die dressierten Riesenlibellen katapultieren aus dem Stand heraus über die Gebäude hinweg. Auf der Palisade feuerten ihnen einige Trapper hinterher, wohl aus Wut, dass sie es den Mechicos nicht gleich tun konnten.

Heißes Blei sirrte über ihre Köpfe. Mig spürte, wie etwas an seinem Ohrläppchen zupfte. Gleich darauf klebte sein Hals vor Feuchtigkeit. Zweifellos Blut, doch der erwartete Schmerz blieb aus.

Silberkopf kreischte gequält auf. Sein rechter Flügel gab ein seltsames Pfeifen von sich. Trotz der transparenten Konsistenz wurde darin ein faustgroßes Loch sichtbar. Sein Steigflug verlangsamte sich, doch bis die Trapper ihre Flinten erneut geladen hatten, waren sie längst außer Reichweite.

»Dummköpfe«, fluchte Mig. »Die sollten ihre Munition lieber für die Eisernen sparen.« Seine Stimme ging im Krachen eines Blitzes unter, der neben ihm die Luft durchschnitt.

Feuerschwinge erhöhte instinktiv die Schlagzahl, doch Mig zügelte ihn. Er wollte Santo nicht zurück lassen.

»Hau schon ab, Companio!«, brüllte der Alte unter ihm. »Ich komm allein zurecht!«

Gleich darauf wurde der Mechico eines Besseren belehrt.

Ein zweiter Lichtstrahl erfasste sein Reittier. Silberkopfs Hinterteil wuchs an wie ein Maiskorn, das in der Pfanne geröstet wird. In einer dumpfen Explosion wurden Bellit und Reiter in verschiedene Richtungen davon gewirbelt.

Mig spürte Übelkeit in sich aufsteigen, als er sah, dass Santos Körper plötzlich unterhalb des Bauchnabels endete. Seine Beine klebten noch an Silberkopfs Leib. Die Hitze des Strahls hatte sie zu einer Einheit verschmolzen.

Einen roten Sprühregen nach sich ziehend, stürzten Mensch und Tier in die Tiefe.

Mig tastete nach seinem Vorderlader, während er den Fall des Companios verfolgte. Aus den Augenwinkeln konnte er sehen, wie sich eine Geschossgarbe auf die Taverne zu fraß, in der Naoki Zuflucht gesucht hatte. Die übrigen Gebäude standen längst in Flammen. Leichen säumten die Straßen oder verbrannten auf den Dächern.

Über ihm entschwanden Rodriq und Cortes dem Gefechtsradius der Unsterblichen. Es hatte wenig Zweck, ihnen zu folgen, denn die Gleiter waren längst auf Mig aufmerksam geworden.

Einen Wutschrei auf den Lippen, riss er Feuerschwinge herum. Der Bellit bäumte sich unter ihm auf, gehorchte aber. Die enge Wendung überraschte selbst den Unsterblichen, der Santo getötet hatte und nun ihn aufs Korn nehmen wollte. Die Doppelsalve, die Mig zerfetzten sollte, kreuzte seinen ursprüngliche Fluchtkurs, während er längst zum Gegenangriff ansetzte.

Im Sturzflug jagte er auf den Gleiter zu.

Tier gegen Maschine, ein ungleicher Kampf – doch Mig verschwendete keinen Gedanken an seine geringen Chancen. In ihm hämmerte nur der Wunsch, etwas gegen Naokis Flammentod zu unternehmen. Wenn es ihm gelang, einen der Unsterblichen zu besiegen, zog er automatisch die Aufmerksamkeit der anderen auf sich.

Seine antrainierten Reflexe reagierten wie von selbst, während er auf den Gleiter zu schoss. In einer flüssigen Bewegung hob er seine selbst gebaute Flinte an die Wange und drückte ab. Funken spritzten durch die Luft, als der Feuerstein über das Metallrad schrammte. Einige Gluttropfen landeten haargenau im Zündloch und brachten die Pulverladung zur Explosion.

Zwei Handvoll gehackten Bleischrots fauchten aus dem dicken Lauf.

Dem Gleiterpiloten blieb keine Möglichkeit auszuweichen. Prasselnd schlug die Ladung gegen seine Rüstung und schleuderte ihn fast aus dem Sitz. Der Aufprall war so stark, dass er das Steuer verriss.

Mit einem scharfen Zischen driftete der Gleiter zur Seite.

»Blue Three an alle«, dröhnte es unter dem geschlossenen Helm. »Ich wurde getroffen!«

Ehe der Gleiter wieder unter Kontrolle war, saß ihm Mig schon im Nacken. Im Kampf auf engem Raum waren die wendigen Bellits jeder Maschine überlegen. Kein Mechico war einem Eisernen je so nahe gewesen.

Mig prägte sich jede Schramme der brünierten Rüstung ein und blickte auf den leeren Sitz im Rücken seines Gegners. Der Gleiter lag so dicht unter ihm, dass er sehen konnte, wie die Lamellen in den Antriebsdüsen vibrierten.

Plötzlich fasste er einen tollkühnen Plan.

In einem waghalsigen Manöver zog er Feuerschwinge in die Seitenlage und holte mit seiner Flinte aus. Blue Three blickte über die Schulter und sah die Gefahr, die auf ihn zu raste. Er versuchte noch auszuweichen, doch es war schon zu spät. Krachend schlug der Lauf gegen seinen Helm.

Sofort sackte der Gleiter nach unten weg.

Mig blieb dicht am Gegner und stieg mit seinen Füßen in den Sattel.

Der leere Rücksitz wackelte direkt neben ihm. Mit einem kräftigen Sprung katapultierte er sich hinüber. Die Landung trieb ihm die Luft aus den Lungen, doch er krallte sich instinktiv an der Verkleidung des gekaperten Gefährts fest.

Zu seiner Überraschung fühlte sich das Material keineswegs kalt und unnachgiebig an. Es handelte sich nicht um Stahl, wie er angenommen hatte, sondern um etwas wesentlich Leichteres, das ebenso stabil war. Aber der Mechico hatte keine Zeit, sich um die Beschaffenheit des Gleiters zu sorgen, denn Blue Three gewann die Flugkontrolle zurück.

Sofort aktiviert er ein Heckgeschütz, das auf den Bellit einschwenkte. Blauweiße Flammen züngelten wie Elmsfeuer aus der Mündung. Dann sprang ein Blitz über, als würde sich Energie zwischen zwei Polen entladen. Feuerschwinge wurde förmlich in Stücke gerissen.

Erst nach dem Treffer realisierte Blue Three, dass ihm Mig entwischt war. Hastig schaute er über die Schulter. Ein dumpfer Fluch drang unter dem Helm hervor, als er sah, wie der Mechico seine Flinte zwischen Rückenlehne und Rüstung stemmte, um ihn aus dem Vordersitz zu hebeln. Der Angriff kam so überraschend, dass der Eiserne fast über die Frontverkleidung hinweg segelte.

Verzweifelt klammerte er sich am Lenkrad fest.

Der Gleiter geriet ins Trudeln, die stromlinienförmige Front hielt direkt auf ein brennendes Dach zu.

Mig scherte sich nicht um den drohenden Absturz, schließlich hatte er nichts mehr zu verlieren. Voll auf seinen Angriff konzentriert, fasste er mit der provisorischen Brechstange nach und setzte sein ganzes Körpergewicht ein. Erst musste er den Unsterblichen loswerden – dann konnte er versuchen, die Maschine unter Kontrolle zu bringen. Sicher war sie nicht schwieriger zu lenken als ein Bellit.

Die Hebelwirkung drückte Blue Three unbarmherzig in die Höhe. Mig stieß einen triumphierenden Schrei aus, um seine letzten Reserven zu mobilisieren. Der Sieg war bereits zum

Greifen nah, als von links ein zweiter Gleiter mit rotierender Bordkanone heran schoss. Eine mörderische Salve hämmerte zielgenau aus den Rohren.

Zwei Dutzend Stahlmantelgeschosse rasierten Mig den Kopf von den Schultern.

Der Torso schwankte noch, als wollte er auch im Tode seine Anstrengungen fortsetzen, dann kippte er mitsamt der Flinte über die Seitenlehne und stürzte in die Tiefe. Lodernde Flammen verdeckten, wie Mig auf das brennende Dach einer Handelsstation krachte.

Der trudelnde Gleiter folgte ihm ein Stück, doch im letzten Augenblick gelang es dem Piloten, seine Maschine wieder in die Höhe zu reißen.

»Blue Leader an Blue Three, alles in Ordnung?«, dröhnte es aus dem Helmempfänger.

Der Gleiter beschrieb eine enge Wende und nahm den unterbrochenen Beschuss wieder auf. Von den übrigen Bellitreitern war nichts mehr zu sehen, aber die bildeten auch nicht das primäre Ziel.

Wummernd schlugen die letzten Napalmgranaten in das unter ihm liegende Gebäude.

»Blue Three an Leader«, antwortete der Pilot kühl, als wäre er dem Tod nicht gerade um Haaresbreite entronnen. »Die Störung ist beseitigt. Vielen Dank für deine Hilfe.«

Der Widerstand am Boden brach endgültig zusammen, trotzdem feuerten die Gleiter so lange, bis kein Stein mehr auf dem anderen stand. Danach setzten sie zur Landung an. In enger Formation sanken sie nebeneinander auf der Kreuzung nieder. Der Abstand zwischen jedem Heckflügel betrug exakt einen Meter – keinen Zentimeter mehr oder weniger.

Die brennenden Gebäude strahlten eine unerträgliche Hitze ab, doch das machte den Piloten nichts aus. Mit schwerfälligen Bewegungen stiegen sie aus ihren Sitzen. Jeder Gleiter war nur mit einem Unsterblichen besetzt, doch auch zu fünft stellten sie in eine unüberwindliche Streitmacht dar.

Schwere LP-Gewehre in den Händen, durchstreiften sie die Gassen. Überall dort, wo sie noch auf Leben stießen, zerstrahlten sie es innerhalb von Sekunden zu einem rauchenden Häufchen Asche. Gellende Schreie markierten die Häuser, in denen brennende Menschen ein weniger schnelles Ende nahmen.

Knapp zehn Minuten später hatte auch der letzte Verwundete sein Leben ausgehaucht. Selbst Rhiffalos, Aneetahs und die übrigen Tiere wurden nicht verschont.

Die Piloten trafen sich wieder bei den Gleitern. Ihre Rüstungen waren schwarz vor Ruß, doch niemand schien Hitze oder Atemnot zu verspüren.

»Irgendeine Spur von Naoki?«, erkundigte sich Blue Leader.

Seine Gruppe verneinte.

»Ihr Fleisch brennt sicher in einem der Häuser«, lachte Blue One. Die Stimme aus den Helmempfängern klang sehr hell und war eindeutig weiblich. »Die Biosensoren können keine Daten auffangen. Hier ist alles tot.«

»Naoki hat uns schon mehr als ein Mal getäuscht, aber diesmal gab es für sie kein Entkommen«, stimmte Blue Leader zu. »Wir fliegen zurück. Morgen ist auch noch ein Tag für Säuberungen.«

Unversehens nahm er eine militärische Grundstellung ein und schlug sich mit der stählernen Faust scheppernd gegen den Brustkorb. »Das Fleisch muss brennen«, verkündete er unheilvoll.

»Das Fleisch muss brennen«, wiederholten die übrigen in einem grotesken Chor.

Gelächter klang aus den Lautsprechern wie zum Signal, dass die militärische Operation beendet war. Nahtlos schloss sich ein Smalltalk aus belanglosen Scherzen und alltäglichem Gerede an. Ohne das Massaker zu beachten, das sie angerichtet hatten, stiegen die Piloten in ihre Gleiter und hoben nacheinander vom Boden ab. In loser Formation flogen sie eine letzte Runde über dem brennenden Fort und jagten dann in Richtung Westen davon.

Matthew Drax schwitzte und fror zugleich. Die Präriesonne brannte ihm unbarmherzig in den Nacken, während die nackten Füße von der Strömung des klaren Wasser gekühlt wurden.

Seine grüne Fliegerhose bis zu den Knien hochgekrempelt, verharrte er regungslos im flach auslaufenden Ufer eines namenlosen Flusslaufes. Der mit Leder umwickelte Holzstab, an dessen Ende er das Kampfmesser gebunden hatte, war zum Stoß bereit. Langsam atmete er ein und aus. Er musste entspannen und durfte nicht verkrampfen, aber das war leichter gesagt als getan. Seine bisherigen Versuche, eine der stachligen Forellen zu fangen, die sich hier im flachen Wasser tummelten, waren allesamt fehlgeschlagen.

Der schlanke Schatten, der langsam an seinen Füßen vorüber zog, schien ihn geradezu herauszufordern, doch Matt wusste, das ihm die Lichtbrechung des Wassers eine falsche Position vorgaukelte. Er musste einen Punkt links neben dem Fisch anvisieren – so viel hatte er schon herausgefunden –, durfte aber auch nicht zu weit entfernt zustechen, sonst schoss er übers Ziel hinaus.

Der Duft von gebratener Dornenforelle, der zu ihm herüber zog, machte die Jagd nicht gerade einfacher. Aruulas Fang musste schon fast gar sein.

»Lass es bleiben, du fängst heute sowieso nichts mehr«, neckte ihn die Barbarin, während sie laut schmatzend von dem grotesk anmutenden Fisch kostete. »Ich lade dich ein. Dieser Brocken langt für uns beide.«

Matt knurrte etwas Unverständliches, ohne seinen behelfsmäßigen Speer auch nur einen Zentimeter aus dem Ziel zu nehmen. Obwohl Aruulas Fang für zwei hungrige Mäuler reichte, wollte er nach all der Mühe nicht so einfach aufgeben. Vordergründig redete er sich ein, dass er die Gelegenheit nutzen musste, um einen Vorrat für den nächsten Tag anzulegen, doch in Wirklichkeit nagte der Misserfolg an seinem Ego.

Natürlich war es keine Schande, wenn eine in der Wildnis aufgewachsene Barbarin größeres Jagdgeschick an den Tag legte. Aber die scheinbare Leichtigkeit, mit der Aruula ihren Bihänder ins Wasser geschleudert hatte, während er noch an seiner Harpune bastelte, wurmte ihn doch. Anfangs hatte er gelacht und ihr geraten, nicht die Fische zu vertreiben, aber als sie nach dem zweiten Stich eine kapitale Dornenforelle aus dem Wasser zog, war ihm der Spott im Halse stecken geblieben.

Aruula geizte im Gegenzug nicht mit spitzen Bemerkungen, in denen sie ihrer Verwunderung Ausdruck verlieh, dass er während ihrer monatelangen Trennung nicht verhungert war. »Wahrscheinlich mussten andere Frauen für dich jagen«, kicherte sie übertrieben laut, um deutlich zu machen, dass sie es keineswegs witzig meinte.

Matt schwieg zu diesen Sticheleien, denn er wusste, dass Aruula auf seine mangelnde Treue anspielte.

Verdammt, als wenn er sich deshalb nicht selbst genügend Vorwürfe machen würde. Andererseits, was hatte er sich schon groß vorzuwerfen? Er war von Sklavenhändlern auf einen anderen Kontinent verschleppt worden und hatte nicht ernstlich damit rechnen können, dass sie sich je wiedersehen würden. Außerdem hatte Aruula während ihrer Atlantiküberquerung mit Rulfan geschlafen!

Der bloße Gedanke an den Albino beschleunigte Matts Herzfrequenz. Die Eifersucht, die plötzlich seine Gedanken vergiftete, gaukelte ihm vor, dass sich das seltsam alterslose Gesicht seines Nebenbuhlers auf der Wasseroberfläche abzeichnen würde. Direkt über der Stelle, an der die Dornenforelle zwischen Algenpflanzen nach Nahrung suchte. Einen wütenden Schrei auf den Lippen, stieß Matt blitzschnell zu.

»Das ist für dich!«

Triumphierend riss er den Speer in die Höhe, an dessen Spitze ein kapitaler Brocken zappelte. Aruula klatschte ironisch Beifall, obwohl sie nicht ahnte, dass der Stich mehr Rulfan als der Dornenforelle gegolten hatte. Früher, drüben in Europa, hätte sie sich ehrlich für Matts Jagderfolg gefreut, doch das schien ewig lange her zu sein. Obwohl sie wieder ein Paar waren, knisterte zwischen ihnen eine unsichtbare Spannung, die sie auf Distanz hielt. Die grenzenlose Freundschaft des ersten Jahres, das unerschütterliche Vertrauen in den anderen hatte einen Knacks erlitten.

Sie beide hatten sich – ob menschlich verständlich oder nicht – gegenseitig enttäuscht. Es würde wohl noch einige Zeit dauern, bis die Wunden der Untreue völlig verheilten. Matt spürte, wie sein Zorn von einem Gefühl der Trauer abgelöst wurde. Äußerlich mochte zwischen ihm und seiner Gefährtin wieder alles stimmen, doch er wusste wirklich nicht, ob es noch einmal so wie früher werden konnte.

Mit hängendem Kopf stapfte er aus dem Wasser.

Ein Blick in Aruulas Richtung verdrängte seine Bezie-hungsprobleme, doch es war nicht die mit Fellweste und Lendenschurz bekleidete Barbarin, die ihn auf andere Gedanken brachte. Matt beunruhigte vielmehr die dunkle Rauchsäule, die am Horizont aufstieg.

»Was ist?«, fragte Aruula, die seinen Stimmungsumschwung spürte. Ein Blick über ihre Schulter ersparte ihm die Antwort. »Vielleicht ein brennendes Haus«, sprach sie aus, was Matt dachte. Für ein Buschfeuer war der Brandherd zu eng umgrenzt.

Der ehemalige Pilot setzte sich zu ihr ans Feuer und begann seinen Fang auszunehmen. »Wir sollten nachsehen, was dort passiert ist«, schlug er vor. »Vielleicht können wir helfen.«

»Oder geraten in Schwierigkeiten«, prophezeite Aruula. »Hast du nicht selbst vorgeschlagen, besiedelte Gebiete zu meiden?«

Ihr Einwand war berechtigt.

Am Rande des ehemaligen Interstate Highways 40, dem sie von Memphis aus nach Westen folgten, hingen für Matts Geschmack zu viele schräge Vögel herum, die nur darauf lauerten, einsame Reisende auszunehmen. Deshalb hatte er dafür plädiert, sich weiter südlich durch die Prärie zu schlagen. Nachdem sie als Dank für die Ergreifung eines Mörders von den Truveers in Memvess zwei Rhiffalos erhalten hatten, kamen sie auch zügig voran. Das Leben in den endlosen Weiten des Landes machte die Menschen gastfreundlich, wenn sie erst mal von der Harmlosigkeit der Durchreisenden überzeugt waren. Und ein Pärchen wirkte auf die meisten Siedler und Biisonjäger nicht sonderlich bedrohlich.

»Wir brauchen dringend neue Vorräte«, gab Matt zu bedenken. »Wenn wir den Menschen helfen, gibt es endlich etwas anderes zu essen, als Fisch und wilde Beeren.«

»Du sehnst dich doch nur nach einigen Nächten auf einer Strohmatratze«, tadelte Aruula mit mildem Spott, schien aber einverstanden zu sein. Ihre Worte waren diesmal nicht böse gemeint. Das war schon daran zu erkennen, dass sie den gebratenen Fisch zerteilte und eine Hälfte an ihren Gefährten weiter reichte.

Matt legte seinen eigenen Fang beiseite und verschlang die dargebotene Mahlzeit mit Heißhunger. Nachdem sich beide gesättigt hatten, säuberten sie die zweite Dornenforelle und bestreuten sie mit dem letzten Rest aus ihrem Salzbeutel. Sie mussten wirklich dringend eine Siedlung aufsuchen, um ihre

Vorräte zu ergänzen. Ohne Salz oder andere Konservierungsstoffe waren sie in dieser Einöde aufgeschmissen.

Matt verlor bereits jedes Zeitgefühl, aber er wusste, dass sich der August des Jahre 2517 langsam dem Ende neigte. Zumindest nach der Monatseinteilung, mit der er aufgewachsen war. Die Klimazonen hatten sich in dieser neuen Welt genauso verschoben wie der Nordpol, der nun in Edmonton, Kanada lag. Noch herrschten in den ehemaligen Great Plains angenehme Temperaturen, aber wer wusste schon wirklich, was Aruula und ihn weiter westlich erwartete?

Es konnte noch eine verdammt lange, entbehrungsreiche Reise werden, auf die sie sich beizeiten vorbereiten mussten.

Je näher sie den dicken Rauchsäulen kamen, desto mehr beschlichen Matt und Aruula Zweifel, ob sie noch auf Überlebende treffen würden, denen sie helfen konnten. Schwerer Brandgeruch wehte ihnen entgegen. Als sie die Mauer aus hölzernen Pfählen ausmachen konnten, wurde ihnen klar, das vor ihnen nicht nur einzelne Gebäude, sondern ein ganzes Fort in Flammen stand. An der hoch aufragenden Umzäunung war nicht die geringste Beschädigung zu erkennen, die auf einen Angriff hingewiesen hätte. Es gab auch kein siegestrunkenes Geschrei irgendwelcher Plünderer. Trotzdem näherten sie sich mit äußerster Vorsicht.

Irgendetwas stimmte hier nicht! Bei einem Feuer dieser Größenordnung musste es doch Bewohner geben, die versuchten, ihr Hab und Gut zu retten!

Die lastende Stille, die sie empfing, war unheimlich. Nicht einmal das Knistern der Flammen war zu hören; die Häuser hinter der Palisade mussten völlig niedergebrannt sein. Ein Schild über dem Osttor verkündete in großen Lettern, dass sie sich Fort Woodsboro näherten, aber weder auf den Wehrgängen noch auf den Türmen ließ sich ein Wachposten blicken.

Die Festung schien wie ausgestorben.

Matt stieg auf den Rücken seines Rhiffalos, um die Krone der Schanze zu erklimmen. Als er sich keuchend über die zugespitzten Baumstämme zog, wurde ihm erst das wahre Ausmaß der Zerstörung bewusst. Rund zwanzig Gebäude waren bis auf die Grundmauern niedergebrannt, dazwischen lagen unzählige Tote auf den Straßen. Hier hatte ein wahres Massaker stattgefunden. Keuchend verharrte Matthew einen Moment auf dem Wehrgang. Links und rechts gab es schwelende Brandspuren, die an den Beschuss der Laserphasen-Gewehre erinnerten, wie sie die Communities in England benutzten.

Waren hier moderne Waffen am Werk gewesen?

Matt eilte über eine intakte Leiter hinab und öffnete das große Tor, das nur durch einen Querbalken verschlossen wurde. Die Rhiffalos scheuten, als Aruula herein ritt. Die Tiere witterten den Hauch des Todes, der über den Ruinen lastete, und selbst Matts zivilisationsgeschädigter Nase blieb nicht der Geruch von verbranntem Fleisch verborgen.

»Glaubst du, dass hier noch jemand lebt?«, fragte Aruula zweifelnd.

Matt schüttelte den Kopf, sagte aber: »Wir müssen zumindest nach Verletzten suchen.«

Sie schlossen das Tor, um sich vor unliebsamen Überraschungen zu sichern, und pflockten die Rhiffalos an.

Vorsichtig schritten sie durch die ehemaligen Straßen. Fort Woodsboro war aus den Überresten einer alten Stadt erwachsen, die schon vor den Tagen der großen Katastrophe existiert hatte. Das war an dem Marktplatz zu erkennen, der aus zwei breiten, sich kreuzenden Straßen bestand.

So hatte zu Matts Zeiten das Herzstück vieler Gemeinden im mittleren Westen ausgesehen, die sich am Rande der Highways bildeten. Meist hatten sie nicht mehr zu bieten als einen Schnellimbiss, ein Geschäft für Farmzubehör und die Polizeistation. Die Ampel an der Hauptkreuzung war das einzige Lichtsignal im Umkreis von hundert Meilen, und ein Wettrennen zwischen zwei Pickups, den Sechserpack Bier zwischen den Knien, war die einzige Aufregung des ganzen Wochenendes. Die Beharrlichkeit der Prärie hatte sogar »Christopher-Floyd« überlebt – doch nun war etwas gekommen, das alles Leben in Woodsboro auf einen Schlag ausgelöscht hatte.

Wer, oder besser *was* besaß die Macht zu solch einer Zerstörung? Und aus welchem Grund hatte dieser Überfall stattgefunden? Nirgendwo waren Spuren von Plünderungen zu sehen. Keinem der Toten schien etwas zu fehlen, nicht mal die selbstgebauten Vorderlader hatte man ihnen abgenommen.

Der Boden rings um einige Leichen war von Einschüssen aufgewühlt, andere Körper lagen in einem kleinen Aschekreis und waren bis zur Unkenntlichkeit verkohlt. Matt glaubte den Geruch von Napalm zu identifizieren. Das war durchaus möglich, denn dieses Teufelszeug ließ sich mit wenig Aufwand herstellen. Aber wer besaß in einer Gegend, die ins Zeitalter der Trapper zurückgefallen war, das nötige Wissen, um solch eine Waffe zum Einsatz zu bringen?

Aruula zog ihr Schwert mit einem schabenden Geräusch aus der Rückenhalterung, bevor sie sich daran machte, das Fort näher zu untersuchen. Weit und breit war kein Gegner zu sehen, doch der kühle Metallgriff gab ihr Sicherheit.

Nur so ließ sich der Hauch des Todes ertragen, der sie umwehte.

Vor den rauchenden Trümmern einer alten Taverne fand sie die Überreste einer roten Riesenlibelle, auf deren Rücken ein Sattel geschnallt war.

Ein Angriff aus der Luft mochte die unversehrte Palisade erklären, doch verfügten Bellitreiter über genügend Vernichtungskraft, um ein ganzes Fort vom Erdboden zu radieren? Aruula schien das zu glauben. Verächtlich trat sie gegen das am Boden liegende Tier.

»Lass das!«, wies sie jemand in scharfem Ton zurecht.

Matt wirbelte herum, noch ehe der Klang der fremden Stimme verhallte. Instinktiv strich er an der Hüfte entlang und der schlanke Driller sprang wie von selbst in seine Hand. Er richtete die futuristisch anmutende Waffe auf eine schlanke Gestalt, die sich zwischen den schwelenden Mauerresten der Taverne abzeichnete, ließ den Lauf aber gleich wieder sinken. Nicht wegen der Harpune, mit der die rußverschmierte Frau auf ihn zielte, sondern weil sie einen verwirrten Eindruck auf ihn machte. Ihre Nacktheit unterstrich, dass sie keine Bedrohung, sondern ein Opfer der fremden Attacke war. Lediglich einige mechanisch wirkenden Accessoires bedeckten ihre Haut. Sie bestanden aus dem gleichen Material wie die maschinell gefertigte Schusswaffe in ihren Händen.

Zweifellos eine Kriegerin, wenn auch eine sehr junge, die noch unter dem Eindruck des erlebten Terrors stand.

»Verschwindet von dem Tier«, forderte sie. »Es gehörte einem Reiter, der sein Leben für mich riskiert hat.«

So ruhig ihre Hände auch waren, der hysterische Klang ihrer Stimme bewies deutlich, dass sie kurz vor dem Zusammenbruch stand.

»Kein Grund zur Aufregung«, versicherte Matt, während er den Driller langsam zurück steckte. »Wir sind nur hier, um zu helfen.« Mit einer vorsichtigen Geste bedeutete er Aruula, dass sie ihr Schwert senken sollte. Die Barbarin dachte aber gar nicht daran, sich der Fremden auszuliefern. Stattdessen warf sie Matt einen wütenden Blick zu, in dem etwas mitschwang, das er in dieser Situation am allerwenigsten erwartet hätte.

Eifersucht!

Wut brodelte in ihm auf. Glaubte Aruula wirklich, das er sich von ein paar blanken Brüsten beeinflussen ließ?

Zum Glück begriff die Kriegerin auch so, dass sie es nicht mit Plünderern zu tun hatte. Langsam senkte sie den Harpunenlauf zu Boden, während sie herantrat.

»Er war fast noch ein Kind«, sagte sie mit leiser Stimme, als ob sie zu sich selber spräche. »Jung, ungestüm und voller Stolz, weil er ein paar Brocken aus den *Alibates* erbeutet hatte.«

Matt horchte auf. Das einzigartige Naturdenkmal des Staates Texas war ihm selbstverständlich bekannt. »Die hiesigen Indianer haben den Feuerstein Tausende von Jahren benutzt, um Werkzeuge und Waffen fürs tägliche Leben anzufertigen«, bestätigte er. »Es ist schon fast eine Ironie, dass der Steinbruch wieder solche Bedeutung erlangt hat.«

Sämtliche Vorderlader, die in den Straßen lagen, wären ohne Feuersteine funktionsuntüchtig gewesen. Doch statt auf eine der Büchsen zu achten, fixierte Matt das Gesicht der Fremden. Zufrieden registrierte er das überraschte Aufblitzen in ihren Pupillen. Sie hatte jedes seiner Worte verstanden.

»Er hätte entkommen können«, fuhr sie fort, ohne auf Matts Äußerung einzugehen. »Um mein Leben zu retten, hat sich Mig einen aussichtslosen Kampf mit den Unsterblichen geliefert. Tapferer kleiner Narr. Wärst du doch nur geflohen.« Aus dem Munde einer so jungen Frau wirkte der mütterliche Tonfall etwas grotesk.

»Diese *Unsterblichen*«, fragte er vorsichtig, »sind sie für das Massaker verantwortlich?«

Die Kriegerin nickte traurig, als würde sie erst jetzt das ganze Ausmaß der Katastrophe begreifen. »Es heißt, die Unsterblichen lebten schon vor Kristofluu«, erklärte sie, nachdem sie sich als Naoki vorgestellt hatte. »So weit mein Stamm zurückdenken kann, mieden sie den Kontakt zur Außenwelt, ließen aber alle in Frieden, die sich ihnen nicht näherten. Doch seit einigen Wochen zerstören sie jeden Ort in Reichweite ihrer Gleiter. Ich bin nach Osten geflohen, um dem Tod zu entkommen, aber offensichtlich nicht weit genug. Vor einigen Stunden legten sie dieses Fort in Schutt und Asche.«

Naoki mochte wie eine halbnackte Barbarin aussehen, doch ihre präzise Schilderung ließ sie in einem ganz anderen Licht erscheinen. Ihr Englisch war überraschend deutlich und ähnelte in keiner Weise dem verwaschenen Slang, der sich in den vergangenen fünfhundert Jahren entwickelt hatte.

Matt musste unwillkürlich an den Weltrat denken. In seinen Bunkern, geschützt vor der CF-Strahlung hatte er ebenfalls ein Höchstmaß der alten Kultur bewahrt. Konnte es sein, dass die Auswirkungen des Kometeneinschlags im Westen der USA deutlich geringer waren als an der Ostküste? Überhaupt schienen die Veränderungen in Amerika bei weitem nicht so stark zu sein wie drüben in Europa, wo einige Volksstämme auf das Niveau der Eisenzeit zurückgefallen waren.

Der Ex-Commander behielt seine Überlegungen vorläufig für sich, während er Naoki anbot: »Wir sollten zusammen bleiben, bis die Gefahr gebannt ist. Gemeinsam können wir uns besser gegen die Unsterblichen zur Wehr setzen.«

Die Dankbarkeit der Kriegerin hielt sich in Grenzen. »Alleine ist es viel einfacher, sich vor den Gleiterpatrouille zu verbergen«, stellte sie klar. Ihre Verzweiflung wich einem selbstbewusstem Auftreten, als sie fortfuhr: »Zu dritt könnte es gerade noch gehen. Ihr beiden dürft mich gerne begleiten, wenn ich weiter ziehe. Ich bin auf der Suche nach meinem Bruder. Er befindet sich in einer der umliegenden Siedlungen. Ich muss ihn warnen, bevor er auf dem Heimweg in sein Verderben rennt.«

Ohne weitere Erklärungen drehte sie sich um und ging zurück in die schwelende Ruine. Matt folgte ihr bis zu einem Mauerrest, von dem eine Art Netz herabhing. Es war ihm ein

Rätsel, wie das filigrane Gespinst die Feuersbrunst unbeschadet hatte überstehen können. Die Wand hinter dem Netz war zwar etwas angesengt, wirkte aber ansonsten noch intakt. Fast schien es, als hätten die Flammen diesen Teil des Hauses verschont.

Naoki nahm das Gewebe ab und schwang es um die Schultern. Erst jetzt wurde erkennbar, dass es sich um einen äußerst luftigen Mantel handelte.

»Wir sollten rasch zusammensuchen, was noch zu gebrauchen ist«, schlug sie vor. »In wenigen Stunden wird es dunkel, dann ist es zu spät.« Ohne sich um eine Antwort zu kümmern, ging sie davon.

»Okay«, stimmte Matt zu.

Aruula war nicht bereit, sich den Anweisungen der Fremden zu beugen. »Lass uns von hier verschwinden«, raunte sie ihrem Gefährten zu. »Ich traue dieser Frau nicht. Sie verbirgt etwas vor uns, aber ich kann nicht erlauschen, was es ist. Es scheint, als ob sie gar keine Gedanken hätte.«

»Sie ist nicht die Erste, bei der deine telepathischen Fähigkeiten versagen«, beruhigte Matt. »Aber du hast Recht, sie sagt uns nicht alles, was sie weiß. Gerade deshalb sollten wir sie begleiten. Informationen können lebensrettend sein, wenn wir es mit diesen Unsterblichen zu tun bekommen.«

Die Barbarin schnaufte verächtlich. »Du interessierst dich für sie, das spüre ich deutlich.« Mit affektierten Bewegungen amte sie Naokis wiegenden Gang nach. »Sie gefällt dir wohl, weil sie nackt durch die Gegend läuft?«

»Sie ist eine gute Verbündete, die weiß, wie man den Unsterblichen entkommt«, stellte er klar. »Als Frau ist sie mir egal.«

»Das möchte ich dir auch raten«, drohte Aruula. In einer entschlossenen Bewegung schob sie ihr Schwert zurück in die Halterung und entledigte sie sich ihrer knappen Fellweste.

Als Naoki aus einer benachbarten Ruine herüber blickte, reckte Aruula ihre blanken Brüste in einer provozierenden Geste vor, um zu demonstrieren, dass sie ihrem Gefährten weit mehr zu bieten hatte als die Fremde.

Matt hätte am liebsten seufzend die Hände vors Gesicht geschlagen.

Statt seiner Scham Ausdruck zu verleihen, blieb Matt dicht an Aruulas Seite, um ihre Eifersucht zu dämpfen. Gemeinsam machten sie sich auf die Suche nach Nahrung, die nicht den Flammen zum Opfer gefallen war. Im Keller einer Taverne wurden sie fündig. Zwischen einige Unglücklichen, die am dichten Qualm erstickt waren, fanden sie Säcke voller Salz, Mehl und Bohnen sowie ein Fass mit Pökelfleisch. Weit mehr als sie in den Satteltaschen der Rhiffalos verstauen konnten.

Matt verdrängte den Anflug schlechten Gewissens, als sie die Lebensmittel zu ihren Reittieren schleppten. Es gab niemanden mehr im Fort, der Anspruch auf die Waren erheben konnte, und bevor sie verdarben, war es besser, wenn sie damit ihr Überleben sicherten.

Naoki kletterte inzwischen in das verbliebene Drittel des zerschossenen Wasserturms, um sich zu reinigen. Nachdem sie den Ruß von der Haut gewaschen hatte, wurde ihr gelblicher Teint deutlich sichtbar. Sie musste asiatische Vorfahren haben, darauf hatte Matt schon wegen ihrer mandelförmigen Augen geschlossen. Die Frage nach ihrer Herkunft beschäftigte ihn allerdings weniger als die Tatsache, dass sie sich vor dem Bad zwar des Lendentuches, nicht aber der Handschuhe und des Oberschenkelschutzes entledigte. Unterarme und Hände sahen keinen Tropfen Wasser.

Aruula nahm die forschenden Blicke ihres Gefährten missmutig zur Kenntnis, obwohl ihr Lauschsinn bestätigte, dass Matts Interesse nicht sexueller Natur war.

So begnügte sich die Barbarin damit, Naoki mit einem säuerlichen Lächeln zu empfangen und sie zu drängen, auf ihrem Rhiffalo Platz zu nehmen. Allein der Gedanke, dass sich die Fremde während des Ritts an Matt schmiegen könnte, schien ihr unerträglich.

Der Ex-Commander wollte eigentlich erst losziehen, nachdem die Toten begraben waren. Naoki beschwor ihn jedoch, von diesem Vorhaben Abstand zu nehmen.

»Falls die Unsterblichen noch einmal zurückkehren, wissen sie sofort, dass jemand entkommen ist«, erklärte sie ihm betont langsam, als ob sie an seiner Auffassungsgabe zweifelte. »Aus dem gleichen Grund müssen wir möglich schnell einige Kilometer zwischen uns und diese Siedlung bringen. Nicht weit entfernt gibt es einen kleinen Waldhain, der uns vor Entdeckung aus der Luft schützen wird.«

Matt stutzte, als sie die Maßeinheit *Kilometer* benutzte, denn das metrische System war bei der breiten Bevölkerung längst in Vergessenheit geraten. Naoki verfügte über mehr Wissen, als ihr auf dem ersten Blick anzusehen war. Um eine Bunkerfrau konnte es sich aber nicht handeln, und sie konnte auch nicht dem Weltrat angehören, denn unter ihrem luftigen Netzmantel ließ sich keine Flasche mit dem Serum verbergen, das es der WCA ermöglichte, sich trotz ihres Immundefektes an der Oberfläche aufzuhalten. Vielleicht erhielt sie das Mittel aber auch über die mechanischen Bauteile ihrer Handschuhe, oder sie war davon unabhängig geworden wie der WCA-Lieutenant, den er vor einigen Wochen getroffen hatte.

Fragen über Fragen drängten sich ihm auf, doch er musste behutsam vorgehen. Dann würde er hoffentlich bald Antworten erhalten.

Gemeinsam verließen die Drei das Fort in Richtung

Nordwesten. Die beiden Frauen ritten voran, da Naoki ihnen den Weg wies. Matt beobachtete genau, wie sie zur Orientierung immer wieder auf ihren rechten Handschuh starrte, als wäre dort eine Art Kompass eingebaut. Seine Versuche, mehr darüber herauszufinden, scheiterten jedoch an ihrer Einsilbigkeit. Sie schien Matt und Aruula nicht genügend zu trauen, um sie in ihr Wissen einzuweihen – und das wiederum machte Matt skeptisch.

Wer garantierte ihm, dass Naoki nicht ihr eigenes Spiel trieb?

Kurz vor Anbruch der Dunkelheit erreichten sie den Waldhain, von dem Naoki erzählt hatte. Sie pflockten die Rhiffalos an und suchten eine paar Steine, die sie zu einem Kreis zusammenlegten. Darin entzündete Matt ein rauchloses Feuer, damit sie ihre Position nicht kilometerweit verrieten. Während sie die Dornenforelle vom Nachmittag über den niedrigen Flammen grillten, suchte Matt erneut das Gespräch mit Naoki. Zuerst wich sie seinen Fragen immer wieder aus, aber als er sie direkt auf ihr vielfältiges Wissen ansprach, ging sie zum Gegenangriff über.

»Du scheinst dich sehr gut mit der Zeit vor Kristofluu auszukennen, Maddrax«, knurrte sie aggressiv. »Mir scheint fast, du könntest ein Spitzel der Unsterblichen sein.«

Aruula wollte angesichts dieser Anschuldigung empört aufbrausen, doch Matt langte beruhigend nach ihrem Arm. Naoki hatte Recht. Wenn er ehrliche Antworten von ihr erwartete, musste er erst eine Vertrauensbasis schaffen. Ohne Umschweife begann er seine Geschichte zu erzählen.

Er begann mit seiner Zeit bei der US Air Force und der Mission, den Beschuss des Kometen zu beobachten, der auf die Erde zu raste. Naoki runzelte die Stirn, ohne dass er erforschen konnte, ob sie schon einmal von »Christopher-Floyd« gehört hatte oder seine Worte einfach als baren Unsinn empfand. Sie verfolgte seinen Bericht über den Zeitsprung, ohne an eine göttliche Fügung zu glauben, sondern stellte ihm wissenschaftlich fundierte Fragen, die deutlich machten, dass sie sich mit Raum/Zeit-Theorien auskannte.

Während Matt von der Landung in Europa erzählte, kuschelte sich Aruula eng an seine Schulter. Sie genoss seine Erinnerung an die alten Zeiten, außerdem wollte sie deutlich machen, dass er ganz und gar ihr gehörte.

Naoki schien Matt Glauben zu schenken, und was noch wichtiger war: Sie *verstand* offensichtlich ganz genau, was er ihr erzählte. Das bewies, dass sie keine Barbarin war.

»Die Unsterblichen leben schon seit undenklichen Zeiten in Amarillo«, erklärte sie im Gegenzug. »Sie schotten sich von den übrigen Menschen ab, doch auch sie müssen Handel treiben, um Nahrung und Rohstoffe zu erwerben. Mein Dorf liegt nahe der Stadt, deshalb fungierten wir seit Generationen als ihr Mittler zu Biisonjägern und Farmern. Es war eine Symbiose, von der beide Seiten profitierten. Unser Verhältnis zu den Unsterblichen war immer gut; einige von ihnen haben uns sogar unterrichtet. Deshalb wissen wir viele Dinge, die in der übrigen Bevölkerung in Vergessenheit geraten sind. Aber vor einigen Wochen...«

Von der Erinnerung übermannt, begann ihre Stimme plötzlich zu beben und sie brach ab. Matt fragte nicht nach, was mit ihrem Dorf passiert war. Er konnte es sich denken.

»Warum nennst du sie die Unsterblichen?«, erkundigte sich Aruula, um sie auf andere Gedanken zu bringen.

»Weil sie ewig leben«, antwortete Naoki, als wäre das selbstverständlich. »Sie sind in dicke Rüstungen gehüllt, die ihre Körper vor dem Verfall schützen. Niemand von uns hat je ihre Gesichter gesehen.«

»Also könnte unbemerkt ein Generationswechsel stattfinden«, kombinierte Matt. »Vielleicht wurde deinen Leuten nur vorgegaukelt, dass sie es immer mit denselben Personen zu tun haben.«

»Sie *sind* unsterblich«, brauste Naoki auf, sackte aber gleich drauf in sich zusammen. »Und sie sind böse geworden!«

Ihre Netzhaut schimmerte feucht und zwei Tränen rannen aus ihren Augenwinkeln. Verlegen starrte sie in die erlöschende Glut des Lagerfeuers, die ihr schmales Gesicht gespenstisch beleuchtete. Dunkle Schatten umflirrten ihre hohlen Wangen, als sie sagte: »Wir sollten uns hinlegen und ein wenig schlafen. Wir müssen mit dem ersten Sonnenstrahl aufbrechen. Je eher wir aus dieser Gegend verschwinden, desto besser.«

Matt brannten noch viele Fragen auf der Zunge, doch er wagte es nicht, weiter in sie zu dringen. Morgen war auch noch ein Tag. Plötzlich fühlte er die nächtliche Frische, die nach Anbruch der Dunkelheit über die Prärie zog. Frierend rieb er sich die Arme, während Aruula die Decken ausrollte.

Eine davon wollte sie an Naoki abtreten, doch die zeigte sich mit ihrem löchrigen Netzmantel vollauf zufrieden.

Aruula zuckte mit den Schultern und schlüpfte zu Matt unter die Decke. Ihre Hände glitten über seinen Körper und auch sonst zeigte sie sich überraschend anschmiegsam.

»Fegaashaa?«, hauchte sie erwartungsvoll.

Angesichts der weichen Brüste, die gegen seinen Rücken drückten, wäre er nur zu gerne bereit gewesen, doch die Anwesenheit von Naoki hemmte ihn. »Nicht heute«, wehrte Matt ab. »Wir sind nicht alleine.«

Der Schlag ins Kreuz, den er daraufhin kassierte, machte deutlich, wie empört Aruula über seine Enthaltsamkeit war. Gerade *weil* die Nebenbuhlerin ihr Liebesspiel hören konnte, wollte sie langen und heißen Sex. Das würde ein für alle Mal klarstellen, dass *ihr* Matt kein Interesse an anderen Frauen hatte, weil er alles bei ihr bekam, wonach sich ein Mann sehnen konnte.

Brummend drehte sich die Barbarin zur Seite. Es dauerte eine ganze Weile, bis sich ihre Wut so weit legte, dass sie einschlafen konnte.

Ein lautes Piepsen riss Matt aus dem Schlaf. Geblendet vom Tageslicht kniff er die Lider zusammen und tastete nach seinem Wecker, um das nervtötende Geräusch zu beenden. Einen Moment lang glaubte er wirklich, wieder in seinem alten Bett in Riverside zu liegen, aber als sich Naokis Silhouette vor seinen Augen abzeichnete, wusste er, dass es für ihn kein Erwachen aus dem Albtraum gab. Ihm würde es nie wie Bobby Ewing unter der Dusche gehen – der Weltuntergang ließ sich durch keinen Drehbuchkniff rückgängig machen.

Beim Anblick ihrer Harpune zerrissen die Traumgebilde, die noch durch Matts Kopf spukten. Instinktiv langte er an die Hüfte.

Naokis Linke schnappte wie ein Fangeisen um sein Handgelenk, bevor er den Driller erreichte. Trotz ihres zierlichen Aussehens besaß sie die Kraft eines Hünen. Mit einem harten Ruck bog sie seinen Arm zur Seite. Matt musste nachgeben, um einen Knochenbruch zu vermeiden. Ein leises Stöhnen drang über seine Lippen.

»Still!«, zischte sie. »Die Unsterblichen kommen!«

Sie lockerte den eisernen Griff und zog ihren Netzumhang von den Schultern. Das schrille Piepen, das Matt geweckt hatte, kam aus ihrem linken Handschuh. Die Intervalle des Signals wurden immer kürzer, als käme das, was es anpeilte, stetig näher. Naoki drückte auf eine runde Erhebung und das Geräusch erstarb.

»Schnell, rückt zusammen«, befahl sie Matt und Aruula, während sie den Netzmantel über die beiden warf. Behände schlüpfte sie neben Matt und presste sich fest an seinen

Körper, sodass alle drei von dem Kunststoffgeflecht bedeckt wurden. Erneut hantierte sie an ihrem Handschuh herum. Ehe Matt fragen konnte, was eigentlich vor sich ging, erklang ein leises Summen.

Das Netz erwärmte sich und er fühlte ein leichtes Prickeln auf der Haut.

»Der Mantel erzeugt ein Kraftfeld, das uns vor den Biosensoren der Gleiter schützt«, erklärte Naoki. »So können sie nur die beiden Rhiffalos orten, und die interessieren sie hoffentlich nicht.«

Matt spürte ihren heißen Atem in seinem Nacken, aber das verwirrte ihn nicht so sehr wie der Umstand, dass sich zwei halbnackte Frauen fest an ihn pressten. Die aufziehende Gefahr hinderte ihn allerdings daran, die Situation zu genießen. Mit angehaltenem Atem blickte er zu den Baumkronen auf, die den Blick in die Höhe verdeckten.

Es dauerte noch knapp eine Minute, bis er ein Geräusch vernahm, das rasend schnell anschwoll. Plötzlich jagte etwas über sie hinweg, kehrte um und schien dann zu kreisen.

Abgehackte Funksprüche wurden laut, die Matt an seine Militärzeit erinnerten. »Blue One an Leader«, dröhnte es verzerrt. »Erfasse insgesamt fünfzehn Signale, keines davon humanoid. Zwei Rhiffalos. Sie dürften für die Spuren verantwortlich sein, die wir gefunden haben.«

»Blue Leader an alle. Kette bilden und Intensivscan durchführen.«

Die Geräusche über dem Blätterdach erinnerten an gedämpfte Flugzeugturbinen, doch die Gleiter bewegten sich mit der Wendigkeit von Motorrädern, als sie die befohlene Formation einnahmen. Matt konnte sehen, wie sich einige Äste in die Tiefe bogen, als sie direkt über sie hinweg glitten. Es dauerte knapp zehn Minuten, bis die Unsterblichen das gesamte Waldstück abgegrast hatten. Danach waren nur noch einige entfernte Funksprüche zu hören, bevor sich die Turbinengeräusche wieder entfernten.

Matt atmete erleichtert auf. »Bloß gut, dass die nicht zu Fuß nachgesehen haben.«

»Carter hätte eher alles abgebrannt, als aus seinem geliebten Gleiter zu steigen«, schnaufte Naoki verächtlich.

Matt zog die linke Augenbraue hoch. »Carter?«

»Blue Leader«, erklärte die Asiatin. »Ein Unsterblicher, der schon immer viel zu sehr auf die Technik vertraut hat.«

Ein leises Piepen ihres Signalgebers zeigte an, dass die Gleiter weit genug entfernt waren. Naoki deaktivierte das Netz und löste sich von Matts Schulter. Sie eilte zum Waldrand, um den kaum noch wahrnehmbaren Gleitern nachzusehen, die in Richtung Fort Woodsboro davonflogen.

Weiter östlich zeichnete sich ein dunkler Strich am Horizont ab. Zweifellos eine Rauchsäule, wenn auch mindestens achtzig bis hundert Kilometer entfernt. In den endlosen Weite der Prärie war das schwer einzuschätzen.

Naoki klappte eine verborgene Abdeckung in ihrem Handschuh in die Höhe. Darunter wurden ein flacher LCD-Bildschirm und mehrere Sensortasten sichtbar. Geschickt ließ sie die Finger über das Manual fliegen, bis eine grobe Landkarte auf der Flüssigkristall-Anzeige erschien. Zwei grüne Punkte blinkten darin auf. Einer markierte zweifellos ihren eigenen Standort.

»Sie haben Cooperton zerstört«, erklärte sie, als Matt und Aruula neben sie traten. »Sie müssen schon vor Tagesanbruch losgeflogen sein; offensichtlich haben sie noch einiges vor.«

Ihre glatten Gesichtszüge wirkten hart wie Stein, als sie den Handschuh auf die fünf dunklen Punkte richtete, die am Horizont langsam verschwanden. Zwei Tastendrücke später hatte sie deren Position bestimmt. Sie nickte, als sie das Ergebnis ablas. »Wie ich es mir dachte, sie fliegen nach Fort Woodsboro. Falls sich dort weitere Leute eingefunden haben, um nach dem Rechten zu sehen, werden sie jetzt niedergemacht.«

»Gut, dass wir die Toten an ihren Platz gelassen haben«, murmelte Aruula. So makaber es auch klang, es war ihre Art, Naoki Respekt zu zollen. Ohne die Hilfe der Kriegerin wären sie wohl längst ein Häufchen Asche geworden.

Matt massierte sein Handgelenk, das noch immer von Naokis hartem Griff schmerzte. »Dein Equipment scheint leistungsfähiger als das der Gleiter zu sein«, sagte er mit Blick auf ihre technische Ausrüstung. »Wie kommt es, dass du sie eher orten kannst als sie dich?«

Der Anflug eines Lächelns huschte über ihre angespannten Gesichtszüge.

»Es ist mir gelungen, die CF-Strahlung besser zu kompensieren«, erklärte Naoki voller Stolz. »Selbst wenn Carter und die anderen Höchstgeschwindigkeit fliegen, bin ich den Suchtrupps um eine Minute voraus. Hätten sie uns auf freier Prärie abgefangen, wären wir allerdings dran gewesen. Wir dürfen mit den Rhiffalos nicht mehr so deutliche Spuren hinterlassen.«

Matt ignorierte ihre letzten Worte. »Du hast etwas entwikkelt, das die Erfindungen der Unsterblichen übertrifft?«, hakte er nach. »Nicht schlecht für eine Trapperin, die nur ein wenig Tauschhandel treibt.«

Naoki machte ein Gesicht, als ob sie sich am liebsten auf die Zunge gebissen hätte. Wütend blickte sie Matt in die Augen. Nur um darin zu lesen, dass er längst die Wahrheit ahnte...

Tower des Amarillo Medical Science Center, 2017

Miki Takeo sah auf die Stadt hinab, deren Viertel nur durch einige brennende Häuser erleuchtet wurden. Früher, *vor »Christopher-Floyd«*, hatte man Amarillo zu einer der besten US-

Städte gewählt, in denen Kinder aufwachsen konnten. Diese Zeiten waren lange vorbei.

Überall herrschte nur noch das Faustrecht. Marodierende Banden zogen durch die Straßen und beraubten jene, die sich einen Rest von Zivilisation bewahrt hatten. Immer öfter attackierten sie auch den *Medical Science Tower*, dessen beleuchtete Fensterfronten wie ein höhnisches Signal in die Armenviertel strahlten.

Seht her, wir haben Strom und alle Annehmlichkeiten der Vergangenheit, schien es die Unterprivilegierten zu verspotten, *aber wir lassen euch nicht ein in unser Paradies*. Seit Tagen verklebten die Wissenschaftler des *Medical Science Centers* alle Scheiben mit schwarzer Folie, um die Begehrlichkeiten nicht noch weit bis ins Umland zu wecken.

Aufgrund der Kometenstrahlung wussten sie nur wenig über das, was in anderen Landesteilen vor sich ging, aber wie es schien, gehörten sie zu den Letzten, bei denen sich der Fortschritt gehalten hatte. Der größte Feind ihrer Enklave stand jedoch nicht vor den Barrikaden, die ihr Gelände umgaben, sondern befand sich in den eigenen Reihen.

Auf dem Flur wurden Schreie laut. Ihr nächster Patient nahte.

»Ihr Scheißkerle! Was wollt ihr von mir?!«, drang es durch die geschlossene Tür.

Miki konnte es bald nicht mehr ertragen. »Gibt es denn keine andere Möglichkeit?«, brach es aus ihm heraus.

Carter sah verwundert zu ihm hinüber. Sein Kittel war mit Blut bespritzt. Keine Zeit zum Wechseln; sie arbeiteten im Akkord. Die Zeit brannte ihnen unter den Nägeln, wenn sie nicht das gleiche Schicksal erleiden wollten wie der Rest der Bevölkerung.

»Manche Leute muss man halt zu ihrem Glück zwingen«, machte Carter seine Position deutlich. »Andere wären froh, wenn wir ihnen die gleiche Chance bieten würden. Wirf mal einen Blick nach draußen. Glaubst du, den Wilden macht das Leben, das sie führen müssen, Spaß?«

Natürlich hatte Carter Recht, wie so oft. Er war ein Mann, der sich nicht scheute, unbequeme Realitäten auszusprechen.

Miki spürte ein Jucken im rechten Arm. Er kratzte an der entsprechenden Stelle, obwohl das die verdammten Phantomschmerzen nicht im Geringsten beeindruckte. Ein Heckenschütze hatte ihn bei einem Versorgungsgang durch die Stadt – einige ihrer Gemeinschaft nannten es zynisch *Raubzug* – erwischt. Carter musste den zerschmetterten Oberarmknochen amputieren, um sein Leben zu retten. Die Prothese, die er seitdem trug, stammte aus Mikis eigener Werkstatt.

Er war Biomechaniker. Ironie des Schicksals.

Sein bionischer Arm war so beweglich wie das linke Gegenstück. Künstliche Rezeptoren ersetzten den Tastsinn, computergesteuerte Seilzüge ermöglichten selbst feinste Kleinarbeit. Die äußere Hülle war den Muskelpartien eines echten Arms nachempfunden. Es fehlte nur noch gezüchtete Neo-Haut, um sie zu überziehen, danach konnte er sogar wieder schweißnasse Hände bekommen. Wenn er es wollte.

Die Labortür flog mit einem lauten Krachen auf.

Garth und Lopez schleppte eine Patientin herein, die sich verzweifelt wehrte. Sie war klein und recht füllig, aber die Angst verlieh ihr Riesenkräfte. Die beiden Männer hatten Mühe, sie im Zaum zu halten. Fluchend zerrten sie die Tobende zur Operationsliege.

Miki schloss die Tür und nahm eine Spritze aus dem Sterilisationskasten. Vorsichtig zog er sie auf, klopfte gegen den Kolben, damit die Luftblasen aufstiegen und drückte, bis eine winzige Menge des Betäubungsmittels aus der Nadel schoss.

Die Frau versteifte sich, als er an die Liege trat. Sie war Amerikanerin japanischer Abstammung, so wie er. Aber wen interessierten solche politisch korrekten Ausdrücke noch? Nach

»Christopher-Floyd« gab es keine Nationalitäten mehr, sondern nur noch Verdammte, die gemeinsam um ihr Überleben kämpften.

Ängstlich sah sie auf das Instrument in seiner Hand, als ob er eine Axt schwingen würde. »Was ist das?«

Es hatte wohl dieser Frage bedurft, um Miki den Glauben an die Richtigkeit seiner Mission zurückzugeben. »Das ist eine Spritze«, antwortete er geduldig. »Damit werden Schmerz- und Beruhigungsmittel verabreicht. Das sollte eine Medizinerin eigentlich wissen – selbst wenn sie auf Schönheitsoperationen spezialisiert ist.«

Aber genau da lag das Problem. Die Menschen vergaßen, was sie wussten. Einige schneller, andere langsamer. Einfach so, ohne erkennbaren Grund. Vermutlich hing es mit der verdammten Kometenstrahlung zusammen.

Die Dicke bäumte sich auf, als er ihr das Schlafmittel injizierte, erschlaffte dann aber sehr schnell. Miki strich ihr sanft über die Wange.

»Keine Sorge, Naoki«, tröstete er seine Kollegin, die langsam in die Bewusstlosigkeit glitt. »Bald geht es dir wieder besser.«

Ein wohlbekanntes Jaulen ertönte in seinem Rücken. Carter prüfte das klobige Instrument, das er in Händen hielt. Die Knochensäge.

Immer wieder drückte er auf den Schalter und ließ das kreisrunde Sägeblatt rotieren. Fünf Zentimeter Durchmesser, gehärteter Edelstahl mit rasiermesserscharfen Zacken. Dem widerstand keine Schädeldecke.

Das Motorgeräusch zerrte an Mikis Nerven. »Könntest du bitte damit aufhören?«, fauchte er den Institutsleiter an.

Carter verdrehte die Augen und setzte sein *Mad Scientist*-Gesicht auf, mit dem er zu Halloween die Kinder erschreckte. Es sollte wie Schwarzer Humor wirken, doch Miki ließ sich nicht täuschen. Dem Kerl machte es wirklich Spaß, in die Köpfe anderer Leute zu schauen.

Er legte die Spritze beiseite und machte sich mit Schere und Rasiermesser daran, eine sieben mal sieben Zentimeter große Stelle an Naoki Tsuyoshis Kopf frei zu legen. Danach assistierte er Carter bei der Operation.

Kilometer hinter dem Waldhain stießen sie auf eine natürliche Schneise, der sie folgten, um nicht noch einmal verräterische Spuren in der Prärie zu hinterlassen. Auf einer Breite von zweieinhalb Metern spross nur spärliches Präriegras, denn hier war einst eine Nebenstraße verlaufen, deren versunkene Asphaltdecke nun das Pflanzenwachstum hemmte.

Naoki hatte ihre anfängliche Scheu gegenüber ihren Begleitern abgelegt und navigierte ganz offen mit den Geräten, die in ihren Handschuh eingebaut waren. Obwohl die automatischen Sensoren vor nahenden Gleitern warnten, suchte sie den Horizont immer wieder mit dem bloßen Auge ab.

Matt erkannte rasch, dass ihre Sehkraft stärker ausgeprägt war als bei den meisten Menschen. Die Finger vor die Stirn gelegt, um sich vor der blendenden Sonne zu schützen, machte Naoki weitere Rauchschwaden aus, die selbst Aruula verborgen blieben. An der entsprechenden Position war keine feste Siedlung verzeichnet; es musste sich wohl um das Lager nomadisierender Biisonjäger handeln.

»Die Unsterblichen arbeiten mit zwei Gleiterstaffeln«, analysierte Naoki sachlich. »Uns bleibt nicht mehr viel Ziel, um meinen Bruder zu finden.«

Aruula drehte sich schweigend zu Matt herum. Ihr angespanntes Gesicht sagte mehr als tausend Worte: *Wäre es nicht besser, wenn wir so schnell wie möglich aus der Gegend ver-*

schwinden? Die Frage war berechtigt. Naoki mochte einen guten Grund haben, sich in Gefahr zu begeben, aber sie waren nur Fremde auf der Durchreise.

Doch wohin sollten sie sich wenden? War in dieser Gegend nicht ein Ort so gefährlich wie der andere?

»Ihr könnt gerne euer Glück auf eigene Faust versuchen«, bot Naoki an, als ob sie Aruulas Bedenken spürte. »Ich fürchte allerdings, ohne meine Hilfe werdet ihr den Gleiterpatrouillen nicht lange entkommen. Und wenn wir Aiko gefunden haben, steigen unsere Überlebenschancen rapide an. Er ist ein guter Kämpfer.«

Aruula legte ihre Stirn in Falten. Es gefiel ihr nicht, dass jemand sie für feige hielt. »Maddrax und ich fürchten keine Gefahren«, stellte sie klar. »Wir bleiben bei dir.«

Matt stimmte ihr im zweiten Punkt zu, obwohl der Gedanke an die Unsterblichen durchaus Beklemmungen bei ihm auslöste. Er schämte sich nicht für seine Sorgen. Nur wer Angst verspürte, konnte wirklich Mut beweisen. Statt eine philosophische Diskussion zu eröffnen, bemerkte er jedoch: »Aiko und Naoki, diese Namen klingen sehr japanisch.«

»Das stimmt«, bestätigte Naoki. »Unsere Eltern sind einst aus Japan eingewandert.«

Ehe sie diese Aussage spezifizieren konnte, forderte ein neues Piepsgeräusch ihre Aufmerksamkeit. Matt und Aruula zuckten zusammen. Sie rechneten mit der Ortung eines anfliegenden Gleiters, doch Naoki stieß einen erfreuten Schrei aus. »Das ist Aikos Signal! Er kann nicht mehr weit entfernt sein.«

Sie streckte den Arm aus, um den Empfang zu verbessern. Mittels des Manuals konnte sie den Aufenthaltsort ihres Bruders eindeutig bestimmen. Erfreut deutete sie geradeaus. »Wir sind auf dem richtigen Weg. Er hält sich in einem Lager auf, das nur einen halben Tagesritt von hier entfernt liegt.«

Angespornt durch die neue Entwicklung schlug sie mit der

flachen Hand auf das Hinterteil des Rhiffalos. Der Hieb fiel stärker aus als beabsichtigt. Erschrocken brüllte das Tier auf. Einen Moment lang sah es aus, als wollte es auf die Hinterbeine steigen, aber dann verfiel es in einen schnellen Trab.

Matt hatte Mühe, den Anschluss an die beiden Frauen zu halten, obwohl sein Rhiffalo nur einen Reiter tragen musste.

Die nächsten Stunden verbrachten sie ohne große Pausen im Sattel. Von Zeit zu Zeit wechselten sie lediglich die Rhiffalos, um die ungleiche Belastung besser aufzuteilen. Dem Sonnenstand nach war es bereits später Nachmittag, als Naoki die Umrisse der Siedlung ausmachte. Selbst Aruulas geübter Blick konnte nur Präriegras und Sträucher ausmachen, doch einige Kilometer später musste sie eingestehen, dass die Japanerin Recht hatte.

Betonhallen zeichneten sich vor dem Horizont ab, die von mit Grassoden bedeckten Blockhütten umgeben wurden.

Naoki kontrollierte ein letztes Mal, ob die Signale auch wirklich aus dieser Ansammlung von Gebäuden stammten, dann drückte sie die Klappe nieder, um das technische Innenleben des Handschuhs zu verbergen.

Eine seltsame Anspannung machte sich in der Gruppe breit, die auch Matthew Drax ergriff. Was mochte sie in diesem Lager erwarten, und wie sah wohl der ominöse Bruder der Japanerin aus?

Nach einem scharfen Ritt erreichten sie die äußeren Gebäude der offenen Siedlung. Schon von weitem wehten ihnen Lärmfetzen entgegen, ohne dass sie einen Menschen ausmachen konnten. Hier gab es weder einen Wachposten noch ein paar neugierige Einwohner.

Nur einen Halbwüchsigen, der barfuß auf dem Boden spielte. Er trug ein zerrissenes Leinenhemd, das ihm bis über die Knie reichte und durch einen primitiven, um den Bauch geschlungen Strick gehalten wurde. Seine weißblonden Haare wiesen eine Handteller große Tonsur auf dem Hinterkopf auf. Obwohl er die Hufschläge hören musste, starrte er gebannt in den Dreck zu seinen nackten Füßen.

Matt zügelte seinen Rhiffalo neben dem Jungen. Erst jetzt erkannte er ein im Staub aufgezeichnetes Viereck, in dem einige Erbsen lagen. Den mageren Oberkörper vor und zurück wiegend, brabbelte der Junge leise vor sich hin: »Vier gehen rein, einer geht raus. Drei kommen dazu, zwei gehen raus. Fünf gehen rein, sieben gehen raus.«

Unermüdlich schob er die entsprechende Erbsenzahl mit schnellen Bewegungen in das Karree und wieder zurück. Die Rechnerei schien sein einziges Vergnügen zu sein, denn seine Hände starrten vor Dreck.

»Hallo Kleiner«, sprach Matt ihn an. »Wir sind auf der Suche nach einem alten Freund. Weißt du, ob sich Fremde bei euch aufhalten?«

Statt zu antworten, hob der Junge lediglich die Stimme an. So wie ein Kind im Dunkeln pfiff, um sich Mut zu machen, zählte er laut weiter: »Eins, zwei, drei...« Den Blick stur auf den Boden gerichtet, nahm er die Erbsen einzeln auf und legte sie in das Viereck. »... vier, fünf, sechs...« Er hoffte wohl, dass die Fremden einfach verschwanden, wenn er sie ignorierte.

Matt wollte schon weiter reiten, als Aruula sich lächelnd von dem Rhiffalo herab beugte. Der Schatten ihrer linken Brust zeichnete sich deutlich auf dem festgestampften Boden ab. »Du brauchst keine Angst vor uns zu haben«, erklärte sie mit freundlicher Stimme.

Der Junge stockte, als er die geschwungene Silhouette zu seinen Füßen sah. Mit eingezogenem Kopf schielte er vorsichtig zur Seite, bis er die beiden barbusigen Frauen aus den äußersten Augenwinkeln wahrnehmen konnte.

Die groteske Körperhaltung entbehrte nicht einer gewissen Komik, aber Matt blieb das Lachen im Halse stecken, als er in ein kleines Greisengesicht blickte. Tiefe Falten gruben sich um Mund und Augen, die Kehle wurde von übereinander liegenden Hautlappen umringt. Erst jetzt bemerkte Matt, dass die verschmutzten Hände des Jungen mit Altersflecken übersät waren.

Als er das Entsetzen der Fremden bemerkte, pendelte sein Blick wieder zurück. Mit lauter Stimme begann er erneut zu zählen, doch eine der Erbsen entglitt den zitternden Händen. Seine Schulterblätter bohrten sich fast durch den zerschlissenen Leinen, so sehr krümmte er sich zusammen. Er musste schon so viel Spott für sein Aussehen ertragen haben, dass er sich wohl keine andere Reaktion mehr darauf vorstellen konnte.

Matt wollte etwas Tröstendes sagen, doch die Stimmbänder versagten ihm den Dienst. Ehe er sie durch ein Räuspern wieder in seine Gewalt bringen konnte, drang ein lautes Keifen zu ihnen herüber. »Mooses! Hör auf, die Fremden zu belästigen. Sieh dir lieber den Kampf an.«

Das Gezeter stammte von einer korpulenten Frau, die zwischen den Häusern hervor trat. Sie trug einen zerschlissenen Leinenumhang, der ihre drallen Formen kaum bändigen konnte. Ihr Sohn – denn darum handelte es sich bei dem kleinen Greis zweifellos – klaubte seine Erbsen aus dem Staub und rannte zu ihr hinüber. Liebevoll nahm sie Mooses in die Arme. Obwohl ihr Gesicht vom harten Leben in der Prärie gezeichnet war, wirkte es wesentlich jünger als das ihres Sohnes. Aus zusammengekniffenen Augenlidern sah sie zu Matt und den beiden Frauen herüber.

»Die Grube befindet sich gleich dort drüben!« Dabei deutete sie zur Dorfmitte. »Wenn ihr euch beeilt, könnt ihr noch Wetten abschließen. Setzt auf Kreuz, meinen Mann, er wird gewinnen.« Ohne ihre Worte weiter zu erklären wandte sie sich mit ihrem Sohn um und marschierte in die angegebene Richtung.

Matt sah dem seltsamen Pärchen schweigend hinterher.

»Was ist nur mit diesem Jungen geschehen?«, fragte Aruula schockiert.

»Er leidet unter vorzeitiger Vergreisung«, erklärte Matt. »Eine Erbkrankheit, die es schon zu meiner Zeit gab. So viel hat sich in den letzten fünfhundert Jahren verändert, aber ausgerechnet das ist geblieben.«

»Es gibt immer noch keine Heilung für das Hutchinson-Gilford-Syndrom*«, bestätigte Naoki mit belegter Stimme. Ihr Gesicht wirkte aschfahl, als hätte sie dem Tod ins Auge geblickt. Um den Anblick abzuschütteln, flüchtete sie sich zurück in die Suche nach ihrem Bruder. »Wir sollten zu dieser Grube reiten. Dort wo der Trubel am größten ist, werden wir auch Aiko finden.«

Gemeinsam passierten sie Dutzende der aus rohen Baumstämmen zusammengefügten Hütten, die von Trappern und Fallenstellern bewohnt wurden. Strenger Wildgeruch hing in der Luft. Er stammte von den unzähligen Holzgestellen, in denen Biisonhäute zum Trocknen aufgespannt waren. Es handelte sich um ein Sommerlager, in dem die Jäger ihre Beute ausnahmen und zu Fellen und Leder verarbeiteten.

Der Siedlungskern bestand dagegen aus flachen Betonhallen, auf deren Dächern Präriegras und kleine Bäume wuchsen. Einige schwere Planierraupen, die wie stählerne Monumente einer längst vergessenen Zeit vor sich hin rosteten, ließen vermuten, dass hier einst eine Tiefbaufirma angesiedelt war. Der ehemalige Fuhrpark diente nur noch als Kinderspielplatz oder Ausguck.

Anschwellendes Geschrei lockte Matt und seine Begleiter weiter.

Hinter einer breiten Halle stießen sie auf einen großen Platz, der von einer lärmenden Menschenmenge umdrängt wurde.

---

* Progerie

An der rechten Seite waren stählerne Abflussrohre zu einer Tribüne aufgeschichtet, auf der sich Männer, Frauen und Kinder drängten, um einen günstigen Blick in die Tiefe zu erhaschen. Wer dort keinen Platz gefunden hatte, stand um eine rechteckige Fläche, die die Ausmaße eines Basketballfeldes besaß. Zuerst konnte Matt nicht ausmachen, was die Menge so brennend interessierte; erst als er näher heran ritt, sah er die Grube, die in der Erde klaffte.

Sie war gut vier Meter tief und mit Betonwänden ausgeschachtet. Auf den ersten Blick wirkte sie wie ein leeres Schwimmbecken, doch bei den dunklen Schattierungen an den Wänden handelte es sich nicht um einen wasserfesten Anstrich. Es war verkrustetes Blut, das in unzähligen Schichten übereinander klebte! Die Grube musste schon seit Jahrhunderten als Arena für brutale Auseinandersetzungen dienen.

Die Gesänge der aufgeheizten Menge ergaben plötzlich einen Sinn. »Vier gehen rein, einer kommt raus«, grölten sie immer wieder im Chor.

Die angetrunkenen Jäger und ihre Frauen, die sich an der Grube drängten, waren raue Gesellen in derber Lederkleidung. Der harte Alltag hatte ihre Gemüter abgestumpft, und so dürsteten sie nach greller Unterhaltung, die sie spüren ließ, dass sie noch am Leben waren. Ihr Interesse galt vier Männern ihres Schlages, die auf einer wackligen Planke langsam in den Pool hinab gelassen wurden. Jeder von ihnen hielt eine Keule in Händen, aus deren Enden lange Stahlnägel ragten.

Auf ihren entblößten Brustkörben prangten einfache, mit wenigen Pinselstrichen aufgemalte Symbole: Dreieck, Kreis, Quadrat und Kreuz. Auf diese Weise ließen sie sich besser von einander unterscheiden, wenn die Zuschauer ihre Wetten abschlossen.

Unzählige Bax – einstige Kreditkarten, die nun je nach Seltenheitsgrad als mehr oder minder wertvolle Zahlungsmittel galten –, aber auch Gold und Silberstücke machten die Runde. Es gab offizielle Buchmacher, die das Geld einsammelten und die Quoten festlegten. Auf einer großen Schiefertafel war zu sehen, dass die meisten Zuschauer an einen Sieg von *Dreieck* glaubten.

Der Kämpfer mit dem entsprechenden Symbol unterschied sich deutlich von seinen grobschlächtigen Kontrahenten, die ihn alle um mindestens eine halbe Hauptlänge überragten. Seine glatten Gesichtszüge bewiesen, dass er kein Leben in der Wildnis führte. Ausgeprägte Muskelpakete, wie sie eigentlich nur in einem Body Building Studio geformt werden konnten, zeichneten sich unter seiner Haut ab.

Äußerlich vollkommen ruhig, löste er sich aus dem Pulk der Kämpfer und schritt mit erhobenen Armen durch den Pool, um den frenetischen Applaus der Menge zu genießen. Seinen glänzenden Augen zeugten von der Vorfreude auf den bevorstehenden Kampf. An der gegenüberliegenden Mauer angekommen, drehte er sich ruckartig um. Seine rabenschwarzen Haare, die er zu einem dicken Zopf gebunden hatte, pendelten zwischen seinen Schulterblättern.

Er stand nun mit dem Rücken zur Wand; eine gute Ausgangsposition. Noch vor Beginn des Kampfes begann er die anderen Gladiatoren zu belauern, die sich ebenfalls in der Grube verteilten.

Quietschend wurde die Planke an der Seilwinde empor gezogen. Nun gab es kein Zurück mehr.

»Vier Mann gehen rein, aber nur einer kommt raus«, verkündete ein bulliger Trapper in knapper Bärenfellweste, die ihm bis knapp über den Bauchnabel reichte. Er war neben der Schiefertafel auf ein Fass gestiegen und schien die Rolle des Ansagers zu übernehmen. »Die Regeln sind bekannt. Jeder Mann kämpft auf eigene Rechnung. Der Sieger aus jeder Runde muss gegen neue Herausforderer antreten, bis es niemand mehr wagt, es mit aufzunehmen. Wer am Ende des Tages noch lebt, hat gewonnen. Die Wettzeit ist beendet! Möge das Spektakel beginnen.«

In einer fast beiläufigen Bewegung warf er ein Hufeisen in die Tiefe, das zielgenau auf ein altes Blechfass donnerte. Noch während der Schall von den Grubenwänden zurückprallte, setzten sich Dreiecks Gegner in Bewegung. Obwohl es ein Kampf jeder gegen jeden war, marschierten sie geschlossen auf den Favoriten los. Sie mussten zuvor abgesprochen haben, ihn gemeinsam nieder zu machen, um dann den Sieger unter sich auszufechten.

Buhrufe wurden laut. Einige Zuschauer fürchteten um ihre Wetteinsätze, doch niemand griff ein. In diesem blutigen Spiel gab es nur eine Regel, und die lautete: Wer am Schluss noch lebt, hat gewonnen. Egal auf welche Weise er das erreichte.

Dreieck ließ sich von dem gemeinsamen Vorgehen der übrigen Gladiatoren nicht einschüchtern. Geschickt wirbelte er seinen Baseballschläger, der länger als die anderen Keulen war, um die Rechte. Die größere Reichweite mochte ihm einen Vorteil verschaffen, genauso wie der Lederhandschuh, der seinen linken Arm schützte.

Lauernd erwartete er das Zusammentreffen mit seinen Gegnern, doch je näher die drei kamen, desto langsamer wurden ihre Schritte. Keiner von ihnen war scharf darauf, den Anfang zu machen, obwohl sie sich freiwillig in diese Lage gebracht hatten.

Matt wandte sich von dem unwürdigen Schauspiel ab. Er wusste, dass er diesen barbarischen Ritus nicht verhindern konnte, doch er wollte ihn nicht dadurch unterstützen, dass er sich an dem bevorstehenden Blutbad ergötzte.

Tiefe Falten zerfurchten seine Stirn, als er sich an Naoki wandte: »Lass uns deinen Bruder suchen und so schnell wie möglich von hier verschwinden!«

»Ich habe ihn schon gefunden«, antwortete sie und streckte

dabei die Hand aus. Ihr Finger deutete in die Grube hinab, direkt auf den Gladiator mit dem Dreieck. »Das ist Aiko, mein Bruder.«

Kreis und *Quadrat* waren von bulliger Statur und besaßen etliche Kilo zu viel um die Hüfte. Was ihnen an Wendigkeit fehlte, machten sie durch ihre behaarten Pranken wett, die das Zupacken gewöhnt waren. *Kreuz*, der dritte im Bunde, wirkte gegen sie schlaksig. Seine langen Arme bescherten ihm jedoch eine große Reichweite.

Aiko wartete, bis seine Gegner so nah heran waren, dass sie sich gegenseitig mit der Keule behinderten. Ein wölfisches Grinsen umspielte seine Lippen, bevor er mit dem Schläger nach rechts fintierte. Während *Kreis* zurücksprang, um sich in Sicherheit zu bringen, wirbelte Aiko auf dem linken Absatz herum. In einer perfekten Drehung säbelte sein rechter Fuß durch die Luft und wischte *Kreuz'* Kinn zur Seite.

Überrascht stolperte der Schlaksige zurück. Aiko drängte leichtfüßig nach und rammte ihm den Handknauf seines Schlägers in den Magen, direkt auf den Solarplexus. *Kreuz* klappte wie ein Taschenmesser zusammen und blieb regungslos auf dem harten Beton liegen. Ein Raunen ging durch die Menge, nur Mooses schrie vor Entsetzen, als er seinen Vater fallen sah.

Statt *Kreuz* den Gnadenstoß zu geben, schwang Aiko die nagelgespickte Keule zur Seite, um *Kreis* und *Quadrat* auf Abstand zu halten. Die Biisonjäger wichen zurück, ließen sich aber nicht so leicht ins Bockshorn jagen. Mit kurzem Seitenblick verständigten sie sich, den Favoriten in die Zange zu nehmen.

Drohend pfiffen ihre Nagelkeulen von beiden Seiten heran.

Es sah so aus, als würden sie Aikos Kopf in einem gewaltigen Doppelschlag zerschmettern – bis der Japaner seinen

Kontrahenten in einer geschmeidigen Bewegung entglitt, wie ein Schatten, der bei Sonnenuntergang mit dem Hintergrund verschwamm. In Ermangelung ihres Zieles krachten die Keulen gegeneinander. Ihre Nägel verhakten sich, sodass es einen Moment dauerte, bis *Kreis* und *Quadrat* die Waffen voneinander lösen konnten. Wütend wirbelten sie zu Aiko herum, der sich in ihrem Rücken aufgebaut hatte.

Der Japaner schien seine Gegner nicht sonderlich ernst zu nehmen. Betont lässig stützte er sich auf seinen Baseballschläger und winkte sie heran, als würde es sich bei dem Kampf nur um eine harmlose Übung handeln. Kreis schnaubte vor Wut und langte erneut zu.

Aiko pendelte mit dem Oberkörper zur Seite. Die Nagelspitzen rasierten nur Millimeter neben seinem blanken Bizeps entlang, doch er lachte, als ob alles genau berechnet wäre. Den Baseballschläger wie ein Schwert führend, parierte er die nächsten Hiebe, die auf ihn niederprasselten. Dumpfe Laute hallten von den Grubenwänden wieder. Eine Weile begnügte sich Aiko mit der Defensive, dann trieb er seine Gegner mit spielerischer Leichtigkeit zurück.

Kreis und *Quadrat* wichen zur Seite aus, um nicht in die Ecke gedrängt zu werden. Schon nach dem ersten Schlagabtausch japsten sie nach Luft. Was auf die Zuschauer wie tänzerische Leichtigkeit wirkte, verlangte in Wirklichkeit viel Kraft: draufhauen, ausweichen, vor und zurück springen. Immer in der Gefahr, zum Krüppel geschlagen zu werden. Nun rächten sich die überflüssigen Pfunde, die sie um ihre Hüften mit sich herum schleppten.

Aiko zeigte dagegen nicht die geringste Erschöpfung. Sein Schläger wirbelte unablässig durch die Luft. Wechselte von einer Hand in die andere, fintierte und parierte. Zuckte immer wieder blitzschnell vor, um die gegnerische Deckung zu durchbrechen.

Die technische Überlegenheit des Japaners war nicht zu übersehen. Trotzdem ließ er zweimal die Gelegenheit verstreichen, den ungeschützten Wanst eines Gegners aufzureißen. Im letzten Moment stoppte er ab, sodass die Nägel nur ein harmloses Pieksen verursachten. Obwohl *Kreis* und *Quadrat* voller Mordlust auf ihn eindroschen, wollte er die beiden offenbar nicht ernsthaft verletzen.

Das Publikum raste vor Begeisterung. Solch einen Grubenkampf hatten sie noch nie gesehen. Einigen war das virtuose Gefecht aber nicht blutig genug. Sie wollten, dass Knochen brachen und Leiber aufgespießt wurden. Das Geschrei der Unterlegenen sollte die Grube erfüllen.

»Blut!«, grölten sie mitleidlos. »Wir wollen Blut sehen!« Die Forderung wurde von weiteren Gaffern aufgenommen, bis sie die aufgestachelten Ränge beherrschte.

Quadrat blieb stehen und sah zum Beckenrand auf, als könnte er nicht glauben, dass die Masse seinen Tod forderte. Schweiß brach aus seinen Poren, im selben Maße, wie seine Zuversicht schwand. Die Gewissheit, dass er *Dreieck* hilflos ausgeliefert war, machte ihn kirre. Am liebsten hätte er auf *Kreis* eingeschlagen, nur um einen flüchtigen Moment des Sieges zu genießen, doch damit hätte er sein eigenes Grab geschaufelt. Seine Kampfkraft reichte vielleicht aus, um eine Tavernenschlägerei zu überstehen, aber gegen Aiko kam er nicht alleine an.

Sein dumpfer Verstand, der vor allem in den Kategorien essen, schlafen und raufen dachte, drehte sich immer schneller im Kreis. Er fand einfach keinen Ausweg aus der Misere; deshalb packte er die Keule fester und stürmte blindlings voran. Einen unartikulierten Laut auf den Lippen, holte er bis zum Atlantik aus, um auf den Japaner einzudreschen.

Aiko erwartete ihn mit herunter hängenden Armen. Es schien, als wolle er sich nicht zur Wehr setzen – doch das war nur eine lässige Pose, die das Publikum beeindrucken sollte. Im letzten Moment riss er seine Linke in die Höhe.

Plötzlich wirkte die heransausende Keule wie eingefroren. Aikos Arm gab nicht einen Millimeter nach, als er den Schlag abfing. Die Nägel bohrten sich in seinen Handschuh, durchdrangen ihn jedoch nicht. Nicht ein Schmerzlaut drang über seine Lippen.

Quadrat spürte dagegen den Rückprall, als hätte er auf eine Betonmauer eingeprügelt. Verzweifelt klammerte er sich an seine vibrierende Keule wie ein Tyrann an die Macht. Ohne sie fühlte er sich hilflos.

Aiko ließ ihm keine Zeit zur Besinnung.

Blitzschnell winkelte er das rechte Bein an und stieß den Fuß fast senkrecht in die Höhe. Der Tritt schmetterte *Quadrats* Kopf in den Nacken. Bunte Farben explodierten vor seinen Augen, während er zurück taumelte und zu Boden schlug.

Den rechten Stiefel in Augenhöhe, balancierte Aiko noch einige Sekunden auf einem Bein, wie ein Artist, der auf den Applaus der Menge wartete. Die Zuschauer ließen sich nicht lange bitten; sie tobten vor Begeisterung.

Kreis versuchte die Eitelkeit seines Gegners auszunutzen. Blitzschnell schlug er zu. Seine Keule war nur ein dunkler Schatten, der ansatzlos in die Höhe fuhr. Ehe er sein Ziel erreichte, stand Aiko jedoch wieder auf beiden Beinen und wirbelte seinen Schläger in die Tiefe.

Krachend prallten die Hölzer aufeinander.

Kreis schrie auf, als beide Waffen unter der Wucht zersplitterten. Seine schmerzende Hand unter die linke Achsel geklemmt, taumelte er zurück. Doch er war nicht schnell genug.

Aiko ließ seinen zerbrochenen Baseballschläger fallen und setzte nach. Die Zuschauer johlten, als er *Kreis* einen Fausthieb versetzte, der ausgereicht hätte, um einen Biison besinnungslos zu schlagen. Der Gladiator verdrehte die Augen und fiel wie ein nasser Sack zu Boden. Nur sein bebender Brustkorb bewies, dass er noch am Leben war.

»Schlag ihn tot!«, tönte es vielstimmig vom Grubenrand, doch Aiko trat zur Seite und reckte die Arme in Siegerpose. Spätestens jetzt war klar, dass er niemanden töten wollte.

Die Menge verstummte enttäuscht. Sie hatten auf ein brutales Gemetzel gewettet und nur einen Faustkampf bekommen. Entsprach das überhaupt den Regeln?

Mit hartem Ruck zog Aiko an der Keule, die in seinem Handschuh steckte. Schweiß glitzerte auf seinen Schultern, doch sein Atem ging völlig ruhig, als hätte er sich kaum angestrengt. Den Blick auf die niedergestreckten Gegner gerichtet, genoss er den Rausch des Adrenalins, das durch seine Adern rauschte. Zufrieden sah er zu der Schiefertafel mit den Quoten auf.

»Gibt es weitere Herausforderer?«, fragte er den Ansager.

Der Spielleiter wandte sich an einige Bewerber in dunklen Wildlederhosen. Keiner von ihnen war bereit, sich ein Symbol auf Brustkorb und Rücken malen zu lassen. Aikos Überlegenheit schreckte sie ab.

»Wie es scheint, gehen die Grubenkämpfe heute nur über eine Runde«, verkündete er mit einer bedauernden Geste. Die Menge buhte, denn sie wollte unterhalten werden. Beschwichtigend hob der Ansager die Hände. Ein gehässiges Grinsen spaltete seine zersprungenen Lippen, als er fortfuhr: »Zum Glück gibt es noch einen Teilnehmer, dem keine Herausforderung zu groß ist. Begrüßt Grizzo, die Bestie aus den Bergen.«

In einer theatralischen Geste winkte er einige Schergen herbei. Die Männer drängten an den Grubenrand und nahmen zwei Kettenberge auf, die zuvor unbeachtet am Boden gelegen hatten. Die stählernen Glieder endeten in schmalen Schächten, die in der Betonmauer verschwanden.

Mit vereinten Kräften zogen sie an den Ketten. Handbreit

um Handbreit tauchten weitere Glieder aus den Schächten auf. Ein schabendes Geräusch erklang, als Stein über Stein kratzte.

Zwei Meter unter ihnen schwang ein Teil der Betonwand nach innen. Nicht der geringste Spalt hatte darauf hingewiesen, dass sich dort ein Tor befand, doch plötzlich klaffte eine dunkle Öffnung in der Grube. Dahinter schloss sich ein langer Gang an, aus dem ohrenbetäubendes Brüllen drang.

»Zwei gehen rein, einer kommt raus!«, stimmte der Ansager schadenfroh an.

Sofort fiel die Menge mit ein.

Aiko schlug wütend die Fäuste gegeneinander. Er fühlte sich betrogen, doch es entsprach den Regeln, dass er jeden neuen Herausforderer akzeptieren musste. Was blieb ihm also übrig, als das blutige Spiel bis zum Ende mitzumachen? Er kniff seine Augenlider zusammen, um die Dunkelheit des Tores zu durchdringen, konnte aber nicht mehr als zwei funkelnde Augen erkennen, auf denen sich das Tageslicht spiegelte.

Grollend wälzte sich ein schwarzer Fellberg in die Arena. Es war ein riesiger Grizzo, der sich trotz seinen sechs Zentner Lebendgewicht überraschend flink bewegte.

Kaum im Freien angelangt, richtete sich der Bär auf die Hinterbeine. Einen Raunen ging durch die Menge und selbst Aiko verlor einen Hauch seiner zur Schau gestellten Selbstsicherheit.

Der Grizzo überragte den Japaner um mehrere Hauptlängen. Das Maul weit aufgerissen, stapfte er näher. Hinter ihm glitt der schwere Betonklotz zurück und schloss die Wand nahtlos ab, um jede Flucht aus der Grube unmöglich zu machen.

Die Wetteinnehmer drehten vergeblich ihre Runde. Niemand wollte mehr auf Aiko setzen. Sein Schicksal schien besiegelt zu sein.

Der Bär zögerte einen Moment, als sich einige der am Boden liegenden Kämpfer wieder regten. Er schien nicht zu wissen, wem er sich zuerst zuwenden sollte, aber dann entschied er sich für die Person, die als einzige aufrecht stand.

Die Grube erbebte, als er auf Aiko zustapfte.

Der Japaner schüttelte seine Arme, als ob er die Müdigkeit aus ihnen vertreiben wollte, und marschierte dem Ungetüm entgegen. Angriff schien in diesem Fall die beste Verteidigung zu sein. Erneut überraschte seine schnelle, fast gleitende Beinarbeit, die nur Matthew Drax als asiatische Kampftechnik identifizierte.

Mit bloßen Fäusten ging Aiko auf den Grizzo los.

Kurz bevor er in die Reichweite der Tatzen geriet, sprang er vom Boden ab. In einer eleganten, tausendmal geübten Bewegung riss er den Brustkorb zurück, bis sein Körper waagerecht in der Luft lag. Das linke Bein angewinkelt, das rechte ausgestreckt segelte er auf den Koloss zu. Sein Absatz hämmerte auf die empfindliche Bärenschnauze, doch der Schwarzbepelzte geriet nicht mal ins Schwanken.

Es war, als ob Aiko gegen eine Betonwand springen würde. Keuchend landete der Japaner auf dem Boden. Er federte in den Knien nach, um seinen Aufprall zu dämpfen, da war der Grizzo auch schon über ihm.

Wuchtige Prankenhiebe schnitten durch die Luft. Aiko pendelte zur Seite und hämmerte seine Fäuste im Gegenzug tief in den Leib des Tieres. Der Grizzo stieß ein lautes Geheul aus, wich aber nicht zurück, sondern ließ sich nach vorne fallen. Ein normaler Mensch wäre von dem Gewicht zu Boden gedrückt worden, doch Aiko stemmte sich dem Fleischberg entgegen. Mit beiden Händen packte er das Tier bei der Kehle und drückte zu.

Der Grizzo schüttelte wütend den Kopf, doch es gelang ihm nicht, die Umklammerung zu sprengen. Dafür trafen seine Pranken ihr Ziel. Die sichelförmigen Krallen schlugen tiefe Wunden in Aikos Arme, erzielten aber sonst keine Wirkung.

Der Japaner ließ einfach nicht locker.

Wütend bäumte sich der Bär auf und wirbelte auf den Hintertatzen herum.

Die Bewegung war so heftig, dass Aiko den Halt verlor. Plötzlich flog er auf die nahe Grubenwand zu. Instinktiv drehte er sich in der Luft, um den Aufschlag zu mindern, doch es gelang ihm nur halb. Statt mit dem Kopf voran, prallte er mit dem Rücken gegen den harten Beton.

Benommen glitt er zu Boden.

Es sah nicht gut für ihn aus, obwohl nur wenige Blutstropfen aus den klaffenden Oberarmwunden drangen. Als einer der Hautlappen zur Seite klappte, wurde sichtbar, warum: Statt Muskelfasern schimmerte nur blanker Stahl hervor. Knisternde Spannungsbögen liefen über elektronische Bauteile.

Die Gaffer, die über ihm an die Grube drängten, trauten ihren Augen nicht.

»Ein Unsterblicher!«

Der Schrei zerriss die Stille, die sich für Sekunden über die Arena gesenkt hatte und wurde wie ein Lauffeuer bis zu den hintersten Plätzen weiter getragen. Schmährufe wurden laut, in die sich blanke Todesdrohungen mischten. Niemand liebte die Unsterblichen, die ihr unverschämt großes Territorium mit rabiaten Mitteln verteidigten. Man hatte auch von den brutalen Überfällen gehört, die in den vergangenen Tagen stattgefunden hatten.

Tönerne Flaschen hagelten in die Grube hinab. Sie sollten Aiko treffen, doch die meisten zerplatzten zwischen ihm und dem Bären. Der Grizzo trat in eine der Scherben und brüllte wütend auf. Weitere Wurfgeschosse stachelten das Tier noch stärker an. Zornig beugte es sich über Aiko, um ihn mit einem gewaltigen Prankenhieb zu köpfen.

Mit einer flinken Vorwärtsrolle rollte der Unsterbliche zwischen den vor ihm aufragenden Hintertatzen hindurch. Ehe das schwerfällige Tier reagieren konnte, sprang er ihm von hinten auf den Rücken.

Aikos Linke krallte sich im Fell fest. Der Grizzo versuchte ihn abzuwerfen, schüttelte wütend den Kopf und riss sein Maul auf. Atemberaubender Gestank strömte Aiko entgegen. Die großen Fangzähne schimmerten wie stählerne Dolche.

Er wich den zuklappenden Kiefern aus, sparte sich aber jeden Triumph. Er wusste genau, dass er sich nicht lange auf dem Bärenrücken halten konnte. Ein unablässiger Hagel von Flaschen, Steinen und vereinzelten Pfeilen ging auf ihn nieder. Er musste so schnell wie möglich aus der Grube heraus oder er wurde von den Zuschauern gelyncht. Der aufgestachelte Grizzo würde ihn aber nicht so einfach gehen lassen.

Aiko klammerte sich weiter fest und stieß seine Rechte gut sichtbar in die Höhe. Jeder sollte sehen, wie der fünfzig Zentimeter lange Stahldorn knapp unterhalb des Handrückens aus seinem Arm sprang. Die zugeschliffene Spitze reflektierte im Sonnenlicht, bevor er sie dem Grizzo mit voller Wucht ins Ohr rammte.

Der Leib des Bären straffte sich schlagartig. Kein Laut drang mehr aus seiner Kehle, nur noch blutiger Schaum.

Aiko wartete nicht, bis das Tier zusammenbrach. Behände krabbelte er in den pelzigen Nacken, um ihn als Sprungbrett zu nutzen. Mit einem beachtlichen Satz katapultierte er sich in die Höhe.

Die Zuschauer wichen entsetzt zurück, als er mit seinen Händen am Grubenrand Halt fand. Geschmeidig schwang er sich hinauf.

»Zurück!«, brüllte er, den blutigen Dorn drohend in die Luft gereckt.

Die Reihen um ihn lichteten sich, doch nicht alle flohen. Einige Verwegene richteten ihre Speere, Pfeile oder Vorderlader auf Aiko. Noch zögerten sie, gegen einen Unsterblichen vorzugehen, doch dem harten Glanz ihrer Augen war anzusehen, dass sie ihn durchaus für verwundbar hielten.

Ehe die Situation eskalieren konnte, schoben sich zwei Rhiffalos durch die Menge. Auf einem von ihnen saß Naoki, die ihre Hände in die Höhe streckte und schrie: »Lasst ihn in Frieden! Er hat nichts mit den Überfällen zu tun!«

Aiko schien nicht sonderlich erfreut über die Unterstützung zu sein.

»Mutter«, knurrte er. »Was machst du denn hier?«

Vor zehntausend Jahren enthob die Entwicklung des Ackerbaus die Menschen von dem Zwang, von dem leben zu müssen, was die Natur von sich aus bot. Die Ersatzteilzüchtung könnte uns eines Tages in analoger Weise von den Unzulänglichkeiten unseres eigenen Körpers befreien.

David J. Moony und Antonios G. Mikos, USA 1999

Amarillo Medical Science Center, 25. Dezember 2076

Sosehr sich Naoki Tsuyoshi auch bemühte, sie fand einfach keine Ruhe. Aufgeregt marschierte sie zwischen den Labortischen auf und ab. Ihre Gedanken kreisten nur um ein Thema: Hatte Carter wirklich neue Polymere-Grundstoffe aufgetan? Sie hoffte es inständig. Wenn nicht, war die Arbeit der letzten sechzig Jahre vergeblich gewesen.

Sie blieb vor dem Kristallspiegel stehen, in den sie schon zehntausend Mal geschaut hatte. Sie sah eine junge Frau in weißem Kittel, die kaum älter als ein Teenager wirkte. Nur die braunen Flecken auf ihren Händen ließen Naokis wahren Jahrgang ahnen.

Die Japanerin hatte sich gut gehalten. Durch gesunde Ernährung, aber vor allem dank des *Tissue Engineerings*, mit dem sich ihr Institut schon lange vor »Christopher-Floyd« beschäftigt hatte. Innere Organe, Knochen, Adern und Nervenstränge – fast alles an Naoki war bereits mehrmals durch im Labor gezüchtete Duplikate ersetzt worden. Bei dieser Gelegenheit hatte sie ihren Körper gleich so modellieren lassen, wie sie ihn sich als junge Frau immer wünschte.

Schlank, attraktiv, begehrenswert.

All das würde sie bald nicht mehr sein.

»Du siehst wunderschön aus«, versicherte Miki, der ahnte, welch düstere Gedanken sie quälten. Naoki und er kannten sich schon eine halbe Ewigkeit und vertrauten einander. Er hatte die meisten Operationen an ihr vorgenommen – und sie an ihm. Er meinte es ehrlich, als er fortfuhr: »Es wird schon alles gut gehen.«

Aiko riss sich von den Altersflecken los, die nicht nur ihre Hand, sondern auch den Unterarm bedeckten. Sie bemühte sich um ein Lächeln, doch es fiel gequält aus. »Ist schon seltsam, ausgerechnet auf Carters Hilfe angewiesen zu sein«, sagte sie, um ihre Verlegenheit zu überspielen. »Wenn es nach ihm ginge, würde sich jeder von uns Arme und Beine amputieren lassen.«

Miki Takeo zog ein grimmiges Gesicht und schnarrte Carters Lieblingssatz: »Fleisch ist vergänglich, Neuroprothesen sind für die Ewigkeit!« Er hatte den Texaner schon so oft parodiert, dass er den Tonfall exakt traf.

Aiko schlug die Hand vor den Mund, um nicht laut loszuprusten. »Etwas leiser«, bat sie. »Er hört dich noch.«

Verschämt blickte sie zu der Durchgangstür, die ins Nachbarlabor führte. Carter tat wieder mal sehr geheimnisvoll. Naoki hätte auf die *Wir warten aufs Christkind*-Dramatik gerne verzichtet, aber da ihr Kollege die fehlenden Grundstoffe für sie aufgetrieben hatte, musste sie ihm auch die Stunde des Triumphes überlassen. Was gab es sonst schon für Abwechslung inmitten dieser Eiswüste, in der die Bevölkerung auf das Stadium von Jägern und Sammlern zurückgefallen war?

Gedankenversunken blickte sie aus dem Fenster. Vom zwanzigsten Stock des *Science Tower* hatte sie einen guten Blick auf die Stadt, die ausgestorben vor ihr lag. Die leeren Straßen lösten in Naoki sowohl ein Gefühl der Einsamkeit als auch der Sicherheit aus. Mit Schaudern dachte sie an die marodierenden Banden zurück, die immer wieder versucht hatten, das Medical Center zu stürmen – bis Carter zu einem Gegenschlag aufrief. Die Kämpfe dauerten mehrere Wochen, und trotz ihrer überlegenen Bewaffnung erlitten viele Mitglieder ihrer Gemeinschaft Verluste, die nur durch mechanische Prothesen ersetzt werden konnten. Carter führte die *Säuberungen* persönlich an und büßte beide Beine ein, als er in einen Hinterhalt geriet.

Doch die Opfer hatten sich gelohnt. Seitdem sie die Stadt und die angrenzenden Territorien für sich beanspruchten, lebten sie vergleichsweise sicher. Ein umfangreiches Kamerasystem, das die Stadt umgab, bewahrte sie von unerwünschten Besuchern, die versuchten, in die maroden Ruinen einzusickern.

Fünf Schneeschlitten schossen aus der Tiefgarage und fuhren in die Stadt davon. Wachablösung. Sie waren schon längst keine Wissenschaftler mehr, sondern auch Soldaten, Händler und Politiker – alles in einem. Gut dreihundert Menschen, alles ehemalige Forscher, wissenschaftliche Assistenzen oder Hauspersonal hatten sich hier nach der Katastrophe ein Leben aufgebaut, das sie sich von niemandem mehr nehmen lassen wollten.

Draußen in der Prärie nannte man sie schon *Die Unsterblichen*, weil sie dem Tod in jeder Form trotzten.

»Es wird Zeit, dass wir Fahrzeuge ohne Verbrennungsmotor konstruieren«, riss Miki sie aus ihren düsteren Gedanken. »In ein paar Jahren gibt es in Amarillo keinen Tropfen Rohöl mehr, den wir noch raffinieren können.«

Er streichelte Naoki im Nacken. Sie genoss die zärtliche Berührung, obwohl seine Finger aus Titanium bestanden.

»Wir sollten unsere Expeditionen ausdehnen«, regte sie an. »Vielleicht gibt es noch andere Enklaven des Wissens. In den Regierungsbunkern haben sicher weitere Forscher überlebt, mit denen wir uns austauschen könnten.«

»Die sind in ihren Rattenlöchern längst durchgedreht«, wischte eine knurrige Stimme die Idee beiseite. Sie gehörte Carter, der unbemerkt ins Labor getreten war. Trotz seiner klobigen Stahlbeine bewegte er sich leichtfüßig heran.

»Und falls sie in Washington einen Ausflug an die Oberfläche gemacht haben, wurden sie vermutlich genauso bekloppt wie die Wilden, die unsere Stadt umkreisen«, fuhr er zynisch fort. »Schon vergessen? Ohne die elektronische Verstärkung wären unsere Gehirne längst so löchrig wie Schweizer Käse.«

Naoki schwieg, denn Carter hatte zweifellos Recht. Sie verdankten es einzig und allein seinen Implantaten, dass der geheimnisvolle Degenerationsprozess, unter dem die gesamte Menschheit litt, an ihnen vorübergegangen war. Im Dezember 2011 hatte das *Medical Science Center* Schlagzeilen gemacht, weil Dr. Liam Carter eine funktionstüchige Speichererweiterung in eine menschliche Hirnrinde verpflanzt hatte, die es erlaubte, Erinnerungs- und Merkfähigkeit zu optimieren.

Die wissenschaftliche Sensation ging weltweit in der Hysterie um »Christopher-Floyd« unter, doch weitab von Erdbeben und Flutwellen forschten die Männer und Frauen in Amarillo weiter. Selbst dann noch, als sich der Himmel verdunkelte und die Kälte über das Land hereinbrach. Im Vergleich zu den bevölkerungsreichen Küsten, an denen längst das Chaos regierte, verlief das Leben im mittleren Westen noch lange Zeit in geordneten Bahnen.

Erst nach und nach lösten sich die vorhandenen Strukturen auf – und doch viel schneller, als man es von einer vormals zivilisierten Gesellschaft erwarten konnte. Naoki hatte nur dumpfe Erinnerungen an diese Zeit, in der sich ihre Sinne immer stärker vernebelten. Lediglich Carter und seine Mitarbeiter, die bereits über Memorychips verfügten, erkannten, dass die Degeneration auf den Einfluss der CF-Strahlung zurückzuführen war.

Dank den Implantaten behielten sie ihr altes Wissen. In einem fieberhaften Wettlauf pflanzten sie auch dem übrigen Kollegium Speichererweiterungen ein, um dem Prozess des Vergessens Einhalt zu bieten und sogar rückgängig zu machen.

In schlaflosen Nächten glaubte Naoki immer noch die Narbe an ihrem Hinterkopf zu spüren. Lange Zeit hatte sie Carter für den Eingriff gehasst, bis sie verstand, dass er nur zu ihrem Besten gehandelt hatte. Obwohl sie ihm Dank schuldete, traute sie ihm nicht mehr recht über den Weg.

Die rücksichtslose Art, mit der er für das Wohl ihrer Gemeinschaft eintrat, zeigte sich auch bei der Säuberung von Amarillo. Hunderte von Wilden wurden dabei getötet, trotzdem mussten ihm die Bewohner des Medical Towers dankbar sein. Naoki fürchtete nur den Tag, an dem ihre Ziele von denen der Gemeinschaft abwichen.

Im Moment ähnelte Dr. Carter aber mehr einem vergnügten Lausbub als einem eiskalten Despoten. Seine künstliche Hand strich über das schüttere Haar, das seinen faltigen Schädel nur noch spärlich bedeckte. Im Gegensatz zu Naoki legte er keinen Wert auf ewige Jugend, sondern strebte einen künstlichen Körper an. Trotzdem war er Manns genug, eine schöne Frau zu bewundern, und unterstützte alle Bemühungen, ihre äußere Form zu bewahren.

Carter machte eine einladende Bewegung in Richtung Zwischentür. Nacheinander traten sie in sein Labor, das große

Ähnlichkeit mit einem Ersatzteillager hatte. Überall lagen halbfertige Prothesen herum, die darauf warteten, Arme, Beine oder innere Organe zu ersetzen. Zwischen all der Mechanik stach eine von UV-Licht beleuchtete Glasschale hervor. Sie enthielt eine schimmernde Nährflüssigkeit, in der etwas Breites, Flaches schwamm.

Naoki konnte es kaum glauben. Eilig rannte sie zu dem Tisch, doch sie hatte sich nicht getäuscht. Frisch gezüchtetes Hautgewebe! Genug, um einen ihrer Arme zu erneuern.

»Fröhliche Weihnachten«, wünschte Carter. Seine Stimme vibrierte vor Stolz. Warum auch nicht? Wieder einmal hatte er Unmögliches möglich gemacht.

»Unglaublich«, flüsterte Naoki. »Wie hast du das nur geschafft? Uns fehlen zurzeit die einfachsten genetischen Grundstoffe.«

»War gar nicht so schwer«, wich Carter aus. »Nur mit deinem Teint hatte ich etwas Probleme. Ich musste das Gewebe mit deinen Stammzellen impfen, um den Ton anzupassen.«

Naoki hauchte ihm einen Kuss auf die Wange, worauf sich Mikis Gesicht verfinsterte. Sie musste ein Lächeln unterdrükken. Die Eifersucht ihres Gefährten war unbegründet, aber irgendwie süß.

»Lasst uns gleich anfangen«, schlug Carter vor.

Naoki schlüpfte bereitwillig aus ihrem Kittel und nahm auf der Operationsliege Platz. Nachdem ihr der Texaner ein Sedativ verabreicht hatte, schlummerte sie sanft ein.

»Klingt vielversprechend.« Die Worte hallten in Naokis Kopf nach, als kämen sie aus weiter Ferne. »Aus der Höhe wären wir praktisch unangreifbar. Wir könnten endlich weiterreichende Expeditionen durchführen.«

»Und da die Magnetlinien der Erde genutzt werden, brauchen wir nur ein Minimum an Energie«, antwortete eine andere Stimme, die eindeutig Miki Takeo gehörte. »Ein Problem ist der Anschub. Sonnenkollektoren können wir nicht benutzen, solange der Staubmantel in der Atmosphäre das Licht filtert.«

Die Operation, erinnerte sich Naoki wieder. *Die Betäubung lässt nach*. Sie schlug die Augen auf.

Die Männer unterbrachen ihr Gespräch und traten an die Liege.

»Alles in Ordnung?«, fragte Miki zärtlich, während er ihr eine Locke aus der Stirn strich. Naoki hatte sich längst an die stählerne Kälte seiner Finger gewöhnt, empfand sie als genauso angenehm wie die Berührung von nackter Haut.

»Ich fühle mich noch ein wenig schlapp«, gestand sie, strafte ihre Worte aber sofort Lügen, als sie sich aufrichtete, um ihren linken Arm zu betrachten. Natürlich gab es nicht mehr als einen stramm gewickelten Verband zu sehen, trotzdem hellten sich ihre Gesichtszüge auf. Das dumpfe Tuckern unter den Mullbinden fühlte sich gut an, denn es signalisierte den Heilungsprozess.

Die blutige Schale mit ihrem alten Hautgewebe, die nur zwei Meter entfernt stand, schreckte sie nicht. Sie war Medizinerin und hatte schon Tausende von Transplantationen bei ihren Kollegen durchgeführt. Den Körper eines Menschen nach eigenem Geschmack neu zu modellieren und die Reste zu verwerten schien ihr absolut natürlich.

Ein heiserer Schrei riss Naoki aus ihren Betrachtungen.

Es war die Stimme einer Frau, die unsägliche Schmerzen litt. Der Lautstärke nach musste sie sich in einem angrenzenden Zimmer befinden.

Carters Gesicht verfinsterte sich. Zwei steile Falten entstanden über seiner Nasenwurzel. Ein sicheres Zeichen, dass er seine internen Systeme abfragte. Vermutlich rief er die aktuelle Uhrzeit ab.

»Ist doch noch viel zu früh«, murmelte er, bevor er seine Verwirrung zur Seite drängte. »Entschuldigung, ich muss mich um eine andere Patientin kümmern.«

Ohne besondere Eile schritt er zu der Zwischentür, die in seine privaten Räume führte. Wen mochte er dort untergebracht haben?

Die Schreie schwollen an, als er die Tür öffnete. »Nein, böser Mann, gehn weg! Katy viel Schmerz.«

Die primitive Ausdrucksweise, der verwaschene Slang – die Stimme gehörte keinem Bewohner des Centers. Plötzlich keimte ein geradezu monströser Verdacht in Naoki auf. Entsetzt schwang sie sich von der Liege.

Für solche Belastungen war es noch etwas zu früh. Sie musste sich festhalten, um nicht in den Beinen einzuknicken

Miki stellte sich ihr in den Weg. »Ganz ruhig«, mahnte er. »Leg dich wieder hin.«

Naoki drängte ihn unwillig zur Seite, obwohl die Schreie verstummt waren. »Was geht hier vor?«, wollte sie wissen.

Sie straffte ihren Körper und Miki ließ sie gehen. Kurz bevor sie die Tür öffnete, beschlichen sie letzte Zweifel, ob sie wirklich wissen wollte, was in dem anderen Raum vor sich ging – dann drückte sie entschlossen die Klinke.

Carter drehte sich überrascht um, als sie eintrat. »Du solltest dich nicht überanstrengen«, tadelte er.

Naoki ignorierte ihn und seine Worte. Sie starrte nur auf die Frau, die neben ihm auf der Couch lag. Es war eine Wilde von außerhalb der Stadt, die nur einen Laborkittel trug. Sie war noch jung, Anfang Zwanzig, doch ihr fehlte ein Unterarm.

Der Linke.

Wimmernd drückte sie den Stumpf gegen ihren Körper, obwohl ihre entrückten Augen anzeigten, dass sie ein neues Schmerzmittel erhalten hatte.

»Was ist mit ihr?«, keuchte Naoki.

»Das arme Kind hatte einen Unfall«, erklärte Carter mit leisem Lächeln. »Aber keine Angst, ich werde ihr helfen. Sie erhält von mir eine Prothese, die nicht mal ihr Zukünftiger erkennen wird. Allerdings muss ich ihre Medikamentendosis erhöhen. Diese Wilden sind widerstandsfähiger, als ich dachte.«

Naoki spürte, wie ein saurer Geschmack ihre Speiseröhre hinauf kroch. »Unfall?«, krächzte sie. »Du hast doch wohl nicht...« Entsetzt starrte sie auf ihren Verband, unter dem neue, junge, straffe Haut pochte.

Miki fasste sie von hinten an den Schultern. »Es ist nicht so, wie du denkst. Sie hat die Haut freiwillig gespendet. Sie erhält dafür eine gute Bezahlung und wird von uns medizinisch versorgt.«

Naoki entzog sich seinem Griff, obwohl sie von Schwindelgefühl erfasst wurde. Sie stützte sich an der Wand ab und erbrach sich.

»Dass du auch nie weißt, wann du deine Klappe halten musst«, tadelte Carter seinen japanischen Kollegen, bevor er sich die Bescherung ansah, die neben Naoki an der Wand herunter lief. Kopfschüttelnd fuhr er fort: »Seht ihr, mit einem mechanischen Innenleben wäre das nicht passiert.«

Mutter!

Matthew Drax fühlte bei diesem Wort, wie ein kalter Schauer über seinen Rücken jagte. Die Ähnlichkeit zwischen Naoki und dem Grubenkämpfer war unverkennbar, aber wie konnte diese junge Frau einen erwachsenen Sohn haben?

Matt besaß jedoch nicht die Muße, die Familienverhältnisse der Cyborgs näher zu betrachten. Die aufgeheizte Stimmung unter den Biisonjägern konnte jeden Augenblick explodieren.

»Werft den Unsterblichen in die Grube«, feuerte der Ansager die Bewaffneten an. »Er hat mit unerlaubten Mitteln gekämpft und unseren Grizzo getötet!«

Aiko stellte sich schützend vor seine Mutter und schlug einen Kreis mit seinem Kampfdorn, um die Menge auf Abstand zu halten. Die Flintenträger ließen sich davon nicht beeindrucken. Entschlossen legten vier von ihnen an und nahmen die Cyborgs ins Visier.

Doch ehe sie den Zeigefinger krümmen konnten, sprang ihnen eine Blitzkaskade aus Naokis Handschuh entgegen. Die Schützen zuckten unter den Strahlen zusammen, als würden sie mit einer Peitsche verprügelt. Jaulend wichen sie zurück.

»Los, ihr Feiglinge!«, keifte der Ansager. »Sie können nicht alle auf einmal abwehren!«

Ein lauter Knall zu seinen Füßen ließ ihn verstummen. Verwirrt sah er in die Runde. Das Blut wich aus seinem Gesicht, als er den Fremden entdeckte, der mit einem schmalen Gegenstand auf ihn zielte. Konnte es sein, dass eine so kleine Waffe mehr bewirkte als ein Vorderlader?

Matt feuerte ein zweites Mal mit dem Driller. Diesmal zielte er etwas höher.

Das bleistiftdünne Geschoss detonierte knapp unterhalb der Grubenkante. Der Ansager riss den Arm in die Höhe, um sich vor den Betonsplittern zu schützen, die auf ihn herab hagelten. Das Geschrei der Menge verstummte. Nicht nur wegen der Explosionen, sondern auch, weil sich jeder fragte, wie viele Unsterbliche noch unerkannt unter ihnen lauerten. Die dunkelhaarige Barbarin, die mit gezogenem Schwert den Rücken des Blonden sicherte, musste auch dazu gehören.

»Lassen Sie alle Kampfhandlungen einstellen«, forderte Matt von dem Ansager. »Dann wird niemanden ein Leid geschehen.« Der Pilot bot nicht zum ersten Mal einer Übermacht Paroli. Deshalb wusste er, dass es meist reichte, die Scharfmacher mundtot zu machen.

Der Bullige sah nervös in die Runde. Nun, da er selbst in den Lauf einer Waffe sah, blieb ihm plötzlich die Sprache weg.

»Nicht schießen«, krächzte er hektisch, ohne dass richtig klar wurde, ob er Matt oder die Biisonjäger meinte. Die Zuschauer zogen sich aber auch so zurück. Die Explosionen flößten ihnen Angst ein.

Matt entspannte sich ein wenig.

»Steig auf den Rhiffalo deiner Mutter«, wies er Aiko an. »Wir verschwinden von hier.«

Der Cyborg machte ein Gesicht, als ob er nicht mal im Traum daran dachte, Befehle von einem Fremden anzunehmen. Ein schroffe Ablehnung drang über seine Lippen, wurde aber von einem lauten Piepen aus Naokis Handschuh übertönt. Matt erkannte den Alarmton, der vor den Gleitern warnte.

Er reagierte sofort.

»Sucht alle Deckung, so schnell ihr könnt!«, rief er den Trappern zu. »Die Unsterblichen greifen an!«

Er erntete nur verständnislose Blicke. Irgendwo auf der Tribüne lachte jemand, als hätte er einen Witz gerissen. Matt verstand die Reaktion nicht, bis Mooses rief: »Aber *ihr* seid doch die Unsterblichen!«

»Ich rede von den Eisernen«, verbesserte sich Matt, um den Unterschied zwischen Aiko und den Angreifern zu verdeutlichen. »Sie haben ihre Rüstungen angelegt und wollen Krieg!«

Die Worte zeigten Wirkung. Die Menge begann an den Rändern zu zerfasern. Viele rannten in die Hallen und Blockhütten, andere suchten Deckung hinter verrotteten Baufahrzeugen oder dem Röhrenstapel. Auch die Schützen, die Aiko umstanden, zogen rückwärts gehend ab.

Niemand schien über die Entwicklung verwirrter zu sein als der Grubenkämpfer. »Was zur Hölle ist hier eigentlich los?«, herrschte er seine Mutter an.

»Carter und seine Fraktion haben den Verstand verloren«,

erklärte Naoki knapp. »Sie töten jeden Wilden, dessen sie habhaft werden. Und sie wollen alle aus der Gemeinschaft zu Maschinen machen. Du musst mit mir zurückkommen und das Schlimmste verhindern!«

Schreie brandeten um sie herum auf, dann wurde das Summen der Gleiter hörbar.

Matt suchte fieberhaft den Himmel ab, bis er die schnittigen Fahrzeuge entdeckte, die hinter den Dächern empor schossen und auf zehn Meter anstiegen. Erneut kam ihm der Vergleich mit fliegenden Motorrädern in den Sinn, wobei sie eher Trikes als Zweirädern ähnelten. Hinter einem stromlinienförmigen Spoiler folgten zwei Sitze, von denen nur der Vordere besetzt war. Aus dem runden Heck wuchsen zwei kurze Seitenflügel, die durch eckige Turbinen stabilisiert wurden. Keine Kabine schützte die Piloten, die wie bei einem Cabrio im Freien saßen.

Die Gleiter waren wesentlich langsamer als Flugzeuge. Mit knapp fünfzig Stundenkilometern flogen sie ihre erste Angriffswelle. Geschossgarben hämmerten in die auseinander stiebende Menge.

»Green Leader an Green Two und Three«, dröhnte es dumpf herab. »Beginnt flächendeckendes Bombardement.«

Napalmgeschosse und LP-Strahlen folgten, doch da waren die Gleiter schon über die Siedlung hinaus. In enger Formation setzten sie zu einer Wende an und kehrten zurück, Green Leader leicht voraus, Green Two und Three als Flügelmänner an seiner Seite. Diesmal drosselten sie das Tempo und zielten genauer.

Die geringe Geschwindigkeit machte sie aber zu ausgezeichneten Zielen. Dank der frühzeitigen Warnung hatten die Trapper ihren Schrecken längst überwunden. Aus der Deckung heraus oder einfach im Freien niedergehockt feuerten sie aus allen Rohren zurück. Die Treffer richteten kaum Schaden an, veranlassten die Gleiterstaffel aber, die Geschwindigkeit wieder zu erhöhen. Sie gaben ihre Formation auf und kreuzten nun, unablässig in die Tiefe feuernd, über den Dächern. Napalm regnete auf die Hallen herab, konnte den dorthin geflüchteten Kindern aber vorerst nichts anhaben.

Die Geschosse, die den Hof bepflasterten, hielten dagegen reiche Ernte. Körper wurden von zerfetzt und verbrannt, doch den furchtlosen Biisonjägern war der Tod ein alter Bekannter. Den Einzelkampf gewohnt, zerstreuten sie sich, und schossen so oft ein Gleiter in Reichweite kam.

Den Cyborgs machte der massive Widerstand zu schaffen. Ihr unkoordinierter Angriff wirkte zerfahren und wenig effektiv. Vielleicht versuchten sie aber auch nur unter all den durcheinander eilenden Menschen die Bio-Signale von Naoki und Aiko auszumachen.

Matt feuerte auf einen der Gleiter, doch das Drillergeschoss zerplatzte, noch bevor es das Chassis erreichte. Die Druckwelle erschütterte den Zweisitzer, der zur Seite abkippte und das Dach einer brennenden Halls streifte. Green Two brachte seine Maschine aber schnell wieder auf Kurs.

»Du musst auf die Reiter schießen«, rief Aiko zu Matt herüber.

Der Ex-Commander stutzte. »Du meinst die Piloten?«

»Genau.« Aiko wunderte sich, dass der Fremde diesen alten Ausdruck kannte, stellte aber keine überflüssigen Fragen. Allein der Driller zeigte, dass Matt kein Wilder war. »Die Gleiter schweben auf einem Magnetfeldkissen, das die Projektile abstößt.«

Alles klar, signalisierte Matt und nahm den nächsten Piloten aufs Korn. Ehe er einen sicheren Schuss abfeuern konnte, fiel sein Blick auf Mooses und dessen Mutter, die, allen Gefahren zum Trotz, am Rand der Kampfgrube lagen. Sie reckten ihre Hände in die Tiefe, um ihren Vater und Gatten zu retten, der von *Kreis* und *Quadrat* in die Höhe gestemmt wurde.

Die Gefahr machte die ehemaligen Gegner zu Verbündeten.

Matt sprintete sofort los, um ihnen zu helfen, denn er bezweifelte, dass Mutter und Sohn genügend Kraft besaßen, um *Kreuz* in die Höhe zu hieven. Die Fingerspitzen der Eheleute berührten sich gerade, als neben Matt ein Gleiter zum Sturzflug ansetzte.

Green Leader tauchte fast in das leere Becken ein, bevor er den Auslöser für die Maschinenkanone drückte. Unter lautem Donner jagte die Garbe aus den Läufen. Die Flüchtlinge in der Grube wurden förmlich perforiert.

Der Gleiter stieg auf und feuerte noch ein Napalmgeschoss ab, bevor er über den Beckenrand hinweg stieg. Feuriger Regen fiel auf Mooses nieder, entzündete ihn und seine Mutter wie lebende Fackeln. Schreiend wälzten sich die beiden auf dem Boden, doch die lodernden Flammen ließen sich nicht einmal löschen, wenn man ihnen den Sauerstoff entzog.

»Nein!« Matt brüllte vor Entsetzen, denn er konnte nichts tun, um das Massaker zu verhindern. Die Grube klaffte zwischen ihm und den beiden Brennenden, die sich vor Verzweiflung kopfüber in die Tiefe stürzten. Matt hörte den dumpfen Laut, der ihre Schreie beendete, doch er sah ihnen nicht nach. Er konzentrierte sich lieber auf den Mörder, der bereits auf neue Ziele feuerte.

Matt war selbst einmal Soldat, sogar Kampfflieger gewesen. Aber was hier geschah, lag jenseits jedes Befehls, war nichts weiter als eine Gräueltat. Er musste verhindern, dass noch weitere Unschuldige dem Bombardement zum Opfer fielen.

Den Driller ausrichten und abdrücken war eins.

Das Geschoss jagte davon. Eine feurige Blüte markierte den Einschlag. Die Detonation schleuderte den Piloten nach vorn, doch als sich der Rauch verzog, blieb nur ein klaffendes Loch in seiner Schulter zurück.

»Green Leader an Staffel. Bin getroffen! Der Feind verfügt über moderne Technik!«

Der Gleiter flog eine enge Wende und jagte auf seinen Angreifer zu. Gleichzeitig eilte ihm einer der Flügelmänner zur Hilfe. »Green Two an Leader, habe Objekt im Visier.«

Matt wirbelte zu dem zweiten Piloten herum, der ihn in die Zange nehmen wollte. In gut drei Metern Höhe raste er heran; die Bordkanonen spuckten Feuer und Stahl. Die Einschläge rissen den Boden auf und fraßen sich in einer geraden Spur direkt auf Matt zu. Statt auszuweichen, schoss er mit dem Driller zurück.

Und traf.

Green Two wurde von drei aufeinanderfolgenden Explosionen durchgeschüttelt. Sein linker Arm wirbelte durch die Luft und krachte zu Boden. Aus seinem Schultergelenk ragten Kabel, über die blauweiße Flammen züngelten. Der Androide mochte keine Schmerzen empfinden, doch die Amputation brachte ihn aus dem Gleichgewicht. Sein Sperrfeuer brach ab und der Gleiter driftete zur Seite.

Die Biisonjäger jubelten begeistert auf. Selbst die Unsterblichen waren verletzlich, das gab ihnen neuen Mut. Ihre Begeisterung wich aber jähem Entsetzen, als sie sahen, dass Green Leader frontal auf Matt zuhielt. Um unter den Waffen wegzutauchen war es zu spät. Er war dem Gleiter hilflos ausgeliefert.

Ehe die Kanonen ausgelöst wurden, kreuzte ein schmaler Schatten die Bahn des Gleiters. Es war ein Pfeil aus Naokis Harpune, der den Piloten durchbohrte. Einer panzerbrechenden Granate gleich bohrte sich die Spitze durch die äußere Hülle und detonierte erst, als sie im Inneren des künstlichen Körpers steckte.

Mit einem dumpfen Laut wurde Green Leader in Stücke gerissen. Arme, Torso und Kopf wirbelten in verschiedene Richtungen davon.

Der Gleiter schoss führerlos über Matt hinweg, verlangsamte die Fahrt und sank herab. Knapp einen Meter über den Boden schwebte er auf der Stelle.

Matt zögerte keine Sekunde. Mit drei schnellen Sätzen war er bei der Maschine. Er griff nach den dampfenden Beinprothesen, die noch im Fahrzeug steckten, und warf sie achtlos zu Boden. Während er hinter der Steuerkonsole Platz nahm, schwang sich ein Schatten auf den Rücksitz. Es war Aruula, die ihr Schwert kampfbereit in Händen hielt.

»Kannst du dieses Gefährt lenken?«, fragte sie besorgt, ließ aber keinen Zweifel daran, dass sie ihn durch dick und dünn begleiten würde. Wie immer, wenn es drauf ankam. Was auch immer zwischen ihnen geschehen sein mochte.

Matt lächelte zufrieden. »Keine Bange«, versicherte er. »Das Baby ist bestimmt nicht schwerer zu fliegen als ein Kampfjet.«

Er griff nach dem U-förmigen Lenkrad und setzte seine Füße auf die Bodenpedale. Sofort schoss der Gleiter ein Stück nach vorn und gewann an Höhe.

Die ersten zwanzig Meter verliefen recht wacklig, doch bis zur Kehre hatte Matt die Maschine im Griff. Not war ein guter Lehrmeister, und in der Luft fühlte er sich einfach in seinem Element.

»Dasselbe Prinzip wie ein Flugzeug«, beruhigte er Aruula. »Nur ohne künstlichen Horizont und ähnlich verwirrende Instrumente. Eigentlich kinderleicht.«

Der Strahl einer Laser-Phasen-Kanone unterbrach seine Ausführungen. Knisternd zerriss er über ihnen die Luft.

Die Flügelmänner wollten Green Leaders Tod rächen, doch sie waren es nicht gewohnt, auf fliegende Ziele zu feuern. Matt erhöhte sofort die Geschwindigkeit und zog zwischen den beiden Gleitern hindurch.

Fieberhaft überprüfte er die Anzeigen.

Der Höhenmesser zeigte nicht weiter als bis fünfzehn Meter über dem Boden an; die oberen fünf Meter waren bereits rot unterlegt. Normale Flughöhe zehn Meter, damit ließen sich keine allzu tollkühnen Manöver vollführen.

Matt flog Zickzackkurs, um den Geschossen seiner Verfolger zu entkommen. Solange die Flügelmänner sich auf ihn konzentrierten, waren wenigstens die Menschen am Boden nicht in Gefahr. Doch lange konnte er die Hetzjagd nicht unbeschadet überstehen. Ein harter Schlag gegen das Heck belegte, dass sich die Unsterblichen bereits einschossen.

»Die eisernen Männer holen auf«, warnte Aruula.

Matt warf einen Blick über die Schulter. »Sehr gut. Jetzt habe ich die Kerle genau da, wo ich sie haben will.« Die Barbarin machte ein ungläubiges Gesicht, nickte aber tapfer. Was blieb ihr anderes übrig, als ihrem Gefährten zu vertrauen?

Matt donnerte über die Siedlung hinweg. Die Biisonjäger am Boden feuerten fleißig auf seine Verfolger, konnten aber wenig für ihn ausrichten. Green Two und Green Three saßen ihm weiter dicht im Nacken.

»Halt dich gut fest«, riet er Aruula. »Die Blechheinis sind vielleicht sehr widerstandsfähig, aber von Luftkampf haben die keine Ahnung. Sonst hätten sie Gurte in die Gleiter eingebaut.«

»Was hast du vor?«, fragte Aruula, der Übles schwante.

»Jetzt kommt die erste Lektion jedes Fliegerhandbuchs«, grinste Matt. »Der Immelmann-Turn.«

Ohne weitere Erklärungen setzte er zu einem halben Looping an, der Aruula in den Sitz presste, bis der Gleiter in einer halben Rolle abkippte, die Himmel und Erde wieder ins rechte Lot brachte. Seit den Tagen über Verdun, in denen Max Immelmann dieses Manöver zum ersten Mal in einem Luftkampf vollführte, hatte es schon vielen Piloten zu einem schnellen Richtungswechsel verholfen.

Die Cyborgs waren ebenfalls sehr überrascht, als ihnen Matt innerhalb von Sekunden frontal entgegen flog. Ehe sie ihre Bordkanonen neu ausrichten konnten, strich er schon an Green

Two vorbei. Wie ein Ritter der Lüfte, der mit seinem Gegner die Lanzen kreuzt.

Matt verzichtete auf die Bordwaffen, mit denen er nicht vertraut war. Er deutete mit seinem Driller auf den Einarmigen und drückte ab.

Die Einschläge ließen den angeschlagenen Cyborg erbeben, und als eins der Projektile in die offene Schulter drang, war es um ihn geschehen. Ein berstendes Geräusch in Matts Rücken versicherte ihm, dass er es ab jetzt nur noch mit einem Gegner zu tun hatte.

Als er wendete, um es mit Green Three aufzunehmen, konnte er jedoch nur noch dessen Heckturbinen sehen. Mit Höchstgeschwindigkeit jagte der Unsterbliche davon.

Vom Jagdfieber gepackt wollte Matt die Verfolgung aufnehmen, doch dann gewann seine Vernunft die Überhand. Jetzt, da die Gefahr gebannt war, musste er sich um die Sicherheit von Naoki und Aiko kümmern. Er drosselte die Geschwindigkeit und schwebte zu Boden.

Die automatische Steuerung ließ Green Twos Gleiter ebenfalls sanft aufsetzen. Einige Biisonjäger traten zögernd an das leere Fahrzeug heran, das sie immer noch fürchteten. Naoki und Aiko hatten weniger Berührungsängste. Geschwind nahmen sie den Gleiter in Beschlag.

Matt schloss zu ihnen auf.

»Was habt ihr vor?«, fragte er, als er sah, dass sie ihr gesamtes Gepäck von den Rhiffalos dabei hatten.

Naoki sah ihn mitleidig an. »Wir müssen alle schleunigst von hier verschwinden«, erklärte sie mit Blick auf das Schlachtfeld, das sie umgab. »Wenn sich die Wilden von ihrem Schrecken erholt haben, werden sie dich fragen, wieso du die Gleiter ihrer Feinde fliegen kannst.«

Matt missbilligte die Ausdrucksweise der Japanerin, doch im Grunde hatte sie wohl Recht. Gut zwanzig Tote säumten den Platz vor den Hallen, und mindestens genauso viele waren leicht bis schwer verletzt. Der Freude über das eigene Überleben würde bald die Frage nach der Schuld folgen, und dann konnte Matts Einsatz gegen die Eisernen schnell vergessen sein.

Aruula berührte ihn von hinten sanft an der Schulter. »Naoki hat Recht«, flüsterte sie. »Wir können nicht länger hier bleiben.«

Matt nickte, auch wenn ihm dieser Abgang nicht gefiel. Aber letztlich konnte er den Verletzten nicht besser helfen als ihre eigenen Angehörigen. So zog er den Gleiter in die Höhe und folgte den beiden Japanern hinaus in die Prärie. Sie waren schon über den Blockhütten, als noch ein paar Schüsse erklangen, aber da waren sie schon außer Reichweite der Vorderlader.

Amarillo Medical Science Center, 2437

Die aufgehende Sonne verwandelte den Horizont in ein blutiges Meer. Naoki konnte sich noch gut an die dunklen Jahrzehnte erinnern, in denen sie sich nach dem Wärme spendenden Licht gesehnt hatte, doch heute schien ihr der Himmelskörper so bedrohlich wie das rote Symbol der kaiserlich japanischen Kriegsflagge.

Miki Takeo hatte keinen Blick für das böse Omen, das sich im Osten abzeichnete. Mit behäbigen Bewegungen lud er sein Reisegepäck auf die Rückbank des Magnet-Gleiters und drehte sich zu seiner alten Freundin um. Er musste den Kopf senken, um ihr in die Augen zu sehen, denn sein neuer Körper maß fast zwei Meter.

Naoki strich über seine raue Brustpanzerung aus Plysterox, einem Kunststoff mit hohem Härtegrad, der leichter als Stahl und unempfindlich gegen Witterungseinflüsse war. Die Hülle wirkte wie eine Rüstung nach mittelalterlichem Vorbild, doch es gab darin keinen Körper, der geschützt werden musste.

Alles was noch von Miki Takeo existierte – was ihn von einer puren Maschine unterschied –, war das mit Elektronik durchsetzte Gehirn, das eingebettet in seinem Torso ruhte. Sein nach menschlichem Vorbild geformter Kopf diente nur noch zur Aufnahme von optischen und akustischen Sensoren.

Der Gedanke daran raubte Naoki einen Moment lang die Kontrolle.

Wütend schlug sie auf den Brustpanzer ein. Torso, Arme und Beine wurden von Lüftungsschlitzen zerfurcht, die ihm ein dämonisches Aussehen gaben. Das gesamte Design wirkte düster und bedrohlich wie eine Skulptur von H.R. Giger, und das sollte es wohl auch. Miki war ein Fan des Schweizer Künstlers.

»Warum bist du nur zu Carters Maschinenfraktion übergelaufen?«, schimpfte sie, obwohl es eher wie ein Schluchzen klang.

»Siehst du es so?« Mikis Sprachprozessor imitierte perfekt seine alte Stimme. »Dass unsere Gemeinschaft in zwei Lager gespalten ist?«

Naoki unterdrückte die aufwallenden Gefühle, denn sie wollte sich zum Abschied nicht gehen lassen. Verlegen glättete sie ihren gemusterten Kimono. Seit einigen Jahren kleidete sie sich wieder traditionell, doch es war nur eine Frage der Zeit, bis auch diese Phase langweilig wurde. So wie alles, was sie in den vergangenen Jahrhunderten angefangen hatte.

Der Fluch der Unsterblichkeit. Früher oder später erstarrte alles zur Routine.

Miki strich ihr zärtlich über die Wange, doch zum ersten Mal seit Hunderten von Jahren schauderte sie vor der kalten Berührung.

»Carter hat Recht«, erklärte er seine Beweggründe. »Wie sehr du auch Organe und Muskelgewebe optimierst oder den Alterungsprozess verlangsamst, früher oder später musst du alles gegen neu gezüchtete Ersatzteile austauschen. Die

Schwachstelle jedes Cyborgs ist seine menschliche Komponente.«

»Fleisch ist also vergänglich«, höhnte Naoki.

»Richtig«, bestätigte er ohne Ironie. »Mein neuer Körper ist dagegen für die Ewigkeit. Die Wilden aus der Prärie nennen uns *Die Unsterblichen*, und das sind wir inzwischen auch. Unsere Gemeinschaft hat fast fünfhundert Jahre in einer lebensfeindlichen Umgebung überdauert, dabei sind wir längst über unsere fleischliche Existenz hinaus gewachsen.«

»Wohin soll das führen?«, rief sie aus. »Willst du auch noch dein Gehirn abstoßen, so wie Carter? Deine Gedanken, Erfahrungen und Emotionen auf ein Speichermedium übertragen und ein seelenloser Roboter werden?«

»Wir sind nicht mehr als die Summe unserer Erfahrungen«, behauptete Miki. »Und wo ist schon der Unterschied, ob du nun zu vierzig oder hundert Prozent aus mechanischen Teilen bestehst? Carter wird irgendwann eine Lösung finden, um seinen Geist komplett einzuscannen, und dann wird sich sein Traum von Perfektion und Unsterblichkeit erfüllen. Du wirst sehen, wenn es so weit ist, wird es dir ganz natürlich vorkommen.«

»Carter ist mir egal«, schnaufte Naoki. »Ich habe ihn nicht geliebt... so wie dich.« Sie stockte, als sie über ihre eigenen Worte erschrak. Sie hatte gerade laut ausgesprochen, was sie bisher nicht einmal zu denken wagte: dass ihre Gefühle für Miki erloschen waren.

Aber das wusste er längst. Warum sonst hatte er sich für eine Expedition ins Ungewisse gemeldet?

»Werden wir uns wiedersehen?«, hauchte sie, von plötzlichem Trennungsschmerz ergriffen.

Vergeblich suchte sie nach einer Regung in Mikis kantigem Maschinengesicht. Die Macht der Gewohnheit. Seine Emotionen waren stets ein offenes Buch für sie gewesen, doch die vorspringende Kinnlinie bewegte sich keinen Millimeter. Mechanische Kälte in einem Körper von monströser Größe. Jeder Wilde, der Miki begegnete, sollte seine Überlegenheit spüren, damit er gar nicht erst gezwungen war, seine übermenschlichen Kräfte zu gebrauchen.

»Ich habe Carter versprochen, neue Kontakte für die Gemeinschaft zu knüpfen«, drang es nach einer halben Ewigkeit aus der Haube hervor. »Aber es ist eine Reise ins Ungewisse. Selbst wenn ich die Westküste erreiche, kann es lange dauern, bis ich zurückkehre.«

»Wir sind unsterblich«, antwortete sie. »Ich werde so lange warten, wie es nötig ist.«

»Es gibt einen Weg, dich meiner zu erinnern«, sagte er. »Den der Schöpfung.«

Ein leises Zischen begleitete seine Worte. Unterhalb des Brustpanzers glitt ein eckiger Block aus der bionischen Hülle. Eisige Schwaden traten aus der Öffnung und verwehten im Wind.

Mit einem Geschick, das Naoki den dicken Fingergelenken nicht zugetraut hätte, zog Miki ein thermisch versiegeltes Reagenzglas aus dem Fach hervor. Er reichte es ihr, und sie umschloss es fest mit dem Handschuh, der sie vor der Kälte schützte.

»Das ist alles, was von meiner körperlichen Existenz verblieben ist«, erklärte er. »Spermien, Körperzellen – alles was du brauchst, um einen Nachkommen zu zeugen. Durch meinen Abschied werden die Ressourcen für ein neues Leben in der Gemeinschaft frei. Das ist mein Abschiedsgeschenk an dich.«

Naoki war froh, das sie nie ihre Tränenkanäle versiegelt hatte. Wie sonst hätte sie ihre Ergriffenheit so deutlich zeigen können? Dicke Perlen drangen aus ihren Augenwinkeln und rannen die Wangen hinab. Miki berührte ihre Schulter mit seiner riesigen Pranke, dann wandte er sich wortlos ab. Sie hatten in den letzten Jahrhunderten alles ausgetauscht, was es zwischen zwei liebenden Menschen zu sagen gab.

Ihr Abschied sollte ein stiller sein.

Mit schwerfälligen Bewegungen wälzte Miki sich in den Vordersitz des Magnet-Gleiters. Ein letztes Winken, dann startete er vom Dach des *Medical Towers* und flog Richtung Westen davon.

Naoki umklammerte die isolierte Ampulle und sah ihm lange nach. Als der Gleiter zu einem dunklen Punkt am Horizont verschmolz, wusste sie plötzlich mit schmerzlicher Gewissheit, dass er nie mehr nach Amarillo zurückkehren würde.

Gut zehn Meter über dem Boden sausten die Gleiter nebeneinander durch die Luft. Ihre Höchstgeschwindigkeit betrug achtzig Stundenkilometer, trotzdem machte sich der Fahrtwind nach einiger Zeit unangenehm bemerkbar. Aruula, die nur ihren Lendenschurz trug, klapperte bereits mit den Zähnen. Matt wollte aber nicht den Anschluss verlieren.

Als er Aiko auf das Problem hinwies, deutete der Cyborg auf einen Schalter zu seiner Rechten. Matthew fand ein entsprechendes Gegenstück in seiner Konsole, auf das er drückte. Die Luft vor der Kanzel begann zu wabern, als ob unterschiedliche Wärmeschichten aufeinander prallen würden. Dann war plötzlich kein Hauch mehr zu spüren.

Prüfend streckte Matt die Linke vor, bis die Fingerspitzen auf Widerstand stießen. Weitere Versuche zeigten ihm, das er nicht irrte: Vor ihm hatte sich eine Barriere aufgebaut, die mit bloßem Auge nicht zu erkennen war.

Trotz der gebogenen Form wirkte sich der unsichtbare Windschutz aber ungünstig auf das Tempo aus. Matts Gleiter fiel langsam aber sicher zurück, bis Aiko seine Geschwindigkeit anpasste. Ihm und Naoki schien die Kälte nichts auszumachen.

»Ein Magnetschild«, beantwortete sie Matts unausgesprochene Frage. »Die Maschinenfraktion benutzt sie nicht gerne, denn sie fürchtet eine Beeinträchtigung ihrer Gedächtnisspeicher.«

»Die Eisernen sind also völlig mechanisch?«, erkundigte sich Matt, »während Aiko und du lediglich Cyborgs seid?« Ihm war noch nicht klar, ob er den beiden trauen konnte, auch wenn sie ihn im Kampf gegen die Gleiterstaffel unterstützt hatten.

»Richtig«, bestätigte Naoki. »Aber wir sollten alle Erklärungen verschieben, bis wir Walker – Green Three – abgefangen haben. Ich habe seine Heckturbine getroffen; wir müssten ihn bald einholen. Er darf nicht vor uns nach Amarillo gelangen, sonst ist es nicht nur um uns, sondern auch um all meine Freunde geschehen.«

Matt war einverstanden. Was blieb ihm auch anderes übrig?

Aiko vergrößerte den Seitenabstand und beschleunigte. Trotz der zunehmenden Entfernung wehten einige Sprachfetzen herüber. Ihnen war zu entnehmen, dass sich der Cyborg nach den Fremden erkundigte. Seine Mutter berichtete von dem Zeitsprung, den Matt durchgemacht hatte. Aikos ungläubige Miene sprach Bände.

Die nächsten Minuten verliefen schweigend.

Naokis Scanner zeigte nicht das Geringste an, aber das hatte nichts zu bedeuten. Schließlich konnte sie sich ebenfalls vor ihren Feinden verbergen. So verließ sie sich vor allem auf ihre mechanisch aufgewertete Sehkraft. Matt tat es ihr gleich, obwohl er wusste, dass seine Augen hoffnungslos unterlegen waren.

Aruula heftete ihren Blick lieber auf die Prärie. Während ihrer Zeit in Sorbans Horde war sie häufig auf der Flucht gewesen. Sie wusste, wie man sich fühlte, wenn die Kraft nicht ausreichte, um den Verfolgern zu entkommen. Entsprechend gut konnte sie sich in Green Three hineindenken.

Das hüfthohe Gras, das sich links und rechts der Flugbahn

erstreckte, bot kaum Deckung. Deshalb konzentrierte sie sich auf eine kleine Felsgruppe zwei Kilometer westlich von ihnen. Sie hielt nach etwas Verdächtigem Ausschau, konnte aber weder eine Reflexion noch einen Schatten entdecken, der nicht dorthin gehörte. Für einen genauen Blick waren sie aber auch viel zu weit entfernt.

Sie tippte Matt auf die Schulter. »Flieg mal da rüber«, forderte sie. Der Pilot folgte der Richtung ihrer ausgestreckten Hand und nickte. Das einzig mögliche Versteck im Umkreis von zehn Kilometern war schon einen Umweg wert. Sanft scherte er aus und nahm Kurs auf die Felsen.

»Was habt ihr vor?«, dröhnte es eine Minute später aus der Konsole. Aiko hatte ihren Alleingang bemerkt.

Matt tastete an dem Lautsprecher herum, bis er einen Knopf fand, der den Sender aktivierte. Da es nirgendwo ein Mikrofon zu sehen gab, sprach er einfach laut: »Wir sehen uns den Steinhaufen da drüben etwas genauer an.«

»Wozu?«, bellte Aiko, als ob ihm der Gedanke an ein Versteck völlig fremd wäre.

Weder Matt noch Aruula machten sich die Mühe, eine genauere Erklärung abzugeben. Die Felsgruppe lang bereits vor ihnen. Statt direkt hinüber zu fliegen entschied sich Matt Drax für einen Schlenker, um das Gelände erst einmal zu umrunden.

Das war sein Glück, denn in der nächsten Sekunde hämmerten zwei grelle Lichtstrahlen zwischen den Steinen hervor. Die Luft neben dem Cockpit wurde glühend heiß, aber Matt tauchte schon hinter einer Felskuppe ab.

Green Three stieg aus seinem Versteck auf. Diesmal hatte *er* die Überraschung auf seiner Seite, und er wollte sich das Heft des Handelns nicht aus der Hand nehmen lassen. Mit mechanischer Präzision feuerte er weiter. Napalmgeschosse hagelten in die Tiefe und zerschellten links und rechts des Haken schlagenden Gleiters an den Felsen.

Flammen leckten in die Höhe, doch Matt besaß genügend Flugerfahrung, um sich nicht irritieren zu lassen. Eiskalt ging er tiefer und fädelte sich in das Labyrinth aus aufragenden Klippen und Sträuchern ein.

Green Threes Schubprobleme zeigten sich selbst bei niedriger Geschwindigkeit. Ehe er Matts Gleiter neu anvisieren konnte, verschluckten den bereits die aufragenden Granitwände. Er stieg höher, um das Versteckspiel schnell zu beenden, machte sich damit aber zum Ziel für Aikos Geschütze.

Laserstrahlen fauchten heran, zerfaserten jedoch lange bevor sie ihr Ziel erreichten. Noch war der zweite Gleiter zu weit entfernt, um in den Kampf eingreifen zu können. Aber er kam schnell näher.

Green Three suchte erneut sein Heil in der Flucht, doch nach wenigen Metern jagte ihm Matt eine Salve vor den Spoiler.

»Ergeben Sie sich«, forderte er über Funk. »Sie haben keine Chance mehr.«

Green Three vollführte ein tollkühnes Ausweichmanöver und jagte dicht über dem Boden davon. Matt zögerte, ihm den Fangschuss zu geben. Jetzt, wo keine unmittelbare Lebensgefahr bestand, erschien es ihm feige, auf einen Flüchtenden zu schießen.

Ein stählerner Schaft, der neben ihm durch die Luft schnitt, entband ihn von allen Gewissensbissen.

Die Harpune flog viel weiter, als die Bordwaffen reichten. Zielsicher traf sie die Heckfront des fliehenden Gleiters. Die Turbinenlamellen verbogen sich wie eine zerknüllte Zellophanhülle. Es gab eine Explosion, die das gesamte Gefährt auseinander riss. Selbst der widerstandsfähige Körper des Unsterblichen wurde weit über die Prärie zerstreut.

Donnernd rollte die Druckwelle heran.

Matt hatte Mühe, seinen Gleiter zu stabilisieren, aber dann war alles vorbei. Aiko stoppte neben ihm und reckte den

Daumen in die Höhe, zum Zeichen des Sieges. Naoki, die bereits wieder nachlud, wirkte wesentlich ernster. Der Treffer löste keine Freude in ihr aus. Sie hatte jemanden getötet, den sie seit über fünfhundert Jahren kannte. Doch ihre brennenden Augen ließen keinen Zweifel daran, dass sie es jederzeit wieder tun würde.

Amarillo Medical Science Center, 2515

Ein Frösteln durchlief Naokis biologische Komponenten, als sie das Labor betrat. Im Laufe der Jahrhunderte hatte sie schon viele künstliche Gliedmaßen gesehen, doch nie hatte sie der Anblick so geschmerzt wie in dieser Sekunde. Aiko spürte ihre Präsenz und drehte sich um. Seine braunen Augen wirkten stumpf, während sich das Licht auf seinem bionischen Arm spiegelte.

»Was willst du?«, fragte er kalt. »Es ist zu spät für weitere Vorträge.«

Naoki ließ die Worte an sich abtropfen wie frischen Morgentau von einer geschlossenen Blüte. Sie war nicht gekommen, um sich mit ihrem Sohn zu streiten. Seine Prothese bewusst ignorierend, trat sie näher. »Darf ich dich nicht mal mehr besuchen?«

Aiko gab nur ein unverständliches Brummen von sich, das sie, bis zum Beweis des Gegenteils, als *Doch* interpretierte. Dr. Lopez nickte ihr stumm zu, bevor er einige Feineinstellung an der frisch implantierten Prothese vornahm. Sie machte sich nicht die Mühe, die Geste zu erwidern. Ihr Kollege sollte ruhig wissen, dass sie noch wütend über die Operation war.

Der einstige Latino besaß einen voll mechanisierten Körper aus brünierten Plysterox, wie alle in Carters Dunstkreis. Wenn sie es jetzt noch schafften, ihre Neuronenströme in Datenkristallen abzuspeichern, würden sie endgültig zu Robotern mutieren. Der wichtigste Schritt, die Aufschlüsselung der EEG*-

Signale, war der *Maschinenfraktion* bereits gelungen. Ihre humanoiden Gestalten hatten nur noch wenig Menschliches an sich. Und obwohl sie nicht so wuchtig wie Miki Takeos Hülle geformt waren, fürchtete die Medizinerin den Tag, an dem Aiko seinem Vater nacheifern würde.

Naoki verdrängte ihre dunklen Gedanken, um sich voll und ganz den gegenwärtigen Problemen zu widmen. »Wie fühlst du dich?«, wollte sie wissen.

Aiko klopfte mit seinen künstlichen Fingern in schnellem Takt auf die Operationsliege. »Mir gehts bestens«, versicherte er. »Carter und Lopez haben gute Arbeit geleistet.«

Der Bionetiker sah auf, als er seinen Namen hörte, doch auf dem konturlosen Gesicht war nicht zu erkennen, ob er sich über das Patientenlob freute.

Verdammte Maschinenköpfe. Sehen alle aus wie Helme.

»Das hätte nicht sein müssen«, brach es aus Naoki heraus. »Du bist noch so jung! Die Arme waren völlig intakt.«

»Ich bin vierzig«, korrigierte Aiko in scharfem Ton. »Wie lange hätte ich deiner Meinung nach warten sollen? Bis ich dreimal so alt aussehe wie meine ewig junge Teenager-Mutter?«

Der Vorwurf war berechtigt, doch sie ging nicht darauf ein.

»Es gibt andere Möglichkeiten, um deinen Körper zu optimieren«, hielt sie ihm vor. »Neo-Organe, Aufbaupräparate...«

»... Haut und Gliedmaßen von *Freiwilligen*«, stichelte Aiko.

Naoki hatte diese Antwort erwartet, trotzdem tat sie ihr weh. Wehmütig starrte sie auf ihre Prothese, die wie ein klobiger Handschuh wirkte. Die transplantierte Haut der Wilden hatte sich entzündet und sie den Arm gekostet. »Für diesen Frevel habe ich bezahlt«, flüsterte sie. »Das weißt du genau.«

Ihr Sohn presste die Lippen aufeinander, bis sie einen dünnen

---

* Elektroenzephalogramm; dient der Messung von elektrischen Gehirnaktivitäten

Strich ergaben. Seine Worte taten ihm Leid, das konnte sie sehen, doch er entschuldigte sich nicht. Aiko war ganz anders als sein Vater – und eiferte ihm doch in vielen Dingen nach. Meist in denen, die sie verachtete.

Eins musste sie ihrem Sohn aber lassen: Seit sie ihn im Reagenzglas gezeugt hatte, wurde ihr Leben kräftig durcheinander gewirbelt. Keine Spur mehr von der Langeweile früherer Jahrhunderte. Was sie ihm auch riet, Aiko unternahm gewiss das Gegenteil davon.

»Zufrieden mit unserer Arbeit?«, fragte Dr. Carter, der sich in Begleitung einer rothaarigen Frau näherte. Sie gehörte zu den neuen Handelspartnern von der Westküste. Nachkommen der politischen und wissenschaftlichen Elite, die in den Bunkern des Pentagon überlebt hatten, ohne geistig zu degenerieren.

Auf der Brusttasche ihrer grauen Uniform prangte ein Abzeichen, das mit dem Symbol versehen war, unter dem im Jahr 2011 die Beratungen über den Einschlag von »*Christopher-Floyd*« stattgefunden hatten: Eine von einem Kometen-Keil zerteilte Erdkugel, jetzt kombiniert mit den Streifen der US-Flagge. »WCA« prangte in großen Lettern über dem Emblem. Das stand für *World Concil Agency*.

Weltrat, dachte Naoki verächtlich. *Unsere Politiker haben sich wirklich kein bisschen verändert*. Mit mütterlicher Eifersucht bemerkte sie, wie die Agentin ihre Augen über Aikos nackten Oberkörper wandern ließ. Ohne ihre Missbilligung zu zeigen, sagte sie laut: »Ich bin erst richtig zufrieden, wenn seine Arme wieder mit Haut bedeckt sind.«

Zumindest dazu hatte sie ihn überreden können. Noch war er ein Cyborg mit überwiegend biologischen Komponenten, der wie ein Mensch aussehen wollte. Die WCA-Agentin verfolgte das Gespräch mit großem Interesse. Sicher gehörte es zu ihrer Aufgabe, möglichst viel über die Enklave in Amarillo herauszufinden.

Ihre Pupillen wirkten seltsam kalt, doch es schwang eine Spur Mitleid in ihren Worten, als sie fragte: »Hatte dieser Mann einen Unfall?«

Aiko zog die Stirn kraus. Er mochte es nicht, wenn man über ihn in der dritten Person sprach. »Nein, wie kommen sie darauf?«

»Na, wegen Ihrer Prothesen«, gab die Rothaarige zurück, als wäre es das Selbstverständlichste von der Welt.

Aiko schüttelte den Kopf. »Nein, ich wollte mich einfach nur verbessern.«

»Verbessern?«, echote sie.

»Ja, meine bionischen Arme sind wesentlich leistungsfähiger als die Originale«, erklärte Aiko. »Damit bin ich jedem normalen Menschen an Kraft und Ausdauer überlegen. Als nächstes sind meine Beine dran.«

»Interessanter Standpunkt«, versicherte die Agentin wenig überzeugend. »Falls ich mal mit meinen Armen nicht mehr zufrieden bin, werde ich an Sie denken.« Die Aussage klang neutral, aber ihre Stimme machte klar, dass sie seinen Anblick wenig ansprechend fand.

Peinliches Schweigen erfüllte den Raum, das von Carter schnell überbrückt wurde. »Das ist Lieutnant Lynne Crow«, stellte er die wenig diplomatische Frau vor. »Sie gehört zu der Abordnung des Weltrates, die uns einen Gegenbesuch abstattet. Und ich muss sagen, das Pentagon hat uns ein paar schöne Gastgeschenke mitgebracht. Datenkristalle, modernste Memory-Chips, Neurogitter – alles was das künstliche Herz begehrt.«

Die Rothaarige nickte gefällig, als ob diese technische Unterstützung eine Kleinigkeit wäre. Das Pentagon forschte mit Hochdruck an einem Projekt für virtuelle Realitäten, bei denen ihnen Carters Wissen über neurale Netze sehr zugute kam. Im Gegenzug erhielt er eine ausreichende Stückzahl für ihn geeigneter Bauteile.

Eigentlich ein Musterbeispiel an Kooperation. Trotzdem verfolgte Naoki die Öffnung ihrer Enklave mit Misstrauen. Was wussten sie schon von den Motiven und Zielen dieser Bunkermenschen? Nichts. Andererseits besaß sie keinerlei Befugnisse, Carters Forschungen zu unterbinden. Die Gemeinschaft war schon vor zweihundert Jahren darüber eingekommen, dass jeder von ihnen seine eigenen Ziele verfolgen dürfte, solange er seine Meinung keinem Dritten aufzwang.

Lynne Crow hatte inzwischen das Interesse an Aiko verloren. Dafür ließ sie ihren Blick abschätzig über Naoki wandern. »Darf ich davon ausgchen, dass Sie bei weitem nicht so jung sind, wie es den Anschein hat?«, fragte sie spitz.

»Ich habe diese Welt schon gekannt, noch bevor uns der verdammte Komet auf den Kopf fiel«, gestand die Unsterbliche, ohne ihr genaues Alter zu nennen. So viel Eitelkeit musste sein.

»Tatsächlich?« Lynnes Lippen kräuselten sich zu einem spöttischen Lächeln. »Stahl hält offensichtlich fit.«

»Nein, Kindchen«, erwiderte Naoki herablassend. »Es hat mehr mit reduzierter Zellspaltung und neuen Organen zu tun. Ihnen würde ich übrigens eine Gen-Kur für Ihre blasse Haut empfehlen. Mir scheint, Sie kommen nicht oft ans Tageslicht.«

Carter schien den Disput der Frauen zu genießen, doch ehe sie sich weitere Spitzfindigkeiten an den Kopf werfen konnten, bat er Lieutnant Crow, die Führung fortsetzen zu dürfen. Seine Begleiterin hängte sich bei ihm ein, als würden sie gemeinsam eine Promenade entlang wandern. Die junge Frau und der wuchtige Cyborg bildeten ein groteskes Pärchen, strahlten aber auch etwas Bedrohliches aus.

Naoki fröstelte.

Nicht zum letzten Mal an diesem Tag.

»Was ist eigentlich genau in Amarillo passiert?«, erkundigte sich Aiko, während ihm seine Mutter den Arm verband.

Matt lag die gleiche Frage auf den Lippen, doch er hielt sich zurück. Im Schatten der Felsen stehend hörte er lieber zu, wie sich die Unsterblichen unterhielten. Dann musste er sich hoffentlich nicht mehr so viele Lügen anhören.

Während er auf die Antwort wartete, beobachtete er verwundert den raschen Heilungsprozess von Aikos Wunden. Nur noch ein roter Punkt erinnerte an die Stelle, an der sein Dorn aus dem Unterarm getreten war. Die Wunde hatte kaum geblutet und sich von selbst wieder geschlossen. Der Cyborg besaß gewaltige Selbstheilungskräfte. Selbst die Hautlappen an seinem Oberarm fügten sich ungenäht aneinander. Es bleiben jedoch rote Striemen, die nur langsam weichen würden.

»Carters Anhänger bedrängen schon seit Wochen die übrige Gemeinschaft«, berichtete Naoki endlich. Die Worte drangen zuerst stockend, dann immer flüssiger über ihre Lippen. »Bislang bedrohten sie niemanden, aber vor fünf Tagen kam es zum Eklat. Sie brachten die Waffenkammer unter ihre Kontrolle und trieben alle Kollegen zusammen. Carter meinte, sie wären am Ende ihrer Geduld und müssten uns zu unserem Glück zwingen. Er sprach von Zwangsoperationen. Da sie nicht genügend neue Körper für alle haben, sollen die Gedankenmuster in Kristallen gespeichert werden.«

»Das ist doch nicht dein Ernst?«, keuchte Aiko.

Naoki nahm ihm die Worte nicht übel. Im Gegenteil war sie froh, dass er Carter nicht so weit verfallen war, dass er die Handlungen auch noch verteidigte.

»Vielleicht ist es in den Elektronenhirnen zu einer Fehlschaltung gekommen«, startete sie einen hilflosen Erklärungsversuch.

»Und wie können wir gegen diese durchgeknallten Roboter vorgehen?«, erkundigte sich Matt zaghaft.

Naoki und Aiko wandten sich in einer synchronen Bewegung zu ihm um. »Wir?«, fragten sie wie aus einem Munde. Ihre Familienähnlichkeit war nicht mehr zu übersehen.

Matt zuckte mit den Schultern. »Aruula und ich stecken bis über beide Ohren mit in dieser Geschichte, ob es uns nun gefällt oder nicht.« Er sah zu seiner Gefährtin, die zustimmend nickte. Sie wusste, dass sich Matt gerne einmischte, wenn er irgendwo eine Ungerechtigkeit witterte. Das war einer der Gründe, warum sie ihn liebte.

Sorgfältig strich sie ihre Fellweste glatt, um zu demonstrieren, dass sie nicht mehr zu sagen hatte. Sie war wieder etwas fester gekleidet. Seit sie wusste, das Naoki über fünfhundert Jahre alt war, sah sie keine Bedrohung mehr in ihr.

»Ich konnte mich vor Carters Häschern verstecken«, fuhr Naoki fort. »Ich habe versucht, mich in ihre Neuro-Software einzuloggen, konnte aber die Sperren nicht durchdringen. Darum bin ich geflohen. Aiko kommt vielleicht weiter, denn er hat Carter schon oft assistiert. Außerdem rechnet niemand mit ihm. Alle sind überzeugt, dass er spurlos verschwindet wie sein Vater.«

Aiko verzog sein Gesicht bei der letzten Bemerkung zu einer genervten Grimasse, wie ein Halbwüchsiger, der die Vorhaltungen seiner Mutter nicht mehr ertragen kann. Aus der Sicht eines Unsterblichen war er das wohl auch.

»In den Hauptcomputer komme ich auch nicht hinein«, wiegelte er ab. »Aber wenn wir in meine Werkstatt gelangen, kann ich sicher herausfinden, was in diesem Schädel vorgeht.« Er hob Green Threes Kopf aus dem Staub, als könnte er ihm alle Geheimnisse mit bloßem Blick entlocken. Drähte und ein Wirbelsäulenansatz ragten aus dem offenen Hals. Einen Moment lang machte Aiko den Eindruck eines postatomaren Hamlets, aber statt Shakespeare zu zitieren, warf er das kantige Haupt achtlos zu Boden.

Die Gedächtnisspeicher saßen ohnehin unter dem Brustpanzer.

»Wie kommen wir unerkannt in die Stadt?«, fragte Matt. »Gibt so etwas wie Radar?«

»Die CF-Strahlung verhindert eine weitreichende Ortung, deshalb haben wir unsere knappen Ressourcen nie in dieser Richtung eingesetzt«, antwortete der Cyborg. »Allerdings wird der Stadtrand von einem System aus Kameras und Bewegungsmeldern gesäumt. Aber ich weiß, wie man unerkannt daran vorbei kommt. So bin ich früher oft meiner herrischen Mutter entwischt.«

Naoki schenkte ihm ein säuerliches Lächeln, sagte aber kein Wort. Sie hatten keine Zeit für einen Familienzwist.

Amarillo Medical Science Center, August 2517

»Was habt ihr mit mir vor?«, schrie Bob Ryans, als er das Geräusch der Knochensäge hörte. Entsetzt wand er sich im Griff seiner Peiniger. Trotz seiner Prothese kam er gegen die mechanische Kraft von Garth und Lopez nicht an.

Carter wandte sich betont langsam zu dem Tobenden um. Nach den morgendlichen Säuberungen ging es nun an seine Lieblingsbeschäftigung: den störrischen Kollegen zu einer neuen, bessere Lebensform zu verhelfen.

Das rotierende Sägeblatt kündete vom baldigen Fortschritt.

»Keine Sorge, Bob«, beruhigte er seinen Patienten. »Wenn sich dein Geist erst mal vom verderblichen Fleisch gelöst hat, fühlst du dich sofort besser. Um die Hirnströme vollkommen zu erfassen, müssen wir allerdings deinen Schädel aufschneiden...«

Ryans erstarrte. »Das kann doch nicht euer Ernst sein«, stammelte er. »Das ist Wahnsinn!«

Carter schüttelte tadelnd den Kopf. »Einer der vielen Vorteile unserer Lebensform besteht darin, dass wir nicht von Geisteskrankheiten befallen werden können. Glaub mir, du wirst deinen alten Körper gar nicht vermissen.«

Ryans wurde in die Operationsliege gedrückt, doch als man ihm die Arme festschnallen wollte, ließ der Griff seiner Peiniger nach. Mit dem Mut der Verzweiflung schnellte er empor, befreite seinen bionischen Arm aus der Umklammerung und stieß die versteiften Finger in Garths optische Rezeptoren. Der Androide stolperte zurück, um seine elektronische Netzhaut zu schützen.

Ryans wirbelte zu Lopez herum. Es ging um Sekunden, das wusste er genau. Er rammte seine stahlverstärkte Schulter unter das Plysterox-Kinn und drängte ihn gegen einen Labortisch. Reagenzgläser, Brenner und Prothesen wirbelten durcheinander. Blitzschnell packte er Lopez an den Fingern und bog sie langsam in die Höhe. Mechanik gegen Mechanik; die größere Hebelwirkung entschied die Kraftprobe für sich.

Mit hartem Ruck sprengte er die Umklammerung, doch der Triumph war nur von kurzer Dauer. Der Kampf hatte viel zu lange gedauert. Als Ryans zur Tür stürzte, spürte er einen scharfen Luftzug im Nacken. Instinktiv klappte er nach vorne, doch Carter erwischte seinen Kragen und wirbelte ihn herum.

Ryans' Schwinger glitt an der Elle des Androiden ab. Ehe er einen zweiten Schlag landen konnte, hatte Carter seinen Arm verdreht und in die Höhe gebogen.

»Manche Menschen muss man einfach zu ihrem Glück zwingen«, verkündete der einstige Institutsleiter. Aus seinem Munde klang das wie eine Drohung, und das war es wohl auch.

Brutal zerrte er Ryans zum Labortisch und platzierte den verdrehten Arm auf der Tischkante. Carter holte aus und rammte seinen Ellenbogen in die Tiefe. Ein hässliches Krachen erfüllte den Raum, als Stahl und Seilzüge barsten. Ehe Ryans sich versah, wurde ihm sein linker Oberarm auf dieselbe Weise gebrochen.

Diesmal tat es höllisch weh.

Ryans wurde in die Operationsliege gestoßen. Beide Gliedmaßen schlaff vom Körper hängend, war er zu keiner Gegenwehr mehr fähig. Trotzdem schnallten ihn Garth und Lopez fest.

Carter nahm die Knochensäge auf und trat an seinen Patienten heran. »Wie es scheint, können wir bei dir auf ein Sedativ verzichten«, verkündete er düster.

Dann setzte er zum Schnitt an.

Die Skyline verschwand langsam in der Dämmerung; nur der *Medical Tower* leuchtete wie ein Fanal in die Prärie hinein. Matt konnte sich nicht erinnern, wann er zuletzt ein Hochhaus gesehen hatte, in dessen Stockwerken alle Lichter brannten. Es musste in seinem früheren Leben gewesen sein, vor »Christopher-Floyd«.

Im Tiefflug näherten sie sich der Stadt.

Amarillo lag im Zentrum des Texas Panhandle, in dem die große Prärie und die Wüste von West Texas zusammentrafen. Daran hatte sich auch nach der Klimaveränderung nur wenig geändert. Das Gras wuchs immer spärlicher, dafür kam der gelbe Sand zum Vorschein, dem die Stadt ihren Namen verdankte*.

Aiko hielt sich weit entfernt von den früheren Autobahnen und näherte sich dem Südteil von Amarillo. Die Dunkelheit schützte sie vor Entdeckung aus der Luft, CF-Strahlung und Naokis Störnetz vor zufälliger Ortung. Wie zwei flüchtige Schatten huschten sie über die Prärie.

Die Gleiter konnten praktisch nicht zu Boden stürzen, da sie

* Amarillo: spanisch für Gelb

auf einem Kraftfeld schwebten, das sich aus den Magnetfeldlinien der Erde speiste. Kollisionen waren aber trotzdem möglich. Ohne Scheinwerfer war der Flug nicht ganz ungefährlich, aber Aiko kannte die Gegend wie seine Westentasche.

Im fahlen Schein des Mondes zeichneten sich gigantische Schemen ab, die an einen Oktopus erinnerten, der seine Fangarme ausstreckte. Aiko gab Handzeichen, das Tempo zu drosseln, denn die Funkanlage durften sie nahe dem Tower nicht benutzen.

Langsam ging es weiter, bis Matt erkannte, das es sich bei den Tentakeln um die Überreste einer verfallenen Achterbahn handelte. Weitere Fahrgeschäfte schälten sich aus der Dunkelheit, bis er ein Schild entdeckte, auf dem sich mühsam *Wonderland Amusement Park* entziffern ließ. Matt hatte schon einmal davon gehört. Diese Anlage war weit über die Grenzen von Texas bekannt... gewesen.

»Du musst dicht hinter mir bleiben«, wies ihn Aiko an.

Der Ex-Commander winkte zum Zeichen, dass er verstanden hatte. Gemeinsam wanden sie sich durch ein Labyrinth von Metallschrott, dessen Herkunft nur zum Teil ersichtlich wurde. Einige Male wurde es verdammt eng, doch Matt besaß genügend Feingefühl, um die Kiste überall lang zu steuern, wo auch Aiko durchkam.

»Dort oben!«, rief der Cyborg und deutete auf einen dunklen Kasten, bei dem es sich vermutlich um die Rückwand einer Kamera handelte. »Die hat uns nicht gesehen!«

In den nächsten Minuten zeigte er noch auf weitere Gegenstände, aber meistens sahen Matt und Aruula nur vage Schatten. Mit der Nachtsicht der Cyborgs konnten sie nicht konkurrieren.

Als sie den unheimlichen Park hinter sich gebracht hatten, atmeten sie erleichtert auf. In den breiten Straßen der Stadt sammelten sich genügend Mondstrahlen, um ihnen eine vernünftige Sicht zu bieten. Zielsicher führte Aiko sie zum Medical Center. Als sie nur noch drei Wohnblocks entfernt waren, stellten sie die Gleiter im Erdgeschoss eines Hauses ab.

Matt spähte vorsichtig durch einen Mauerdurchbruch.

Sie waren so nah am Ziel, dass die erleuchteten Fenster seine Augen blendeten. Nachdem sich die Pupillen auf die neuen Lichtverhältnisse eingestellt hatten, erkannte er aber auch die dunklen Gestalten, die auf dem Hof patrouillierten.

»Wie kommen wir an denen vorbei?«, fragte er.

»Gar nicht.« Aiko grinste. »Wir gehen eine Etage tiefer.«

Den Torso von Green Three unter den Arm geklemmt, führte er seine Begleiter tiefer ins Haus. Im Keller schlug ihnen feuchte Luft entgegen. Leises Wasserrauschen war zu hören, doch die Quelle dafür ließ sich nirgends ausmachen. Aiko musste erst eine Stahlplatte zur Seite schieben, bevor der Durchgang zur Kanalisation sichtbar wurde.

»Hierdurch bist du also als Kind immer entwischt«, tadelte Naoki ihren Sohn.

»Und auch noch als Erwachsener«, gab Aiko trocken zurück. »Du ahnst gar nicht, wie langweilig euer wissenschaftliches Gequatsche manchmal ist.«

Naoki stemmte empört die Hände in die Hüften, doch Matt mahnte zur Eile. »Wenn alles vorbei ist, könnt ihr euch noch ein Leben lang streiten«, versprach er.

Hintereinander traten sie durch den Mauerriss, der in einen schmierigen engen Gang führte. Sie versanken bis zu den Knöcheln in Schmutzwasser, doch es waren nur wenige Schritte bis zum Hauptkanal. Hier konnten sie auf der Betonkante entlang gehen, die neben dem Abwasser verlief. Abgesehen vom typischen Kloakengeruch war die Strecke bis zum *Medical Center* recht gut erhalten.

Über eine kleine Treppe gelangten sie zu einer massiven Stahltür, die mit einem Tastaturblock versehen war. Aiko tippte den Pincode ein und öffnete.

»Das war alles?«, fragte Matt misstrauisch. »Keine Wächter, keine zusätzlichen Sicherungen?«

»Wozu?«, entgegnete der Cyborg. »Wir haben es normalerweise nur mit betrunkenen Biisonjägern zu tun, die sich zu nahe an die Stadt heran wagen.«

Trotzdem ließen sie von nun an äußerste Vorsicht walten. Sie redeten nicht mehr, während sie sich durch enge Gänge drükkten, sondern verständigten sich in Zeichensprache. Einmal hörten sie die schweren Tritte eines Androiden, dann war wieder alles ruhig. Um den Keller schien sich wirklich niemand zu kümmern.

Aiko führte sie in eine kleine Werkstatt, die er sich hier unten eingerichtet hatte. In dem engen Raum gab es keine Fenster, deshalb konnten sie Licht machen. Eine Neonleuchte flammte an der Decke auf. Matt und Aruula kniffen die Augen zusammen, aber den Cyborgs schien der plötzliche Wechsel nichts auszumachen.

Sie legten Green Threes Torso auf einer Werkbank ab und bereiteten alles für die Untersuchung vor. Naoki öffnete die Abdeckung des Brustpanzers, unter der eine schmale Buchse zum Vorschein kam. Aiko zog einen Rolltisch heran, auf dem ein Computerbildschirm thronte. »Damit ihr auch etwas davon habt«, grinste er und ließ den Dorn aus dem Unterarm springen.

Matt wich alarmiert zurück, doch der Cyborg wollt ihn nicht angreifen. Stattdessen klemmte er ein Monitorkabel an den Metallschaft und führte den Dorn vorsichtig in die offene Buchse. Statt einen externen Computer zu benutzen, griff er mit seinen implantierten Chips direkt auf die Speicher des Androiden zu.

Zahlenkolonnen liefen über den Bildschirm, dann folgen Symbole, mit denen Matt nicht viel anfangen konnte.

»Ich aktiviere ein Diagnoseprogramm«, erklärte Aiko. »Bisher sieht alles ganz normal aus. Die starke Erschütterung hat allerdings einiges beschädigt. Mal sehen, was in den intakten Bereichen zu finden ist.« Ohne äußerliche Regung forschte er weiter. Er steuerte alles mit purer Gedankenkraft. Einige Symbole auf dem Bildschirm gaben verschiedene Unterprogramme frei, die Aiko nacheinander aufrief.

Aruula war das Ganze schnell langweilig. Sie hockte sich müde in eine Ecke, während Matt die Vorgänge fasziniert verfolgte. Eine Weile sah er schweigend zu, bis ihm plötzlich etwas ins Auge sprang.

»Halt, was ist das?«, rief er überrascht aus. Er deutete auf ein Symbol, das er nur zu gut kannte. Eine von einem Kometen-Keil zerteilte Erdkugel, die mit den Streifen der US-Flagge unterlegt war.

»Das Zeichen des Weltrats«, antwortete Aiko freimütig. »Einige der neuralen Bauteile stammen aus ihrer Produktion. Dass sie auch etwas mit der Software zu tun haben, ist mir allerdings neu. Mal sehen, was dahinter steckt.«

»Nein«, warnte Matt scharf. »Überleg dir genau, was du tust. Ich traue den Burschen nicht. Vielleicht aktivierst du einen Virus!«

»Wozu sollte der wohl gut sein?« Aiko war völlig perplex. Er mochte viel über die Vergangenheit wissen, aber von Hackerangriffen hatte er noch nie etwas gehört.

»Elektronische Kriegsführung«, sagte Matt hart. »Ein Relikt aus der *guten alten Zeit*. Ich erinnere nur an *Desert Strike*. Die US-Army hat damals Computerviren in die arabischen Netze eingeschleust, und die Air Force feuerte im großen Stil FCG*-Granaten ab. Die elektromagnetischen Impulse haben ganze Städte lahmgelegt.«

---

* Flux Compression Generator Design. FCG-Bomben verwandeln mechanische (nichtnukleare) Energie in einen elektromagnetischen Impuls (EMP).

Die Unsterblichen sahen ihn mit großen Augen an. »Wie kommst du darauf, dass der Weltrat so etwas planen könnte?«, fragte Naoki schließlich.

»Weil ich mit der WCA schon so meine Erfahrungen gemacht habe.« In kurzen Sätzen erzählte Matt, wie er mehrfach von Präsident Hymes und Konsorten hintergangen worden war. Das Experiment mit der Virtuellen Realität, die Ermordung von Mr. White, der Besuch eines Nordmanns bei General Crow – die Anklagen sprudelten nur so aus ihm heraus.

Seine Aufzählung ließ Naoki erbleichen. »General Crow«, flüsterte sie. »Seine Tochter hat Carter die Bauteile geliefert, im Tausch für einen Teil seiner Forschungsergebnisse. Einige davon haben sie für die Virtuelle Realität benutzt, in der du gefangen warst.«

»Das beweist überhaupt nichts«, wiegelte ihr Sohn ab. »Vielleicht gab es gute Gründe, Maddrax auf diese Weise zu verhören. Wir wissen so gut wie nichts von ihm. Warum sollte uns der Weltrat schaden wollen?«

»Weil er alles und jeden als Bedrohung ansieht«, entgegnete Matt. »Vielleicht hast du aber auch Recht und dieses Programm dort hat nichts zu bedeuten. Ich bitte dich nur, sehr vorsichtig zu sein. Das kann doch wohl kaum schaden, oder?«

Aiko nickte zum Zeichen des Einverständnisses. Dann konzentrierte er sich auf seine Arbeit. Die zerteilte Erdkugel sprang auf und gab fünf weitere Symbole frei. »Sieht nach einem Arbeitsprogramm der Datenspeicher aus«, murmelte Aiko, mehr zu sich selbst als zu den anderen. »Sehen wir mal nach, ob es wirklich so harmlos ist, wie es den Anschein hat.«

Der oberste Ordner öffnete sich und offenbarte eine Reihe von Zahlen- und Buchstabenkolonnen, die nur der Cyborg verstehen konnte. Matt spürte, wie er feuchte Hände bekam. Hoffentlich ging bloß nichts schief. Im schlimmsten Fall wurde Aiko zu einer umprogrammierten Mordmaschine, und er hatte vergessen zu fragen, ob der Cyborg irgendwo einen OFF-Knopf besaß, den man drücken konnte, um ihn bei Gefahr auszuschalten...

Ausschalten! Matt schnipste mit den Fingern. *Natürlich, das war es!*

»Ihr habt erzählt, dass die Androiden ihr Gehirn durch einen Massenspeicher ersetzt haben«, wandte er sich an Naoki. »Richtig?«

»Das ist korrekt.«

»Dann könnte es funktionieren... Gibt es die Möglichkeit, einen der Gleiter so umzubauen, dass er einen starken EMP ausstrahlt?«, fragte er weiter.

Aiko stutzte und hielt in seiner Suche inne. »Ja«, gab er zu. »Der Antrieb der Gleiter nutzt das elektromagnetische Feld der Erde, indem er es verstärkt, kompensiert und kontrolliert wieder ableitet. Wenn man den Kompensator blockiert und alle Sicherheitssysteme überbrückt, kommt es zu einer Überladung, stark genug für einen Impuls. Trotzdem würde ich davon abraten.«

»Warum?«, fragte Naoki. »Machst du dir noch Sorgen um Carters Wohlbefinden?«

Ihr Sohn schnaufte verärgert. »Nein, aber ein elektromagnetischer Impuls würde nicht nur die Gedächtnisspeicher der Androiden löschen, sondern auch alle anderen elektronischen Bauteile im weiten Umkreis zerstören. Wir sollten lieber den Grund für Carters Störung herausfinden und ihn heilen.«

»Vielleicht haben wir aber nicht mehr die Zeit für eine sanfte Lösung«, sagte Naoki bitter. »Was nutzt uns der Fortschritt, wenn ihn keiner mehr erleben kann? Nein, geh du deinen Weg, und wir konfigurieren einen der Gleiter in der Tiefgarage. Mit dem Lastenaufzug können wir ihn dann genau ins Herz des Medical Centers bringen. Wir werden ja sehen, wer zuerst fertig ist.«

Mutter und Sohn starrte sich feindselig an. Jeder von ihnen wusste, dass der andere nicht nachgeben würde, deshalb sparten sie sich weitere Worte. Naoki winkte Matt und Aruula zu. »Kommt mit. Gemeinsam werden wir es schaffen.«

Zu dritt eilten sie durch die dunklen Gänge zurück. Als sie den Keller betraten, der zur Gleiter-Garage führte, flammte plötzlich die Deckenbeleuchtung auf. Naoki sah sich empört um. Sie dachte, einer ihrer Begleiter wäre unaufmerksam gewesen, doch eine dunkle Stimme ließ sie zusammenfahren: »Lass die Harpune fallen, Aufrührerin.«

Hinter einigen Tonnen traten Garth und Lopez hervor, wuchtige Gewehr in Händen. Klingend schlug die Harpune zu Boden.

»Hast du wirklich geglaubt, dass wir nach deiner Flucht keine neuen Sicherheitsvorkehrungen treffen?«, höhnte Lopez. »Als die Kellertür Alarm ausgelöst hat, wussten wir, dass du uns endlich freiwillig in die Falle gegangen bist.«

»Was ist mit den beiden Wilden?«, fragte Garth seinen Kollegen. »Erschießen?

Matt wartete die Antwort nicht ab, sondern drückte den Auslöser des Drillers. Zwei kleine Projektile, nicht größer als Kugelschreiberspitzen jagten durch den Raum. Die Explosionswucht schleuderte die Androiden zurück, doch Garth feuerte noch seine Waffe ab.

Im wahrsten Sinne des Wortes.

Ein dicker Flammenstrahl schoss aus dem Lauf und zog eine brennende Spur über die Decke. Glühende Tropfen regneten herab. Naoki konnte ihnen im letzten Moment ausweichen. Etwas von der Napalm-Paste erwischte sie aber am Handschuh und brannte sich durch bis auf die Elektronik.

»Los, raus hier!«, brüllte Matt. Aruula riss bereits die Tür auf.

Hastig drängten sie auf den Flur. Naoki tauchte gerade hinter dem Türrahmen ab, als ihr die Flammenwerfer eine wahre Feuerwalze nachsandten. Hitze und Sauerstoffmangel breiteten sich in dem engen Gang aus.

»Los, weiter«, trieb sie ihre Begleiter an. »Wir müssen nach oben und dann hinaus.«

Matt und Aruula verstanden. Sie wollte die Androiden aus dem Keller locken, um zu verhindern, das Aiko entdeckt wurde. Sonst wäre alles umsonst gewesen.

Obwohl die Wände brannten, traten Garth und Lopez auf den Flur. Sie benötigten keinen Sauerstoff und schienen immun gegen die Hitze zu sein. Wie zwei Dämonen der Unterwelt schritten sie durch das von ihnen entfesselte Inferno und feuerten erneut.

Matt spürte, wie seine Stiefel angesengt wurden, während er sich mit einem beherzten Sprung auf die Treppe katapultierte, die zum Erdgeschoss hinauf führte. Naoki hatte weniger Glück. Schreiend raste sie neben ihm die Treppe hinauf. Ihre Haare brannten, der Rücken war eine einzige verkohlte Fläche.

Matt riss sich seine Jacke vom Leib und eilte ihr nach. Erst in der Vorhalle holte er sie ein, brachte sie zu Fall und erstickte die Flammen mit der Uniform. Der Androide, der an der Drehtür Wache schob, wirkte völlig überrascht.

Aruula ließ ihm keine Zeit zu reagieren. Wütend drang sie mit dem Schwert auf ihn ein. Er konnte die Schläge mit seinen bloßen Armen abfangen, kam aber nicht dazu, das Gewehr einzusetzen. Ein Drillergeschoss warf ihn schließlich zu Boden. Der nächste Schuss galt der großen Frontscheibe.

Matt warf sich die stöhnende Naoki über die Schulter und rannte durch die Scherben nach draußen. Aruula folgte ihm auf dem Fuß. Bei einem Blick über die Schulter konnte sie sehen, das Garth und Lopez die Halle erreichten, doch sie feuerten nicht mehr. Offensichtlich hatten sie ihre Taktik geändert.

Sie wollten die Wilden lebend fangen.

Matt und Aruula liefen über den Vorplatz, doch egal wohin sie blickten, von überall näherten sich Androiden.

»Weiter rechts«, stöhnte Naoki. »Vielleicht können wir uns im Park verstecken.«

Vor ihnen öffnete sich tatsächlich eine gepflegte Rasenfläche mit Bäumen und Sträuchern. Im Hintergrund glitzerte ein See. Doch nirgendwo war Platz für ein vernünftiges Versteck. Sie konnten nur versuchen, mit der Dunkelheit zu verschmelzen. Helles Gleitersummen machte ihnen einen Strich durch die Rechnung.

Drei Lichtkegel schnitten wie Geisterfinger durch die Nacht und markierten für alle sichtbar ihren Aufenthaltsort. Weitere Androiden rannten herbei. Gut fünfzig Mann kreisten sie vollständig ein. Fast die gesamte Besatzung des Medical Centers musste sich an der Jagd nach ihnen beteiligt haben.

»Stehen bleiben!«, schallte es von allen Seiten.

Matt zielte mit dem Driller von einem zum anderen, doch Widerstand war sinnlos. Sie hatten verloren. Er ließ die Waffe fallen.

Die Androiden warfen sie zu Boden und fesselten ihnen die Hände auf dem Rücken. Selbst auf Naokis Verletzungen nahmen sie keine Rücksicht.

Danach beruhigte sich die Lage ein wenig. Die Magnet-Gleiter landeten, vereinzeltes Gelächter wurde laut. Die Androiden hatten einen wirklich guten Fang gemacht.

Hilflos auf dem Bauch liegend, mussten Matt und Aruula den Spott über sich ergehen lassen. Fast zehn Minuten verbrachten sie in dieser unwürdigen Position, bis Dr. Carter und sein Stab sich persönlich von der Gefangennahme seiner Intimfeindin überzeugten.

»Endlich«, frohlockte er. »Damit ist jeder Widerstand gebrochen.«

»Freu dich nur nicht zu früh«, fauchte Naoki, halb wahnsinnig vor Schmerz. Mein Sohn ist noch da draußen in der Wildnis. Wenn er von meinem Tod erfährt, wird er mich rächen.«

Carter hob die Hände, um zu einer Antwort anzusetzen, doch ehe auch nur ein Laut seinen Stimmprozessor verlassen konnte, nahte ein weiterer Gleiter. Er kam aus der Tiefgarage – und wurde von Aiko gesteuert!

»Niemand wird dich rächen, Mutter«, verkündete er lauthals. »Ich weiß nun, dass Dr. Carter im Recht ist.«

Ein Dutzend Flammenwerfer richtete sich auf ihn, doch Carter winkte seine Androiden zurück. »Du willst dich mir anschließen?«, fragte er.

Aiko landete neben ihm und sprang aus dem Gleiter. »Ja«, versicherte er. »Ich habe Walkers Systeme gecheckt und bin dabei erleuchtet worden. Ich weiß nun, dass das Fleisch minderwertig ist.«

Carter lachte erfreut auf – und Matts Enttäuschung brach sich Bahn.

»Idiot!«, brüllte er. »Ich habe dich vor dem Weltrat gewarnt! Jetzt hast du dich mit seinem Virus infiziert.«

Ein Hieb mit einem Gewehrkolben ließ ihn verstummen.

»Wovon redet dieser Wilde?«, wollte der Institutsleiter wissen.

Aiko winkte ab. »Das ist nur ein Wichtigtuer, der behauptet, der Weltrat wolle uns hintergehen. Eine dreiste Lüge, um Zwietracht zu säen! Man sollte ihn sofort exekutieren.« Mit geballten Fäusten kam er näher, doch Carter wies ihn an, stehen zu bleiben. Trotz seiner Läuterung traute er dem Cyborg noch lange nicht über den Weg. Die Flammenwerfer hatten Aiko weiter im Visier.

»Was behauptet er?«, fragte Carter. Es war symptomatisch

für den Androiden, dass er sich nicht an Matthew Drax selbst wandte; für ihn war ein normaler Mensch unzulänglich und es nicht wert, dass man sich mit ihm abgab. Matts Wut ließ die Adern an seinen Schläfen anschwellen.

Während Aiko berichtete, blickte Matt sehnsüchtig zu dem Gleiter, der nur wenige Schritte entfernt auf seinem Magnetkissen schwebte. Wenn sie ihn erreichten, gab es vielleicht doch noch ein Entkommen. Aber wie sollten sie den Androiden entwischen, die sie wachsam umstanden? Selbst bewaffnet und ohne Fesseln wäre es ein hoffnungsloses Unterfangen gewesen. Es hatte einfach keinen Sinn.

Stöhnend presste er das Gesicht ins feuchte Gras, um seine brennende Stirn zu kühlen. Als er wieder aufblickte, meinte er den Frontspoiler des Gleiters leicht vibrieren zu sehen.

Überrascht kniff er die Augen zusammen.

Nein, er täuschte sich nicht! Die Vibrationen wurden stärker. Nach und nach erfassten sie auch das Chassis und die Heckflügel. Irgendetwas stimmte da nicht. Es sah fast so aus, als würde jemand an der Maschine rütteln.

»Das ist doch alles Unsinn«, brauste Carter inzwischen auf. »Wir sind eigenständig denkende Individuen! Kein Virusprogramm kann uns seinen Willen aufdrängen.«

»Selbstverständlich«, pflichtete Aiko ihm bei. »Aber du solltest diesen Maddrax nicht unterschätzen. Ich habe gesehen, wie er im Alleingang die grüne Staffel zerstört hat. Wir sollten ihn schleunigst unschädlich machen.«

»Keine Sorge«, beruhigte ihn Carter. »Doch zuvor werde ich sein Gehirn sezieren. Ich will wissen, woher er kommt und ob es noch mehr von seiner Sorte gibt.«

Aiko lächelte und neigte zustimmend den Kopf. »Ich werde dir gern dabei assistieren.«

Schweinehund!, dachte Matt, obwohl er wusste, dass der Weltrat-Virus ihm diese Gesinnung aufzwang.

Hinter ihnen begann der Gleiter plötzlich zu brummen. Nun wurden auch die Androiden auf die Vibrationen aufmerksam. Rauchschwaden drangen aus der Heckturbine, begleitet von dem Gestank zerschmolzener Platinen.

»Was hat das zu bedeuten?«, rief Garth, aber niemand wusste darauf eine Antwort.

Aiko ließ sich zu Boden fallen. »Hände über den Kopf!«, brüllte er Matt und den anderen zu.

Keine Sekunde zu spät.

Ein dumpfer Knall ließ die Luft erzittern. Durch den Gleiter ging ein Ruck, als hätte ihm ein unsichtbarer Riese einen Tritt verpasst. Der Spoiler und andere Verkleidungselemente wirbelten durch die Luft. Funken sprühten aus den Bruchstellen hervor, während der überlastete Antrieb seine aufgestaute Magnetkraft auf einen Schlag abstrahlte.

Sämtliche Lichter im Umkreis von zwanzig Metern erloschen.

Matt nutzte die Verwirrung und sprang auf. Er wollte sich seinen Weg mit Gewalt bahnen, doch seine Gegner kamen ihm zuvor.

Sie fielen von alleine um. Wie die Kegel auf einer Bowlingbahn stürzte ein Androide nach dem anderen zu Boden. Es war ein unheimliches Schauspiel.

Matt hielt verblüfft inne. Die Übermacht, die ihm eben noch gegenüber gestanden hatte, lag nun geschlagen am Boden. Dafür gab es nur eine Erklärung.

»Ich habe... den Gleiter so manipuliert... dass er überlastet wurde«, beantwortete Aiko seine unausgesprochene Frage. Der Cyborg hatte Mühe, sich aufzurichten. Beide Arme hingen schlaff an seinem Körper hinunter. Sie waren – wie alle elektronischen Bauteile im Umkreis – durch den EMP unbrauchbar geworden.

Auch die beiden Frauen kamen auf die Beine. Matt befreite sie mit Aruulas Schwert von den Fesseln.

Naokis Armprothese war ebenfalls funktionsunfähig, doch das interessierte sie nicht. Aufschluchzend lief sie zu ihrem Sohn und presste ihn mit dem rechten Arm an sich.

Matt traute dem Frieden noch nicht so recht. Er nahm seinen Driller auf und trat vorsichtig auf Carter zu, der verkrümmt auf der Seite lag. Ein Tritt gegen die Schulter genügte, um ihn auf den Rücken zu drehen.

Hinter seinen optischen Rezeptoren flackerte ein rotes Licht; einzelne Bauteile waren also noch in Funktion. Doch das, was den Androiden ausgemacht hatte, das Gedächtnis von Dr. Carter, war für alle Zeit verloren.

Gelöscht von einem elektromagnetischen Impuls.

»Was ist mit euren Speichererweiterungen?«, fragte er Naoki und ihren Sohn.

»Leergefegt«, antwortete Aiko. »Außerdem sehe ich im Moment verdammt wenig. Meine optischen Verstärker haben ebenfalls den Geist aufgegeben.«

Matt und Aruula halfen ihm auf die Beine.

»Du hattest Recht, Maddrax«, fuhr der angeschlagene Cyborg fort. »In Crows Speichermedien steckte ein Virus, der zum Kampf gegen alle aufrief, die nicht dem Weltrat angehören. Carter war ein Mann mit eigenwilligen Prinzipien, aber was hier geschah, war nicht seine Schuld.«

Traurig sah er zu den am Boden liegenden Körpern. In seinen Augen spiegelte sich das Bewusstsein, über fünfzig Leben ausgelöscht zu haben. »Vielleicht hätte man sie heilen können«, krächzte er. »Aber ich konnte das Risiko nicht eingehen.«

»Du hast dich richtig entschieden«, tröstete ihn Naoki. »Das wirst du sehen, wenn wir unsere Kollegen befreien. Du hast nicht nur uns, sondern auch ihnen das Leben gerettet.«

Sich gegenseitig stützend, gingen sie hinüber zu dem hell erleuchteten *Medical Tower*, der weiterhin ein Hort des Wissens war in dieser dunklen, barbarischen Welt.

Drei Tage später

»Ich danke euch für dieses großzügige Geschenk«, sagte Matt und strich andächtig über die stromlinienförmige Front des Gleiters. Mit diesem Gefährt würde es von nun an wesentlich schneller voran gehen.

Knapp hundertfünfzig Cyborgs hatten sich versammelt, um ihn und Aruula zu verabschieden. Naoki war auch dabei, obwohl ihr Rücken von einem dicken Verband bedeckt wurde.

»Nur eine kleine Entschädigung für eure Mühen«, versicherte sie. »Ohne euch hätten wir nie gegen Carter bestehen können. Und wir wüssten immer noch nicht, wer die wahren Verantwortlichen dieses Desasters sind.«

Die Gemeinschaft hatte die Meldung über den Virus immer noch nicht richtig verdaut, doch weitere Untersuchungen hatten Aikos Aussagen bestätigt. Er selbst konnte sich nicht an den Forschungen beteiligen, denn seine neuralen Speichermedien waren noch immer beschädigt. Doch das verlorene Wissen würde mit neu installierten Chips nach und nach wiederkehren. Die Arbeiten an seinem rechten Arm waren fast vollendet; er konnte ihn schon wieder zu achtzig Prozent bewegen.

Im Gegensatz zu den Androiden hatte er dank seines organischen Gehirns überlebt, und das war das Wichtigste. Er besaß zwar eine hohe Lebenserwartung, doch auch ein Cyborg war nicht unsterblich. Das hatten die Ereignisse der vergangenen Tage schmerzlich bewiesen.

Matt und Aruula winkten allen noch einmal zu, kletterten in den Gleiter und stiegen auf. Matt lenkte das Gefährt nach Westen.

»Zum Glück gibt es da draußen nicht nur den Weltrat, sondern auch Menschen wie diese beiden«, sagte Aiko, als sie zwischen den Häusern verschwanden.

Seine Mutter stimmte ihm zu. »Ja, das macht mir Mut, die

Isolation zu durchbrechen. Trotzdem müssen wir uns in Zukunft besser vorsehen.«

»Leben bedeutet auch immer Risiko«, hielt ihr Aiko entgegen. »Wenn wir mehr von dem Leben außerhalb unserer Enklave wüssten, wäre uns das Fiasko mit dem Weltrat sicher nicht passiert.« Er betrachtete seinen künstlichen Arm und bewegte die Fingerglieder. Ein leises Surren drang unter der metallenen Abdeckung hervor. »Sobald ich wieder fit bin, werde auch ich meine Wurzeln suchen. So wie Maddrax.«

Er blickte westwärts. Vielleicht würde er den Mann aus der Vergangenheit ja eines Tages wieder treffen...

ENDE

Als nächster Band erscheint
im Januar 2008

MADDRAX-Taschenbuch Nr. 10:

›VÖLKER DER APOKALYPSE‹

Taschenbuchausgabe, ca. 320 Seiten

ISBN-Nr. 978-3-937435-66-4